$$\mathcal{A}$$
$$\mathcal{L}$$
$$\mathrm{X}$$
$$\mathcal{A}$$
$$\mathcal{L}$$
$$\mathrm{X}$$

$\mathcal{A}$
$\mathcal{L}$
$\mathcal{X}$
$\mathcal{A}$
$\mathcal{L}$
$\mathcal{X}$　vol.1

초판 1쇄 인쇄일 2015년 9월 17일
초판 1쇄 발행일 2015년 9월 22일

지은이 ㅣ 피오렌티
펴낸이 ㅣ 김기선
편집장 ㅣ 김은지

펴낸곳 ㅣ 와이엠북스(YMBOOKS)
출판등록 ㅣ 2012년 7월 17일 (제382-2012-000021호)
주소 ㅣ 서울 도봉구 노해로 379, 1005호(창동, 대성빌딩)
전화 ㅣ 02)906-7768 / **팩스** ㅣ 02)906-7769
E-mail ㅣ ymbooks@nate.com

ISBN 979-11-322-3151-6 04810
ISBN 979-11-322-3150-9 (set)

값 9,000원

A
L
피오렌티 장편소설

VOL.1 X

A

L
YMBOOKS ROMANCE STORY

X

ym
BOOKS

목차

1화. 염탐

"영국, 스페인, 동양 어디더라……? 한국? 이것저것 뒤섞여서 그런지 정말 묘한 매력이 있어. 출신, 혈통, 국적, 뭐 하나 콕 집어낼 수 없는 진정한 글로벌 페이스야."

"특이한 외모인 건 확실하군요."

알렉산더 리오넬은 상대편 연미복을 입은 남자에게서 샴페인 글라스를 받아 들며 무심히 응대했다.

"확실히 공장에서 대량으로 찍어낸 것 같은 바비 인형 스타일은 아니지?"

"여~ 알렉스! 오랜만이야. 요즘 재미 좋아 보이던데? 톱 중의 톱, 모델 중의 모델 스테파니 칼로타…… 유후~!"

머리부터 발끝까지 흠잡을 데 하나 없이 차려입은 상류층 남자가 알렉산더의 어깨를 툭 치며 알은체를 해왔다.

"그러고 보니 스테파니가 어제 전화로 우는 소리 해왔어. 리오넬이 프레타포르테 파리 론칭쇼 동반을 단칼에 거절했다고…….
나는 그 여자가 가자고 하면 지구상 오지 어디든 동행할 텐데~"

"다음 주면 다른 셀렙남 팔짱 끼고 버젓이 등장할걸. 원래 그렇게 까다로운 여자는 아니었는데 요즘 잘나가면서 콧대가 너무 높아져서…… 무명일 때 밑에 한번 깔아볼 걸 그랬어, 쳇……."

곧이어 비슷한 차림새의 신사들이 몇 명 더 알렉산더 근처로 모여들었고, 번듯한 외모와는 다르게 천박한 농지거리를 주거니 받거니 나눠댔다. 먼발치에서 보는 이들 눈에는, 필경 신사들이 모여서 요즘 월가의 상황이 어떤지, 모 국제기업 주가가 하락세를 칠지 등등 고급스러운 담화 중인 것으로 보이리라.

알렉산더는 강도가 짙어지는 음담패설 무리에게서 슬며시 멀어져, 힐튼가의 차남이 진정한 글로벌 페이스네, 뭐네 품평하던 외모의 주인공을 다시 눈으로 좇았다.

키득키득 웃음소리와 섞여 빠르게 중얼대는 스페인어. 소더비 경매장 한구석, 찬란한 샹들리에 빛 아래서 조금 비껴난 오크 체어에 앉아 있는 앳된 소녀는 옆자리 남자의 귓가에 시종일관 뭔가를 속살대고 있었다. 터질 듯 풍만한 가슴과 쇄골, 좁지만 우아한 선을 그리는 어깨, 수수한 은회색 드레스 아래 언뜻언뜻 엿보이는 가느다란 허리와 육감적인 골반임에도 어딘가 더 성장할 여지가 남아 있는 여자는 기껏해야 16~17세 정도 되었으리라. 투명한 블루그레이의 눈동자에 풍성한 갈색 머리칼, 라틴계의 피가 이어진 탄탄한 몸매와 살짝 어두운 톤을 그리는 매혹적인 피부. 아직 10대 후반의 어린애인데도 웬만한 남자는 다 군침을 흘릴 만큼 그녀는 관능적인 매력이 넘쳤다. 수많은 비밀을 간직한 것 같은 지성적인 눈매는 백치미와는 거리가 멀었고 어느 멍청이가 수작이라도 부릴라 치면 거침없이 따귀를 날릴, 강하고 정열적인 에너지가 공기 중에 흐르고 있었다.

"루카! 그건 아니지!"

웃음기 가득한 허스키한 스페인어가 알렉산더의 귓가에 박혔다. 이윽고 소녀는 옆자리 라틴계 남자의 한 팔에 매달려 뭔가 조르는 아이처럼 농담을 해댔다. 루카 지안카를로 헤네스. 소녀의 어머니 쪽 일가 중, 그녀와 가장 가까우면서도 피는 단 한 방울도 섞이지 않은 헤네스가 막내아들. 옆자리의 소녀 못잖게, 그는 모델이나 배우라고 해도 손색없을 만큼 시선을 확 끄는 용모였다.

뭐가 저렇게 즐겁지? 알렉산더는 실물로는 처음 보게 된 소녀와 청년 사이의 즐거운 대화가 왠지 신경에 거슬렸다. 그는 잘생긴 한쪽 눈썹을 언짢은 듯 위로 치켜 올리고 입가에 비틀린 미소를 지었다.

제대로 남자구실도 못하는 헤네스 그룹 차남과 일급 비행 청소년이라……. 그는 유감인 듯 고개를 살짝 흔들었다. 장남이었다면 좋았을 텐데, 아쉽군. 헤네스 인터내셔널 정도면 정말 탐나는 월척인데…….

꿀꺽 삼키기 직전 눈앞에서 먹잇감을 놓친 맹수처럼 그의 검은 눈동자에는 인간다운 감정이 전혀 없었다. 탐욕, 냉소, 그리고…… 순수한 욕망만이 서려 있었다. 알렉산더는 휴대폰이 울리는 소리에 발신자를 확인하고 느릿하게 통화 버튼을 눌렀다.

"리오넬입니다."

한동안 천문학적인 단위의 돈이 빠르게 언급된 뒤 통화를 종료하기 직전, 알렉산더는 뭔가 잊을 뻔했다는 듯 한마디 덧붙였다.

"그리고 전에 말씀하셨던 그 건은……."

평소 억양 없는 그의 저음이 한순간 즐거운 기색을 띠었다.

"그 후견은 제가 맡죠."

사진으로 여러 번 일견했던 소녀의 얼굴을 그는 다시 힐끔 건너다보았다. 사진보다 실물이 훨씬 낫다는 사실을 새삼스레 확인하며 그는 조소를 흘렸다. 예상보다 훨씬 재미있을 것 같군.

알렉산더 리오넬이 살인적인 스케줄 속에서도, 평소 큰 관심도 없는 소더비 경매 VIP파티에 참석한 것은 결코 우연이 아니었다. 하루에도 수십 장의 각종 초청장을 받는 그였지만, 애당초 자선 바자회나 경매 같은 하찮은 행사에 신경 쓸 겨를이 있을 리가 없었다. 하지만 그는 다른 일정 하나를 과감히 취소하고 오늘 파티에 일부러 모습을 드러내었다. 이유는 단 한 가지였다. 정확히는, 단 한 명을 직접 보기 위해서였다.

알렉산더가 처음 브로디 일가의 손녀 알렉시스의 사진을 본 것은 2주 전, 회사에서 비서를 통해 악셀 브로디에게서 공문을 받아 보았을 때였다. 악셀 브로디는 알렉산더의 아버지 퍼디난드 리오넬의 오랜 친구이자, 브로디 그룹의 전 총수이며 현재는 건강 문제로 이탈리아의 사르데냐 섬에서 요양 중이었다. 공문의 내용은 간결했다.

〈……따라서 그동안 알렉시스 브로디의 헤네스 측 유산 및 신탁을 관리해오던 카를로스 헤네스 측으로부터, 리오넬 그룹의 적임자가 알렉시스의 후견권을 이양받아 피후견인이 대학을 졸업

하는 만 23세가 될 때까지 자금을 운용해주시길 요청드리는 바입니다. 저희 브로디 그룹 측에서 후임자를 알선해도 무방하나, 신탁자금이 이미 고인이 된 알렉시스의 외할아버지 페드로 헤르난데스 헤네스의 유산임을 고려하여 제3자인 리오넬 그룹에서 관리하는 것이 보다 객관성을 띠고 효율적으로 운용될 것이라는 판단이 들었습니다……(후략)…….〉

아하, 수십 년 전 헤네스 가문에서 쉬쉬하느라 애썼다던 그 유명한 스캔들의 후손이군. 알렉시스 브로디…… 15년 전이던가, 오래전에 불의의 비행기 사고로 세상을 떠났던 안토니아 리 헤네스, 라이언 고든 브로디 사이에서 태어난 딸.

알렉산더는 비서를 호출해 알렉시스 브로디의 최근 사진 및 객관적인 신상 정보를 가져오라 일렀다. 잠시 후 서류를 빠르게 훑은 그는 전반적인 그림을 파악할 수 있었다. 지금까지 하던 대로, 알렉시스의 외삼촌 카를로스 헤네스가 조카의 후견을 맡아 하길 꺼리는 이유가 어렴풋이 짐작이 갔다. 알렉시스 브로디가 어린 시절 자랐던 스페인 헤네스 가문을 떠나, 이제 완전히 아버지 쪽 브로디 가문의 일원으로 자리 잡고 영국에 정착하게 된 지 이미 수년이 지나 있었다. 아무리 오랜 세월이 흘렀다 해도 알렉시스란 존재가 헤네스 가문 입장에서는 그리 명예롭지 못한 이상, 그녀는 이제 외가인 헤네스보다는 브로디 가문과 더 깊이 연관되는 편이 좋을 터였다. 하지만 지금은 그런 출생 배경보다 알렉산더의 시선을 사로잡는 다른 무언가가 있었다.

서류철 마지막 장을 무심코 넘겼을 때, 열일고여덟 정도로 보이는 여자가 웃고 있는 사진이 그의 눈에 들어왔다. 길고 풍성한 적갈색 머리칼에 화장기 하나 없는 얼굴은 얼핏 보기에는 백인이었지만 그 이국적인 분위기에는 어딘가 동양적인 느낌도 배어 있었다. 크고 신비한 블루 그레이 눈동자에 흠잡을 데 하나 없이 잘 자리한 이목구비, 달걀형의 얼굴이 완벽했다. 수수한 티셔츠 위로는 이미 잘 여물었을 게 분명한 가슴이 육감적인 선을 그리고 있었다. 소녀라기에는 이미 성숙했고 여인이라기엔 너무 앳된 청순한 모습이었다.

"……."

알렉산더는 손등으로 턱을 짚은 채, 사진을 다른 한 손에 들고 잠시 생각에 잠겼다. 가까운 집안 간의 교류에도 출생에 대한 것만 몇 번 들었을 뿐 단 한 번도 알렉시스 브로디에 대해 관심을 가진 적이 없었다. 집안 간 사적인 파티나 연회 역시 등한시해왔던 만큼, 그녀를 직접 가까이서 볼 기회 또한 만무했다. 그래서 그는 지금까지 전혀 모르고 있었다. 알렉시스 브로디가 얼마나 매력적인 여자로 성장했는지, 그리고 단 한 장의 사진만으로 이렇게 그의 시선을 오롯이 집중시킬 줄은 꿈에도 몰랐다.

그때 내선 전화 호출음이 울리더니 귀에 익은 비서의 음성이 그의 상념을 방해했다.

"회장님, 브로디 그룹에서 공문으로 요청한 사안에 대해 명예이사 만하임이나 프레이저를 임용하는 건으로 곧 회장실로 호출……."

"아냐."

알렉산더의 굵은 저음이 비서의 말을 단숨에 살랐다.

"그럴 필요 없어. 내가 다시 말할 때까지 보류해."

"알겠습니다, 회장님."

왠지는 그도 이론적으로 설명할 수가 없었다. 지금까지 할리우드 여배우, 톱모델 할 것 없이 아름답고 매혹적인 여자들과는 질릴 정도로 즐겨봤고 지금도 마음 내킬 때마다 데리고 놀 수 있었다. 고작 열일곱 정도 여학생에게 이렇게 신경이 갈 만큼, 알렉산더는 여자에 궁하지도 않았고 어린애를 좋아하는 악취미도 결코 없었다. 그러나 사진 속 여자의 뭔가가, 지금까지 한 번도 접해본 적 없는 기묘한 느낌이 그의 호기심을 발동시키고 있었다.

그는 조금 전 비서가 말한 대로, 집안 간 가까운 친분과 브로디 그룹의 영향력을 고려해 알렉시스 브로디의 후견인을 기업 내에서 가장 뼈대가 굵은 명예 이사 중 한 명에게 일임할 계획이었다. 악셀 브로디 역시, 알렉산더의 그런 처우를 기대하고 있었을 터였다. 하지만 사진을 본 직후 알렉산더의 마음속에서는, 왠지 알렉시스를 직접 만나보고 싶다는 열망이 이미 강하게 뿌리내리고 있었다.

그리고 며칠 뒤 소더비 경매파티에서 멀리서나마 그녀를 목격한 직후, 그는 두 가지의 결정을 내리게 되었다. 하나는 1년간 그녀의 후견인을 직접 맡겠다는 것이었다. 다른 하나는 조금은 막연했지만 약간의 인내심과 상당한 스릴감이 동반될 일종의 게임이었다. 소더비파티에서 그녀를 세세히 관찰한 결과, 알렉산더는 미처 몰랐던 것을 깨달은 바 있었다. 알렉시스가 사진에서보다 훨씬 더 매력적이라는 사실이었다. 그녀에게는 알렉산더의 깊은 무의식, 그 안쪽의 소유욕을 자극하는 뭔가가 있었다. 그는 그녀가 사촌과 웃음을 터뜨리며 스페인어로 뭐라 말하는 광경을 보는 순간, 이미 두 번째 결정을 내리고 있었다. 저 여자를 갖고 싶다는 열망, 그리고 아무리 오랜 시간이 걸리더라도 반드시 그 열망을 충족하겠다는 다짐이 바로 그것이었다.

알렉산더는 그녀가 미치도록 갖고 싶었다. 수단 방법 가리지 않고, 어떻게든 독점하고 싶었다. 다른 도도했던 여자들처럼, 그에게 속절없이 빠져들어 그가 원할 때마다 아낌없이 쾌락을 선사해주었으면 했다. 지금까지 단 한 번도, 알렉산더 쪽에서 누군가에게 이런 갈망을 가져본 적은 없었다. 그의 눈짓, 손짓 한 번을 흡사 신의 부름처럼 애타게 기다리는 여자들은 항시 대기 중이었다. 그는 단지 적선하듯 신호만 한 번 주면 되었다. 지금까지는 쭉 그래왔다.

또한, 오늘 밤 직접 목격한 알렉시스의 모습으로 보건대 그 과정이 결코 쉽지는 않을 것 같았다. 하지만 상관없었다. 그 예상이 알렉산더에게 오히려 더 도전 의식을 불러일으키고 있었다. 인내는 쓰지만 그 끝에 기다리고 있을 열매는 달기 마련이었다. 좀 더 오래 인내한 만큼, 그 열매의 달콤함을 더욱 깊이 음미할 수 있을 것이다.

"저는 후견인이 필요치 않다고 분명히 말씀드렸습니다만?"

알렉시스는 울컥 치미는 짜증을 억누르고 윗사람 앞에서 끝까지 예의를 잃지 않으려 노력했다. 이제 1년만 지나면 그녀도 법적으로 성인인 데다 2개월 뒤 조기 졸업 직후 옥스퍼드 대학 입학을 앞두고 있는 마당에 새삼스럽게 후견인을 둘 이유는 어디에도 없었다.

"브로디 양, 누차 말했지만 우리는 악셀 브로디 씨의 명령을 충실히 집행해야 할 법적인 의무가 있습니다. 브로디 양이 17세가 되는 해부터는 헤네스 그룹에서 관리하던 브로디 양 명의의 모든 신탁과 재산이 리오넬가로 이양되어 대학을 졸업할 때까지 위탁 관리되어야 합니다. 따라서 단지 형식상이라고 해도, 리오넬가 출신의 리오넬사 중역 중 한 사람이 브로디 양의 후견인이 되는 것이 원칙입니다. 대학을 마칠 때까지 브로디 양은 유산 관리 및 운용을 후견인에게 임시로 위탁하는 것뿐이며, 졸업 뒤 완전히 인계받을 때까지 후견인과 언제든 유산에 대해 자유로이 논의할 권리가 있습니다."

"그 후견인이 유산 관리를 효율적으로 잘해줄 것이라는 보장이 있나요? 제 의견이 일체 반영되지 않은 후견인을, 제가 어떤 근거로 신용할 수 있는지 납득할 수 있게 설명 부탁드립니다."

마호가니 원목 책상을 사이에 두고 알렉시스는 60대 초반의 관록 있는 변호사와 차분한 어조로 대등하게 설전을 벌이고 있었다. 필 그랜트는 그녀가 1년에 한 번 얼굴을 볼까 말까 할 수 있는 아버지 쪽 조부 악셀 브로디의 전담 변호사였고 그녀가 아는 한, 매우 공정하고 신뢰가 두터운 사람이었다. 그러나 누가 막대한 유산을 제대로 운용할 역량이 있을지 여부도, 실은 그녀의 관심 밖이었다. 어차피 알렉시스 자신이 배후에서 실제로 관리할 수 있기에, 누가 관리인이 되든지 별 차이가 없을 터였다. 알렉시스는 단지 후견인의 미명하에 누군가의 불필요한 간섭을 받는 것도 싫었고 공적일망정 불필요한 관계를 갖는 게 성가실 뿐이었다.

"브로디 양."

노신사는 안경을 내려놓고 눈언저리를 꾹꾹 눌렀다. 피곤한 기색이었지만 그녀를 바라보는 눈빛에 담긴 호의는 여전했다.

"형식적인 절차라고 항상 무의미한 것은 아니랍니다. 브로디 양 능력을 감안할 때 이 모든 과정은 겉치레일 뿐이겠지만…… 브로디 양의 연륜과 경험을 생각할 때 알렉산더 리오넬 씨의 재정적 조언은 앞으로의 인생에서 매우 유익할 것입니다. 훗날 기금을 독립적으로 꾸려갈 때 분명 좋은 배움이 될 것이라 믿습니다."

알렉산더 리오넬? 알렉시스는 자신이 제대로 들은 건가 싶어 눈을 크게 깜빡였다. 바로 그 알렉산더 리오넬? 알렉스 더 데빌(devil : 악마)? 리오넬가 초대 총수 퍼디난드 리오넬의 증손자 중 하나이자 타 기업 후계자들을 하나씩 엿 먹이고 정상으로 올라서는 데 수단 방법을 가리지 않는 데다, 수많은 셀렙 여성들과 염문을 뿌리는 가십의 중심 또한 모나코 왕자 르로이드와 1, 2위를 다투는 그 알렉산더 리오넬? 왜 하필 그런 인간이……?

아직 한 번도 대면한 적은 없지만 셀렙들의 공식, 비공식 연회 중 먼발치에서 그를 일견한 적은 여러 번 있었다. 알렉산더 리오넬은 그녀가 가장 경멸하는 부류의 남자였다. 탁월한 사업 능력과 별도로, 마음속 깊은 곳에서 본능이 거부하게 되는 타입의 아이콘이었다. 자신이 가진 것을 최대한 이용해 수단 방법 안 가리고 원하는 것을 반드시 손에 넣고 마는 육식동물. 우아한 신사의 외관 뒤로, 최소한의 도덕관념과 진실성도 갖추지 않은 철저한 속물.

"후견인의 역할은 기업 안에서도, 으레 연륜 있는 중역이나 시간적 여유가 허락되는 고문 위원 몫일 텐데……. 그가 정말 저의 후견에 동의한 게 확실합니까?"

알렉시스의 청회색 눈에 의혹과 회의의 감정이 동시에 떠올랐다. 분초를 쪼개어 전용기로 대륙 간 이동하는 알렉산더 리오넬이 자신 같은 일개 여학생의 후견인 역할을 기꺼이 맡을 리가 없었다. 아무리 좋게 생각하려 해도, 배후에 뭔가 순순하지 않은 속셈이 도사리고 있을 것 같았다.

"동의하지 않았습니다. 동의한 게 아니라⋯⋯."

"알렉산더 리오넬 같은 사람이 타의에 의해 뭔가를 결정할 리는 없고⋯⋯. 역시 어떤 조건이나 합의 사항이 있었나요?"

"리오넬 씨는 본인이 브로디 양의 후견인 일임을 자처했습니다. 조건 같은 것은 없었고요⋯⋯."

"⋯⋯."

필 그랜트와 수 초간 시선을 주고받은 알렉시스 브로디는 눈앞의 노신사 역시, 그녀만큼이나 혼란스러워하고 있음을 알았다.

"만나서 반갑습니다, 브로디 양."

"⋯⋯."

알렉시스는 우아하고 절제된 동작으로 자신을 향해 뻗어온 손을 묵묵히 바라보았다.

피아니스트의 것처럼 길고 하얀 손가락, 매끄러운 손등과 굳은살 하나 없는 손바닥. 나이프와 포크를 쥐는 것 이상의 일은 전혀 해본 적 없는 귀족의 손이었다.

"⋯⋯."

그녀의 시선이 서서히 위로 올라와 흠잡을 데 하나 없는 그의 얼굴에 이르렀다. 상대의 무응답에 그는 의문을 제기하듯 한쪽 눈썹을 위로 치켜 올리고 한쪽 입가에 희미한 조소를 머금었다. 점잖고 품위 있는 인사말과 사뭇 다른, 통치자나 정복자와도 같은 의기양양한 거만함이 결코 숨겨지지 않는 얼굴이었다. 처음 로비에 들어선 순간, 그녀의 전신을 품평하듯 빠르게 훑고 지나가던 시선도 교활한 매의 그것과 별반 다르지 않았었다.

싫다. 막연히 갖고 있던 이미지와 똑같이, 그녀는 첫 대면에서부터 그에게 강한 거부감을 느꼈다. 어떠한 근거나 논리도 필요 없이 본능적으로 멀리하고 싶은 비호감. 그냥 싫은 감정이었다. 정작 당사자는 여자들로부터 오로지 찬탄과 동경의 시선만 받아왔겠지만. 알렉시스는 그의 입가에 걸린 조소를 고스란히 돌려주었다. 상대방 본인만 느낄 수 있을 만큼 희미한 비웃음이 그녀의 눈과 입가에 떠올랐다.

난 너 같은 남자는 태생적으로 싫거든.

"저도요. 만나서 반갑습니다, 리오넬 씨."

알렉시스는 장갑을 벗지도 않고 그가 내민 손끝만 살짝 잡았다 뗐다. 완전히 무시하고 싶었으나 곁에서 지켜보는 눈길도 있어서 최소한의 예의만 지킨 셈이었다.

"……"

천천히 손을 거두는 그의 눈에 감탄의 빛이 살짝 어렸다 사라졌다. 그녀의 정중한 말씨나 음성과는 대조적인, 그를 향한 차가운 비호감을 분명 느낀 듯했다. 알렉산더의 강렬한 검은 눈동자에 재미있다는 기색이 역력했다.

어린 계집애가 까부는 것 정도는 웃어넘길 수 있다, 이건가?

어차피 옥스퍼드 졸업 때까지 두 번 다시 볼 얼굴도 아니니 상관없었다. 복수 전공에다 방학 중에는 여행을 빙자한 탐험 내지 탐사로 바쁠 예정이라, 그녀는 개인적인 가족 모임 외에는 얼굴을 비칠 생각이 일절 없었다.

"자, 그럼 로열 하우스로 다 같이 이동하실까요? VIP룸이 예약되어 있고 리무진이 바깥에 대기 중입니다."

둘 사이의 기묘하게 싸늘한 공기를 눈치챘는지 변호사 필 그랜트는 서둘러 말을 이었다.

"신탁 관리에 대해 편히 말씀 나누실 수 있도록, 두 분만 예약해놓았습니다."

"죄송하지만 제가 급히 옥스퍼드에 제출할 입학 관련 서류를 준비해야 해서……. 저녁은 함께할 수 없을 것 같습니다. 처음부터 결례를 범하게 된 점 깊이 사과드립니다. 가까운 시일 내에 제가 다시 한번 자리를 마련하여……."

"어차피 월요일까지는 전달이 안 됩니다."

후견인은 정중하지만 지극히 기계적인 그녀의 사과를 중간에 냉큼 잘랐다.

"네?"

"급히 준비할 입학 관련 서류가 정확히 무엇인지는 몰라도."

그는 신사적인 미소를 지었다. 지극히 가식적인 미소였다.

"금요일 밤이니 어차피 지금 준비해도 월요일까지 전달이 안 됩니다. 그랜트 씨가 일부러 예약도 해주셨으니 오늘 밤은 함께 식사하며 친목을 도모하는 편이 좋지 않을까요."

뭐, 이런 인간이……. 애초에 준비할 서류 따윈 없었고, 아이큐 50짜리 바보가 아닌 이상 그녀의 상류층식 사과가 정중한 거절의 표현임을 모를 리가 없었다.

"저 같으면 거액의 유산을 관리할 사람에 대해 좀 더 알고 싶어 할 것 같은데 말이지요……."

"리오넬 씨의 사업적 능력을 절대적으로 믿기에, 그런 염려는 전혀 하지 않습니다. 사실은 제가 몸이 좋지 않아서…… 오늘 저녁 식사는 생략하고 일찍 잠자리에 들 생각이었답니다."

알렉시스는 그 못지않게 생글생글 웃으며 끝까지 정중함을 잃지 않았다. 그러나 두 눈은 상대에 대한 명백한 적의를 드러내고 있었다.

"원래 7시에 로투스(Lotus)에서 친구분들과 저녁 약속이 있지 않았나요? 그랜트 씨는 브로디 양이 선약을 다음으로 미루실 거라 말하셨습니다만."

"……아, 몸이 너무 좋지 않다 보니 친구들과의 약속도 잊고 있었네요."

"저런……. 보기에는 별문제가 없어 보이는데 정말 몸이 많이 안 좋으신 모양이군요. 그럼 로열 하우스 저녁은 취소하고 제 차로 자택까지 모셔다드리도록 하겠습니다."

"아, 아뇨! 여기서 한 시간도 넘는 거리라서 그렇게 폐를 끼칠 수는 없습니다. 저는…… 오늘 밤은 그랜트 씨의 댁에서 묵고 갈까 합니다. 그랜트 씨, 괜찮죠? 제가 사실 아까부터 몸이 너무 안좋아요……."

"아……. 네, 알겠습니다. 그럼 로열 하우스 예약은 취소하고 다음번에 다시 저녁 약속을 잡아보도록 하겠습니다."

"감사합니다, 그랜트 씨. 그럼 리오넬 씨, 다음에 다시 뵙겠습니다. 부디 먼저 자리를 뜨는 결례를 용서해주시기를……."

알렉시스는 정말 몸이 좋지 않은 척 일부러 미간을 찡그리며 자리에서 천천히 일어나 보였다. 노신사가 연륜에 걸맞게, 그녀의 진의를 재빨리 간파해준 것에 내심 감사하고 있었다.

"그럼 다음을 기약하지요. 부디 몸조리 잘하길 바랍니다, 브로디 양."

알렉산더 리오넬은 선선히 대답하고 그녀가 먼저 방을 나갈 수 있게 뒤로 한 걸음 물러났다. 그의 눈빛은 희미한 웃음만을 띠고 있어서, 도통 무슨 생각을 하는지 간파할 수 없었다. 하지만 이제 더 이상은 그녀가 알 바 아니었다. 알렉시스는 그에게 고개를 끄덕여 보인 뒤 바깥에 대기 중인 변호사 필 그랜트의 차에 올라탔다. 드디어 그와 물리적으로 멀어졌다 생각하니, 긴장되고 갑갑했던 마음이 일시에 홀가분해지는 느낌이었다.

"미트로프랑 샤슬록, 기네스 하나씩 더!"

"알렉시스, 리오넬 씨 어땠냐고~ 빨리 더 얘기해봐! 아, 그러지 말고 다음 주 미팅 때 아예 나도 데리고 가면 안 될까?"

런던 도심가, 부유층 타운 중심가에 자리한 로투스 바는 이미 젊은이들로 시끌벅적했고 알렉시스가 친구들과 모여 앉은 자리는 한층 더 떠들썩했다. 그가 얼마나 집요하게 그녀와의 독대 만찬을 요구했는지, 신사의 겉모습을 가장한 채 얼마나 거만하고 제 잘난 멋에 사는 듯 보였는지 마르고 닳도록 설파했는데도 아무 소용 없었다. 여타 소녀들처럼 알렉산더 리오넬을 선망해 마지않는 친구들이 듣고 싶어 하는 이야기는 그런 것이 아니었다.

"사진보다 더 잘생겼어? 응?"

"너 전에 덴마크 왕실 내영 기념식 파티 때 리오넬 봤었잖아!"

"그땐 너무 멀리서 봤잖아! 나도 너처럼 직접 눈앞에서 대면하고 악수까지 할 기회가 있으면 얼마나 좋을까?!"

"아아— 알렉스, 리오넬은 꼭 그 사람 성장 버전의 좋은 예인 것 같아! 스웨덴 왕자 에릭 올라슨의 20년 전 모습이 세간의 기대 꼭 그대로 큰 것 같은!"

"에릭 왕자는 금발이잖아. 그리고 그 왕자도 20대 초반까진 괜찮았어……."

"흑발 버전으로! 그러니까! 지금 20대 후반인데 벌써 아저씨로 삭아버렸잖아~ 동갑인데 리오넬하곤 비교가 안 돼! 그 살아 있는 턱선에 날카로운 눈매……! 진짜 섹시해!"

"아…… 시끄러워 죽겠네. 그럼 아예 다음 주 금요일 저녁 네가 나 대신 나가. 진심 싫은데 오늘 밤 약속을 부득부득 다음 주로 미루자니……."

"진짜? 그래도 돼? 진짜 그래도 되면 나 진심 나간다!"

한차례 떠들썩하나마 유쾌한 술자리가 파하고, 알렉시스는 바에서 도보 5분도 되지 않는 그녀 명의의 플랫(flat : 영국식 아파트) 쪽으로 가벼운 발걸음을 향했다. 아까 리오넬에게는 말하지 않았지만 그녀는 돌아가신 어머니가 생전에 소유주를 그녀 이름으로 등록해놓았던 원 베드룸 스튜디오를 종종 간이 거처로 이용하곤 했다. 브로디가의 본가, 런던 교외 자택은 도심에서 1시간 이상 거리라 이렇게 밤늦게 귀가할 일이 생기면 그녀에겐 매우 요긴한 아지트가 되어주었다. 그랜트 변호사도 물론 플랫에 대해 알고 있었지만, 워낙 눈치 빠르고 입이 무거운 성품이라 조금 선 난처한 상황에서는 그녀의 진의를 읽고 적당히 상황에 맞춰준 것이다.

철컥— 그녀가 플랫 빌딩 로비의 메인 게이트 비밀번호를 누르려 할 때였다. 등 뒤에서 들려오는 자동차의 도어록 해제음에 그녀는 반사적으로 몸을 돌렸다. 금요일 밤치고는 그다지 늦지 않은 시각이고 주변은 워낙 안전하며 인파도 없지 않았지만 그녀는 예민한 감각의 소유자였다.

"브로디 양."

차 문을 열고 나온 장신의 남자는 입가에 시가를 물고 비스듬히 부가티(전 세계 최상류층이 즐겨 타는 가장 비싼 명품 차) 세단에 상체를 기대었다.

"저와 헤어진 직후 몸이 바로 좋아지셨나 보군요. 다행입니다."

입가에 신사적인 웃음을 머금은 채였다. 하지만 눈은 결코 웃고 있지 않았다.

"……."

포커페이스의 달인인 알렉시스도 이번만큼은 허를 찔린 표정을 감추지 못했다. 훗날 이 순간을 돌이켜 볼 때, 그녀는 몇 번이나 뼈저리게 절실히 깨달았다. 첫 만남 때부터 알렉산더 리오넬은 그녀를 자신의 손바닥 위에 올려두고 있었음을.

"여기는 어떻게 알았고, 무슨 용건이시죠?"

알렉시스는 초인적인 힘으로 평정을 가장하고 아까 호텔 로비에서의 격식과 예의를 상당 부분 떨친 채 그를 대했다.

도대체 스토커도 아니고……. 이런 상황에서 굳이 깍듯이 예를 갖출 필요는 없겠지.

"이건 다소 과한 것 같은데요. 제 기준에서 리오넬 씨의 이런 행동은 납득하기 어렵습니다."

"……이런 행동?"

"그렇지 않나요? 솔직히 저, 리오넬 씨와 단둘이 식사하고 싶지 않아서 저 나름대로 정중히 미루고 원래 친구들과의 금요일 밤 선약을 지켰습니다. 그에 대해서 불쾌하셨다면 정중히 사과드립니다. 하지만 이렇게 지극히 사적인 공간 앞까지 알아내서 쫓아오시는 건 엄청난 실례이자 매우 과한 행동 같은데요."

그녀는 격앙된 감정 아래 속사포처럼 말을 뱉어냈다. 결코 취하진 않았지만 유쾌히 주고받은 몇 잔의 알코올이 그녀의 혀를 다소 풀어놓은 것은 사실이었다.

"알렉산더 리오넬 씨, 저에 대해 어떤 평판을 들으셨는지는 몰라도…… 저는 리오넬 씨는 물론 당신이 지금껏 상대해왔던 여성들과는 완전히 다른 세계의 사람입니다. 후견인과 피후견인 사이에 더 이상 서로 얼굴 붉힐 일 없었으면 합니다만."

"다른 세계의 사람…… 이란 신분적인 의미가 아닌 것 같군요."

그는 시가를 빨면서 여전히 웃음기 가득한, 동시에 웃음기 하나 없는 얼굴로 알렉시스를 응시했다. 날카로운 그녀의 힐난조와 대조되는, 시종일관 억양 없이 침착한 음성이었다. 밤거리를 밝히는 빛에 비추어, 그의 단정한 얼굴에는 신비함마저 어렸다.

"같은 상류층이라도 내면적인 클래스란 건 따로 있으니까요. 흔히 인품, 소양, 교양, 도덕성이라고들 하죠. 싸구려 타블로이드 가십란에는 실리지 않는."

댁은 그와 반대로 문란하고 천박한 내면을 가진 상류층이지, 라고 말하는 게 분명한 눈빛으로 그녀는 쏘아붙였다. 아무리 천박해도 정도가 있지, 이건 정말 너무 지나친 경우였다. 악셀 브로디의 가문을 봐서라도 어떻게 이리도 노골적으로 접근할 수 있지? 그러면 상대가 넘치다 못해 주체하기 힘들 정도일 텐데 당최 이해할 수가 없었다.

"더 이상 시간 낭비하고 싶지 않군요. 이제 그만 돌아가주세요."

"……그러지요."

그는 어깨를 으쓱해 보인 뒤 입가에 걸려 있던 시가를 천천히 손으로 옮겼다. 그녀의 신랄한 모욕에도 동요 한 점 없이 초연한 태도였다.

완전 타고난 파렴치한이구나. 내일 당장 그랜트 씨에게 연락해 후견인 재선임을 요청해야겠어.

그런 그의 뻔뻔함에 질린 듯, 알렉시스는 매몰차게 메인 게이트로 등을 돌렸다.

"이건 드리고 가겠습니다."

찰랑– 어디선가 들은 듯한 익숙한 짤랑거림에, 알렉시스는 저도 모르게 다시 고개를 돌렸다. 그의 손가락에 뭔가 반짝이는 것이 걸려 있었다.

"이게 있어야 브로디 양이 집에 들어갈 수 있을 테니까요."

"제 아파트 열쇠……? 당신이 왜 그걸 갖고 있죠?"

"아까 호텔 로비에서 떨어뜨린 것을 직원이 습득하여 제 운전사에게 연락이 닿았습니다. 그랜트 씨를 통해 브로디 양의 아파트 열쇠인 걸 알았고 우리 둘 다 브로디 양에게 수차례 전화를 했지만 통화가 계속 안 되더군요."

"……."

뒤늦게 통화 목록을 확인한 그녀는 그의 말이 사실임을 알았다. 본디 얽매이기 싫어하여 휴대폰에도 그다지 신경 쓰지 않는 성격이었다.

"브로디 양이 로투스 바에 있는 것을 제 운전사가 확인했죠. 바에서 전해줄 수도 있었겠지만, 사적인 자리에 혹시 방해가 될까 싶어 여기서 기다린 겁니다."

"……."

알렉시스는 창피함과 민망함에 얼굴이 타는 듯 붉어지다 못해 귓불까지 빨개지는 걸 느꼈다. 쥐구멍이 있다면 들어가고 싶다는 말을 난생처음 실감하는 순간이었다.

아아……. 이 남자 정말 싫다, 싫어!

차라리 그녀를 탐욕의 대상으로 여겨 집 앞까지 쫓아온 게 훨씬 나을 뻔했다. 이렇게 그녀를 굴욕스럽게 만들 바에는! 그녀는 죽기보다 싫었지만, 빠른 사과와 굴복이 최선의 대비임을 알았기에 안간힘을 써서, 죽을힘을 다해 용기를 내었다.

"리오넬 씨."

다음 주 금요일 약속은 이미 자동 취소된 것일 테고 앞으로 옥스퍼드 졸업 때까지 다시는 이 사람 근처에 얼씬도 하지 않으리라.

"엄청난 실례를 한 쪽은 저였군요. 정말…… 진심으로 사과드립니다. 부디 오늘의 결례 잊어주시길 바랍니다……."

그는 과연 얼마나 화가 났을까? 저 침착한 얼굴 뒤로 얼마나 어이없고 괘씸해하고 있을까? 설마 그녀에게 앙심을 품고 보복하려 들진 않겠지. 아차, 그럼 후견인 문제는 어떻게 되는 거지? 제발, 그쪽에서 먼저 철회해주면 좋을 텐데. 제발……!

"괜찮습니다. 사과 받아들이죠."

시원시원한 대답과는 달리 그의 입가에는 아까 호텔에서 보았던 비릿한 조소가 번졌다.

"제가 내면적 클래스의 기준에서 브로디 양과는 완전히 다른 세계에 속해 있는 것은 지극히 유감이지만……."

천천히 말을 이으며 그는 앞으로 성큼 다가와 그녀 앞에 열쇠를 내밀었다. 알렉시스는 순간 딸꾹질이 나오려는 걸 간신히 참아내고 열쇠를 받으려 한 손을 뻗었다.

짤랑―

"약속대로 다음 주 금요일 저녁에 뵙죠. 그때도 컨디션이 오늘만큼 좋으시길."

"……!"

앞으로 뻗은 그녀의 손바닥 위에 열쇠를 올려놓은 알렉산더가 그대로 손을 겹쳐오자 그녀는 화들짝 놀라 숨을 삼켰다. 알렉시스의 손에 자신의 큰 손을 겹쳐서 깍지 낀 채, 그는 자신의 말을 강조하듯 손에 힘을 주었다. 차가울 것 같았던 그의 손에서 의외로 따뜻한 온기가 전해지자 그녀는 뭔가 배 속이 간지러운 것 같은 묘한 느낌을 받았다.

"아까 제대로 못 한 악수…… 지금 한 겁니다."

그녀의 당혹스런 얼굴을 비웃듯 일견한 그는 그대로 몸을 돌려 차에 올라타 순식간에 시야에서 멀어졌다. 도대체 뭐였지? 수 초간의 정적 끝에, 뭔가 여우에 홀린 표정에서 벗어난 알렉시스는 양손으로 머리를 감싸 쥐고 소리 없는 외마디 비명을 질렀다.

이건 차라리 악몽이야!

2화. 도발

"뭐…… 라고 했어, 방금?"

—네가 안 나오면 이 길로 바로 브로디 본가에 가서 후견인 문제를 논의하겠대. 그리고…….

수화기 너머에서, 케이티는 잠시 머뭇거리다 순식간에 말을 토해냈다.

—너의 이런 행동은 브로디가 여성으로서 도저히 납득할 수 없으니 이 일 또한 논의하겠대……. 아, 그런데 얼굴 한 번 안 찡그리고 화 한 번 안 내고 말하는데 그게 더 무서워! 그리고 엄청나게 섹시해! 난 꽃미남 별로인데 어떻게 저렇게 예쁘면서 동시에 남성적이고 섹시할 수 있지?

"케이티……. 하아……."

—아, 참, 지난 금요일 밤 플랫 앞에서의 일도 문제 삼을 수밖에

없다고 하는데 그건 무슨 소리야? 그때 네 아파트 앞에서 무슨 일 있었어?

연이어 미스터 슈퍼 섹시 리오넬에 대해 끊임없이 늘어놓는 케이티에게 공연히 성가신 일에 휘말리게 해서 미안하다고 사과한 뒤 알렉시스는 통화를 종료하고 곧바로 코트를 걸쳤다. 스스로에 대한 분노와 이 모든 상황에 대한 불안감으로 그녀는 입술을 꽉 깨물고 국회도서관 밖으로 나섰다. 그녀가 또 한 번 판단 미스를 하여 스스로 무덤을 파버리고 만 것이다. 리오넬과 단둘이 만나 식사해야 한다는 극심한 부담감에, 알렉시스는 일주일 전 로투스 바에서 절친 케이티와 장난 반 진담 반으로 주고받았던 말을 정말로 실행에 옮겨버리고 말았던 것이다. 로열 하우스 클럽 VVIP룸에서 오늘 밤 6시 30분에 예약되어 있는 후견인과의 만남을 그녀는 별생각 없이 케이티에게 떠넘겨버렸다.

〈알렉산더 리오넬 귀하, 피치 못할 개인적인 사정이 급히 생겨 오늘 밤 약속을 지키지 못하는 점 깊이 사과드립니다. 저의 절친이자 허친슨 Inc의 장녀 케이티가 서류를 대신 전달할 것이며, 서류에는 신탁 관리에 대한 저의 기본적인 플랜이 상세히 기재되어 있으니 참고해주시기 바랍니다. 기타 사항에 대해서는 리오넬 씨의 역량에 기꺼이 일임하도록 하겠습니다. 후견인의 도움과 지원에 진심으로 감사드리며 다가오는 브로디가의 크리스마스 만찬에 꼭 참석해주시기 바랍니다. ―알렉시스 브로디 드림〉

물론 크리스마스 만찬 때 그녀는 영국에 없을 계획이었다. 지인들과 2주 동안 시베리아 횡단 열차를 탈 예정이었고 아마 성탄절 당일에는 꽁꽁 얼어붙은 바이칼 호수에서 낚시를 즐기고 있을 터였다. 외교 공문과도 같이, 브로디가 문양이 찍힌 편지지에 직접 손으로 써서 케이티의 손에 들려 보냈건만. 순순히 넘어가줄까 조금은 걱정했지만 이렇게까지 돌직구를 던질 줄은 예상하지 못했다.

하얏트 힐튼 런던.

런던 시내에서 가장 호화롭고 화려한 호텔의 1층에는 극소수의 상류층 멤버들만이 출입 가능한 로열 하우스 클럽이 있었다. 클럽 내에서도 바깥과 분리되어 사생활이 철저히 보장되는 VIP룸이 있었고, 그 안까지 안내된 앳된 여자가 노크도 없이 벌컥 문을 열고 들어왔다.

"오랜만입니다, 브로디 양."

"케이티, 그러니까 제 친구는 무사히 돌아갔나요?"

"저와 즐겁게 식사하고 돌아가셨죠. 이 시간이면…… 브로디 양도 이미 저녁은 했겠군요."

"네, 하이드파크 앞 피시 앤 칩스로요."

"좋은 선택이군요. 서민층에게 가장 인기 많은 곳이죠."

알렉산더는 건너편에 여자가 앉는 것을 지켜보며 오만하게 가죽 쿠션 깊숙이 몸을 묻었다. 꼴에 의리는 있는가 보군. 귀찮은 일에 친구를 끌어들이기는 싫어서 헐레벌떡 달려온 모양이었다. 달려온 탓인지, 그에 대한 분노 탓인지 붉게 상기되어 있는 그녀의 캐주얼 차림은 장소와 썩 잘 어울린다고는 할 수 없었다. 처음부터 눈앞의 계집애는 여기 나올 생각이 없었던 것이다. 그녀가 이 시간까지 도서관 서가에 있었음은 운전사를 통해 이미 알고 있었다. 그러나 뒤로 아무렇게나 동여맨 긴 갈색 머리, 낡아빠진 블랙

진과 패딩 재킷임에도 그녀는 이 호텔 안 그 누구보다도 더 눈에 띄고 신비해 보였다. 그는 자신을 향한 그녀의 도전적인 블루 그레이 눈동자를 여유 있는 눈으로 마주 보았다.

자, 알렉시스 브로디. 이제 어떻게 널 좀 엿 먹여줄까……?

그는 철저히 속내를 숨긴 채 신사다운 온화한 표정으로 눈앞의 소녀를 마주 보았다.

"케이티에게 대강 들었습니다만……. 리오넬 씨, 그냥 솔직히 말씀드리겠습니다. 처음부터 그랬으면 좋았을 텐데 제가 너무 길을 돌아간 것 같네요."

알렉시스는 잠시 숨을 고르더니 결연한 표정으로 주저 없이 말을 이어갔다. 그녀 쪽에서도 이제 돌직구를 던질 생각인 모양이었다. 알렉산더는 디저트로 나온 터키식 커피를 음미하며 그녀의 말이 끝나기를 조용히 기다렸다.

"그냥 단도직입적으로 짧게 핵심만 말하는 결례를 용서해주시기 바랍니다. 저는 그 누구도 제 후견인으로 원하지 않고 특히 리오넬 씨는 더더욱 원하지 않습니다. 제가 일주일 전, 그리고 오늘 밤 범한 실수에 대해서는…… 아무리 사죄해도 부족하겠지요. 그러나 앞으로 또 이런 일이 없을 거라 보장할 수 없기에, 더 이상의 결례를 범하지 않기 위해서라도 이 이상 리오넬 씨와의 후견 관계는 지속시키지 않는 편이 좋을 거라 생각됩니다. 이미 느끼셨겠지만…… 저는 리오넬이나 브로디 집안 그 누구와도 다른 부류의 인간입니다. 가문과는 상관없이 독립적으로 살기를 원하고 제 신탁 관리를 제가 스스로 운용할 최소한의 판단력은 있기 때문입니다."

인내는 쓰지만 인내 뒤의 열매는 달다. 그는 서두르지 않고 천천히 순간순간을 음미하며 그녀를 코너에 몰 생각이었다.

"그러므로 후견 선임은 리오넬 씨가 철회해주셨으면 합니다."

"거절합니다."

"네……?"

"철회 제안은 거절하겠습니다. 그리고 친구분을 통해 주셨던 이건……."

알렉산더는 케이티란 여자가 전달한, 알렉시스의 신탁금 관리 플랜이 상세히 기재된 블루프린트 서류를 손가락으로 튕겼다.

"훌륭하더군요. 일개 17세 고등학생의 플랜이라고는 도저히 믿기 힘들 정도로."

"저도 나름 어릴 때부터 경영 수업을 받아왔으니까요. 비록 리오넬 씨와는 비교 자체가 불가하겠지만……."

"기본 관리는 이 플랜대로 진행하겠습니다. 기타 사항은…… 한 달에 한 번 미팅 때마다 논의하면 되겠지요."

"그러니까……."

눈앞의 여자는 아무리 똑똑해도 역시 아직은 소녀에 불과했다. 감정이 절제되지 않는지 한 손으로 머리를 마구 헝클고 쓸어 넘기며 답답한 듯 언성이 높아졌다.

"한 달에 한 번 미팅? 그건 듣도 보도 못한 소리인 데다 예전에 헤네스가 당숙께서 후견인이었을 때도 1년에 한두 번 뵐까 말까 했었어요! 그리고 원점으로 돌아가서."

아, 화가 나면 스페인 혈통의 들끓는 피가 이렇게 드러나는군. 그는 흥미로운 눈으로 감정이 격앙되어 붉으락푸르락해진 알렉시스의 표정을 주시했다.

"제 철회 제안을 거절하시는 이유가 대체 뭐죠? 어차피 이런 후견 업무 따위 리오넬 씨 같은 분에게는 성가신 일밖에 되지 않을 텐데요."

"성가신 일인지 아닌지는 내가 결정합니다."

그는 커피 잔을 탁, 가볍지만 소리 나게 내려놓았다. 슬슬 본론으로 들어가야겠군.

"브로디 양은 제가 생각했던 것보다 정신적으로 훨씬 더 어리군요."

"뭐…… 라고요?"

"이건 매우 하찮은 일일 수 있지만 브로디 양이 그렇게 가벼이 생각할 정도로 의미 없는 일은 아닙니다. 브로디와 리오넬 가문이 현재처럼 우호적인 친목을 유지하는 가장 큰 이유는, 과거 두 집안 사이에 오고 갔던, 그리고 지금도 오고 가는 수많은 사업적 협력 관계 때문이죠. 이 후견 건도 마찬가지입니다. 악셀 브로디 경이 증손녀를 위해 제 할아버님에게 공식적으로 요청하신 일입니다. 각 가문을 대표하는 두 분 사이에 이루어진 협력적 사안을, 나와 브로디 양이 서로 간의 합의하에 마음대로 깰 수는 없어요."

"실제적으로 기업의 이익이 좌우되는 사안도 아니며 후견 담당 자체가 형식적인 자리일 뿐인데 리오넬 씨가 너무 거창하게 생각하시는 것 아닐까요?"

"그럼 브로디 양이 최소한 악셀 브로디 경에게 먼저 양해를 구하고 후견 관계를 파기하는 게 적절한 수순입니다. 브로디 양이 악셀 브로디 경에게 어떤 식으로든 연락을 취해서 이 일에 대해 논의드린 뒤 다시 이야기하죠."

"……."

알렉산더의 귀에, 알렉시스 브로디가 이 난관을 어떻게 헤쳐나갈지 잔머리 굴리는 소리가 들리는 것 같았다. 악셀 브로디가 오랜 병환 뒤 요양차 현재는 이탈리아의 사르데냐 섬에 있음은 두 가문의 모두가 알고 있었다. 단지, 알렉시스가 영국 순 혈통이 아니라는 이유로 출생 이후부터 증조부 쪽의 외면으로 서로 간에 거의 왕래가 없다시피 한다는 사실은 극소수만이 알고 있는 사실이었다. 그 극소수 안에 알렉산더 역시 물론 포함되어 있었다.

"정말 골치 아프군요. 차라리 유산을 죄다 인출해 템스 강에 뿌려버리는 편이 속 시원하겠네요."

"그럼 많은 사람들이 익사하는 사태가 벌어지겠죠."

그녀의 신랄한 어조에 그는 상쾌한 어조로 응대했다.

"그럼 브로디 경으로부터 정식으로 후견인 철회 요청을 받지 않는 이상, 나는 예정대로 브로디 양의 후견인 권리를 행사하겠습니다. 예전에 헤네스가 당숙과는 어떤 방식으로 했든…… 지금은 내가 후견인인 만큼 정기 미팅에 대해서는 내 의견을 따라주셔야겠습니다. 한 달에 한 번, 상세 일자와 시간 및 장소 등 세부 사항은 비서를 통해 일주일 전 전달하겠습니다. 브로디 양의 학업을 고려해서 장소는 최대한 옥스퍼드 근처로 해보죠."

"논의할 사안 자체가 거의 없을 텐데 한 달에 한 번은 불필요한 시간 낭비, 에너지 소모입니다. 모든 연락은 유선상, 이메일로만 하고 대면은 꼭 필요할 시에만 하도록 하죠. 저는 실리 추구형 인간이거든요. 그럼 좋은 주말 보내시길……."

애초에 후견이란 일 특성상 대면이 꼭 필요할 경우 자체가 있을 리 없었다.

"미스 브로디."

언짢은 얼굴로 자리를 박차고 나가려는 그녀가 걸음을 멈췄다.

"나 역시 지극히 실리적인 인간입니다. 제 쪽에서 논의할 일이 있을 테니 한 달에 한 번으로 하겠습니다. 이의 있으면 악셀 브로디 경을 통해 전달해주길 바랍니다."

그는 시종일관 쓰고 있던 신사의 가면을 벗어던지고 맹수의 이빨을 슬며시 드러내었다. 낮은 저음 속에 실린 협박과 경고가 너무나 명백해, 눈앞의 소녀는 포커페이스 뒤편의 연약함을 처음으로 드러내고 말았다. 흔들리는 눈빛을 애써 감추며 알렉시스는 아무 대꾸 없이 쫓기듯 방문을 나섰다.

건방진 꼬마 같으니. 썩 훌륭하지만 아직은 역시 하수야.

그는 캐시미어와 블랙진에 감춰진 그녀의 근사한 몸매를 하루 빨리 보고 싶었다. 저 앳되고 청순한 얼굴 아래 몸은 얼마나 매혹적인 관능으로 가득할지.

"리오넬 2세가 그 계집애 후견인이 됐다고?"

"그렇습니다."

"도대체 왜?"

"그 이유까지는…… 저희도 파악하지 못했습니다."

"……."

머리부터 발끝까지 우아한 기품과 고상함을 두루 갖춘 매무새, 태어날 때부터 아랫사람 부리기가 지극히 익숙한 음성의 주인공은 테라스 너머 몽트뢰 호수에 드리워진 초목들의 그림자를 바라보았다. 눈부시게 푸르던 하늘이 어둑한 구름 너머 점점이 흩어지는 모양새가 마치 자신의 심정을 대변하는 것 같았다. 목소리의 주인공은 뭔가 매우 못마땅한 듯 혀를 차며 손안의 사진을 내려다보았다.

사진 속의 소녀는 신비한 청회색 눈동자에 풍성한 적갈색 머리칼을 한쪽 어깨로 늘어뜨리며 고개를 살짝 숙이고 있었다. 긴 속눈썹과 우윳빛 피부, 발그레한 장밋빛 볼이 마치 도자기로 만들어진 인형 같았다. 전형적인 영국식 아름다움에 자유로운 라틴의 피, 그리고 동양적 여운이 깊이 드리워진 얼굴이었다.

"확실히 커갈수록 제 어미를 닮아가. 그때 같이 죽어버렸어야 했는데……."

런던 한가운데, 고즈넉한 고급 주택가 초입에 자리한 한 저택 앞에는 '로열 마그누스 클럽(Royal Magnus Club)'이란 푯말이 걸려 있었다. 한 남녀가 멀찍이 마주 보고 앉은 5층 미팅룸은 클럽 내 가장 넓고 좋은 방들 중 하나였다.

"리오넬 씨, 이제 그만 말해주시죠."

"뭘 말입니까?"

"모든 것을요."

"……무엇에 대한 모든 것 말이죠? 설마 저에 대한 것은 아닐 테고."

설핏 웃는 그의 눈에는 웃음기 하나 없었다. 알렉시스의 명의로 투자되어 있는 여러 기업체의 주식 그래프를 훑는 눈은 단 한 번도 서류에서 떠나지 않았다.

"리오넬 씨에 대한 것이기도 합니다."

그제야 알렉산더는 고개를 들어 테이블 너머 상대방을 주시했다. 냉정한 검은 눈이 19살 여자의 희미하게 날이 선 청회색 눈과 맞닥뜨렸다. 오늘은 3월의 마지막 주 금요일, 올해 옥스퍼드 최연소 수석 입학자 알렉시스 브로디와 그녀의 후견인 알렉산더 리오넬이 신탁 유산 관리와 투자 현황에 관련해 면담을 갖는 날이었다. 지난해 11월부터 시작해 어느덧 네 번째가 되는 면담이었다. 그러나 그 공식적인 면담 외에도 사업상 서로 밀접히 관련되어 있는 데다 오래전부터 친분이 두터운 두 집안 간 관계 때문에 여러 사교 모임 및 행사에서 그와 종종 마주치곤 했었다. 상류층의 격식 차린 모임을 질색하는 알렉시스였지만, 그녀가 반드시 참석해야 했던 행사에는 어김없이 그가 있었다. 우연치고는 지나치게 타이밍이 잘 맞아들곤 했다. 알렉산더 역시 사업상 꼭 필요한 자리 외에는 도통 얼굴을 비치지 않는다고 들었건만, 마치 알렉시스의 참석 여부를 사전에 확인하기라도 한 것처럼 그녀가 가는 곳에는 항상 그가 있었다.

　"리오넬 씨, 정말로 원하는 게 뭔가요?"

　그녀는 그의 칼날 같은 시선 앞에 조금도 주눅 들지 않고 당당히, 정중한 태도를 잃지 않고 맞섰다.

　"저는 지금 진지하게 묻고 있습니다. 그 어느 때보다 더. 그리고 제 실례를 용서해주신다면 조금 더…… 직설적으로 묻겠습니다. 애초에 리오넬 씨 같은 분이 저 같은 학생의 후견을 맡을 이유가 없는 만큼, 제 입장에서는 배후에 어떤 이유나 목적이 있을 거라 생각하는 게 지극히 자연스러워요. 이제는 그 이유 혹은 목적을 저에게 솔직히 말씀해주실 수 없을까요."

"없습니다."

"네?"

"알렉시스 브로디 양의 후견을 맡은 배후에는 아무 이유나 목적이 없습니다."

그는 그녀의 말을 앵무새처럼 나직이 뇌까렸다. 정중하지만 차디찬 무언가가, 마치 경고와도 같은 잔혹함이 서린 음성이었다.

"그럼 리오넬 씨가 처음부터 쭉 주장해오신 대로, 단지 집안 간의 친분상 제 할아버님 요청을 들어주는 것일 뿐이다…… 그 말씀인가요?"

"그렇습니다."

더 거론할 가치도 없다는 듯, 그는 무심히 말하며 서류의 마지막 장을 휙 넘겼다.

"이견이 없으면 전에 논의한 대로, B사의 주식은 주가 동향에 따라 매매 처리될 겁니다."

알렉산더 리오넬은 서류철을 시원스럽게 탁 닫으며 테이블 위에 내려놓았다. 그 소리만큼이나 그의 외관은 시원시원했고 어디 하나 나무랄 데가 없었다. 갸름한 턱선에 수려한 이목구비, 신사답게 살짝 웃음 띤 입가엔 영국 정통 귀족의 품격이 흘러넘쳤다.

"한 가지 궁금한 게 있는데……."

그의 젠틀한 얼굴을 마주하며 알렉시스는 천천히 말을 이었다. 상대방의 표정 못지않게 온화하고 기품 넘치는 어조였지만, 그 내용은 신랄하기 그지없었다.

"다른 사람들은 리오넬 씨의 거짓 웃음을 정말로 알아채지 못하는 걸까요, 아니면 감히 그걸 지적할 배짱이 없기 때문에 그런 척하는 걸까요."

"……."

"저는 종종 그것이 궁금하더군요."

웃음기 하나 없는 그의 눈매가 점점 더 서늘해지는 것과는 달리, 잔잔한 미소를 머금은 표정에는 일말의 동요도 없었다. 그는 어떤 상황에서도 철저히 가면을 유지할 줄 아는 정글의 프로이자 가장 정상에 위치한 맹수 중의 맹수였다.

하……. 이 맹랑한 계집애. 이제 몇 달 지났으니 슬슬 발톱을 드러내도 되겠다 싶은 건가? 조심해, 꼬마. 통째로 삼켜지는 수가 있어. 뼈째 씹히거나…….

"충고 하나 할까요, 브로디 양."

부드러운 어조였지만 그의 눈은 간담이 서늘할 만치 냉랭해져 있었다.

"내가 사람들에게 거짓 웃음만 일삼는 사람이라 생각하신다니 매우 유감입니다. 그러나 누군가의 눈에 그렇게 보였다면 그렇게 보인 사실 자체를 수긍할 뿐입니다. 굳이 항변할 필요는 없지요. 하지만 예의상의 웃음조차 필요 없다 내가 판단할 때……. 장담컨대 브로디 양은 그런 상황에 직면하게 되는 일이 없기를 진심으로 바랍니다."

알렉시스는 협박과도 같은 그의 발언에, 긴장으로 잔뜩 뻣뻣해진 목 너머로 저도 모르게 침을 삼켰다. 그가 아무리 냉혈한인들 그도 사람인 이상 진심에서 우러나온 미소를 지을 순간들은 분명 있을 것이다. 그러나 알렉산더 리오넬과 같은 유형의 인간에게는 그 미소보다는 반대의 경우가 훨씬 많을 것이다……. 더 이상 상대에게 거짓 호감을 표할 필요 없이, 얼마든지 진정한 증오와 경멸, 혐오, 멸시, 분노를 고스란히 드러내고 표출해도 무방한 상황. 벼르고 벼르던 사냥감을 합법적인 명분하에 짓밟고 죽이고 망가뜨릴 수 있는 최후의 순간.

"설사 거짓일지라도, 때로 웃음은 최선의 안전장치입니다. 브로디 양도 더 세상을 겪어보면 언젠가 제 말을 실감할 겁니다."

그는 한마디 첨언한 뒤 확인을 마친 서류철을 묵묵히 내밀었다. 여전히 입가에 잔잔한 웃음을 띤 채였다. 알렉시스는 더욱 빳빳이 고개를 들어 도전적인 시선을 유지한 채 그가 건네는 서류철로 손을 뻗었다. 그러나 그의 손과 최대한 닿지 않으려, 손가락 끝으로 낚아채다시피 서류를 받아내었다. 그녀의 의도를 알기라도 하듯, 알렉산더는 입가에 비웃음을 띠며 그녀에게 시선을 고정한 채 천천히 팔짱을 꼈다. 모든 상황을 컨트롤하고 자신의 지배 아래 두는 자의 여유 넘치는 태도였다. 그러나 곧이어 울린 알렉시스의 휴대폰 벨소리, 그리고 이어지는 대화와 함께 그의 넘치던 여유는 금세 자취를 감추었다.

"다니엘? 기다리게 해서 미안해. 지금 출발하면…… 아, 정문 앞에?"

지금 갈게, 라는 말을 끝으로 알렉시스와 상대방의 대화는 신속히 종료되었다.

"친구가 기다려서 이만 가야겠어요. 그럼 다음 달에 뵙겠습니다."

"그럽시다, 굿나잇."

신사처럼 웃음 띤 얼굴이었지만 알렉산더의 눈에는 살기가 충천했다. 그녀가 서둘러 나가느라 그의 시선을 마주하지 않은 것은 차라리 다행이었다. 잠시 후, 창 너머로 라이온스 클럽 저택을 나서서 작은 정원을 지나 정문으로 향하는 알렉시스의 뒷모습이 환한 불빛 아래 선명히 보였다.

그들이 만났던 미팅룸은 5층이라, 정문 게이트 밖으로 임시 주차한 마세라티와 곧이어 운전석에서 내리는 젊은 남자의 얼굴까지 대략 윤곽이 잡혔다. 부드럽고 상냥해 보이는 갈색 머리에 환한 미소, 너무 크지도 작지도 않은 중키에 웬만한 고급 정장 호가 하는 값비싼 캐주얼 정장 차림. 알렉산더와는 모든 면에서 극명한 대조를 이루는 분위기의 소유자였다. 이제 한낱 20대 초반에 접어든 풋내기. 세상 모든 것이 자기 의지에 달려 있다 철석같이 믿는 듯한 치기 어린 자신감.

남자의 차로 다가간 알렉시스가 뭔가 말하며 고개를 젓는 모습, 그가 어깨를 으쓱하더니 마세라티를 도어록으로 잠근 뒤 그녀를 중심가 쪽으로 이끌고 걸어가는 장면이 연달아 보였다. 짐작건대 그녀가 굳이 마세라티 같은 고급 승용차로 목적지까지 가길 원하지 않았던 것 같았다.

알렉시스는 상류층의 비현실적, 사치적 소모는 질색해도 때와 상황, 무엇보다 필요에 의해서는 금전적 풍요함에서 비롯된 현실적, 실리적 혜택과 특권을 최대한 활용할 줄 아는 여자였다. 다니엘 드러커가 차로 집까지 바래다주는 것이라면 구태여 그 편리함을 마다하진 않을 터였다. 따라서 차를 두고 간다는 것은, 그와 어딘가로 장소를 이동해서 둘만의 시간을 갖는다는 의미임이 분명했다.

나란히 멀어지는 두 사람의 뒷모습을 보는 알렉산더의 눈에서는 불꽃이 확 튀었다. 속에서 끓어오르다 못해 몸 밖까지 발산되는 분노를, 그는 이 악물고 억누르고 있었다. 알렉산더가 최대한의 자제력을 유지할 수 있도록 만드는 단 한 가지 제어 장치는, 저 둘의 일거수일투족을 철저히 감시하여 그에게 상시 보고할 유능한 감시꾼이 있다는 사실이었다. 드러커 2세는 호시탐탐 그녀에게 조금이라도 더 가까이 다가갈 기회만을 노릴 게 분명했다. 하지만 그 얼간이가 그녀에게 적정 수준 이상으로 손을 뻗어오기만 해도, 리오넬가의 경호원에 의해 당장 그 자리에서 저지당할 터였다.

"아, 미안……. 못 들었어. 다니엘, 뭐라고 했어?"

"너무한데……. 아까부터 완전히 영혼 이탈 상태잖아."

다니엘은 정말로 서운한 듯 투덜거리면서도 다시 열 올려 말을 이어갔다.

"이번 첫 학기 중간고사 끝나고 니스 별장에 가지 않을래? 전에 말한 사촌들과 같이. 아직 니스 쪽에는 가본 적 없다고 했지?"

둘은 적당히 소란스러운 커피숍 안에서 마주 보고 앉아 있었다. 알렉시스가 클럽 문화에 전혀 관심이 없고 그나마 펍도 여럿이서만 가는 편이라, 다니엘은 이렇게 그녀와 커피숍에서나마 둘만의 시간을 보낼 수 있다는 데 감지덕지해야 했다.

"어쩌지? 여름에 장기간 중동에 가려고 이번 학기에는 그야말로 풀이야. 중간고사 끝나고도 과제물로 정신없을 것 같은데."

"단 며칠도 안 돼? 저번 겨울에도 취소했었잖아."

얼굴에 진심으로 실망하는 빛이 너무 역력해 안쓰러울 정도였지만, 그녀는 설사 시간 여유가 있다 해도 그와 단순한 학교 친구 이상으로 가깝게 지낼 생각은 없었다. 다니엘이 그녀에게 단순한 교우 이상의 감정이 있다는 걸 본능적으로 어렴풋이 느끼고 있기 때문이었다. 그러나 알렉시스의 머릿속은 다른 남자의 존재로 가득 차 있었다. 방금까지 단둘이 대면하고 있었던 남자의 얼굴이 아직도 그녀의 뇌리에서 떠나지 않고 있었다.

근 한 달 만에 만난 알렉산더는 사업 일로 바빴는지 살짝 얼굴이 야위어 보였다. 조금 수척해 보이는 안색임에도 그는 너무나…… 위협적이었다. 위협적으로 섹시했다. 그녀는 그와 사무실 안에서 단둘이 있는 동안 단 한순간도 긴장의 끈을 늦출 수가 없었다. 조금만 틈을 보이면 바로 공격을 서슴지 않을, 인간의 외형을 한 맹수와 함께 있는 기분이었다.

이번 달, 그녀는 캠퍼스 첫 달이라 나름 정신없이 바빠 집안 행사에는 전혀 참석하지 않았었다. 하지만 가끔씩 언론을 통해 들려오는 그의 소식에 그녀의 귀는 항상 집중해 있었다.

그와 모니카 해밀턴이 열애 중이라는 소문은 정말 사실일까? 최근 잡지와 신문에 실린 그의 사진에서는 할리우드 대세라 일컬어지는 블론드 섹시 스타가 동반해 있었다.

"모니카 해밀턴……. 요즘 누구랑 열애 중이야?"

그녀와 달리, 연예계 쪽 소식에도 밝은 다니엘에게 무심결에 지나가는 것처럼 한마디 던져보았다.

"모니카 해밀턴? 아, 요즘은 리오넬 그룹 총수와 가까이 지낸다는 소문이던데? 그래봤자 얼마나 갈지는 모르겠지만……. 그런데 그건 왜?"

"아니, 신작 영화 제작사 주식을 체크하다가…… 요즘 파파라치 사진들이 유독 많이 보이길래."

이번 주말에도 그 둘은 함께 있을까?

3화. 불꽃

옥스퍼드 캠퍼스 밖, 일반 대학생들에게는 꽤 고가인 레스토랑에 서너 명의 남자들이 앉아 교정 내 가십들에 대해 이런저런 수다를 늘어놓고 있었다. 언뜻 보면 젊은 대학생들 한 무리에 불과했다. 하지만 몸에 걸친 옷가지나 시계 등의 장신구가 그들의 신분이 평범하지 않다는 사실을 보여주고 있었다.

"다니엘 드러커 주니어가 그런 인간이었다니 도저히 믿어지지 않아."

"그러게 말이야……. 그 정도 집안에, 배경에, 도대체 왜 그렇게까지 타락해야 했는지 이해가 안 돼."

"상류층 재벌집 자제들이 유흥 삼아 가끔씩 즐기는 정도야 드문 일은 아니지만……. 미성년자 상대로 성매매에 마약 판매라니, 이건 확실히 엄청난 추문이야. 드러커 엔터프라이즈는 이제 끝났어. 주가 폭락은 이미 수습 가능한 선을 넘었고 브루나이 국영기업체 채무 20억 달러도 아마 제때 상환 못할 거야."

"신생기업치고 꽤 건실히 성장하고 있었는데……. 아들 하나 잘못 둔 탓에 엄청난 빚만 몇 대에 걸쳐 대물림하겠네."

남자들 중 하나가 뭔가 생각난 듯 화제를 살짝 돌렸다.

"그런데…… 그 브로퀸, 드러커와 한참 썸 타는 중 아니었어?"

"엄밀히 말해 썸은 아니지. 그래도 이런 불미스런 일만 없었다면 잘됐을지도. 브로퀸 추종자 무리 중 제일 두드러졌으니."

"그런데 너 그 소문 들어봤어? 브로퀸의 저주……."

"그건 또 무슨 뜬금없는 소리야? 알렉시스 브로디 여왕이 무슨 마녀라도 되는 것처럼……. 그 정도 눈에 띄면 같은 여자들이 질투해 온갖 가십을 만들어내기 마련이잖아. 그런데 그 저주란 건 뭐야?"

"브로디 주변을 맴도는 남자에겐 항상 불행이 따른다는 저주."

"맞아! 나도 얼마 전에 들었는데……. 왜, 드러커 이전에도 브라이언 터펠이 브로디에게 한창 작업 걸다가 기업 내 여직원 성추행 건으로 고소당해 큰 추문이 있었잖아. 과연 우연일까?"

"글쎄……. 단순한 우연일 수 있지만 억지로 짜 맞추면 그런대로 소문거리는 되겠네. 그런데 브로퀸은 애초에 본인이 폭풍의 핵, 그 가운데 있는데도 전혀 개의치 않으니, 뭐. 연애 자체에 관심이 없는 것 같아서 한때는 레즈 아니냐는 소문도 있었잖아. 이미 정략 상대가 있는 거 아냐? 21세기가 아니라 31세기가 돼도 이쪽 세계에선 불변의 법칙이잖아."

브로퀸의 저주에 대해 처음 화두를 꺼냈던 남자 하나가 조금 목소리를 낮춰서 모두의 주의를 집중시켰다.

"이건 우리 아버지가 언젠가 살짝 흘리신 일급 정보인데…… 배후에 리오넬 가문이 있다는 소문이 있어. 그게 사실이면, 브로 퀸은 그렇게 조신하고 참하게 학교 다니다가 졸업하면 바로 리오 넬가 사람이 되는 거지."

"헐! 그 무시무시한 리오넬? 그럼 과연 리오넬 누구와? 사촌 의 팔촌까지 줄줄이 엮으면 그쪽 라인도 싱글인 사람이 꽤 되려 나……."

"설마설마 싶지만…… 얼마 전에 라이온스 클럽에서 들은 적 있어. 요즘 부쩍 알렉산더 데빌이 얼굴을 비치고 있다고……."

"알렉산더 데빌? 그 리오넬가 총수가?"

"……뭔가 매우 안 어울리는 조합이지?"

"음……. 둘이 한 프레임에 넣고 보는 것 자체가 상상이 안 돼. 그냥 천사와 악마 그 자체잖아."

"누군지 모르고 본다면 그림, 아니 사진 같은 한 쌍이지."

"알렉산더 데빌이 한 여자에게 정착한다는 건 아마 백만 년 후에나 가능할걸. 어쨌든 브라이언 터펠이나 다니엘 드러커나 뭔 가 석연치 않은 건 확실해. 분명히 배후에 뭔가 있어."

"이러다 브로퀸 마녀설까지 돌겠네. 어쨌든 난 브로퀸 근처에 얼씬도 안 할 거야. 아무리 보기 좋은 떡이라도 먹다가 누가 찔러 급체하면 어떡하나."

"천박하긴……. 그 여자가 너에게 먹혀주기나 하겠어? 뭐가 부족해서?"

"아, 참! 그리고 보니 너 채플 시간에 번호 딴 그 여자 있잖아! 언론학과 조교라던가? 그 글래머랑은 어떻게 됐어?"

남자들의 대화는 뭔가 전혀 어울리지 않는 한 쌍의 조합에서, 어느새 다른 화제로 흘러가고 있었다.

알렉시스는 파리에서 10월에 후견인과 열두 번째 만남을 가졌다. 그들이 공식적인 대면을 하게 된 지 1년째 되는 달이기도 했다. 중간고사 직후, 알렉시스는 파리행 비행기에 올라 모처럼 망중한을 즐기고 있었다. 소르본느 대학에서의 학회 워크숍에 교수진 외 몇 명의 학생들이 초대되었고, 그중 알렉시스도 일행에 포함되어 2박 3일간의 짧은 여정 중에 있었다. 노벨상 수상자 파트리크 모디아노에 대한 드문 학회라 알렉시스는 이 기회를 절대 놓치고 싶지 않았고, 후견인은 굳이 그럴 필요가 없는데도 그녀의 일정을 존중해 그녀와의 면담을 위해 파리까지 오길 고집했다. 알렉시스는 면담일을 며칠 연기해 매번 그랬듯이 런던에서 만나기를 원했지만 그는 비서를 통해 지극히 정중하면서 완강한 메시지를 전달해왔다.

〈내일 르 브리스톨 파리에서 오후 6시. 장소, 시간 모두 확정되었습니다.〉

르 브리스톨 파리는 프랑스 중세 왕궁을 연상시키는 파리 내 최고급 호텔로 공식적인 팔라스(궁전) 칭호를 가진 몇 안 되는 곳이었다.

장소, 시간 모두 확정? 상대방 의견은 묻지도 않고……. 리오넬사 비서가 건넨 메모를 훑어본 그녀는 짧게 코웃음 치며 메모지를 강의실 쓰레기통에 툭 던졌다. 하필이면 그녀가 가장 만나고 싶지 않은 사람과 국경 너머에서까지 조우해야 한다니……. 정확히는 가장 만나고 싶지 않은 동시에, 만남이 가까이 다가올수록 묘한 긴장감과 알 수 없는 감정을 자아내는 인물이었다. 이 알 수 없는 감정은 뭘까. 알렉시스는 스스로도 정의 내릴 수 없는 기이한 감정에 혼란을 느꼈다. 만나게 되면 보이지 않는 팽팽한 긴장과 상대를 짓누르는 듯한 압도감에 그녀는 항상 배 속이 꽉 조이는 불편함에 시달려야 했다. 하지만 만나기 전에는 설렘과도 같은 이상한 느낌이 그녀의 가슴을 가득 채웠고, 만난 후에는 한동안 그의 존재가 머릿속을 가득 채웠다.

설렘이라니, 말도 안 되는 소리…….

그럼 설렘이 아니면 뭘까. 그가 이번엔 어떤 옷을 입고 어떤 얼굴, 어떤 표정을 짓고 있을지, 무슨 말을 할지 등등이 궁금했다. 속 시원히 작별 인사를 하고 돌아선 뒤면, 그녀는 어째서인지 그가 부쩍 더 피곤해 보인다든지, 오늘은 비교적 낯빛이 좋아 보였다든지, 심플하면서도 단조롭지 않은 모노톤에 고급스러움이 극에 달한 키톤 정장, 실바노 라탄지 수제 정장 구두에 그가 얼마나 더 세련되고 우아해 보였는지 등등을 회상하고 음미하곤 했다. 그렇게 한참을 알렉산더에 대한 생각에 몰입해 있다가, 그런 자신을 발견하고 경악하곤 했다.

하지만 그것도 오늘로 마지막이야.

법적인 성년이 된 지금, 그녀는 더 이상 알렉산더 리오넬과의 개인적인 만남을 지속하고 싶지 않았다. 어떤 본능이 그녀에게 알려주고 있었다. 그는 지극히 위험한 남자이며, 그와 이 이상 연관되면 다시는 헤어날 수 없는 덫에 영원히 걸려들 것이라는 불길한 예감. 동기들과는 달리, 아직까지 남자에 그다지 관심이 없는 그녀로서는 그의 치명적인 섹시함 역시 시간이 지날수록 형언하기 어려운 불편함으로만 작용할 뿐이었다. 그녀는 그로 인해 자신이 까닭 모를 혼란을 느끼는 게 싫었다.

"동의합니다."

"네?"

"대리인 선정에 동의합니다. 그럼 다음 달부터는 브로디 양이 선임한 대리인을 통해 서로 필요한 사항을 전달하죠. 대리인이 정해지는 대로 제 비서에게 알려주면 됩니다."

"……."

너무 의외라서 그녀는 잠시 할 말을 잃었다. 1년 전 그녀와의 월간 면담을 집요하게 주장했던 그인지라, 이렇게 선선히 그녀의 제안에 동의해올 줄은 몰랐던 것이다.

"뭐가 잘못됐나요?"

"아뇨, 양해해주셔서 감사합니다."

"그럼 오늘이 마지막인데 지루한 탁상공론 대신 저녁이나 함께할까요? 재무관리표는 이미 이메일로 보냈습니다."

"아, 저녁…… 이요."

알렉시스는 그와 단 한 번도 단둘이 식사를 한 적은 없었다. 처음 만남에서는 이미 예약된 저녁 식사를 그녀가 다른 핑계로 거절했고, 두 번째 저녁에서도 그녀의 고의적인 회피로 친구인 케이티가 대신 나갔었다. 그녀가 최대한 거리를 두고자 하는 의도를 파악했는지, 그 이후로는 한 번도 그쪽에서 식사 자리를 제안한 적이 없었다.

"좋아요."

잠시 머뭇거리는 사이 그는 이미 그녀에게 선약이 없음을 눈치챘을 것이다. 이미 워크숍은 오늘로 모두 끝났고 파리에서의 마지막 밤이라 알렉시스는 일행과 떨어져 파리 밤거리 구석구석을 자유로이 혼자 배회해볼 계획이었다. 알렉산더와는 어차피 이제 사적인 만남을 가질 일도 없을 테니 저녁 식사 한 번 정도는 괜찮으리라.

르 브리스톨 파리에서 가장 호화롭고 비싼 객실은 루이 16세 때의 가구와 명화, 소품들로 여느 궁전 못지않게 꾸며져 있었다. 창가에 딸려 있는 다이닝 테라스 역시 웬만한 객실 못지않게 넓고 사생활이 철저히 보장되어 있었다. 알렉시스는 처음에는 레스토랑이 아니라 객실에서 그와 단둘이 식사한다는 상황이 어딘지 꺼림칙했지만, 그가 머무는 객실이 아니라 단지 식사만을 위해 잠시 사용하는 곳이며 웨이터가 둘이나 그들의 시중을 들고 있다는 사실에 안도하기로 했다.

호텔의 격에 맞게 프랑스식 전통 코스는 나무랄 데 없이 훌륭했다. 디저트까지 마친 뒤 웨이터 둘도 잠시 객실 밖으로 물러나 그와 정말로 단둘만 남은 상황이 되었다. 식사 내내 그와 지극히 어색할 거라 예상했지만 의외로 분위기는 편안했다. 그도 본격적으로 사업에 뛰어들기 전 20대 중반까지는 전 세계 곳곳을 여행하고 다양한 경험을 해본 터라, 그녀와 크고 작은 여러 가지 공통 화제들은 식사 내내 끊이지 않았다. 양쪽 다 평범한 신분은 아닌 만큼,

동 세계에 속한 이들끼리의 유대감이나 공감대, 정치사회, 각종 세상 돌아가는 일에 대한 의견들을 다양하게 주고받을 수 있었다. 알렉시스는 그동안 다소 껄끄러운 만남이었지만, 조금은 집안 간의 친목에 어울리게 마무리할 수 있게 되어 다행이라 생각했다.

테라스 너머는 아름다운 샹젤리제 밤거리와 에펠탑이 3층 높이 아래서 내려다보이는 최고의 전망이었다. 알렉산더 리오넬이 아니라 그녀가 좋아하는 누군가와 함께 있다면 더할 나위 없이 낭만적인 밤일 터였다. 물론 리오넬 쪽도 마찬가지겠지.

그 역시 누군가 다른 여자와 함께 있다면…… 항상 가십란을 가득 메우는 그의 사진들, 최근 함께 찍힌 여자는 누구였더라.

"브로디 양은 만나는 사람이 있나요?"

그의 갑작스런 물음에 그녀는 입에 발린 적절한 응대를 생각할 여유도 없이 바로 답하고 말았다.

"없어요. 음……."

지금까지 단 한 번도 사적인 질문을 하지 않았던 그였기에, 그녀는 조금 당황해하며 그녀 역시 예의상 동일한 질문을 되돌려줘야 하나 살짝 고민했다. 요즘은 누굴 만나고 계시나요? 이렇게 물어볼 수는 없어 알렉시스는 살짝 아랫입술을 깨물다 적당히 안전선을 지켰다.

"내년 1월에 손드베리가 차녀의 결혼식에 가실 예정이세요? 저도 초대받긴 했지만 식이 코트다쥐르에 있어서 갈 수 있을지 모르겠어요."

"저 역시 사업 일정상 확신은 못합니다. 솔직히 결혼식 참석을 별로 좋아하지도 않고."

"저도 실은 그래요. 물론 정말 행복해 보이고 진심으로 축복을 빌어주는 아름다운 자리지만…… 저와는 완전히 동떨어진 다른 세계 같아서요."

그녀는 글라스 안의 그랑퀴리 등급 와인을 한 모금 더 삼켰다. 처음 와본 파리의 밤이 매우 낭만적이기도 했고 이제 눈앞의 불편한 남자와의 만남도 마지막이라 생각하니 평상시의 경계가 매우 느슨해져 있었다. 본래 그녀의 관심지 중 문명화된 서유럽은 가장 뒷 순서였지만 파리는 파리 나름대로의 독특한 매력이 있었다.

"다른 세계…… 왜 그렇게 생각하죠?"

그는 무심한 듯하면서도 그녀의 발언에 호기심을 보였다.

"브로디 양도 언젠가는 누군가와 사랑에 빠져 결혼에 이르게 될 텐데. 거의 모든 사람들이 그러는 것처럼."

"저는 사랑을 믿지 않아요."

알렉시스는 눈앞의 깊은 갈색 눈동자를 마주 보았다. 속을 알 수 없는 눈이었지만 그녀의 말을 주의 깊게 경청하는 사려 깊은 눈빛이었다.

"지금으로선…… 결혼에 대한 생각은 없지만 만약 하게 된다면 보다 현실적인 이유…… 감정적인 조력자, 가치관의 조화, 부부라기보다는 상호 이해관계가 잘 맞는 동반자? 파트너 같은 그런 가치에 입각하게 될 것 같아요. 어차피 그게 이쪽 세계 사람들에게 흔한 결혼의 형태기도 하고요……."

"누군가와 운명적인 사랑에 빠질 가능성은 항상 있죠."

"그렇죠, 앞일은 누구도 모르는 거니까. 하지만 그런 사랑이 누구에게나 찾아오지는 않아요. 아니 그 이전에, 전 운명적인 사랑 자체를 믿지 않아요."

"브로디 양은 아직 누군가를 좋아해본 적이 없군요. 연애 경험도 없고."

단정하듯 말하는 그의 어투에 알렉시스는 자존심이 조금 상하는 기분이었다. 마치 어린아이 대하듯 그녀를 꿰뚫어 볼 수 있다 믿고 자기 생각대로 단정 지어버리는 오만함이 그의 미소에 묻어 있었다.

"글쎄요, 그건 제 개인적인 일이라. 반대로 리오넬 씨는 연애 경험이 너무 많아서 여러 가지 장단점이 있으시겠어요."

그녀의 가시 돋친 응대에도 그는 차분히 말을 이었다.

"확실히 좋은 점도 있고 불편할 때도 있죠……. 그러나 브로디 양처럼 너무 수녀처럼 지내는 것도 좋지 않아요. 이제 더 이상 10대 소녀도 아니고."

그의 발언이 선을 넘었다고 생각한 알렉시스는 언짢은 마음에 속마음을 거르지 않고 뱉고 말았다.

"수녀처럼 지낼 계획은 없어요. 안전성이 보장되는 상대와 상황하에서는 저도 어른의 즐거움을 충분히 만끽할 생각이니까."

"……진심입니까?"

"당연하죠, 말씀하신 것처럼 저도 이젠 10대 소녀가 아니니까요."

"첫 상대는 신중히 잘 고르라고 말해주고 싶군요."

"충고 감사합니다. 저녁도 매우 감사했어요. 이만 돌아갈게요."

알렉산더의 깔보는 듯한 눈길에 그녀는 심기가 뒤틀려 재킷을 집어 들고 자리에서 성큼 일어섰다. 이제 겨우 8시가 가까운 시각이었지만, 그녀는 왠지 더 여기 있으면 안 될 것 같았다. 역시 그는 최대한의 거리를 두는 게 최선인, 기분 나쁜 남자였다. 알렉시스가 테라스 안쪽 객실을 가로질러 문손잡이를 잡았을 때였다.

탁─ 키 큰 그림자가 어느새 소리 없이 그녀의 등 뒤로 다가와 한 손을 도어에 짚었다. 안쪽으로 열리는 문은 그가 살짝 한 손만 짚었을 뿐인데도 꿈쩍도 하지 않았다. 알렉시스는 등골이 오싹한 느낌에 천천히 뒤돌아섰다. 190센티미터에 가까운 장신의 남자가 한 손을 문에 짚고 그녀를 지그시 굽어보고 있었다.

그가 이렇게 큰 체격이었나? 항상 거리를 두고 보아왔던 그녀였기에 새삼 그의 위압감에 이유 없이 움츠러드는 기분이었다.

"불쾌하게 했군요."

"아뇨, 그냥 피곤해서요. 대리인이 정해지면 연락드리겠어요."

이만 문에서 손을 떼고 자신을 보내달라는 암시에도 그는 한 걸음도 물러서지 않았다. 아니, 오히려 허리를 굽혀 한층 더 가까이 다가오고 있었다.

위험해! 빨리 도망쳐!

알렉시스는 평소 공포 영화나 공포 체험, 극한 스포츠 등 스릴을 만끽하는 성격이었다. 그러나 지금 이 순간만큼 그녀가 타인에 대해 순수한 공포심을 느껴본 적은 없었다. 모골이 송연한 느낌에 그녀의 두 다리가 조금씩 떨리고 얼굴이 마비된 것처럼 입을 열 수가 없었다. 그러나 그녀의 날카로운 본능과 직감은 머릿속에서 끊임없이 메아리치고 있었다.

잡아먹힐 거야! 달아나, 어서!

알렉산더 리오넬이 연쇄살인범도 아니고, 그녀를 해칠 인물이 전혀 아님은 이성적으로 잘 알고 있는데도 그녀는 대체 이 두려움의 근원이 무엇인지 알 수 없었다. 그가 계속 몸을 비키지 않자, 알렉시스는 용기를 쥐어짜내 문을 짚고 있는 그의 한 팔을 만졌다.

"이 손…… 치워주세요."

그녀의 손가락이 알렉산더의 커프스 소맷부리에 와 닿자 그의 무표정한 얼굴은 한층 더 경직되었다. 알렉시스의 말이 마치 도화선이 된 것처럼, 그는 다른 한 손도 문을 짚고 선 채 그녀의 머리를 두 손안에 가두었다. 깊이를 알 수 없는 어두운 갈색 눈이 더 가까이 다가오자 그녀는 숨을 들이마셨다. 그가 문을 짚고 있던 한 손을 들어 그녀의 입술로 뻗어오는 순간, 알렉시스는 경악의 비명을 지를 뻔했다.

"디저트가 묻어 있어서요."

"……"

알렉산더가 엄지로 그녀의 입술 가장자리를 살짝 훑어 내렸다. 흡사 부드러운 꽃잎이 내려앉았다 떨어지는 느낌이었다. 그 살짝 맞닿은 것만으로, 알렉시스는 얼굴이 불붙은 듯 새빨갛게 변하고 심장이 미친 듯이 뛰는 것을 주체할 수가 없었다. 분명 와인을 과음한 탓이리라.

"브로디 양."

그는 눈빛과는 상반되는 부드러운 음성으로 물었다.

"혹시 아직…… 키스도 해본 적 없나요."

"……"

너무나도 뜻밖의 질문이라 알렉시스는 잠시 자신의 귀가 잘못

되었나 생각했다.

"한번 시험해보지 않겠습니까, 어떤 기분인지……."

"……!"

무슨 일이 벌어지는지 미처 깨닫기도 전에, 그의 입술이 그녀의 살짝 열린 분홍빛 입술 사이에 살포시 닿았다.

"아……?"

짙은 시가 향과 함께, 곧이어 뜨거운 혀가 입술 틈새를 거침없이 비집고 들어왔다. 디저트로 나왔던 티라미수의 달콤한 초콜릿 향이 시가 향과 섞여 뭐라 형언할 수 없는 야릇한 내음이 그녀의 입 안을 점령하기 시작했다. 알렉산더의 혀가 그녀의 입 안 구석구석을 탐하고 치열을 핥아 내리다 혀를 거칠게 휘감아왔다. 사람의 혀에 이렇게 강한 힘이 있다는 걸 그녀는 난생처음 깨달았다.

알렉시스는 갑작스런 키스에 대한 충격에, 도저히 숨을 쉴 수가 없어 그에게서 벗어나려 애썼지만 역부족이었다. 문가를 짚고 있던 그의 두 팔이 알렉시스의 상체를 힘주어 두르고 있었고 단단한 한쪽 다리가 그녀의 두 다리 사이를 굳건히 버티고 있어 앞뒤로 꼼짝도 할 수 없는 상황이었다. 남자의 어깨를 밀어내려 온 힘을 다했지만 마치 단단한 벽돌을 밀어대는 것과 같았다. 입술 가장자리로 미처 넘기지 못한 타액이 흘러내렸다. 알렉시스는 지금 자신에게 도대체 무슨 일이 일어나고 있는지 알 수가 없었다. 생전 처음 당하는 기습적인 키스와 기묘한 느낌이 주는 충격에서 헤어날 수가 없었다.

"하아……. 하아……."

마침내 그가 입을 떼자, 지금껏 막혀 있던 숨통이 트인 나머지 그녀는 숨을 헐떡였다. 눈앞의 남자 역시 흐트러진 표정으로 거칠게 숨을 토해내고 있었다. 입술을 뗀 뒤에도 그의 팔은 여전히 그녀의 허리를 감아올려 문가에 바짝 밀어붙이고 있었다.

"지금 대체…… 무슨 짓…… 한 거죠? 지금 날 추행하고 있는 거, 맞아요?"

"……추행이 아니라 키스한 겁니다."

그의 아름다운 눈매가 날카롭게 좁혀지고 눈에서는 선뜩한 빛이 타오르고 있었다.

"한 번 더 할 거고."

"……!"

말을 마치자마자 알렉산더는 다시 한 번 그녀의 입 안을 침범해 아까보다 더 격렬하게 입 속을 샅샅이 맛보고 정복해갔다. 그의 혀가 입 속에서 그녀의 혀를 사정없이 밀어붙이고 점막을 쓸어내리자 알렉시스의 머릿속은 기묘한 쾌감으로 하얗게 물들어갔다.

몸 중심에 알 수 없는 열기가 퍼지며, 그의 무릎이 꾹 누르고 있는 다리 사이 은밀한 부분에 아찔한 전율이 흐르기 시작했다. 벗어나려 하면 할수록 그의 강인한 팔은 그녀의 여린 몸을 더 강하게 조여왔다.

키스라는 게 이런 거였어……?

그것은 알렉시스가 지금껏 막연히 생각해왔던 것보다 훨씬 더 복잡한 행위였다. 처음에 다가왔던 불쾌한 이물감이 점점 사라지고 도저히 머리로는 설명할 수 없는 이상한 감각이 그녀를 지배하기 시작했다. 좋아하지도 않는, 아니 오히려 싫어하는 쪽에 가까운 남자의 혀가 입 안을 온통 휘젓고 있는데 어째서 더럽고 불결

한 느낌보다 기분 좋은 나른함이 전신에 퍼져가는 걸까. 그의 강렬한 키스에 저도 모르게 느끼면서, 알렉시스의 손은 어느새 그를 밀어내지 않고 오히려 바짝 당기고 있었다.

알렉시스는 그의 어깨를 부서져라 꽉 잡았다. 희열과 쾌감에 두 다리가 녹아내려 당장이라도 문에 기댄 채 주저앉을 것 같았지만, 허리를 움켜쥔 알렉산더의 두 손과 허벅지를 누르는 그의 강한 다리가 그녀를 쓰러지지 않도록 지탱해주고 있었다.

"……."

얼마나 시간이 흘렀을까. 알렉산더가 마지못해 입을 떼고 거칠게 숨을 몰아쉬었다. 그제야 이성이 돌아와 이쯤에서 멈출 생각인 모양이었다. 알렉시스는 정신을 놓을 뻔한 희열에서 빠져나와 눈앞의 남자를 죽일 듯이 노려보고 한 손을 거침없이 날렸다.

짜악-

"이 파렴치한, 호색한, 플레이보이……!"

알렉시스는 단 한 번도 스스로의 입에 담으리라 상상조차 못 했었던 온갖 상스러운 말을 다 갖다 붙였다. 아직도 전신은 사시나무 떨듯 떨렸고 얼굴은 수치심으로 잔뜩 붉게 달아올라 있었다.

"더러운 바람둥이……. 역시 여자라면 한 번쯤 다 건드려봐야 직성이 풀리겠지? 여자들도 손만 까딱하면 금세 넘어왔을 거고! 하지만 난 달라! 너 같은 저질 호색한, 앞으로 다시는 상종할 일 없을 거야!"

"당신도 느꼈을 텐데."

알렉산더는 뺨 한 대 맞은 것은 신경도 쓰지 않는다는 듯, 분노로 길길이 날뛰는 그녀의 살기등등한 눈을 차분하게 응시했다.

"당신도 목석처럼 가만있지는 않았어. 아니…… 수녀원생 치고는 너무 잘 느끼던걸. 정말로 싫었다면 얼마든지 뿌리칠 여지가 있었어."

알렉시스의 눈에서 불꽃이 한 번 더 튀면서 한 손을 들어 올렸다. 그러나 이번에는 그가 더 빨랐다. 알렉산더는 가볍게 그녀의 팔목을 낚아채 아까처럼 다시 벽에 밀어붙였다. 잡은 손아귀에 힘을 주자 알렉시스의 입에서는 나지막한 신음이 흘러나왔다.

"스스로 인정할 수 없다면, 처음부터 다시 반복할 수도 있습니다."

"……가겠어요. 비켜요."

더 이상 소란 피워봐야 자신에게 더한 수치만 안겨줄 것임을 직시한 알렉시스는 그에 대한 증오를 숨기지 않고 악문 잇새로 내뱉었다. 둘 사이의 거리가 너무 가까워, 알렉산더는 그녀가 분을 못 이겨 숨을 몰아쉼에 따라 가슴이 위아래로 오르내리는 것을 선연히 느낄 수 있었다. 그녀의 가슴은 그가 상상했던 것 이상으로 아름답고 완벽한 선과 감촉을 지니고 있었다.

알렉시스의 몸은 그 짧은 순간에도, 그를 위해 만들어진 것 같은 폭발적인 반응을 보였었다. 아무리 그녀가 부인해도, 그녀 역시 육체적으로 그에게 강하게 이끌리고 있음은 방금 경험한 완벽한 호흡으로 충분히 입증되었다. 알렉산더는 이대로 그녀를 쓰러뜨려 안아버릴까, 잠깐 번민에 사로잡혔다. 어차피 객실은 완벽한 방음으로 밀폐되어 있었고 그의 명령에 의해 한동안 미서와 경호원 일행들은 객실 근처에는 그림자도 비치지 않을 터였다.

"……다시는 서로 볼 일 없기를 바라요."

그녀가 뒤돌아서 문을 열려는 순간, 알렉산더는 패를 던졌다.

"정말 그대로도 괜찮은 건가요?"

알렉시스는 적개심이 가득한 눈으로 그를 돌아보았다.

"무슨 말을 더 하고 싶은지는 몰라도, 더 이상 당신 장난에 놀아날 생각은 없어요. 다른 상대 구해보세요."

"오늘 밤 12시까지, 이 호텔 꼭대기층 로열스위트."

"……?"

그가 유유히 팔짱 낀 채 한쪽 손으로 이마에 흘러내린 머리칼을 쓸어 넘겼다. 그 단순한 동작 하나에도 우아함과 오만함, 섹시함이 동시에 공존했다.

"방금 일은 사과할 생각 전혀 없습니다. 브로디 양은 절대 인정하지 않으려 하지만, 분명히 우리 사이에는 서로 이끌리는 느낌이 있으니까. 남자와 여자 간에 가질 수 있는 자연스러운 육체적 끌림."

"……도대체 무슨 말을 하고 싶은 건가요?"

"나 역시 브로디 양처럼 근본적으로 사랑 자체를 믿지 않죠. 어차피 우리 둘은 이제 더 볼 일이 없는 사이입니다. 적어도 개인적으로는……."

그는 시가에 불을 붙이고 한 모금 여유 있게 내뿜었다.

"뜸 들이지 않고 직설적으로 말하죠. 브로디 양이 안전한 상대와 상황하에서 처음 어른의 즐거움을 알기에, 나는 아마 최적의 상대일 겁니다."

"……그냥 나와 하룻밤 즐겨보고 싶다, 처음부터 솔직하게 말하세요. 나를 배려해서가 아니라 리오넬 씨 스스로의 원초적인 욕망을 채우고 싶은 거라고."

"당신도 손해 볼 것은 없습니다, 어차피 첫 경험을 할 상대가 여의치 않으면. 여자에게는 첫 섹스의 경험이 매우 중요하죠. 정신적, 신체적 모든 면에서."

"눈물 나게 고맙군요. 피후견인의 첫 섹스까지 신경 써주다니."

"섹스라는 표현이 싫으면, 사랑을 나누는 행위라 해도 좋고."

"당신은 사랑 같은 건 믿지 않는다고 했잖아요. 나 역시 그렇고."

"서로의 합의하에 섹스하는 동안에는…… 적어도 그 순간에는 사랑을 나눈다, 는 표현이 틀린 말은 아니죠. 육체적인 사랑을 나누는 것이니까."

"하긴 연인 사이가 아니더라도 섹스는 얼마든지 할 수 있으니 틀린 말은 아니겠네요. 하지만 그런 상식 밖의 제안은 거절합니다."

"난 선택권을 줬으니 최종 결정은 브로디 양이 하는 겁니다. 나는 아무것도 강요하지 않아요."

알렉산더는 아쉬울 것 없다는 듯 어깨를 으쓱하며, 그녀를 위해 객실 도어를 천천히 열어주었다.

"브로디 양의 드높은 자긍심을 위해서 앞으로 2시간 뒤 내 쪽에서 전화하죠. 받지 않아도 상관없습니다."

더 상대할 가치도 없다는 듯 매몰차게 돌아서는 그녀의 머리에 그의 마지막 당부가 날아와 꽂혔다.

"마지막 생리주기로 자연피임이 맞는지 약국에서 확인해요.

난 콘돔 따위 쓰지 않을 거니까."

호텔 바깥까지 어떻게 나왔는지 알렉시스는 아무 기억도 나지 않았다. 조금 전 있었던 일로 아직도 정신이 몽롱하고 스스로를 마구 탓하고 싶은 기분이었다. 자신이 알렉산더의 품에서 그의 키스에, 거침없는 손길 앞에 처음에는 저항했지만 결국 어떻게 반응했는지 굳이 되돌아볼 필요도 없었다. 그녀의 몸과 마음을 온통 지배한 쾌감, 생전 처음 느껴보는 강렬한 환희가 똑똑히 뇌리에 새겨져 도저히 지워지지 않을 것만 같았다. 알렉시스는 생 오노레 거리를 비틀비틀 걸어서 일행들과 묵고 있는 호텔에 간신히 들어섰다. 르 브리스톨 파리 정도는 아니라도 그녀가 묵는 호텔도 꽤 품격 있는 곳이라, 웅장하면서도 화려한 로비가 드넓게 꾸며져 있었다. 그녀는 로비 객석에 털썩 주저앉아 잠시 복잡한 머리를 정리하려 애썼다. 곧이어 전화벨이 울렸고 발신자 이름을 확인한 동시에 바로 통화버튼을 눌렀다.

"알렉시스, 후견인이랑 저녁은 끝났어? 우리 지금부터 술 한 잔하러 갈 건데."

"클레어, 난 속이 안 좋아서 못 갈 것 같아……. 지금 로비에 있는데 뭐 하나 물어볼게."

그녀의 동향이 궁금해졌는지 워크숍에 동행한 친구에게 자연피임 주기에 대해 상세히 물었다. 클레어는 이미 연인이 있었기에 정확한 정보를 알려줄 터였다. 무슨 일인지 캐묻는 친구의 전화를 뒤로하고, 알렉시스는 그날이 배란기상 자연피임에 해당되는 날임을 확인했다. 즉, 콘돔이나 다른 피임법 없이도 자연스럽게 자연피임이 되는 주기 중 하루라는 의미였다. 그 사실을 확인한 뒤에도 알렉시스는 자신이 애초에 왜 그걸 궁금해했는지 알 수가 없었다. 지금 자연피임을 해도 안전할지 여부를 도대체 왜 확인했을까. 모든 게 뱃속이 시커먼 그 호색한의 농간일 뿐이다. 지금부터 휴대폰을 꺼놓고 호텔로 올라가 편안한 휴식을 취한 뒤, 내일 오후에 느긋하게 런던행 비행기에 오르면 되는 것이다. 아무것도 고민할 필요가 없었다. 하지만 그녀의 몸은 마치 그 자리에 얼어붙은 것처럼 로비에서 꼼짝도 하지 못하고 있었다.

알렉시스는 찰랑이는 긴 갈색 머리를 쓸어 올리며 그의 거친 키스로 아직도 얼얼한 입가에 손을 가져갔다. 그의 몸, 숨결 하나하나에서 느껴지던 시가 향이 여전히 코끝에 맴도는 것 같았다. 육체적인 이끌림. 그의 말에 코웃음 쳤지만 그녀는 스스로 부정할 수 없음을 알았다. 알렉시스는 그가 가하는 육체적 행위에 쾌감을 느꼈고 좀 더 계속되었더라면 결코 뿌리칠 수 없었을 것이다. 그녀는 알렉산더 리오넬이 불편하고 싫으면서도 마음속 깊은 곳에서는 항상 그에게 강한 매력을 느끼고 있었다는 사실을 새삼 깨달았다. 그에게 가진 거부감 때문에, 주변에서 아무리 그의 섹시함과 근사한 용모, 카리스마 등에 대해 떠들어대도 그녀는 한결같이 귀를 닫고 무시하려 애써온 것이다.

그와 한 몸이 된다면…… 과연 어떤 기분일까.

알렉시스는 이성에게 관심은 없었지만 남녀 간의 육체적 관계에 대해서는 여타 소녀들과 별반 다르지 않다. 지금까진 이성으로 의식되는 남자가 단 한 명도 없었기에, 육체적 관계라는 개념에 대해서는 실제로 다가오는 느낌 자체가 없었을 뿐이었다. 그동안 다니엘 드러커나 브라이언 터펠 등 숱한 남자들이 그녀를 추종하고 접근해왔지만, 그 누구와도 육체적으로 이끌린다는 느낌을 가져본 적이 없었다. 알렉산더 리오넬이 그녀를 갑작스레 도발해오기 전까지는. 뻔뻔하고 오만불손하기 그지없는 그였지만, 알렉시스는 단 한 가지 사실만은 부정할 수 없었다. 그는 지금까지 접했던 남자들 중 가장, 아니 정확히는 유일하게 매력적이고 섹스어필을 준다는 사실이었다. 언젠가 절친 케이티가 그녀의 수녀 같은 생활에 대해 자포자기한 듯 조언한 적이 있었다.

"알렉시스, 너 혹시 레즈야?"

"레즈?"

"레즈비언 아니냐고."

"아니거든? 나, 나도 남자에 관심이 없는 건 아냐. 할리우드 배우들 보면 진짜 끌린다고……."

"그건 배우잖아! 연예인에겐 누구나 다 그렇지. 정말 이렇게 10대를 수녀처럼 헛되이 흘려보낼 거야?"

"끌리지도 않는데 아무나와 해볼 수는 없잖아."

"그럼 케미 확 오는 남자가 나타나고 모든 상황과 타이밍이 적절하면 할 거란 말이지?"

"응, 그렇겠지."

"그렇겠지가 아니라 그러고 싶냐고."

"그러고 싶…… 겠지, 아마."

"그럼 내숭 떨고 머뭇머뭇하다가 절대 그 기회를 놓치지 마. 지금은 중세가 아니야. 특히 여자에게 첫 경험은 인생에서 큰 전환점이 된다

해도 과언이 아니라구. 그래서 톡 까놓고 말하면 첫 경험은 적당히 경험 많고 노련한 남자와 해보는 게 좋아. 물론 난잡한 플레이보이랑 하라는 건 절대 아니고."

어쩌지, 케이티? 그는 이미 전 세계가 인정하는 천하의 난봉꾼인데……. 열여덟의 알렉시스가 난생처음으로 강하게 매혹당한 남자는 그런 사람이었다. 평소 극도로 소심한 사람들도 어느 순간에는 스스로도 놀랄 만큼 대담해지기 마련이다. 하지만 그녀 자신이 그 말을 실제로 입증하고 싶지는 않았다.

만약 알렉산더 리오넬과 오늘 밤을 보내게 된다면, 그 이후 두 번 다시 그를 만날 일은 없겠지? 집안 간 밀접한 관계가 있으므로 공식적인 자리의 먼발치서 보게 될 일은 가끔 있겠지만, 다시는 그와 단둘이 연관될 일은 없으리라.

띠리링— 어느새 시간이 흘러 벌써 10시가 되어 있었다. 갑작스러운 휴대폰 벨소리에 그녀는 무의식적으로 전화를 받으려다가 발신자 알 수 없음, 이라고 뜨는 번호에 잠시 멈칫했다. 그가 전화하기로 했던 시간이었다. 그녀가 차마 스스로 올 수 없을까 봐 그쪽에서 먼저 전화를 해주겠노라 선심 쓰듯 약속했던 시간이었다.

"……네."

"결정했습니까?"

"……."

"그럼 기회 될 때 또 만나죠. 좋은 밤 되기를."

"……자연피임 가능한 날이에요, 오늘."

"……."

"꼭대기층, 정확히 어디죠?"

르 브리스톨 파리의 로열스위트룸은 불과 몇 시간 전 저녁 식사를 했던 룸보다 훨씬 더 넓고 사치스러움을 뽐내고 있었다. 베르사유궁전 저리 가라 할 정도로, 프랑스 궁전을 최대한 재현한 고전적 소품들에다 현대식 최고급 샹들리에와 가구들이 적재적소에 품위 있게 배치되어 있었다.

"적당히 편하게 대해도 괜찮겠지, 알렉시스."

대답을 듣기도 전에 그는 깍듯한 존칭과 예법을 단숨에 내려놓았다.

"와인?"

"……샤워 같은 건 생략해도 될까요. 저녁 식사 전에 이미 했으니까."

그에게서 와인글라스를 받아 든 그녀는 긴장된 기색을 최대한 감추려 푹신한 소파에 깊숙이 몸을 묻었다.

"상관없어."

방에는 벽에 걸린 램프 몇 개만이 켜져 있어 방 전체에 은은한 빛을 반사하고 있었다. 귀에 익은 클래식 음악이 드넓은 객실 안에 자연스레 흐르고 있어서, 다행히 불편한 정적 속에 있지 않아도 되었다.

"오늘 밤 여기서 있었던 일은 철저히 둘 사이의 일이에요. 집안과는 일체 관련 없이."

"내가 더 바라는 바야."

픽 실소를 머금은 알렉산더는 한 손에 와인글라스를 든 채 천천히 그녀 쪽으로 다가왔다. 막 샤워를 마쳤는지 그에게선 시가 향 대신 이국적인 보디로션 향이 물씬 났고 앞머리는 조금 젖은 채 가운을 걸치고 있었다. 항상 단정히 이마 위로 넘겨 올린 모습만 보다가, 이렇게 물기로 촉촉한 앞머리가 적당히 흐트러진 얼굴을 보니 어딘가 다른 사람 같았다. 한결 더 어려 보였다. 그리고…… 더 섹시했다.

"심하게는 안 해."

그의 나른한 숨결이 그녀의 이마에 와 닿았다. 알렉산더는 그녀가 앉은 소파 양 팔걸이를 짚고 알렉시스를 굽어보고 있었다.

"대신…… 내가 이끄는 대로 얌전히 따라와. 어차피 저항해도 소용없지만."

그의 위협적인 미소에, 알렉시스는 자기도 모르게 몸서리를 쳤다.

"아무래도…… 이건 잘못된 것 같아요."

남자의 눈에 역력한 어두운 욕망을 본 순간, 지금이라도 달아나야 한다는 경종이 알렉시스의 머리에 크게 울렸다.

아직 늦지 않았어. 더 이상 나아가서는 안 돼.

"그냥 없었던 일로 해줘요."

알렉시스는 바닥에 내려놓았던 백을 집어 들고 재빨리 돌아서서 도어 손잡이를 잡았다. 저녁 식사를 했던 룸의 도어보다 훨씬 더 육중하고 화려한 문이었다. 하지만 문은 밖에서 혹은 안에서 자물쇠로 잠겼는지 그녀가 아무리 밀고 잡아당겨도 꼼짝도 하지 않았다. 그녀가 황급히 등을 돌렸을 때 그는 이미 손을 뻗으면 닿을 거리까지 바짝 다가와 있었다. 은은한 실내등 아래 길고 큰 그림자가 벽에 그림자를 드리우며 그녀에게로 천천히 내려앉았다.

"이미 늦었어, 알렉시스."

큰 손등이 그녀의 보드라운 장밋빛 뺨 한쪽을 쓸어내렸다. 그녀가 움찔 뒤로 물러났지만 등에 견고한 원목 도어가 버티고 있어 더는 도망갈 곳이 없었다.

"들어온 건 자유지만, 나갈 때는 아니야."

알렉산더는 그녀의 눈에 선연히 떠오른 공포마저 즐기는 듯 보였다. 그는 양손으로 그녀의 어깨를 잡고 두려움이 춤추는 눈동자를 뚫어질 듯 응시해왔다.

"나는 아무것도 강요하지 않았어. 여기까지 네 발로 온 거야. 스스로 한 선택에 대해 책임질 나이는 됐을 텐데?"

"여기서 멈추는 게 서로를 위해 현명할 것 같아요. 애초에 내가…… 무모했어요."

"여기서 멈춘다 해도 아무 일도 없었던 게 되지는 않아. 공적인 일로 다시 만날 때…… 우리 둘 다 개운치 않은 감정으로 서로를 보게 될 거야."

그녀의 안색이 급격히 파리해지자, 알렉산더는 안심시키려는 듯 그녀의 이마에 입을 맞췄다.

"차라리 오늘 하룻밤만 본능이 이끄는 대로 맡겨버리면…… 다음 날 모든 걸 잊게 될 거야. 후회도, 미련도 아무것도 남지 않아."

그는 더 이상 그녀의 대답을 기다리지 않고 알렉시스를 번쩍 안아 들었다. 그녀를 한순간에 안아 올린 알렉산더가 침대를 향하자 알렉시스는 그가 당연히 침대에 자신을 눕힐 거라 생각했다. 그녀는 미친 듯이 뛰는 심장을 진정시키려 눈을 꼭 감았다. 그러나 알렉산더는 그녀를 침대 앞에 선 채로 내려놓고 킹사이즈 침대 끝에 거만한 자세로 다리를 꼬고 걸터앉았다.

"옷을 벗어, 천천히."

"……?"

"스스로 벗어. 항상 남자가 벗기지는 않아."

알렉시스는 스스로가 이곳에 왔음에도, 어쩐지 능욕당하는 듯한 수치심에 입술을 잘근 깨물었다. 얼굴은 귀 끝까지 빨갛게 물들어 있었다. 마치 그녀의 단독 스트립쇼를 그가 유일한 관객으로 느긋이 감상하고 있는 것만 같았다. 알렉시스는 그의 강렬한 시선이 지켜보는 가운데, 천천히 데님 셔츠와 블루진, 스타킹을 차례차례 벗어 내렸다. 레이스가 달린 섹시한 브래지어와 팬티만 남겨놓고 그녀가 잠시 주저하는 기색을 보이자 그는 짧게 명령했다.

"모두 벗어, 실오라기 하나 없이."

알렉산더는 이제 그동안의 신사다운 예의를 모조리 내려놓고, 군침 도는 사냥감을 눈앞에 둔 잔혹한 맹수와도 같이 본색을 드러내고 있었다.

"……불은 꺼줘요."

"아니, 난 제대로 보고 싶어."

가차 없는 대답이었지만 냉랭한 음성은 아까보다 조금 누그러져 있었다. 그녀의 몸은 군살 하나 없이 완벽했다. 여성스러운 선 그 자체였다. 가슴과 둔부 쪽은 풍만하고 탄력 넘치는 한편, 팔다리는 균형 있게 길고 가늘어 쇼윈도에 장식된 마네킹의 몸매와 거의 다를 바가 없었다. 평소 노출이 없는 부분은 깨끗한 우윳빛으로 희디흰 피부를 드러내었고 그 외는 매끄러운 살구색에 연분홍빛이 적당히 어우러진 피부 톤을 가지고 있었다. 연약한 라인임에도 힘없어 보이거나 볼품없는 말라깽이들과는 차원이 달랐다. 풍만한 가슴과 엉덩이, 잘록한 허리가 완전한 대조를 이루어 건강미 넘치는 란제리 모델과도 같은 나신. 비키니 라인이 잘 면도되어 거의 매끈한 것을 보면 평소 수영을 즐기는 모양이었다.

"아름다워……. 정말로."

그가 자신도 모르게 내뱉은 감탄에도 그녀는 전혀 기쁘지 않았다. 수치심과 낮아진 자존감으로 쥐구멍에라도 숨고 싶었지만, 이를 악물고 건너편의 남자를 마주 보려 애썼다. 알렉산더는 천천히 일어서서 그녀에게 다가와 벽에 등을 기대게 했다. 여전히 가운 차림이었지만 그도 이미 흥분해 있음이 역력했다. 그의 배꼽 아래 중심부에 가운을 뚫고 나올 기세로 우뚝 서 있는 볼륨감이 뚜렷했다. 알렉산더는 몇 뼘 남겨둔 자리에서 그녀의 알몸을 마주 보고 눈으로 찬찬히 훑었다. 아직 손은 대지 않고 있었다.

"두 팔 들어, 위로."

그의 명령에 알렉시스는 잠시 주저하다, 그의 위압적인 눈빛에 두 팔을 머리 위로 들어 올렸다. 알렉산더 리오넬이 무슨 게임을 하려고 하는지 예측할 수 없어 어리둥절한 표정이었다.

"……잠시 그대로 있어."

그는 몇 시간 전 성이 찰 때까지 맛보고 탐했던 그녀의 풍성한 젖가슴을 양손으로 받쳐 들고 거칠게 주무르다 엄지와 검지 사이에 유두를 잡고 세차게 비볐다.

"앗! 아아……."

고통과 쾌감이 뒤섞인 신음이 알렉시스의 입에서 흘러나왔다.

그녀의 팔이 저도 모르게 내려오자 그는 한 손에 그녀의 두 손목을 그러쥐고 다시 머리 위로 바짝 올려붙였다. 장애물이 없어지자 알렉산더는 다른 한 손으로 한쪽 젖가슴을 세차게 주무르고 다른 쪽 가슴은 핥고 빨고 잇새로 잡아당기길 반복했다. 탱탱하게 부어오른 분홍빛 돌기를 입술로 살짝 깨물자 그녀가 선 채로 허리를 크게 튕겨 올렸다. 가슴에서 피어나는 그녀 특유의 살 냄새가 너무나 좋았다. 한참을 가슴에 집중해 탐닉하던 알렉산더는 그녀의 양손을 난폭하게 결박했던 자신의 손을 풀어주었다. 대신 한쪽 다리로 그녀의 오므린 허벅지 사이를 강제로 벌려 무릎을 음부 입구에 걸쳤다.

"핫……! 아아……."

이미 촉촉하게 젖어 있는 입구에 까끌까끌한 감촉의 살이 꾹 눌러오자, 알렉시스는 몸서리를 쳤다. 그렇게 그녀를 옴짝달싹 못하게 만든 뒤, 그는 손을 뻗어 와인을 한 모금 머금었다.

"입 벌려."

"……."

알렉시스가 조심스레 입술을 떼자 그는 턱을 붙잡고 그녀의 입 안에 자신이 마시던 와인을 흘려보냈다.

"조금 취해 있는 편이 좋을 거야. 오래 기다린 만큼…… 조금 거칠게 할 거 같으니까."

그녀가 와인을 목 안으로 넘기자 알렉산더는 무릎을 내리고 손가락 하나를 뜨거운 입구 안에 밀어 넣었다. 갑자기 손가락이 여린 속살을 쏙 밀고 들어와 사정없이 휘젓자 그녀는 아릿한 통증에 높은 신음을 내질렀다. 그는 곧 손가락을 두 개에서 세 개로 늘려서 그녀 몸속을 최대한 넓혀갔다. 몸속에서 움직이는 질량감이 점점 늘자 알렉시스는 아픔을 호소하며 그의 어깨를 꽉 쥐었다.

"미리 적응하는 게 좋아. 훨씬 더 굵은 게 들어갈 거니까."

동굴 속 애액과 마찰하는 외설스런 소리와 함께, 손가락을 피스톤처럼 앞뒤로 움직이는 속도와 세기도 점점 더 빨라져갔다. 손가락만으로도 그녀는 벌써 갈 것처럼 전신에 경련을 일으키고 있었다. 처녀막이 가로막혀 있어 손가락이 들어갈 수 있는 깊이는 제한되어 있었다. 이 정도로 아파한다면 그의 것이 박힐 때는 엄청난 통증을 느낄 것이다. 알렉산더는 신랄하게 움직이던 손가락을 빼내어 그 끝에서 흘러내리는 그녀의 꿀을 맛보았다.

그가 가운을 벗기 위해 아주 잠시 알렉시스의 몸에서 손을 떼자, 이미 온몸에 힘이 풀린 듯 그녀는 벽에 등을 기댄 채 스르르 주저앉아버렸다. 꼿꼿이 일어선 그의 굵고 단단한 분신은 빨리 해방시켜달라는 듯 뜨겁게 맥박 치고 있었다. 어차피 오늘 밤은 시작에 불과하니까. 눈앞의 먹이는 그 사실을 꿈에도 모르고 있겠지만.

그녀처럼 실오라기 하나 없는 알몸이 된 알렉산더는 발치에 주저앉은 알렉시스를 안아 올려 침대에 쓰러뜨렸다. 아름다운 갈색 머리칼이 흰 시트 곳곳에 길게 흩어지며, 침대 한가운데는 여신과도 같은 관능적인 알몸이 욕망에 물든 분신 바로 아래 깔리게 되었다.

그의 손 아래 이렇게 무방비 상태로 놓여 있는 그녀를 보니 알렉산더는 좀처럼 흥분을 자제하기 힘들었다. 눈앞의 여자는 그토록 오랫동안 틈을 보이지 않아 쉬사리 손안에 넣을 수 없었던 버거운 상대였다. 그렇게 도도했던 그녀를 마침내 정복하게 되었다는 기쁨에, 그의 가슴은 희열로 젖어들었다.

알렉산더는 그녀의 허리 위로 올라타 희고 가녀린 목덜미, 쇄골, 그리고 터질 듯 팽팽한 젖가슴으로 자유로이 입술을 옮겨갔다. 그는 양손으로 젖가슴 가장자리를 눌러서 가슴을 최대한 모으고, 오뚝 튀어 오른 분홍빛 젖꼭지를 차례대로 입 안에 넣고 희롱했다.

"아앗, 아……!"

민감한 정점에 가해지는 달콤한 고문에 알렉시스는 허리를 튕기며 몸을 틀었다. 하지만 그를 밀어낼 힘은 턱없이 부족했다. 그녀가 몸을 뒤틀수록, 그녀의 가슴을 움켜쥔 그의 악력은 더 강해졌고 유두에 와 닿은 치아도 조금 더 날카롭게 파고드는 것 같았다. 강도를 더해가는 강렬한 애무에, 알렉시스는 체념한 듯 저항을 멈추고 입술 새로 흐느끼는 신음만 계속해서 흘려보냈다. 마침내 유두가 새빨갛게 부어올라 땀으로 젖어 번들거리고 그의 손아귀가 움켜쥔 가슴살에 벌건 손자국이 각인처럼 뚜렷이 새겨질 때에서야, 알렉산더는 고문 같은 탐닉을 멈췄다.

이대로 가면 시작도 하기 전에 사정해버릴 것 같아 그는 가슴에서 내려와 그녀의 몸을 거칠게 뒤집어 엉덩이를 뾰족하게 세웠다. 알렉산더는 엉덩이 사이로 손을 뻗어 그녀의 젖은 동굴 안과 민감한 부분을 애무했다. 최대한 많이 안쪽을 풀어서 그녀가 곧 느낄 고통을 완화하기 위함이었다. 그동안 그를 벌레 보듯 하던 알렉시스 브로디가 이런 자세로 그의 눈앞에 자리한 줄이야. 어차피 이렇게 될 것이었지만 1년간 인내하고 참았던 순간들을 떠올리자 그의 깊은 곳에서 가학성이 살짝 고개를 쳐들었다.

"핫……!"

그녀가 쓰린 아픔을 호소하며 눈물지었지만 알렉산더는 더 거칠게 손을 놀렸다. 그녀가 아파하는 걸 알면서 그는 일부러 더 가학적으로 굴고 있었다. 구걸하듯 스스로 안겨오는 수많은 여자들과 달리, 알렉시스는 그와 손가락 하나 닿는 것조차 끔찍한 듯 행동해왔다. 그 괘씸함에 대한 보복, 혹은 보상 심리일지도 몰랐다.

붉게 물든 엉덩이를 치켜들고 무릎으로 간신히 버티는 그녀의 몸이 희미하게 떨리고 있었다. 알렉산더는 잔인한 웃음을 띠며 그녀의 허리를 뒤집어 똑바로 눕혔다. 그는 머리 위로 올려져 교차된 양팔로 손을 뻗어, 가슴선과 이어지는 겨드랑이의 옴폭 들어간 부분을 애무하며 깃털처럼 보드라운 감촉을 천천히 즐기기도 했다. 검붉게 달아오른 분신은 선단을 움찔거리며 더 참을 수 없다는 듯 그녀의 배꼽을 마구 문질러댔다.

"아, 하앗……. 하아……!"

불에 덴 듯 뜨겁고 단단한 감촉이 피부에 노골적으로 와 닿자, 그의 건장한 몸 아래 깔린 알렉시스는 비틀린 신음을 토했다. 꺼끌꺼끌한 살 끝 부분이 배꼽과 동굴 입구 사이를 스치고 마찰할 때마다 그녀의 가느다란 허리는 위아래로 요동쳤다. 그녀도 그가 들어오길 바라고 있었다. 눈물과 욕망으로 탁하게 흐려진 눈이 그를 원망스럽게 응시하고 있었다.

……이렇게 나에게 함락될 줄 상상도 못했겠지.

그녀를 갖기 위해 그는 1년도 더 기다려왔었다. 이제 슬슬 제대로 맛봐도 될 것 같았다.

4화. 쾌락

　알렉산더는 알렉시스의 탄력 있는 엉덩이 양쪽을 움켜잡고 조금 들어 올렸다. 단단하게 솟은 그의 분신 끝을 촉촉한 입구에 맞춘 후, 선단을 조금씩 붉은 속살 안으로 밀어 넣었다. 예상대로 그녀의 좁은 안쪽은 순순히 길을 열어주지 않았다. 이미 인내심이 바닥을 드러낸 그는 낮게 으르렁거리며 허리를 한차례 크게 튕겨 올렸다. 그의 난폭한 허릿짓에, 뜨겁게 달아오른 욕망이 동굴 속에 절반 정도 들어갔다. 한 번 더 격렬히 밀어 올리자, 알렉시스는 자지러진 신음을 내지르며 마구 몸부림을 쳤지만 양손에 꽉 붙잡힌 허리는 미동도 하지 않았다.

　"아, 아! 안 돼……! 아앗! 제발……!"

　그녀의 울부짖는 애원에도 알렉산더는 격한 삽입 직후 조금의 망설임도 없이 그녀의 몸을 힘차게 밀어붙였다. 처음이니 부드럽게 다뤄야 할 거라 다짐했는데도, 그녀의 몸속에 들어가는 순간 그는 이성을 거의 잃어버린 상태나 다름없었다. 처음이라고 봐줄 생각 따위 사실은 애초에 없었는지도 몰랐다.

"후……."

단단한 기둥 끝이 처녀막에 의해 더 이상의 전진을 거부당하자 알렉산더는 노기 띤 흥분과 희열을 동시에 느꼈다. 뒤로 살짝 후퇴하기 무섭게, 그의 사나운 분신은 단 한 번의 움직임으로 처녀막을 꿰뚫고 그 위의 속살을 밀어 올렸다.

"아! 아악! 하앗."

알렉시스는 외마디 비명 끝에 몸이 두 쪽으로 갈라지는 충격에 몸을 부들부들 떨었다. 위아래로 사정없이 밀어 올렸다 물러났다 다시 밀고 들어오는 분신의 공격에, 알렉시스는 몸 안의 내장이 헤집히는 통증을 맛보며 고통스런 신음을 내질렀다. 그가 아무리 손가락의 애무로 길들여놓았다 한들, 그 몇 배의 위력을 가진 욕망을 받아들이기에 안쪽은 너무 좁은 상태였다.

"괜찮아, 처음에만 그래……. 하아…… 곧 괜찮아져……."

그녀가 너무 아파하자 자신의 욕망을 채우는 데만 급급했던 알렉산더도 허리에 들어가는 힘과 속도를 조금 늦추었다. 항상 그 앞에서 도도하고 거만했던 그녀가 자신의 몸 아래 무방비 상태로 눈물 흘리는 것을 보자 죄책감과 더불어 환희가 밀려왔다. 그렇게 오랫동안 갈망했던 여자를 자신의 것으로 만들었다는 환희. 알렉산더는 잠시 동작을 멈추고 그녀의 눈가를 끊임없이 적시는 눈물을 부드럽게 닦아주었다.

그는 고개를 숙여 그녀의 입술에 자신의 것을 포개고 혀로 그녀의 것을 휘감아 올렸다. 입으로 넘어오는 그녀의 달콤한 타액을 맛보는 동안에도, 강인한 손가락은 봉긋 솟은 젖가슴과 그 봉오리를 쉴 새 없이 희롱해댔다. 손안을 가득 채우는 양쪽 가슴을 반죽하듯 위로 밀어 올리고 주무르다가 젖꼭지의 봉오리가 위로 더 솟으려야 솟을 수 없을 때까지 손바닥으로 유두를 비벼대고 쓸었다. 그는 터질 듯 예민하게 부풀어 오른 젖꼭지를 입 안에 살짝 물고 핥았다가 아기처럼 힘차게 빨아들이기를 반복했다. 알렉시스가 쓰린 아픔을 호소할 때까지 그는 입술 한 번 떼지 않고 집요하게 가슴의 풍만함을 탐했다.

알렉산더가 다시 허리의 움직임을 재개하자 그녀는 허리를 뒤틀며 새된 교성을 질렀다. 고양이의 울음소리 같은 신음이 너무나 사랑스러워 알렉산더는 저도 모르게 허리에 더욱 힘을 가했다. 그의 사나운 분신이 동굴 속으로 더욱 깊이 파고들었다.

드디어 내 것이 되었어, 알렉시스……!

그는 넘치는 소유욕을 주체할 수 없어, 그녀의 다리를 더 활짝 벌리고 양손으로 발목을 움켜잡았다. 욕망의 분신이 더욱더 깊이 몸 안에 가라앉는 희열에, 그녀의 몸을 가르는 힘과 속도를 더 이상 조절할 수 없었다. 그의 정력적인 욕망이 알렉시스의 몸속에서 미친 듯이 날뛰었고 두 음낭은 쉴 새 없이 그녀의 허벅지 안쪽을 방망이질해댔다. 계속되는 방망이질에 허벅지 살갗은 시뻘겋게 달아올라 멍이 들 지경이었다.

"하앗, 하앗……!"

"아! 아! 아응! 아."

스타카토같이 거칠고 짧은 숨결이, 숨넘어갈 듯 높은음의 교성에 녹아들어 묘한 조화를 이루었다. 두 남녀의 몸은 땀과 애액으로 끈적하게 젖어들어 절정을 향해 치닫고 있었다. 굵고 단단한 욕망이 동굴 안 내벽을 긁어 올리며 강력하게 박혀오길 한참, 그는 마침내 짧은 한숨과 함께 안쪽 깊이 뜨거운 파도를 토해냈다. 그녀의 신음도 한층 더 높아졌다 점점 잦아들었다.

몇 번 더 허리를 밀어 올려 마지막 한 방울까지 남김없이 그녀 안에 뿌린 그는 숨을 쌕쌕 헐떡이는 알렉시스의 얼굴을 만족한 듯 내려다보았다. 잔뜩 헝클어진 머리칼이 땀에 젖어 새빨갛게 달아오른 뺨에 달라붙어 있었다. 머리카락을 쓸어 올려 꼭 감은 두 눈가에 입을 맞추었지만, 알렉시스는 반쯤 정신을 잃은 듯 숨만 몰아쉴 뿐 여전히 미동이 없었다. 그녀의 몸에서 천천히 분신을 빼내자 투명한 흔적과 애액, 검붉은 혈흔 등이 한데 뒤섞여 그들의 다리 사이로 거침없이 흘러내렸다.

알렉산더는 잠시 숨을 돌린 뒤 그녀의 더럽혀진 알몸을 가볍게 안아 들고 욕실로 향했다. 최고급 자쿠지 시설이 갖춰진 커다란 욕조에 알렉시스를 조심스레 내려놓고 레버를 강하게 돌리자 금세 둘의 몸은 거품이 일렁이는 따뜻한 물속에 잠겨들었다. 욕조라기보다 대여섯 사람은 너끈히 들어갈 크기의 욕탕이었다. 처음부터 너무 격하게 다룬 것 같아 알렉산더는 아주 약간의 죄책감을 느끼며 그녀의 몸을 깨끗이 씻기며 부드럽게 어루만졌다. 앞으로 수많은 밤을 함께 보내게 되겠지만 오늘 밤은 적어도 한 번으로 끝내고 싶지 않았다. 아직 밤은 길었고 그는 성이 찰 때까지 그녀를 실컷 탐하고 즐길 생각이었다.

"……아파!"

몽롱한 의식 속에서 그가 하는 대로 몸을 맡기고 있던 알렉시스는 그의 거품 묻은 손이 은밀한 부분에 와 닿자 불에 덴 것처럼 허리를 튕기며 신음을 흘렸다.

"……손대지 마."

"이미 셀 수도 없이 손댔어."

그는 억양 없이 응대하며 물속에서 힘없이 흔들리는 그녀의 몸을 꼭 안았다. 부서질 것처럼 연약하기 그지없었다.

"여자들과 섹스 뒤엔…… 항상 이렇게 씻겨주나요?"

"아니."

그녀의 숨결이 그의 귓가를 간질였다. 오뚝 솟은 젖꼭지가 그의 가슴 털을 간질이자 알렉산더는 하체에 피가 몰리는 기분에 미간을 좁혔다. 그는 일말의 망설임도 없이 그녀를 바짝 끌어당겨 안고서 욕조 속 계단을 내려가 물이 어깨까지 오는 바닥에 발을 디디고 내려섰다. 거품이 일렁이는 물속에서 그는 그녀의 한쪽 다리를 들어 올려 그의 허리에 걸치게 한 뒤 엉덩이를 바짝 끌어당겼다. 그의 의도를 알아차린 그녀는 진 빠진 상태에서도 허리를 뒤로 빼며 앙칼지게 저항했다.

"그만해요! 정말 아팠다고요……."

"한 번 겪었으니까 괜찮아. 여기선 더 괜찮을 거야."

그는 쉰 목소리로 그녀의 머리를 젖히고 달래듯 부드럽게 키스했다. 침대에서의 거칠고 강렬했던 키스와는 또 다른 느낌으로, 그의 혀는 그녀의 혀를 야릇하고 관능적인 움직임으로 애무하고 빨아올렸다. 자신의 것이 된 그녀가 사랑스러워 미칠 것 같았다. 그는 수면 위 드러난 그녀의 어깨를 꼭 끌어안고 다른 한 손으로 엉덩이 한쪽을 잡은 뒤 그의 강인한 불기둥을 발갛게 부어오른 속 살 안으로 빠르게 밀어 넣었다.

"아! 앗! 아아……."

뜨거운 살덩이와 물이 몸속으로 함께 들어오는 기묘한 느낌에 알렉시스는 몸을 바르르 떨었다. 통증과 쾌감이 몸 안으로 한꺼번 에 밀려드는 전율에, 그녀는 알렉산더의 어깨를 부서져라 움켜잡 고 다른 한쪽 다리도 그의 허리에 감았다. 그렇지 않고서는 물속 에서 정신을 잃고 쓰러질 것만 같았다. 살과 살이 부딪치고 물이 거칠게 찰박이는 소리, 드높은 신음 소리가 한데 뒤섞여 욕실 안 을 언제까지고 가득 채웠다. 알렉산더가 또다시 뜨거운 분출액을 그녀 몸속에 쏟아낼 때까지 알렉시스는 쾌락의 파도에 휩쓸려 다 른 아무 생각도 할 수가 없었다.

알렉시스가 다시 깨어났을 때는 시간이 이미 한밤중을 지나 새 벽녘을 향하고 있었다. 밤새 여러 번 정신을 놓았다가 다시 그에 게 격렬하게 안기기를 반복했다는 것만 아득한 기억의 저편에 있 었다. 욕실에서 정신을 잃고 다시 침대 위에서 정신이 들었을 때 는 알렉산더의 품에 갇혀 애무당하고 있는 자신을 발견했었다. 그 녀가 의식이 있든 없든 그는 개의치 않았다. 그녀의 몸 안에 자신 을 각인시키기라도 하듯, 알렉산더는 지치지도 않고 그녀를 집요 하게 탐했다. 그리고…… 그녀는 그의 손길에 무방비 상태로 녹아 내려 몇 번이고 절정에 이른 것을 부정할 수 없었다.

"……."

그녀는 등 뒤에서 자신의 허리에 한 팔을 두르고 고른 숨소리 를 내는 알렉산더의 온기를 조용히 확인했다. 그도 마침내 잠이

든 것인지, 탄탄한 가슴의 근육이 숨을 쉴 때마다 희미하게 오르내리고 있었다. 부드러운 앞머리가 그녀의 목덜미에 와 닿았고 시가 향이 섞인 특유의 체취가 코를 간질였다.

맙소사, 도대체 무슨 일이 있었던 거지?

이렇게 즉흥적으로 누군가와, 그것도 가장 피하고 싶어 했던 알렉산더 리오넬과 한 침대에 있다니. 불과 이틀 전 파리행 비행기에 오를 때까지도, 아니 어젯밤 그를 만나러 이 고색창연한 호텔로 오게 될 때까지만 해도 상상조차 할 수 없었던 일이었다.

"아!"

다리의 위치를 바꾸려던 알렉시스는 숨을 헉 들이켰다. 살짝 움직였을 뿐인데도 배꼽 아래 은밀한 곳에 쑤시는 듯한 통증이 일었다. 밤새 몸 중심을 쉴 새 없이 꿰뚫리고 아직 상처가 채 아물지 않은 아픔이었다. 섹스. 사랑을 나누는 행위 혹은 남녀가 하나로 결합하는 행위는 그녀가 예상했던 것보다 훨씬 더 복잡한 것이었다. 훨씬 더 고통스럽고 훨씬 더…… 원초적인 쾌락에 젖어드는 혼란스런 경험이었다. 수치심과 지독한 아픔 뒤에 동반하는 아찔한 쾌감과 온 정신이 마비되는 황홀경.

"……무슨 생각 해."

어느새 그도 의식을 찾았는지, 이제는 익숙한 숨결이 훅 끼치며 낮은 음성이 귓가에 울려왔다. 등 뒤에 맞닿은 전신이 더 바짝 밀착되고 끌어안은 팔이 더 강하게 조여왔다. 힘겹게 붙잡은 사냥감에 대한 소유욕을 드러내는 맹수와도 같았다.

"도대체 무슨 일이 있었던 거지…… 하는 생각."

"지극히 정상적인 일이 있었지. 남녀가 사랑을 나누는 행위."

꺼끌꺼끌한 혀의 돌기가 그녀의 가느다란 목선과 어깨가 만나는 지점에 뜨겁게 와 닿았다.

"사랑이란 표현이 싫으면 섹스라고 해도 좋고."

"그만 가야겠어요."

그녀가 아랫도리의 얼얼한 아픔을 참으며 몸을 일으키려 했지만 그는 꿈쩍도 하지 않았다.

"아직 시간은 많아."

그녀가 억지로 몸을 들썩이자 그 자극적인 감각에, 그녀의 엉덩이 골에 딱 맞붙어 있던 그의 남성이 점점 부풀어 오르기 시작했다. 알렉시스가 저항하면 할수록 그의 욕망을 부채질하는 꼴만 되고 말았다. 그는 그녀의 허리를 단숨에 뒤집고 다부진 가슴 아래 그녀를 깔아 눕혔다. 알렉시스가 뭐라고 항의하려 했지만 곧 그의 입에 가로막혀 알아들을 수 없는 신음만 계속할 수밖에 없었다. 입 안에 거칠게 침입한 혀가 마치 목구멍 안까지 들이밀 기세로 입 속을 점령해가고, 탄탄한 가슴의 근육이 봉긋한 젖가슴을 마구 눌러대자 그녀는 숨도 제대로 쉴 수가 없었다.

"으, 으음…… 으응응……"

마침내 고개를 든 알렉산더의 입술에서는 한 줄기의 투명한 타액이 이어졌다 끊어졌다. 번들거리는 입술로 풍만한 젖가슴 한쪽을 베어 문 그는 가슴을 세게 쥐고 있던 한 손을 배꼽 아래 갈라진 틈새로 옮겨갔다. 뜨거운 동굴 속, 뜨겁게 질척거리는 여린 속살을 확인한 그는 더 기다리지 않고 그녀의 몸 안으로 돌진할 태세를 갖췄다. 알렉산더는 한 손으로 사납게 곤두선 분신을 쥐고 촉촉이 젖은 입구로 단번에 찔러 넣었다.

"아앗! 아! 하아, 아아아……."

그녀의 입에서는 절규와도 같은 비명이 짧게, 뒤이어 스타카토처럼 계속 울렸다. 이미 몇 번이나 받아들였는데도, 알렉시스의 몸속에는 다시금 둔중한 충격과 통증이 빠르게 퍼져 나갔다. 굵고 단단한 욕망이 뒤로 살짝 밀려났다 다시 동굴 안 막다른 벽을 힘차게 박아올 때마다 그녀의 흐느낌 소리도 한층 높아져갔다.

"아, 이제 그만…… 하아. 제발……."

"하아…… 알렉시스……! 후우……."

제발 멈춰달라는 것인지 제발 계속해달라는 것인지 알 수 없는 신음과 울음이 침대의 규칙적인 삐걱임 소리와 묘한 조화를 이루며 언제까지고 계속되었다. 그는 만족스런 얼굴로 이를 악물며 점점 움직임에 박차를 가했다. 그의 허리가 크게 튕기고 커다란 분신이 성난 짐승처럼 빠르게 부딪칠 때마다 숨넘어갈 듯 뱉어내는 그녀의 단말마가 너무나 듣기 좋았다. 좁은 동굴 내벽이 두꺼운 기둥을 꽉 조여들며 굵은 핏줄까지 바짝 휘감아오는 감각에 온몸이 떨려왔다. 그는 이게 단지 시작일 뿐이라는 것에 황홀한 승리감마저 느꼈다.

알렉시스는 후들거리는 두 다리를 간신히 버티고 서서 런던 히드로 공항 앞, 벤틀리 세단에서 내리는 귀부인을 바라보았다. 런던에 도착할 때까지도 간밤의 격렬했던 정사에서 비롯된 몸의 고통이 채 이완되지 않은 상태였다. 원래 처음엔 이런 것인지 절친 케이티와 건너편의 여성에게 물어보리라 속으로 되뇌었다.

"프랜 고모!"

"앨리, 우리 아기! 어서 오렴!"

조부 악셀 브로디의 막내딸이자, 알렉시스의 친부 고(故) 라이언 고든 브로디의 막냇동생 프랜시스 피오렌티는 그녀와 항상 사이가 좋았다. 첫 조카를 서슴없이 우리 아기라고 부르는 그녀는 알렉시스보다 15살이 많았고, 일찍이 이탈리아 왕손의 혈통을 이은 귀족가로 출가해 2남 1녀를 둔 한 가정의 안주인이었다. 밀라노 최고급 상점가의 절반은 피오렌티가의 소유라 해도 과언이 아니었다. 그녀는 런던과 밀라노를 쉴 새 없이 왕복하며 피오렌티 패션을 일정부분 관리하는 한편, 브로디 본가에도 세 아이들을 동반해 심심찮게 머물고는 했다.

"아무리 공부하느라 바빠도 그렇지, 너무 오랜만에 얼굴 보여주는 거 아니니? 그런데 걷는 게 갑자기 왜 이래? 작년에 이집트 시나이 산에 올라갔다 내려온 뒤 걸음걸이랑 완전히 똑같은데? 설마 에펠탑을 걸어서 오르내리기라도 한 거야? 웬일이니, 정말……. 정말 너처럼 사서 고생하는 거 좋아하는 애는 처음 봤어. 어쩜 그렇게 네 아빠를 꼭 빼닮았는지. 그건 그렇고 이번에 바스(Bath) 캐슬은 친정엔 절대 비밀이야. 조금 더 인테리어 개축해서 여름이나 가을에 짠! 하고 다들 서프라이즈 해주려고! 그런데 뉴크레센트 별장은 아무래도 처분해야 되겠지? 캐슬이 있으니까. 음, 베네딕트가 알면 또 엄청 잔소리해댈 텐데."

벤틀리에 올라탄 순간부터 항상 그렇듯이 쉼 없이 재잘대는 고모의 수다가 지금은 오히려 감사했다. 새벽녘에 또 한차례 폭풍처럼 휩쓸고 간 격렬한 절정 이후 그녀는 호텔 메이드에 의해 깨어나 마치 공주가 된 것 같은 극진한 수발을 받고 원래 탑승 예정이었던 런던행 비행기에 올라탈 수 있었다. 그런데 좌석은 이코노미에서 퍼스트 클래스로 바뀌어 있었고 따라서 그녀는 다른 일행들과 동떨어져 홀로 호화로운 좌석에서 몇 시간을 보내야 했다.

원하기만 한다면 퍼스트 클래스를 얼마든지 이용할 수 있는 그녀였지만, 알렉시스는 재정적 여유와 상관없이 무절제한 소비와 무의미한 낭비를 경멸했다. 단 3시간의 비행 거리였기에 이코노미만으로도 충분하다 생각했건만 어째서 그녀의 좌석이 갑자기 업그레이드되었는지 항공사 측에 항의 아닌 항의를 했을 때 돌아온 대답은 간단했다.

'죄송합니다, 미스 브로디의 후견인 미스터 리오넬의 지시였습니다.'

기내에서 알렉시스는 내내 혼란스러운 마음이었다. 원래 하룻밤을 보낸 상대에게는 이렇게 마지막까지 서비스가 극진한가? 아니면 아무래도 집안 간 관계 때문에 나름 신경을 써준 것뿐일까? 어느 쪽이든 괜한 짓을 했다 싶었다. 퍼스트 클래스에 타든 이코노미석에 타든 아무 의미도 없고 오히려 심정적인 부담만 가중되었기 때문이었다.

"그런데 앨리! 너 몇 달 사이 왠지 달라진 것 같아! 오늘은 왠지 묘하게 더 분위기 있고 섹시해 보인 달까? 그런데 너 요즘도 만나는 사람 없니? 전에 다니엘 드러커…… 아, 참. 고모가 미안하다. 말실수했어. 미안, 미안. 잊어줘. 근데 정말 아무도 없는 거야? 넌 다른 건 정말 누구보다 뛰어나고 앞선 애가, 대체 왜 그렇게 이성에는 늦다니? 학점 잘 받는다고 뭐, 우리 같은 세계에서는 별반 달라지는 거 없으니까 제발 공부는 적당히 하고 연애 좀 하라구! 내가 자랑은 아니지만…… 흠! 내가 네 나이였을 땐 할아버지에게 다리몽둥이 언젠가는 부러진다 각오하고 정말 자유롭고 드넓게, 글로벌하게 많은 경험을 쌓았다고! 집안 이름이 있으니 나름 적당히 조절한다고 했지만."

"고모, 안 그래도 그쪽 관련해서 물어볼 게 있어. 애정 없이도 남녀 관계가…… 그러니까 섹스가 좋을 수도 있는 거야?"

"뭐? 견습 수녀처럼 사는 네가 갑자기 왜 그런 게 궁금해? 아니, 잠깐! 너, 너, 너, 설마…… 설마, 설마, 설마! 너 파리에서 무슨 일 있었지? 그렇지? 응? 응?"

"……그냥 궁금해서 물어본 거야. 주변에서 들어보면 잠깐 즐기는 일이 흔한 것 같아서."

"육체적 관계 자체만 좋은 상대는 분명히 있지. 아까 내가 젊을 때 좀 즐기라고 해놓고 이런 말을 하면 모순이지만……. 그래도 섹스만 좋은 건 결국 무의미한 거야. 정말 사랑하는 사람과 결합하는 건 별 감정 없는 상대와 하는 것과는 비교도 안 되거든! 나도 네 고모부 만난 뒤에서야 그걸 깨달았거든. 애정을 바탕으로 한 관계는 단순히 좋은 섹스 훨씬 그 이상이란 걸!"

알렉시스는 프랜시스의 뒤이은 남편 찬양을 굳이 저지하지 않고 계속 들어주었다. 머리 한편으로 자꾸만 떠오르는 거만한 남자의 모습을 지우려 애쓰면서.

프랜시스가 불과 며칠 전 소유권을 이양받은 바스(Bath)의 성은 광활한 초원 위에 우뚝 서서 윈저성과 같은 웅장한 외관을 자랑하고 있었다. 앞으로 프랜시스의 가족과 친구들이 머물게 될 메인 내부와 사용인들의 공간은 실생활에 불편함이 없게끔 조금 더 현대식으로 손을 볼 예정이었다. 하지만 그 외에는 최대한 중세의 분위기를 유지하게끔 최소한의 보수만 할 것이라고 했다. 프랜시스는 성에 도착해 조카를 극진히 챙기면서도 쉴 새 없이 수다 떠는 데 여념이 없었다.

차로 4시간을 달려와 피곤할 테니 스파에서 마사지를 받고 조금 쉰 다음, 그들은 곧 도착할 그녀의 남편 마르첼로 피오렌티와 아이들 시모네, 알베르토, 카롤라와 저녁을 함께하기로 했다. 스파에서 타월을 두르고 테이블 위 노트북으로 뉴스를 검색하던 중, 알렉시스는 가십란을 우연히 곁눈질하고 잠시 손가락을 멈췄다. 따뜻한 스파 안에서도 몸이 차갑게 식어버리는 기분이 이내 전신을 뒤덮었다.

〈알렉산더 더 데빌, 2시간 전 히드로 공항에서 남아공의 보석 캔디스 파올로디와 동행 직찍!〉

파파라치에 의해 찍힌 온라인 가십 사진에는 그녀가 선명히 기억하고 있는 왕처럼 거만한 남자, 그리고 그 못지않게 눈에 확 띄는 장신의 금발 미녀가 그의 팔짱을 끼고 행복한 듯 웃으며 걸어가는 모습이 담겨 있었다. 남자 쪽은 지극히 냉정해 보이는 무표정에 정면만 응시하고 앞으로 나아가고 있는 반면, 여자 쪽은 매달리다시피 한 자세였지만 두 사람이 나란히 어디론가 동행하고 있음은 분명했다. 알렉시스는 사진 아래 화살표를 클릭해 평소에는 거들떠보지 않던 가십 기사 전문을 빠르게 훑어 내렸다.

〈최근 톱모델계 샛별로 활약 중인 남아공 출신 캔디스가 리오넬 총수의 새로운 연인일지 모른다는 추측이 일파만파 퍼지고 있다. 톱배우 모니카 해밀턴 외 여러 세계적인 미녀 셀렙들과 쉴 새 없이 염문을 뿌리는 알렉산더 리오넬과 캔디스 파올로디는 그의 전용기로 어딘가 휴가라도 다녀오는 것인지, 캔디스가 그를 공항에 마중 나온 것인지는 확실하지 않다. 과연 캔디스와의 새로운 관계는 얼마나 지속될 것인지…….〉

알렉시스는 거기까지 읽고 노트북의 커버를 소리 나게 덮어버렸다. 물론 보이는 것만이 다가 아닌 것은 너무나 잘 인지하고 있었다. 그녀가 태어나 자란 세계는 대중에 알려진 것 중 극히 일부만이 사실일 가능성이 높고, 그마저 단지 표면적인 한 부분에 불과했다.

그러나 알렉산더 리오넬은 알렉시스 앞에서도 스스로의 문란함을 명확히 시인했고, 그녀처럼 사랑 자체를 믿지 않는다고 당당히 선언했다. 결국 알렉시스와의 격정적인 정사도 단지 섹스일 뿐 큰 의미는 없는 것이다. 처음부터 아무것도 기대하지 않았었다. 그런데 왜 이렇게 화가 나고 불쾌한 걸까. 머리로는 당연하다 생각하면서도, 알렉시스는 상처받은 것처럼 가슴이 옥죄고 아파오는 이유를 알 수 없어 혼란스러웠다. 그녀와 헤어진 바로 몇 시간 후 그가 다른 여자와 연인처럼 다정히 대중 앞에 모습을 드러내고 있다는 사실이 불쾌하고 더럽기 짝이 없었다. 자신은 과연 그와의 하룻밤이 단순한 섹스일 뿐이었을까 수없이 의문을 제기하며 그의 모습을 한시도 뇌리에서 떨쳐낼 수 없었건만, 그는 바로 다음 순간 다른 여자에게 집중할 수 있었다니 기묘한 배신감마저 들었다.

말도 안 돼, 내가 왜……! 나 역시 첫 상대로 이용한 것뿐이야.

그녀는 입술을 짓씹으며 차가운 물에 얼굴을 여러 번 씻어내고 머리를 세차게 흔들었다.

이제 다신 볼 일 없을 남자였다. 그저 그뿐이다.

"알렉시스! 어디 있어, 알렉시스?"

아이들의 재잘거리는 시끌벅적한 소리가 스파 밖에까지 울려왔다. 알렉시스는 자꾸만 흐트러지려는 마음을 다잡고 천사 같은 사촌 동생들을 맞이하러 얼굴에 억지로 미소를 지어 보였다.

전화벨이 계속 울려왔다. 호화로운 저녁 만찬을 끝내고 아늑한 거실에서 다 같이 담소를 나누고 있을 때였다. 잠시 프랜시스의 가족들만 남겨둔 채 그녀는 샹들리에 아래, 게스트 침실이 있는 2층 나선형 계단 쪽을 향했다. 모르는 번호였지만 왠지 받아야 할 것 같은, 동시에 절대로 받으면 안 될 것 같은 묘한 기분이 들었다.

"여보세요."

─Good evening. 잘 도착했겠지.

그제야 알렉시스는 발신인 미확인 번호가 바로 지난밤 10시, 파리의 숙소에서 받았던 그의 휴대폰 번호였음을 상기해냈다.

"……리오넬 씨."

알렉시스는 몸속의 피가 마지막 한 방울까지 싸늘하게 얼어붙는 기분을 느꼈다. 톱모델과 즐거운 한때를 보내다 갑자기 그녀가 생각난 건가? 친분 두터운 가문의 딸을 건드렸으니 무슨 후환이라도 있을까 새삼 걱정이라도 된 걸까?

─알렉산더라고 불러.

"……무슨 용건이시죠. 이제 다시는 개인적인 연락은 서로 안하기로 하지 않았나요?"

─그랬었지. 너와 내가 기막히게 잘 맞는다는 걸 깨닫기 전까지는.

"……."

─너도 부정할 수 없을 거야. 우리가 예상보다 꽤 훌륭한 조합이라는 사실.

그녀는 눈을 질끈 감고 그의 오만한 단언을 묵묵히 듣고만 있었다.

─직설적으로 말하지. 난 당분간 너를 더 만날 생각이야. 후견인으로서가 아니라 남자 대 여자로.

"뭐라…… 고요?"

─서로에게 좋은 파트너란 걸 둘 다 아는데 그걸 왜 굳이 부정하고 절제해야 하지?

그의 은근한 어조가 달콤한 독과도 같이 그녀의 귀에 퍼져갔다.

"그러니까…… 리오넬 씨는 당분간 나와 섹스 파트너의 관계를 유지하고 싶다, 그 말을 하고 있는 건가요?"

─그래. 섹스 파트너란 표현은 품위가 떨어지지만, 두 집안 관계와는 철저히 별개로.

수화기 너머로 그가 미간을 좁히는 모습이 떠오르는 것 같았다. 동시에 그가 늘씬한 블론드 모델과 한 몸으로 얽혀든 상상 역시 저절로 그려졌다. 그는 도대체 자신을 뭐라고 생각하는 걸까? 몇백 명 후궁들을 거느리는 아랍 왕국의 술탄이라도 되는 줄 아는 건가?

"거절합니다."

─뭐?

'거절한다고, 이 더러운 호색한! 다시는 수작 부리지 마!'

그녀는 속 시원히 내질러버리고 싶은 걸 간신히 참고 끝까지 평정을 유지하려 애썼다. 상대가 짐승이라고 그녀 자신도 똑같은 레벨로 떨어지고 싶지는 않았다.

"거절한다고 했습니다, 리오넬 씨. 딱 하룻밤 서로 즐기고 잊기로 한 처음의 약속, 설마 잊으신 건 아니겠지요? 그럼 이만."

그녀는 거침없이 통화 종료 버튼을 누르고 휴대폰 전원을 아예 꺼버렸다. 본가에서 급한 용건이 생기면 프랜시스에게 연락이 닿을 것이니 별 상관없었다. 그녀는 대담하고 뻔뻔하며 후안무치한 알렉산더의 도덕성에 다시 한 번 혀를 내두르며 뼛속 깊이 분노를 느꼈다. 이렇게까지 명확하게 거절해줬으니 자존심이 강한 그로서도 그녀의 진의를 제대로 파악해주었으리라. 그에게 여자라면 -그것도 모니카 해밀턴, 캔디스 파올로디 같은 최상급의- 널리고 널려서 평생 하룻밤씩만 보내도 남아돌 정도이다. 괘씸한 계집애라고 실컷 욕을 퍼부을지언정 다시는 그녀에게 추파를 던지지 않을 터였다. 머리끝까지 화가 난 자신을 최대한 가라앉히려 깊은 심호흡을 여러 번 되풀이한 뒤에야, 그녀는 다시 거실로 내려갈 수 있었다.

알렉시스가 복잡한 심경에 잠을 자는 둥 마는 둥 하는 동안 어느새 날이 밝았다. 며칠 머물기로 했었던 바스의 성은 생각보다 훨씬 아름다웠고 그녀가 잠시 미뤄두었던 개인적인 프로젝트에 착수하기에도 최적의 은둔 장소였다.

알렉시스는 나머지 과제들을 온라인으로 처리하기로 한 뒤, 앞으로 한 달 정도는 바스에 더 머물기로 했다. 본가 가족과 루카,

가장 가까운 지인들에게는 잠깐의 잠적을 알렸지만 행선지는 일체 비밀에 부쳤다. 알렉시스는 프로젝트에 집중하는 동안에는 외부와의 접촉을 최대한 차단하는 편이었다. 그녀는 클라우드 시스템에 접속하여 브로디 컨설팅 계열사의 여러 가지 일급 보안 정보들을 체크하는 데 오전 내내 시간을 보냈다.

정오쯤 걸려온 전화에는 브로디 본가의 연락처, 정확히는 집사 중 가장 근속 연수가 오래된 해리슨 부인의 번호가 찍혀 있었다.

"해리슨 부인, 잘 지내고 계시죠? 무슨 일 있으세요?"

─네, 앨리 아가씨. 아까 베네딕트 주인님의 손님이 오셨었는데 아가씨와 통화하고 싶다고 연락처를 남겨놓고 가셨답니다. 아가씨가 시간 될 때 전화해줬으면 부탁한다는 말도 남기셨고요.

베네딕트 브로디는 알렉시스의 작은아버지였고 그가 할아버지 대신 현재 브로디가를 실제적으로 이끌고 있다 보니 저택에 사업상의 손님들이 오는 일은 비일비재했다. 하지만 이렇게 부재중일 때 굳이 해리슨 부인을 통해서까지 통화해야 할 사람은 그녀가 알기로는 아무도 없었다. 알렉시스는 그 인물이 누구인지 캐물을까하다가, 일단 번호를 넘겨달라며 해리슨 부인의 짐을 덜어주었다. 그녀가 한 번도 본 적 없는 번호였다. 알렉시스는 잠시 고개를 갸웃거리다 전화를 걸어서 상대편이 받기를 묵묵히 기다려보았다. 단 두 번의 신호음에 상대방은 바로 응답했다.

─브로디 양.

알렉시스의 심장이 쿵 하고 내려앉았다. 낮고 조금은 허스키한, 익숙한 저음이 전화선을 타고 그녀의 뇌까지 꿰뚫을 듯 귓가에 와 박혔다. 그녀가 미처 몰랐던, 그의 다른 휴대폰 번호가 틀림없었다.

−지금 어디 있지? 런던에 있는 게 아니었군.

"······잠시 여행 와 있어요. 무슨 일이죠? 어젯밤 난 내 의사를 명확히 밝혔고 다시는 댁과 통화할 일 없을 거라 생각했는데."

−어디에 있냐고 물었어.

"내 사생활이에요. 말하고 싶지 않아요."

낮은 한숨이 희미하게 들려왔다.

−런던으로 언제 돌아오지?

"그것도 내 개인적인 일이에요. 용건이 뭔지나 말해요."

−그게 용건이야. 지금 네가 어디 있고 언제 돌아오는지 확인하는 것.

"당신에게 대답할 의무 없어요."

−······.

"용건 없으면 끊겠어요. 다시는 해리슨 부인이나 다른 사람 끌어들이지 말아줘요. 그리고."

그녀는 이를 갈았다.

"다시는 날 모욕하지 말아요."

−대체 뭐가 문제인지 모르겠군. 우린 파리에서 예상보다 훨씬 즐거운 시간을 보냈어. 그걸 조금 더 연장하자는 게 너에게 그렇게 큰 모욕인가?

"난 창녀가 아니야. 새로운 스캔들 파트너를 찾고 있다면 상대를 잘못 골랐어."

−알렉시스.

그가 답답하다는 듯 큰 한숨을 쉬었다.

−지금 도대체 어디 있지? 좋은 말로 할 때 제대로 대답해. 스스

로 후회할 꼴 만들지 말고.

"후회할 일 따윈 없을 거야. 다시는 너 같은 파렴치한과 상종하지 않을 거니까!"

보란 듯이 신랄하게 독설을 내뱉은 알렉시스는 휴대폰을 거칠게 침대로 던져버렸다. 그래도 분이 풀리지 않아 한참을 씩씩거리던 그녀는 이번에는 아예 휴대폰 본체에서 심카드를 빼내어 여행가방 안에 콕 처박아버렸다. 앞으로 한 달 뒤 런던에 돌아가기 전까지 저 가방을 열 일은 없으리라.

"……."

알렉시스는 왜 자신의 눈에서 눈물이 흐르는지 알 수 없었다. 그녀 역시 사랑은 믿지 않아도 본능적인 욕망은 있다고 생각했다. 육체적인 끌림까지 부정할 정도로 어린애는 아니었기에, 마치 자석에 이끌리듯 알렉산더에게 강하게 끌렸고 어차피 첫 경험을 해야 한다면 그와 하는 게 좋으리라 생각했었다. 그 점은 스스로도 전혀 부정할 수 없었다. 그러나 다시는 그와 가까이할 일이 없다고 굳게 다짐하는 것이, 왠지 형용할 수 없이 안타깝고 아팠다. 알렉시스는 그의 몸이 그녀에게 일으켰던 놀라운 환희와 절정, 어젯밤의 시간을 결코 잊을 수 없을 것 같았다. 미래에 그녀가 진심으로 좋아하게 될 다른 남자와 사랑을 나누게 되면 훨씬 더 격렬한 감정을 맛보게 될까? 훨씬 더 놀랍고 기적 같은 순간들을 경험할수 있을까? 설령 그렇다고 해도 알렉시스는 그와의 순간들을 절대 잊을 수 없을 것 같았다. 그는 결코 부드럽고 다정하지 않았다. 그녀를 능욕하듯 모욕적인 순간들도 분명 있었고, 고압적이며 강압적이었다는 편이 더 정확할 것이다. 그러나 사나운 폭풍 속 파도처럼 거칠고 난폭하면서도, 미치도록 강렬하고 열정적이었다. 사나운 절정과 환희의 태풍 속에 그녀는 알렉산더라는 이름의 악마에게 모든 영혼을 송두리째 빼앗기는 것만 같았다.

다른 여자들을 안을 때도 그럴까? 다른 여자들도 그의 품 안에서 다들 한결같이 그녀처럼 아찔한 황홀경을 맛보기 마련일까?

그녀는 침대에 주저앉아 양손에 얼굴을 묻었다. 그 뒤로도 한참 동안 그녀의 아름다운 청회색 눈에서는 눈물이 흘러내려 멈출 줄을 몰랐다.

이제 난 정말 여자가 된 거구나. 그것도…… 내가 절대 반해서는 안 되는 남자에 의해서.

알렉시스는 인정하지 않을 수 없었다. 그동안 왜 알렉산더 리오넬이 그렇게도 불편하고 긴장되는 존재였는지. 그녀는 그에게 반해 있었던 것이다. 그를 남자로서 의식하고 한 여자로서 알렉산더에게 강하게 이끌리고 있었던 것이다. 사랑을 믿지 않는 그녀에게 어쩌면, 하고 희망을 품게 만들었지만 그녀보다 더 굳게 사랑을 믿지 않는 남자. 그녀가 절대 가질 수 없는 남자에게 안겨 기쁨을 맛본 것은 분명 저주이리라.

알렉산더는 일방적으로 끊어진 전화기를 잠시 바라보다, 침대 시트에 던지듯 내려놓았다.

-거절한다고 했습니다, 미스터 리오넬. 딱 하룻밤 서로 즐기고 잊기로 한 처음의 약속, 설마 잊으신 건 아니겠지요? 그럼 이만.

-난 창녀가 아니야. 새로운 스캔들 파트너를 찾고 있다면 상대를 잘못 골랐어.

–후회할 일 따윈 없을 거야. 다시는 너 같은 파렴치한과 상종하지 않을 거니까!

"……하."

알렉산더는 이틀에 걸쳐 명치를 얻어맞은 듯한 충격에 헛웃음을 지었다. 알렉시스 브로디는 상대의 심리를 간파하는 데 명수인 그의 스물아홉 인생 중, 한 치의 예상도 명중하지 않는 유일한 반전급 인물이었다. 아니, 단 한 가지 요인은 적중했다. 자신이 예상했던 만큼 그녀도 그에게 육체적으로 강하게 끌리고 있었고 그 못지않게 절정에 이르렀던 것. 도대체 그 여자는 가슴속 깊이 그렇게 뜨거운 정열을 품고서 어떻게 수녀 같은 금욕적인 일상을 지내왔던 걸까?

알렉산더가 알기로, 그녀는 음주가무와는 매우 거리가 멀었고 클럽 출입도 일절 하지 않는 답답한 모범생의 생활만을 해왔다. 그러나 스스로는 인정하지 않을지 몰라도, 알렉시스는 그가 생각했던 것보다 가슴속에 훨씬 더 강렬한 열정을 지닌 여자였다. 약한 듯 강인하고, 조용한 듯 에너지로 넘쳐흐르는 불같은 소녀. 애초에 알렉산더는 그녀와 하룻밤 유희로 끝낼 생각은 전혀 없었지만, 설령 그랬다고 해도 그의 초심은 180도 번복되어 있었을 것이다.

알렉시스의 몸은 그에게 꼭 맞았고 마치 그와 사랑을 나누기 위해 빚어진 몸과도 같았다. 지난 1년간 수없이 상상해왔던 것보다 훨씬 더 아찔하고 근사했던 격정의 순간들. 알렉산더는 그녀도 마지못해 그의 제안에 응할 것이라 믿어 의심치 않았다.

그는 태어나서 지금까지 누구에게서든, 어떤 경우에서든, 어떤 이유로든 거절당해본 적이 없었다. 모든 이들이 그를 절실히 원하고 필요로 했다. 여자들은 말할 나위도 없이 스스로 그의 발치에 서로 몸을 던지려 아우성이었다. 리오넬의 총수로서 거머쥐고 있는 압도적인 재력과 배경도 한몫했겠지만, 그가 발산하는 타고난 수컷의 매력을 무시할 수 있는 여자는 지금까지 단 한 명도 없었다. 언제나 그가 먼저 거절하고, 거부하고, 뿌리치고, 돌아서는 쪽이었다.

―알렉산더, 제발 한 번만 만나줘요! 만나서 얘기해요!

"거절한다고 했어. 딱 하룻밤 서로 즐기고 잊기로 한 처음의 약속을 설마 잊은 건 아니겠지? 그럼."

―알렉산더, 내가 뭘 잘못했나요? 제발 말해줘요, 말해주면 고칠게요!

"당신이 잘못한 건 전혀 없어. 사랑에 빠질 상대를 잘못 고른 것뿐이야."

―알렉산더, 날 이렇게 내치면 반드시 후회하게 될 거예요! 다시 생각해요, 제발……!

"벌써 후회가 되는군. 이렇게 귀찮게 매달릴 줄 알았으면 애초에 관계하지 말 걸 그랬지."

그가 여자들에게 지금까지 무심히 내뱉은 독설들이, 전화선을 넘어 그를 향한 알렉시스 브로디의 독설들 위에 겹쳐졌다.

한번 손에 넣게 되면 통제할 수 있을 줄 알았는데…… 생각보다 난항이군.

설상가상으로 그녀는 런던에 도착한 이후 어디론가 증발해버린 상태였다. 히드로 공항에서 갑자기 그녀를 놓쳤다는 경호원의 보고를 들을 때까지도 그는 상황을 대수롭게 여기지 않았다. 그녀가 당연히 런던 본가나 학교 앞 아파트로 갈 것이라 생각했기에,

미처 그녀의 휴대폰에 GPS를 달아놓거나 공항에서 사라진 직후의 행선지를 바로 추적하지 않았던 것이다. 브로디 본가에 다른 핑계로 잠시 들러서, 그와도 안면이 있는 해리슨 부인을 통해 교묘하게 알렉시스에게 연락을 취했지만 결과는 그의 KO 완패로 끝나고 말았다. 평소 그의 문란한 행실에 깊은 편견을 갖고 있던 그녀로서는, 아무래도 다음 단계로 넘어가는 데 자기암시적으로 심한 거부감이 일어나는 모양이었다.

알렉산더는 입가에 쓴웃음을 지으며 어디론가 전화를 해 짧은 지시를 내렸다. 시간이 좀 소요될망정, 그의 영향력으로 여자 한 명 찾는 일 정도는 이미 답이 나와 있는 사안이었다.

"알렉산더."

그때 화려한 네일로 장식된 손가락이 뱀처럼 그의 등을 어루만지며 기대오기 시작했다.

"아까 거기서 누구랑 통화한 거야? 설마 전 애인? 당신도 그렇게 초조할 때가 있다니⋯⋯."

값비싼 향수가 진동하는 금색 머리칼이 그의 등에 끈적하게 달라붙었다. 요염한 목소리의 주인공은 하루 전 런던 히드로 공항에서 알렉산더와 나란히 파파라치 앞에 노출되었던 톱모델이었다. 모델은 싱긋 웃으며 잔뜩 교태를 부려가면서 남자에게 더욱 바짝 붙어 유혹적인 공세를 펼치기 시작했다. 캔디스는 자신의 손길이 왕처럼 거만한 남자를 달아오르게 했다 착각하고 있었지만, 사실 알렉산더는 휴대폰 너머 다른 여자의 목소리를 듣는 순간부터 이미 흥분해 있던 상태였다. 그의 머릿속에서는 다른 여자의 모습이 내내 머물러 있었다.

5화. 질투

　　알렉시스와 마지막 통화를 끝낸 이후, 며칠 뒤 알렉산더는 할스트롬 인터내셔널의 CEO, 에릭손 할스트롬과 네덜란드 로테벤 에너지의 사주 브랜든 쉐른벨, 영국 재무장관 데이빗 호아퀸과 나란히 오찬 자리에 앉아 있었다.

　　"……그래서 악셀 브로디 경의 손녀를 면밀히 주시하고 계시 군요. 미카엘의 상대로."

　　"그렇답니다. 그 녀석이 예전부터 그 아이에게 워낙 목을 매서…… 이미 둘이 격의 없이 지내고 있으니 말이죠."

　　"호오, 그럼 사실상 정략이 아닌 거죠. 더할 나위 없이 좋은 인연이 되겠군요."

　　"그런데 아직 악셀 경 손녀의 의중은 몰라서 말입니다. 듣자 하니 아주 특이한 스타일인 것 같습디다만. 물론 좋은 의미로."

"딱히 거절할 이유가 없지 않을까요. 조만간 보기 좋은 커플 하나가 탄생하겠군요!"

묵묵히 시가를 태우고 있던 알렉산더는 그들의 화제가 사업 동향으로 옮겨가자 적당히 사교적인 미소를 지으며 여유 있게 화답했다. 다만 식탁 아래 자연스레 늘어뜨린 한 손은 손톱이 파고들듯 꽉 쥐고 있어 희미한 경련마저 일어나고 있었다. 그의 손에 총이 들려 있었다면 부의 상징, 라이온스 클럽의 로열멤버 전용 프라이빗룸은 이미 피바다가 되었을지도 모를 일이었다.

"이용당하는 기분이 들겠지만…… 꼭 보답할게. 약속해."

"확실히 이용…… 당하는 건 맞는데 너에게 당한다면 나도 어쩔 수 없네."

미카엘은 알렉시스의 사과에 실소를 터뜨렸다. 벌꿀색 천연 금발에 바다처럼 푸른 눈을 한 미카엘 할스트롬은 모두의 시선을 사로잡는 미청년이었다. 전 세계적으로 손꼽히는 명문 재벌가의 장남이란 신분에도, 단란하고 행복한 환경에서 자란 그는 건실하고 온화한 품성으로 모든 사람들이 사랑하고 좋아하는 타입이었다. 알렉산더 리오넬이 잔혹한 사업가이자 어둠의 아이콘이라면 미카엘 할스트롬은 빛과 밝음의 아이콘과도 같았다.

"그런데 나와 약혼한다 위장하면서까지 피하고 싶은 사람이 도대체 누구야? 네 성격에 똑 부러지게 거절 못하는 게 정말 이상한데……."

"그건 나중에 이야기할게. 부탁하는 주제에 염치없지만…… 지금은 더 묻지 말아줘. 네가 여자 친구가 없어서 조금은 다행이지만, 그래도 역시 입이 열 개라도 할 말이 없어."

"괜찮아, 약혼식 올리는 것도 아니고 그냥 소문을 부정하지 않는 것뿐인데, 뭘."

미카엘은 당분간 그들의 약혼 소문에 노코멘트로 응대해달라는 그녀의 청을 듣고 적잖이 놀랐다. 그 이유를 듣고서는 더욱 경악을 금할 수가 없었다. 최근 그녀에게 적극 구애하는 사람이 있는데 사업상 브로디가와 깊이 얽혀 있는 집안들 중 하나라 확실히 거절하기 곤란하다는 것이었다. 이미 구두로 여러 번 정중한 거절을 표했는데도 상대가 끈질기게 접근해와, 최근 상류층에 조용히 퍼져 나간 그들의 약혼 소문을 이용하는 것밖에 방법이 없을 거라 여겼다고 했다. 할스트롬가의 장남과 약혼을 앞두고 있다면 상대도 어쩔 수 없이 포기하지 않겠냐 덧붙이면서도, 그 수수께끼의 남자가 대체 누구인지 알렉시스는 끝까지 입을 열지 않았다.

도대체 누구지……?

그녀보다 2살 많은 미카엘은 어린 시절부터 알렉시스를 자주 보아왔다. 스페인 마드리드에 적을 두고 있는 그녀였지만 여름방학 때마다 프랜시스의 가족과 지내러 영국에 왔기 때문에 그와 가깝게 지낼 수 있었다. 그래서 미카엘은 여름방학마다 알렉시스가 런던에 오는 날을 손꼽아 기다리다, 왠지 그녀가 14살 때부터 브로디 본가에 완전히 옮겨와 살게 되자 뛸 듯이 기뻐했었다. 그래서 가족 외에, 그녀의 절친 케이티 다음으로 자신만큼 알렉시스를 잘 알고 있는 사람은 아무도 없을 거라 자부할 수 있었다. 그래서 그는 선뜻 이해가 가지 않았다. 알렉시스의 올곧고 직선적인 성격상, 상대가 설령 황제나 대통령이라 해도 자신의 의지를 당당히 드러낼 것이건만 대체 왜 이렇게 그녀답지 않은 방식을 택하면서까지 그 미지의 남자를 피하려 하는지 모든 것이 의문투성이였다. 평소 그녀의 행실상, 세간에 은폐하고픈 약점을 잡혔을 리도 만무했다.

"그럼 토요일 레이디 베른하트의 생신파티 때 보자, 미카엘."

"OK. 아, 그런데 내일 앰버가 너랑 같이 선물 고르고 싶다는데 어때? 괜찮다면 같이 가자."

앰버는 미카엘과 꼭 닮은 그의 여동생으로, 알렉시스보다 1살 어렸다. 남녀노소 불문, 누구든 끌어당기는 알렉시스 특유의 무난한 성격은 성질 까다롭기로 소문난 할스트롬가의 둘째 딸도 거스를 수 없었다.

"좋아, 그럼 헤롯에서 봐."

헤롯 백화점 중에서도 명품관은 극소수 상류층에게만 공개되는 만큼, 말 많은 명문가 자제들의 시선에도 노출되기에 최적의 장소였다.

"그래, 소문도 더 굳혀줄 겸."

미카엘의 보석 같은 푸른 눈동자에 장난기가 가득 어렸다. 주말 동안 헤롯 로열관엔 으레 가장 말 많은 런던 최상류층 자제들이 왕래하는 만큼, 그들 셋의 다정한 풍경을 보게 되면 누구든 약혼이 기정사실이라 여기리라. 알렉시스는 가볍게 손을 흔들어 보이고 대기하고 있던 벤틀리 뒷좌석에 올라탔다.

오랜만에 본가로 돌아가는 그녀의 뒷모습을 지켜본 미카엘은 그의 마이바흐에 올라 잠시 생각에 잠겼다. 그는 이번 기회를 최대한 호재로 만들 생각이었다. 오래전부터 해바라기처럼 알렉시스 하나만을 바라봐온 그는 그동안 단 한 명의 연인도 만들지 않고 티끌만 한 추문도 없이 모범적인 생활을 해왔다. 착실히 후계자 수업도 받으면서 언젠가는 꼭 알렉시스와 정식으로 맺어질 것을 염원해온 그에게는 이번 소문이 신의 은총이나 다름없었다. 알렉시스에 대한 마음이 너무나 애틋해 감히 손 한번 제대로 잡을 생각도 못했던 그였다. 그동안 할스트롬가의 총수인 아버지에게 인정받기 위해 밤낮없이 노력해온 보람이 있었다.

아버지는 그가 가진 막강한 배경과 재력을 십분 활용하여 악셀 브로디에게 조금씩 아들을 어필해오고 있었다. 이번에 은연중에 흩뿌려진 약혼 소문도 실은 아버지의 입김이 조금은 작용하고 있었음이 틀림없었다. 그녀의 요청대로 잠시 위장 약혼 플레이에 응해주다가 그는 본격적으로 그녀에게 구애할 생각이었다. 애처가인 아버지가 어머니를 얼마나 아끼고 다정하게 대했는지 어려서부터 항상 보고 자란 미카엘은 그 자신도 알렉시스에게 최고의 남자가 되어줄 것이라 내심 자부하고 있었다.

"……."

그녀와의 장밋빛 미래를 꿈꾸고 있는 미카엘과는 달리, 알렉시스의 머릿속은 다른 남자로 가득 차 있었다. 미카엘 할스트롬과는 동전의 양면처럼 완전한 대조를 이루는 남자였다. 그녀는 열흘 동안 바스의 성에서 머문 뒤 학교 수업을 더는 외면할 수가 없어 오전에 런던에서 돌아온 참이었다. 원래 두 달 정도는 바스에서 더 지내려고 했지만 이번에는 그녀의 뼛속 깊은 원리 원칙적이고 고지식한 면이 더 크게 작용해, 본래 있어야 할 자리에 빨리 돌아오는 쪽을 택하게 되었다. 정해진 프레임에 갇히길 거부한 채 스스로도 어디로 튈지 예측 불가능한 면이 있는 반면, 스스로에게 엄격한 기질도 동시에 갖춘 알렉시스는 항상 그 사이에서 아슬아슬한 균형을 유지하며 살아가고 있었다.

그녀는 어릴 적부터 집안끼리 친구였던 미카엘을 이런 어이없는 일에 끌어들인 것을 진심으로 후회하고 있었지만 어쩔 도리가 없었다. 얼마 있지 않아 자신에 대한 알렉산더 리오넬의 관심은 급격히 사그라지고 말 것이다. 하지만 그와 같은 남자는 예상컨대 단 한 번도 여자에게 거절당하는 치욕을 경험해본 적 없을 것이니만큼, 좀 더 확실한 안전 조치가 필요했다. 다른 이도 아닌 할스트롬가의 장남과 약혼이 공공연히 오간다는 사실 앞에, 아무리 천하의 알렉산더 더 데빌이라도 어쩔 수 없이 포기해야 하리라. 그녀는 자신이 현명한 길로 나아가고 있다는 데 조금의 의문도 없었다. 이 이상 그를 가까이하면 그녀는 불행해지고 말 것이다.

알렉시스는 그녀가 불과 고등학생이었을 때, 타블로이드지를 근 반년간이나 떠들썩하게 달구었던 미 부통령의 딸 르네 케네디의 자살 소동 사건을 떠올렸다. 당시 하버드대에 재학 중이던 명문 중의 명문 케네디 가문의 고명딸 르네는 영국 캠브리지 대학교에서 1학기 교환학생으로 상류층 인사들과 어울리며 영국에서의 고상한 체류를 만끽하고 있던 중이었다. 그 6개월 동안 잠깐씩 그녀가 알렉산더와 사진에 함께 찍히곤 했을 때, 그는 불과 20세 중반이 넘은 최연소의 나이로 재계 차세대 리더 No.1으로서 하루가 멀다 하고 포춘지나 포브스지에 회자되고 있었다.

르네 케네디는 캠브리지에서의 학기가 끝나갈 무렵, 그의 일방적인 결별을 이유로 수면제를 과다 복용해 응급실에 실려 가게 되고, 알렉산더의 아이를 임신했다는 등 한차례 세기의 스캔들을 일으켰었다. 그녀가 눈물 바람으로 각종 언론에 노출되어 알렉산더가 혼인빙자로 그녀를 우롱했다, 하지만 그가 돌아온다면 모든 것을 덮고 그와 다시 시작하고 싶다는 등 인터뷰를 해대고 있는 반면 알렉산더 리오넬 측은 오로지 침묵으로만 일관했었다. 그러다 리오넬 주식의 주가가 하락세를 보일 때에야, 그는 전담 법률팀을 통해 단 한마디만 세상에 알려왔었다.

'케네디가와의 국경을 넘은 오랜 친분과 의리상, 르네 케네디와 그녀의 가문을 다치게 하고 싶지 않다.'

리오넬가의 주식이 유례없이 떨어질 때에야, 리오넬가에서는 본격적인 후발 대응에 나서기 시작했다. 하이에나 같은 언론들이 군침을 흘리고 미친 듯 달려들 만한 미끼를 감칠나게, 그리고 신속하게, 최대한 효과적으로 각종 언론 매체에 던져주기 시작한 것이다.

〈리오넬가의 젊은 총수, 드디어 입을 열다 ―모든 것은 르네 케네디의 거짓말?〉

〈부통령의 딸은 자아도취, 집착증, 허언증에 시달리고 있었던 것인가?〉

〈르네 케네디의 배 속 아이 아버지는 케임브리지 교수 B씨로 판명!〉

마침내 르네 케네디가 초췌한 몰골로, 위 모든 헤드라인을 사실이라 밝히고 아이는 유산했으며 사실 알렉산더와는 아무런 육체적인 관계가 없었지만 그녀가 그를 너무나 사랑하여 붙잡고 싶었던 마음에 일으킨 자작극이라고 인정하면서 모든 추문과 촌극은 사실상 종말을 맞이하게 되었다. 그녀의 마지막 인터뷰 직후, 리오넬가 주식이 급상승을 타고 다시 최고가를 기록했음은 말할 나위도 없다. 르네 케네디와의 엄청난 스캔들이 몰고 온 파장 덕분인지, 그 이후로 알렉산더 리오넬과 한 사진 안에 찍힌 여자들은 단순한 가십거리 이상의 어떤 이슈도 만들어내지 못했다. 르네 케네디가 미국에 돌아온 뒤로도 요양 시설을 밥 먹듯 왕래하며 급기야 집안의 망신거리처럼 전락해버린 것과도 무관하지 않을 것이다.

알렉시스는 케네디가와 직접적인 교류는 없었지만 르네 케네디가 미국의 청교도적인 정통 명문가에서 자란 전형적인 모범적인 재원임은 익히 들어 잘 알고 있었다. 하지만 알렉산더가 르네 케네디와 성관계가 없었던 것도 사실이 맞긴 할 터였다. 르네는 그동안 비슷비슷하게 유약하거나 아니면 지나치게 마초인 미국 내 상류층 남자들만 봐오다가, 영국에서 만난 알렉산더의 치명적인 매력에 걷잡을 수 없이 빠져들었을 게 분명했다.

알렉산더는 순진한 온실 속 화초 소녀가 지금까지 접해왔던 그어떤 남자와도 달랐을 것이다. 마초이면서 아름답고 수컷의 내음을 강하게 풍기는 동시에 선이 가늘고 고운 알렉산더 리오넬의 카리스마 넘치는 위압감, 악마와도 같이 위험한 동시에 그 누구든 단숨에 포로로 만들어버릴 눈빛, 동작 하나하나 세련된 품위와 우아함을 풍기는 거부할 수 없는 매력은 순진한 미국 명문가 아가씨를 사로잡고도 남았으리라.

알렉시스는 확신했다. 알렉산더 리오넬과 가까이하면 할수록, 그녀도 의지와 상관없이 그에게 점점 빠져들고 말 것임을. 자신도 모르는 사이, 그의 포로가 되어버릴 게 틀림없었다. 그에게 안기면 안길수록 그녀는 그에게 중독되고 길들여질 게 분명했다. 그리고…… 그녀는 다음 순간 스스로의 예상에 몸서리를 쳤다. 그의 사랑을 원하고 갈구하다 결국 망가지고 말 것이다.

　그의 예상과는 달리, 열흘이 지나도록 알렉시스의 그림자도 찾아볼 수 없었다. 방향을 조금 바꾸어 브로디 집안에 대해 면밀히 조사한 지 하루 만에, 그녀와 가장 가까운 프랜시스 피오렌티가 최근 바스에 시가 800만 파운드의 성을 경매로 낙찰받았다는 사실을 알아내었다. 그가 찾던 여자는 성의 영지에서 한 발짝도 나가지 않고 꽁꽁 처박혀 있다가 열흘째 되는 날, 바로 어제 런던 본가로 돌아왔다고 한다. 수하에게서 그 결과를 전달받은 동시에, 그는 매우 불유쾌한 보고 역시 함께 접해야 했다.

　"……"

　경호팀에서 전송해온 파일들을 휴대폰에서 하나씩 넘기는 그의 눈은 노기를 띠다 못해 살기마저 어려 있었다. 30분 전, 헤롯 백화점 로열 명품관에서 한 남자와 두 여자가 사이좋게 수만 달러 상당의 스카프와 액세서리들을 둘러보고 있는 여러 장의 사진이었다. 내일이면 각종 신문 지면에 장식될 헤드라인이 뻔히 짐작되었다.

　〈덴마크 대사 부인 레이디 베른하트 생일파티를 앞두고 미래의 할스트롬 부부, 시누이가 다정히 쇼핑!〉

　알렉산더는 알렉시스의 다소 결벽증적 성향을 이미 잘 간파하고 있었다. 둘 사이의 약혼 소문이 나돌고 있는 지금, 이렇게 대중에 공공연히 이런 모습을 드러낸다는 것은 그녀 스스로가 소문이 사실임을 입증하는 것이나 다름없었다. 그녀의 성격상, 자신을 둘러싼 소문이 정말 싫었다면 이렇게 버젓이 그 소문의 주인공과 어깨를 나란히 하고 다닐 리가 없었다. 알렉시스는 결코 순진하지도 멍청하지도 않았다. 올곧은 성품을 지녔다고 해서 세상사 어떻게 돌아가는지 백치처럼 모른다는 뜻은 결코 아니다. 더군다나 알렉시스 브로디는 그가 알고 있는 여자들 중 가장 명석한 두뇌의 소유자였다. 너무 똑똑해서 탈인 여자였다.

"대체 무슨 생각이지, 넌."

분노로 활활 타는 두 눈이 사진 속 여자를 집어삼킬 듯 노려보았다. 오랜만에 접한 그녀는 할스트롬 남매와 행복한 듯 해맑게 웃고 있었다. 알렉산더는 그녀의 얼굴에서 웃음기를 싹 지울 수 있는 장치를 가동시키기로 마음먹었다. 조금은 혼을 내줘야 할 것 같았다. 그를 엿 먹인 죄로 약간은 혹독한 대가를 치러야 하리라.

"……지금 거의 다 왔어요. 네."

해롯 백화점에서 미카엘 남매와 점심까지 함께한 뒤, 아늑한 가죽 카시트에 앉아 잠시 눈을 감고 있던 알렉시스는 휴대폰 벨소리에 통화 버튼을 눌렀다. 일찍이 세상을 떠난 그녀의 부모 대신 어려서부터 그녀를 돌봐주고 있는 해리슨 부인이었다.

"네? 뭐가 와 있다고요?"

그녀가 경악에 차 고개를 창밖으로 돌렸을 때, 저 멀리 웅장한 브로디가 저택의 게이트가 시야에 들어오고 있었다. 그녀가 서둘러 메인 홀로 들어섰을 때, 숙부 베네딕트 브로디는 막 라운딩을 나가려던 참인지 골프웨어 차림이었다. 해리슨 부인의 눈짓에 알렉시스는 그의 뺨에 입을 맞추고 승전을 비는 몇 마디 말을 나누었다. 마침내 숙부가 한 무리의 수하들과 밖을 나섰을 때 해리슨부인은 그녀에게 견고히 봉해져 있는 서류 봉투 하나를 내밀었다.

"앨리 아가씨, 대체 무슨 일인가요. 집안 어른들께는 아직 아무 말씀 드리지 않았습니다."

"……잘하셨어요. 무슨 일인지 제가 먼저 확인해볼 테니 아무에게도 말하지 말아주세요."

그녀는 서류를 들고 재빨리 그녀의 2층 서재로 들어가 문을 잠갔다. 서류 겉면에는 그녀도 이미 잘 아는 이름과 내용증명을 표시하는 인주가 찍혀 있었다. 내용증명은 고소인이 고소하길 원하는 대상에게 '나는 당신을 다음의 이유로 고소하고자 한다'고 사전에 알리는 공식적인 문서였다. 설마, 그와의 만남을 거부했다는 이유로 고소한다는 건 아니겠지. 피식, 실소를 흘리며 그녀는 그때까지만 해도 대수롭지 않다는 듯 봉투를 뜯었다. 그러나 재빨리 문서를 훑어본 그녀의 얼굴은 곧 창백한 빛을 띠었고 급기야 다리에 힘이 풀려 그 자리에 주저앉고 말았다.

"어, 어떻게…… 도대체 언제부터 알았지?"

내용증명은 매우 간단했다.

〈고소인: 알렉산더 리오넬

피고소인: 알렉시스 브로디

귀하는 리오넬 인터내셔널 기업의 보안 시스템에 무단으로 침입하여 사내 기밀을 허가 없이 열람한 용의로 고소인에 의해 정식으로 고소장이 접수될 예정임을 알립니다. 귀하가 해당 기업의 보안 시스템을 열람한 시각과 열람한 내용은 다음과 같습니다.

2012년 2월 3일 오전 02:04시부터 03:30시

열람기록: 각 계열사 평가 실적 및 인사고과

……(후략)…….〉

어처구니없는 동시에 알렉시스의 등골에 소름이 쫙 돋다 못해 한기마저 느껴졌다. 학생 때 세계 유수 기업들의 보안 상태를 재미 삼아 확인해보는 차원에서 리오넬 기업도 살짝 시도해본 적이 있었다. 열람 기록 중 대부분은 적어도 그녀가 열람했을 당시만 해도 이 정도의 기업 일급 보안 기밀 레벨은 결코 아니었었다. 게다가 그 열람 기록을 악용하기는커녕, 오히려 보안을 강화해주는 프로그램을 몇십 단계로 철저히 보장된 익명의 이름으로 추천한 뒤 다시는 리오넬사 네트워크에 들어가본 적이 없었다. 그러나 마음만 먹는다면 그녀의 별것 아닌 의도를 얼마든지 일급 범죄로 만들어 이슈화할 수 있는 것이 바로 해킹이었다.

어느 날 동네의 어떤 집을 지나다가 도어 손잡이를 호기심에 돌려보니 문이 열리는 게 아닌가. 그래서 단순한 호기심에 빈집에 살짝 들어가 어떤 인테리어에서 어떻게 살고 있는지 잠깐 훑어보았다. 처음 보는 가구나 장식물을 조금 만져보긴 했지만 아무런 해도 끼치지 않았다. 도둑질도 전혀 하지 않았다. 잠깐 기웃기웃 구경하다가 조용히 밖으로 나갔다. 그냥 돌아설까 하다가 그래도 문이 여전히 잠겨 있지 않은 게 마음에 걸려서 문 사이에 '문단속 잘하세요'라는 선의의 쪽지를 남겼다. 그 후로는 절대로 그 집에 가까이 가지 않았다. 단지 그뿐이다. 그러나 나중에라도 집주인이 그 사실을 알게 된다면, 그리고 괘씸하게 생각했거나 그 동네 사람에게 평소 악의가 있었다면 얼마든지 늦게라도 경찰에 신고하거나 주거 무단 침입으로 고소할 수도 있으리라.

설마…… 자기가 그를 거부한 보복심에 이렇게까지? 그리고 해킹에 대해선 도대체 언제부터 알고 있었을까?

알렉시스는 크게 심호흡을 한 뒤 휴대폰을 뒤져서 수신 거부로 설정된 유일한 전화번호 하나를 찾아내었다. 떨리는 목소리를 가다듬은 그녀는 이를 악물고 통화 버튼을 꾸욱 눌렀다.

─브로디 양.

전화벨이 한참을 울린 뒤에야 짐짓 놀란 척 과장된 어조의 저음이 귓가에 박혔다.

─오랜만이군요. 무슨 일입니까.

"……시치미 떼지 말아요. 당연히 전화할 거라 예상했을 텐데요?"

─내게 그런 예지력 따윈 없습니다.

"피차 시간 낭비하지 말죠. 이 빌어먹을 고소장은 도대체 무슨 의미인가요?"

그녀는 그가 눈앞에 있기라도 한 것처럼 내용증명 서류를 신경질적으로 흔들어댔다.

─품위 있는 여성분이 할 언사는 아니군요.

"그럼 댁은 그렇게나 품위가 넘쳐서 이런 유치한 일을 벌이고 계신가요?"

그녀는 자신의 입장도 잊고 신랄하게 독설을 이어갔다.

"어처구니가 없네요. 상대할 가치도 느껴지지 않지만 한 가지는 확실히 물어보고 싶군요. 우리 집안과의 오랜 친분을 이렇게 단숨에 무너뜨릴 정도로 제 거절이 리오넬 씨에게 큰 타격이 되었나요? 저희 할아버님, 숙부님, 고모님 보기에 스스로가 부끄럽게 느껴지지 않으세요?"

─브로디 양.

그의 조용한 음성은 무서울 정도로 싸늘해져 있었다.

─리오넬과 브로디 사이의 오랜 친분을 단숨에 무너뜨린 것은 다름 아닌 당신입니다. 리오넬사뿐 아니라 세계 여러 유수 기업에 대한, 브로디 양의 수차례에 걸친 해킹 사실을 최근에 알고 나 역시 큰 실망을 금치 못했습니다. 또한.

그의 악마와도 같은 선언은 침착한 어조에 실려 계속되었다.

─해당 고소장은 이틀 뒤 월요일 오전, 사르데냐 섬의 악셀 브로디 경에게도 곧바로 전달되도록 조치해두었습니다.

"……뭐라고요?"

─브로디 양이야말로 뭔가 유치한 오해를 하고 있는 것 같군요. 파리에서의 일은 어디까지나 성인 남녀가 서로의 동의하에 짧게 즐긴 것일 뿐. 그 뒤의 일은 상호 간에 깨끗이 잊기로 하지 않았습니까?

비웃음이 역력한 그의 말에, 알렉시스는 그의 진의가 그녀의 예상을 확인시켜주고 있다는 걸 깨달았다. 그는 본인이 표면상 말하고 있는 내용과 정반대의 메시지를 넌지시 전하고 있었다. 그는 그녀의 거절을 절대 납득하지 않았고 앞으로도 용납하지 않을 것이었다. 이 모든 해킹이니 고소니 하는 것은 단순한 수단에 지나지 않았다. 그녀를 자기 손아귀에 넣기 위한 도구.

"……내가 어떻게 하면 되죠."

그녀는 아랫입술을 피가 날 정도로 꽉 물었다. 사시나무 떨듯 하는 자신의 굴욕적인 모습을 그에게 보여주지 않아도 된다는 것만이 유일한 위안이었다.

─역시 말이 잘 통하는군.

정중한 말씨를 180도 바꾸어 그는 본래의 오만함을 드러냈다.

―내일 레이디 베른하트의 생일파티 중 일동이 축배를 드는 순서에 연회장 2층 로비 끝 게스트룸으로 와. 물론 아무도 모르게.

그 말을 끝으로 그는 일방적으로 통화를 종료했다. 알렉시스는 내용증명 서류를 손톱이 아플 만치 세게 구겨 쥐고 있는 것도 모른 채 문가에 한참을 주저앉아 있었다. 점심때 샐러드만 약간 먹었을 뿐인데도 속이 울렁거려 가슴께를 지그시 눌렀다.

알렉산더는 눈부신 은회색 키톤 정장에 검은 머리를 위로 깔끔히 빗어 올린, 그야말로 영국의 상류층 신사 그 자체를 광고하는 모델과도 같은 외양을 조용히 과시하고 있었다. 그러나 그런 신사의 품격도 그의 본능적인 수컷의 강렬한 페로몬을 완전히 가리지는 못했다. 항상 그렇듯이 연회장의 모든 사람들은 남녀노소 그에게 주목한 시선을 거두지 못하고 있었다.

알렉시스는 먼발치에서 그를 발견한 순간부터 그의 강렬한 존재감을 의식한 채 파티 내내 신경이 곤두서 있었다. 불과 2주 만의 조우인데도 아주 오랜만에 그를 본 것 같은 생경함이 느껴졌다. 곧 그를 단둘이 대면해야 한다는 심리적 압박감에, 그녀는 호화로운 뷔페식 성찬을 눈앞에 두고도 거의 아무것도 입에 댈 수 없었다. 시간이 지남에 따라 배 속이 점점 조여들어 약간의 치즈와 샴페인만 간신히 삼킬 수 있을 정도였다.

드디어 파티 분위기가 무르익고 덴마크 대사 베른하트가 부인의 47번째 생일을 축하하는 의미로 먼저 축배를 제안하기에 이르렀다. 알렉시스는 다른 이들과 똑같이 샴페인 글라스를 높이 들어

올리고 한 모금 들이켰다. 그녀가 잔을 내려놓은 순간, 전신을 찌르는 강렬한 시선이 본능적으로 느껴졌다.

그녀가 시선을 들었을 때 50미터는 떨어진 자리에서 알렉산더가 그녀를 주시하고 있었다. 그가 등 돌려 2층 계단이 있는 로비쪽으로 사라지자 알렉시스는 그녀도 움직여야 한다는 걸 알았다. 축배를 들고 난 다음에는 한참 파티가 흥이 올라 분위기가 비교적 자유로워지게 마련이었다. 그녀는 미카엘이 그녀를 찾기 전 재빨리 알렉산더의 뒤를 좇아 조용히 계단을 올라갔다. 심장이 미친 듯이 달음박질치고 있었다. 긴 로비 안쪽, 객실 문이 살짝 열려 있는 것을 발견한 그녀는 이제 자신이 그를 만나 기쁜 것인지 죽을 만큼 공포에 떨고 있는 것인지 구별할 수도 없었다. 그녀가 떨리는 손을 살짝 열린 문가에 대는 순간, 큰 손이 다가와 팔을 바짝 잡아당겨 그녀를 방 안으로 들였다. 철컥— 하고 서늘하게 문 잠기는 소리가 등 뒤로 들려왔다.

"오랜만이군."

얇은 돌체 앤 가바나 드레스 천을 통해 도어의 서늘한 감촉이 등에 와 닿았다. 그녀의 시야를 가리고 선 장신의 남자에게서 옅은 남성 향수가 시가 향과 공기 중에 뒤섞였다. 알렉시스는 두려움과 경계심이 가득한 눈으로, 자신을 사냥감 보듯 찬찬히 바라보는 거만한 얼굴을 올려다보았다. 날렵한 턱선에 칠흑같이 어두운 눈동자. 믿을 수 없을 만큼 섹시한 입술. 아름답지만 차갑기 그지없는 조각상과 같았다.

그는 한 손으로 문가에 한 팔을 기대고 다른 한 손으로는 알렉시스의 목덜미에 몇 가닥 흘러내린 갈색 머리칼을 만지작거렸다.

고전 영화에 나오는 공주나 여왕처럼, 그녀의 풍성한 머리칼은 위로 말아 올려 고정되어 있었다. 일급 헤어드레서의 손길에 의해 일부러 조금씩 삐져나온 머리칼 가닥들은 그녀의 희디흰 목덜미에 내려앉아 고혹적인 섹시함을 자아내고 있었다. 그의 작은 손길에도 그녀는 등골이 쭈뼛 서는 자극을 느꼈다. 몸을 빼내려고 했지만 그가 팔꿈치를 문가에 대고 바짝 다가와 있어서 더 이상 물러날 곳은 없었다.

"그동안 어디 있었지?"

"……알고 있을 텐데요."

그가 묻는 듯한 눈으로 바라보자 그녀는 뻔한 수작 부리지 말라는 듯 날카롭게 응수했다.

"우연이라 믿기엔 타이밍이 너무 절묘하잖아요? 내가 돌아오기 직전 서류가 도착하게끔 했다면, 어디서 오는 길인지도 알아냈겠죠."

"역시."

그는 재미있다는 듯 조소를 흘렸다.

"넌 내 기대를 저버리지 않아. 예측 불허에 반전의 연속."

"……그 내용증명 이야기나 빨리 하죠. 돈을 원하는 건 아닐 테고, 도대체 원하는 게 뭐예요?"

이미 답을 짐작하고 있었지만, 설마 하는 심정에 그녀는 재촉하듯 그를 노려보았다. 기죽지 않고 당당히 그를 대하려 안간힘을 쓰고 있었지만 대사관저에 오기 전부터 싹트기 시작했던 희미한 불안감은 점점 불길한 확신으로 증폭되고 있었다.

"내가 원하는 건 단 하나야."

그는 눈 깜짝할 새 알렉시스의 허리를 끌어당기며 그녀의 턱을 거칠게 움켜잡았다. 그 억센 손길에 그녀가 눈을 크게 뜨며 숨을 들이켰다.

"너."

뜨거운 혀가 분홍빛 입술 새에 밀려 들어와 그녀의 작은 혀를 휘어 감고 세차게 빨아 당겼다. 그는 샴페인 맛이 나는 그녀의 입 안을 구석구석 탐하고 입 속을 송두리째 집어삼킬 듯 무서운 기세로 입 안을 정복해갔다. 알렉시스는 숨이 막혀 고개를 세차게 저었지만, 그가 한데 말아 올린 뒷머리를 움켜잡고 있어 꼼짝달싹할 수 없었다.

"으응…… 응…… 음!"

이러다 로비의 누군가가 들으면 어쩌나 싶어 신음을 내지 않으려 했지만, 그런 그녀의 의중을 비웃기라도 하듯 그는 입을 떼지 않은 채 무릎으로 그녀의 허벅지 사이를 벌려 얇은 레이스 속옷의 가운데를 꾹 눌러댔다. 옆선이 섹시하게 절개된 그녀의 살구색 드레스는 이미 허리 위로 아무렇게나 둘둘 올라가 있었다.

"하아……!"

마음껏 그녀의 입 속과 혀를 탐한 알렉산더는 마침내 얼굴을 들고 그녀의 드러난 어깨를 꽉 잡았다. 그의 몸이 절실히 갈망하던 것은 역시 그녀 하나뿐이었다. 그를 본능적으로 원하고 반응하는 동시에, 그에 굴하지 않으려 완강히 버티는 그녀만이 그를 미치고 또 미치게 만들었다.

"하아……. 결국 처음부터 끝까지…… 당신이 원하는 건…… 이런 거야!"

"뭐 잘못됐어?"

"난…… 당신 요구에 응할 수 없어요!"

"어째서? 미카엘 할스트롬과 약혼하게 되어서?"

"그래요, 그러니까 제발 내게서 관심 끊고 그냥 내버려둬요! ……아웃!"

그녀가 헐떡이는 숨결을 가다듬을 새도 없이, 알렉산더는 풍만한 가슴살이 살짝 드러나 있는 얇은 드레스 천 속으로 두 손을 밀어 넣었다. 말랑한 가슴살이 악력 센 손아귀에 눌리며 금세 붉게 물들어갔다. 가느다란 두 팔을 등 뒤로 둘러 한 손으로 움켜쥔 채, 그는 다른 한 손을 무릎이 누르고 있던 레이스 속옷 속으로 밀어 넣었다. 손가락 두 개를 한꺼번에 가운데 틈새로 쑤욱 밀어 넣자, 기다려왔다는 듯 촉촉한 내벽이 손가락을 일제히 꽉 조여왔다. 그의 뜨거운 혀와 입술은 풍염한 가슴살을 베어 물고 맛보는 데 여념이 없었다.

"아아, 그만…… 제발……!"

그의 손가락이 몸속을 후벼 파듯 사정없이 찔러댔다. 고통과 쾌감 사이에서 그녀가 온몸을 경직시키며 바르르 떨자, 그 역시 거친 숨을 토해냈다. 알렉산더는 이제 한계에 다다라 있었다. 마치 내내 참아왔던 갈증에의 억제가 이제 폭발 직전까지 다가온 것 같았다. 지금까지는 그는 단 한 번도 누군가에게, 어떤 여자에게도 이런 절실함을 느껴본 적이 없었다. 오직 알렉시스에게만 이런 지독한 갈증을 느끼는 스스로가 당혹스럽기까지 했다. 알렉시스를 향한 그의 열망에는 분명 단순한 육체적인 갈망, 그 이상의 것이 있었다.

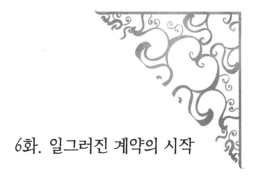

6화. 일그러진 계약의 시작

"네가 누구 여자인지 다시 일깨워줄 필요가 있겠어."

미처 저항할 틈도 없이 알렉산더는 그녀를 어깨에 둘러업었다. 그는 그동안 그에게서 달아나 꽁꽁 숨어 있었던 데 대한 벌을 톡톡히 내릴 생각이었다. 게다가 미카엘 할스트롬과의 약혼이라니. 그녀가 자신에 대한 방어막으로 약혼 소문을 교묘히 이용하고 있다는 것쯤은 짐작했지만 미카엘 할스트롬은 예전의 다니엘 드러커나 브라이언 터펠과는 또 달랐다.

간단히 제거되었던 그들과는 달리, 할스트롬은 결코 쉬운 상대가 아니었다. 리오넬가와 맞먹는 막강한 배경이 아니더라도, 어릴 적부터 알렉시스와 7년여에 걸친 교류를 해왔고 그에 따른 기본적인 신뢰가 서로 간에 뿌리 깊게 자리해 있었다. 게다가 알렉시스가 모르는 결정타는, 할스트롬이 오랜 시간 동안 그녀만을 바라봐온 순정남이란 사실이었다.

골치 아픈 놈. 차라리 헤네스의 애송이처럼 남자 아닌 남자라면 좋으련만.

알렉산더는 창가의 침대로 성큼성큼 걸어가 어깨에 멘 알렉시스를 시트 위로 거칠게 던졌다. 그리고 곧장 그녀를 깔아뭉갠 뒤, 억눌러왔던 그의 욕망을 일제히 해방시키려는 의도를 보였다. 하지만 짝, 하는 날카로운 소리와 동시에 알렉산더의 한쪽 뺨은 금세 붉게 물들었다. 그녀를 지그시 바라보는 그의 눈에는 예전에도 종종 그랬듯 이채의 빛이 어려 있었다. 불시에 얻어맞은 사실 자체에 대해서는 별로 개의치 않는 것 같았다. 그저 맹랑하다는 눈빛만이 떠올라 있을 뿐이었다.

지금까지 이렇게 알렉산더 더 데빌에게 정면으로 맞서온 이는 아무도 없었다. 그의 뺨을 때리기는커녕 감히 눈도 제대로 마주치지 못하는 것이, 가족을 제외한 주변인들의 일반적인 태도였다. 하지만 알렉시스만은 뺨 몇 대 아니라 그보다 더한 일을 당해도 다 받아줄 수 있을 것 같았다. 알렉산더에게 있어서 그녀의 존재는, 마치 악마를 향해서 유일한 면책특권을 허용받은 천사와도 같았다. 알렉시스의 얼굴은 흥분과 분노로 알렉산더만큼이나 붉게 달아올라 있었다.

"함부로 다루지 말아요. ······내가 주도할 거야."

"······."

알렉산더의 입가에 미소가 천천히 번져나갔다. 약간의 비웃음이 담긴, 매우 유쾌한 웃음이었다. 두 눈에 어린, 재미있다는 빛 역시 한결 더 강도를 더했다. 그는 항복을 선언하듯 양팔을 극적으로 천천히 들어 보였다.

"OK, 얼마든지."

"옷을 벗어요."

그녀의 명령에, 알렉산더는 먼저 섹시한 동작으로 넥타이를 천천히 풀어냈다. 일부러 에로틱해 보이려고 의도한 건 아닐 텐데도, 그 관능적인 동작은 입가에 걸린 비틀린 미소까지 가미해 지독하게 섹시해 보였다. 알렉산더는 뒤이어 턱시도와 정장 셔츠, 바지와 속옷까지 훌훌 침대 아래 벗어 던졌다. 그 영원 같은 수십 초 동안, 두 남녀의 시선은 서로에게서 단 한순간도 떨어진 적이 없었다. 알렉산더는 팔짱을 낀 채, 그녀를 도발하듯 느릿느릿 말했다.

"명령대로 했어. 이번엔 네 차례 아냐?"

알렉시스의 청회색 눈동자에 잠깐 흔들림이 일었다. 알렉산더를 내내 노려보고 있던 시선을 그대로 고정한 채, 그녀도 천천히 옷을 벗었다. 드레스가 나비의 허물같이 바닥으로 천천히 흘러내렸다. 레이스 팬티가 곧 그 뒤를 따랐다. 탐스럽고 둥근 엉덩이에서 완전히 분리되어 나온 속옷은 너무도 작아 보였다. 오랜만에 다시 접한 그녀의 눈부신 알몸을 향해, 알렉산더는 천천히 한 걸음씩 옮겼다.

"이번엔 내가 주도권을 가져가지. 다시 넘겨받고 싶으면 언제든 중간에 멈추라고 해."

말이 끝나기가 무섭게, 알렉산더는 알렉시스를 번쩍 안아 들고 침대 위에 쓰러뜨렸다. 그는 봉긋하게 솟은 양쪽 젖가슴을 잠시 탐닉하다, 사납게 불거진 귀두 끝을 그녀의 젖은 동굴 속으로 천천히 밀어 넣었다. 두껍게 맥박 치는 혈관이 느껴질 만큼, 알렉산더는 일부러 시간을 들여서 분신을 천천히 채워갔다. 그녀가 오랜만에 들어온 커다란 남성에 적응할 수 있게끔, 그는 허리를 뒤로 뺐다가 천천히 들어오길 여러 번 반복했다. 알렉시스의 입에서는 멈추라는 항변이 한마디도 나오지 않았다. 본인 스스로도 해독이 불가능한, 강렬한 신음만을 입 밖으로 끊임없이 토해낼 뿐이었다.

하지만 알렉산더는 서두를 생각이 없었다. 방문을 잠가 안으로 들어올 수는 없겠지만, 누군가 곧 방 앞까지 와서 그들의 정사를 낱낱이 들어야 할 순간이 다가오고 있었다. 알렉시스는 꿈에도 모르고 있었지만, 그는 미카엘을 이 방 앞까지 유인해 그들의 관계를 명명백백히 깨우쳐줄 심산이었다. 하지만 알렉시스의 흥분된 얼굴이나 몸을 보는 것은 하늘 아래 오직 알렉산더 자신 하나뿐이어야 했다. 따라서 그는 일부러 방 밖에서 소리만 들려주게 할 작정이었다. 때로는 귀로만 들려오는 것이 상상력을 동원해 직접 눈으로 보는 것보다 더 효과가 클 때도 있었다. 얼간이가 아닌 다음에야, 미카엘 할스트롬은 그 소리만으로도 그들의 관계를 충분히 재확인하고 스스로 포기할 것이다.

이제 그의 계획대로 메모가 전달되고, 기다리던 남자가 2층으로 올라올 시간이 됐다고 가늠됐을 때였다. 천천히 움직이던 알렉산더는 일부러 허리를 더 강하게 튕기기 시작했다. 그의 품에서 그녀가 어떻게 신음하고 절규하고 환희를 느끼고 절정에 이르는지 할스트롬 애송이는 똑똑히 듣게 될 터였다.

"하악! 아! 아! 앗! 아―!"

알렉시스의 입에서는 그 어느 때보다 드높은 비명이 흘러나왔다. 아무리 방음 잘된 방이라 해도 혹시나 바깥으로 새어나갈까 싶어, 그녀는 최대한 소리를 내지 않으려 안간힘을 썼다. 하지만 알렉산더는 일부러 더 체중을 깊이 실어, 그녀의 몸속을 강하게 박아 누르고 있었다. 강렬한 얼얼함 뒤에 밀려오는 쾌감, 정신을 놓아버릴 것 같은 아찔함, 그와 다시 이렇게 선을 넘고 있다는 막연한 두려움에 그녀의 손톱이 그의 팔뚝에 깊이 파고들었다. 이대로 기절해버릴 것만 같았다.

"알렉시스? 메모 전달받고 왔어. 무슨 일이 있……."

문고리가 살짝 흔들리는 소리가 들렸지만, 알렉시스는 거기에 집중할 신경이 남아 있지 않았다. 그녀는 의식 한편으로 누가 문 앞에 온 걸까 두려움과 불안을 느끼면서도, 계속 몰아쳐오는 아찔한 충격에 두 눈을 질끈 감아버렸다. 혹시 메이드나 누가 아직 문가에 있나 싶어 소리를 내지 않으려 입술을 꽉 깨물고 이를 앙다물었다. 하지만 그런 그녀의 노력을 비웃듯 알렉산더는 허리를 한층 더 높이 쳐들고 더 깊이 파고들어왔다. 철벅철벅 음란한 소리가 방 안 가득 울리며 침대가 한층 더 격렬하게 삐걱대기 시작했다.

"아아아− 앗! 앗! 아−!"

알렉시스는 더 이상 문 앞에 서 있을지도 모를 누군가에 대해 생각할 겨를이 없었다. 알렉산더의 교묘한 스킬은 흡사 연주자가 악기를 부드럽게, 때로는 강하게 연주하며 자유자재로 가지고 노는 것과 같았다. 그는 일부러 그녀가 가장 잘 느끼고 반응하는 곳을 집중해서 공략하고 있었다. 등 뒤의 청중을 의식해서, 그는 알렉시스가 그의 몸짓에 그 어느 때보다 더 격렬히 반응하도록 유도하고 있었다.

알렉산더는 아주 잠깐 동작을 멈췄다가, 그녀의 몸속 가장 깊은

곳에 욕망의 끝을 힘껏 부딪친 후 허리를 살짝 틀어 각인을 새기듯
원을 그렸다. 단단한 기둥의 선단이 그녀의 몸 가장 안쪽을 애무했
다 다시 아슬아슬하게 뒤로 빠졌다가, 다시 안쪽으로 꾹 밀고 들어
와 원을 그리기를 반복했다. 알렉시스는 머릿속이 하얗게 되어 정
신없이 그의 목을 끌어안고 흐느낌을 높였다. 그의 허리춤에 걸쳐
있던 그녀의 두 다리가 엉덩이를 감싸고 그녀에게로 더 바짝 끌어
당겼다. 뜨겁게 달아오른 물건이 몸속을 가르고 부딪혀올 때마다
촉촉한 내벽이 그 불기둥을 더욱 바짝 조여오고 있었다.

"하아…… 하, 아아. 너무……."

그녀는 자신의 입에서 무슨 말이 나오는지 스스로 의식하지 못
했다.

"좋아……. 아, 너무…… 아!"

"……알렉시스."

그는 그녀의 몸속 깊은 곳을 꾹 누른 채 움직임을 멈추고 가쁜
숨 사이로 명령했다.

"내 이름…… 불러, 지금……!"

그녀가 눈을 꼭 감고 몸속을 꽉 채우고 있는 불기둥의 생생한
맥박을 느낀 채 답이 없자, 그는 한결 더 체중을 실어 그녀의 내벽
을 더 바짝 밀어붙였다. 그녀의 여린 속살이 일제히 그의 남성에
찰싹 달라붙어 그를 더욱 단단히 조여왔다.

"말해, 내가 누군지……!"

"아……! 아웃! 알렉…… 산더!"

그는 허리를 숙여 그녀의 입 안쪽을 열렬히 핥고 빨아 올렸다.
그리고 조금 더 격렬하게 허리를 흔들며 몸 안을 박아대다 마침내

뜨거운 사정액을 그녀의 탄탄한 복부 위에 쏟아냈다.

"알렉시스……."

강렬한 절정에 치달은 나머지, 알렉시스는 그의 품에서 정신을 놓아버리고 말았다.

몇 분 후 그녀가 의식을 되찾았을 때, 아래층은 여전히 북적이는 파티의 소음이 들려오고 있었다. 기력이 소진해 침대에 널브러져 있는 그녀와는 달리, 알렉산더는 이미 옷을 걸치고 처음 왔을 때처럼 흐트러짐 하나 없는 모습으로 돌아와 있었다. 헝클어진 머리를 쓸어 올린 그는 침대 가장자리에 걸터앉아 그녀에게 몸을 기울였다.

"드레스가 더러워져서, 갈아입을 다른 옷을 지시해뒀어. 10분 후 메이드가 올라올 거야."

그의 입가에는 삐뚤어진 미소가, 눈에는 의미심장한 빛이 떠올라 있었다. 그녀와의 정사에 만족했는지 그는 진심으로 즐거워하고 있었다.

"기막히게 뜨거운 반응이었어, 처음보다 더. 청중이 있어서 더 느낀 건가?"

"청…… 중?"

"아까 문 앞에 와 있던 사람, 바로 네가 약혼자니 뭐니 허튼 소문을 퍼뜨렸던 바로 그자야. 내가 일부러 불렀어. 우리 관계를 자신의 귀로 똑똑히 듣고 알아서 처신하란 의미로."

"뭐…… 뭐라고?"

알렉시스는 간신히 상체를 일으켜 그의 뺨을 또 한 번 후려갈겼다. 그제야 누군가 문 저편에서 그녀의 이름을 불렀던 게 어렴풋이 기억나는 것 같았다. 알렉시스의 얼굴은 걷잡을 수 없는 분노와 수치심에 발갛게 물들어 있었다.

"당신은 미쳤어! 어떻게 그런 짓을……. 믿을 수 없어! 당신은 내가 생각한 것보다 훨씬 더 추잡한 인간이야……!"

할스트룀의 표정은 보지 못했지만 경악에 차 있거나 충격을 받았을 것임은 자명했다. 역시 알렉산더 리오넬은 그녀의 상상 이상으로 잔인하고 교활한 남자였다. 알렉산더는 얻어맞은 뺨을 천천히 쓸어내리다 그녀를 시트 위에 쓰러뜨려 양 손목을 꽉 잡아 눌렀다.

"그래, 난 그런 인간이야. 그리고 넌 그런 추잡한 남자 품에 안겨서 미친 듯 좋아했지."

"……."

"좋아서 정신없이 매달리던걸? 기억 안 나? 처음부터 다시 되풀이해주길 원해?"

그가 양 손목을 으스러져라 잡고 난폭하게 흔들어대자, 그녀의 꼭 감은 두 눈에서 눈물이 흘러나왔다. 그제야 그는 손목을 놓아주고 뒤로 물러났다.

"문이 잠겨 있어서 아쉽게도 우리 둘의 뜨거운 모습은 눈으로 확인할 수 없었겠지만…… 소리만으로도 충분히 알았겠지? 네가 내 이름을 그렇게 열렬히 부르기도 했으니. 이제 할스트룀 그놈과는, 약혼은커녕 다시 얼굴 보기도 힘들겠지."

"나 약혼할 생각 처음부터 없었어! 그는 오랜 친구예요!"

"가문에서 마음먹고 밀어붙인다면 너도 어쩔 수 없겠지. 이 시간 이후로 나는 너와의 관계를 공식화시킬 거야. 그렇게 알아."

"나와의 관계? 공식화시킨다니 무슨 말이죠? 설마 나와 열에 중인 것처럼 세간에 공개한다는 소린 아니겠죠?"

"정확히 그 소리야. 앞으로는 다른 놈들이 넘보지 않게 평범하게 열애 중인 것처럼 공식적인 방어막을 칠 생각이니까."

그리고 네가 도망가지 못하게 묶어둘 안전책.

"……혼자서 잘도 정하는군요. 공식화든 뭐든 그런 건 양쪽의 합의하에 되는 거예요."

"악셀 브로디 경이 매우 좋아하실 거야. 네 의사 같은 건 굳이 물을 필요도 없고."

그는 알렉시스의 한쪽 발목을 움켜잡고 그에게로 끌어당겼다. 가느다란 발목을 그러쥔 손가락의 감촉만으로도 그녀는 몸속에 열기가 퍼져나가는 걸 깨닫고 그의 시선을 피했다. 자신을 원망할 수밖에 없는 상황에 스스로도 실소를 금할 수 없었다.

"앞으로 지킬 건 두 가지. 첫째, 매 주말 지정된 시간, 장소에 나올 것. 내일 오전 리오넬가 주치의에게 연락해놓을 테니 루프 시술을 받아. 너에게도 가장 안전하고 몸에 무리가 없는 방법이니까."

"콘돔은 왜 안 쓰죠?"

"답답하니까. 안 쓰는 게 더 잘 느껴지고."

그는 짐짓 그녀를 달래는 어투로 한마디 덧붙였다.

"네 몸을 보호하기 위해서도 그편이 좋아. 그나마 루프시술이 가장 안전하다 들어서니까."

알렉시스는 기가 막혀서 대꾸할 힘도 나지 않았다. 이전에 성경험이 전무했던 그녀도 루프 피임법에 대해서는 들어본 적 있었다.

"둘째, 나 외의 다른 남자는 꿈도 꾸지 말 것. 다른 놈과 허튼

짓할 생각은 일찌감치 버려. 내 걸 남들과 공유하는 취미는 없으니까."

침착한 어조였지만 그의 음성엔 날이 한껏 서 있었다.

"그럼 당신은? 당신은 지금까지처럼 다른 여자들과 자유롭게 지내도 되고?"

"그건 네가 알 필요 없는 일이야. 애초에 아무 의미 없는 여자들이고. 최대한 가십거리가 되지 않게 신경은 쓰겠지만."

"……당신 입에서 나오는 말들, 귀에 제대로 들리기는 해요?"

"남자는 태생적으로 한 여자만 보지 않아. 애초에 순정이나 정절 따위 지킬 수 없는 게 남자란 동물이야. 문란하니 비도덕적이니 떠들어대도 남자들은 스스로 인정할 수밖에 없어."

"당신 궤변에 따를 생각은 없어요. ……그냥 날 내버려두고 다른 여자들과 실컷 인생을 즐기도록 해요."

"알렉시스, 날 상대로 장난칠 생각은 하지 마."

그녀가 고개를 돌렸지만 그는 턱을 붙잡고 강제로 자신을 보게 했다.

"네가 말한 것처럼, 난 네 상상 이상으로 잔인한 인간이야."

그녀의 눈에 눈물이 차올라 있었지만 그는 아랑곳하지 않고 잔혹하게 말을 이었다.

"날 한 번만 더 거스르면…… 그때는 어떻게 할지 나 자신도 몰라. 그 해킹 건도 내가 요리하기에 따라 얼마나 큰 이슈가 될 지 너도 짐작 가능할 거야. 잠자코 내 규칙대로 해."

"알렉산더, 제발."

그녀는 그가 한마디만 해주기를 간절히 바라며 가늘게 떨었다.

"도대체 나한테 왜 이래요? 왜 이렇게까지 하는 거예요?"

다른 연인들이 그렇듯, 좋아하게 되었다고 마음을 표현하고 평범하게 연애를 시작하면 안 되는 걸까? 그냥 단순한 한마디─ 네가 좋아서, 라고 한마디만 해주면 안 되는 것일까? 하지만 그녀는 알렉산더 리오넬이 일반적인 남자가 아님을 너무나 잘 알기에, 그녀의 바람은 처음부터 이뤄질 수 없는 것임을 알았다.

그는 누군가를 사랑할 수 있는 남자가 아니었다. 그가 공공연히 사랑을 믿지 않는다, 그가 거느리는 여자들은 어차피 무의미한 소모품이다 선언할 수 있는 것은 그가 정말로 그들 누구에게도 사랑이란 감정을 느끼지 않기 때문일 것이다. 만약 그녀에게 진심으로 사랑을 느꼈다면, 그는 거리낌 없이 그 사실을 밝혔을 것이다.

"지금까지 너만큼 날 자극하는 여자는 없었어. 너 역시……나만큼 널 흥분시키는 남자는 만나지 못할걸."

그는 가늘게 눈웃음을 흘렸다.

"난 내가 원하는 만큼 너와 사랑을 나눌 거야. 사랑이란 표현이 잘못된 거라면."

알렉산더는 손등으로 그녀의 뺨을 부드럽게 쓸어내렸다.

"섹스라고 해두지."

"섹스건 뭐건 난 당신의 욕구를 충족시키는 수많은 여자들 중 하나가 될 생각은 없어요!"

"좋아."

그녀의 완강한 거부에, 알렉산더는 크게 양보한다는 듯 과장된 몸짓으로 두 팔을 허공에 올렸다가 털썩 내려놓았다.

"도대체 여자들은 왜 그런 환상에서 허우적대는지 모르겠지만…… 우리 관계가 유지되는 동안에는 오직 너에게만 충실하도록 하지. 이제 됐어?"

"당신 같은 남자 입에서 나온 그런 말을 애초에 누가 믿겠어요. 당신이 몇 명의 여자들과 동시에 관계하든 난 관심 없어요! 그냥 날 좀 내버려두라고요! 제발!"

"그럼 어쩔 수 없이 법정에서 재회하는 수밖에. 그 고소 건을 잊은 건 아니겠지."

"……비열한 인간. 당신은 최저 중의 최저야."

알렉시스는 분노로 인해 사시나무 떨듯 사지를 주체할 수 없었다. 너무 화가 나도 심장이 쿵, 쿵 뛴다는 것을 그녀는 온몸으로 실감하고 있었다. 하지만 그는 그녀의 신랄한 독설에 어깨만 으쓱할 뿐이었다. 세상을 다 가진 왕처럼 자신만만한 미소가 입가에 살짝 걸려 있었다.

"최저보다 더한들 상관없어, 너만 독점할 수 있다면."

알렉시스는 그의 교묘한 덫에 자신이 꼼짝없이 걸려들었음을 실감했다. 그가 싫증 날 때까지 그녀는 그 덫에서 풀려날 수 없으리라.

그렇다면 적어도 그녀의 의지와는 상관없이 질질 끌려가는 모양새만은 면하고 싶었다. 알렉시스는 어떤 순간에서도 스스로에 대한 긍지가 높은 한 사람이고 싶었다. 처음 그들이 관계를 가졌던 파리 르 브리스톨 호텔에서도, 그녀는 알렉산더가 던진 미끼를 물지 않았다. 그녀는 그가 던진 미끼를 문 것이 아니라, 스스로의 의지로 그와 첫 경험을 할 것을 선택했다. 알렉시스는 그동안 수없이, 냉정하게 고민해봤다. 알렉산더 리오넬에 대한 막연한 불안과 거부감에도 불구하고 왜 그를 좀 더 확실히 밀어내지 못하는지, 생각하고 또 생각했었다. 결론은 한 가지였다. 그녀 역시 그를 원한다는 사실이었다. 단순한 육체적인 끌림이든 그 이상의 뭔가가 있든, 그녀가 자석처럼 그에게 매료되고 있다는 사실만은 부정할 수 없었다. 알렉시스는 그녀를 휘감은 분노의 소용돌이 속에서 빠져나와 차가운 이성을 되찾으려 노력했다. 그녀의 입에서는, 이성이라기엔 아직 격앙된 감정이 남아 있는 싸늘한 한마디가 흘러나왔다.

"좋아요. 그럼 어디, 본능에 충실한 파트너가 되어보기로 해요. 단, 조건이 하나 있어요."

"조건?"

"당신이 내게 싫증나면 날 언제든 멀리할 것처럼 나 역시 당신에게 싫증 나면 가차 없이 밀어낼 거예요. 우린 서로에게 그럴 권리가 있어요."

알렉산더는 소리 없이 웃었다. 그의 웃음은 잔인한 동시에 너무도 매혹적인 악마의 농간 같았다. 그는 한쪽 눈썹을 위로 추켜올리며 선선히 대답했다.

"좋아, 하지만 앞서 말한 두 가지 조건은 꼭 지켜. 주말마다 정해진 시간, 장소에 반드시 올 것. 다른 남자는 꿈도 꾸지 말 것."

"적어도 첫 번째 조건에 대해서는 내 일정도 존중해야죠."

"우리 만남을 최우선 순위로 하면, 그리 지키기 어려운 조건도 아니잖아."

알렉시스는 마치 절대 권력을 쥔 왕처럼 말하는 남자를 아연실색한 눈으로 노려보았다. 도무지 말이 통하지 않는 남자였다.

아, 하나님. 제발 그를 사랑하지 않게 해주세요.

"단순한 가십이겠지? 언제나 그랬듯이……."

"그게…… 근거 없는 보도는 아닙니다. 리오넬 주니어가 악셀 브로디 경에게 공식적으로 만남을 요청했었다고 합니다."

"뭐라고? 말도 안 돼!"

알렉산더 리오넬과 알렉시스 브로디의 공개 열애가 대대적으로 보도된 신문을 손에 쥔 채, 몽트뢰의 호화로운 별장 응접실 한가운데 앉아 있는 그림자가 히스테릭한 비명을 질렀다.

"리오넬이라니……. 그건 할스트롬과 엮이는 것보다 더 나빠! 최악이야, 최악!"

그림자는 분해서 견딜 수 없다는 듯 손안의 신문을 마구 구기고 걸레처럼 조각조각 찢어발겼다. 보통 사람들은 상상도 못 할 만큼 엄청난 부와 권력을 손에 쥔 그림자는 자신이 하늘 아래 마음대로 할 수 없는 일이 있다는 사실을 도저히 용납할 수 없어 했다.

"차라리 미카엘 할스트롬인 게 훨씬 나아! 리오넬…… 알렉산더 리오넬이라니……! 그년은 정말이지 남자 후리는 재주 하나는 끝내주는군! 역시 더러운 피는 못 속여!"

그림자는 등 뒤에서 조용히 대기하고 있던 고용인에게 주의를 돌렸다.

"기회 될 때마다, 리오넬이 스캔들의 여자들과 최대한 많이 사진 찍히게 해. 어떻게 해서든 브로디 계집을 리오넬에서 떼어 놓을 수 있게."

더러운 피가 섞인 계집애가 절대로 영국 하늘, 아니 전 유럽에서 가장 막강한 리오넬 가문의 보호 아래 안락하게 살게 내버려둘 수는 없었다. 게다가 알렉산더 리오넬은 모든 여자가 꿈에서도 그리는 남자이자 그 누구도, 설령 그림자의 주인공조차 적으로 돌릴 수 없는 버거운 상대였다.

알렉시스는 토요일이 되자마자 휴대폰을 아예 방구석에 던져버리고 주말 동안 근교 어디론가 잠적하기 위한 만반의 준비를 마쳤다. 성가신 물음들을 피해, 자신만이 아는 비밀 통로를 통해 저택 밖으로 나온 그녀는 포르셰를 몰고 정처 없이 길을 출발했다.

알렉산더가 주도면밀하게 흘린 미끼들을 덥석 문 언론들은 그둘의 열애를 일제히 톱뉴스란에 올리며 국가적인 이슈라도 되는양 떠들썩하게 다루었다. 덕분에 알렉시스는 일주일 내내 학교 안에서나 어디서나 뜨거운 관심의 대상이 되었고, 조용한 나날을 방해받은 탓에 알렉산더에 대한 증오가 한층 더 깊어져 있는 상태였다. 아무리 그가 서슬 퍼런 협박을 해와도, 원하는 대로 순순히 복종할 생각은 전혀 없었다.

"뭐죠, 당신들?"

알렉시스가 중간에 차를 멈추고 테이크아웃 커피를 주문하러 스타벅스에 들어섰을 때였다. 블랙 슈트 차림의 남성다운 여자 경호원 두 명이 그녀의 앞을 가로막고 섰다.

"리오넬 회장님의 전갈입니다."

경호원 중 한 명이 휴대폰을 그녀 앞으로 정중히 내밀었다.

휴대폰을 귀에 가까이 대자 익숙한 저음이 들려왔다.

"시간 낭비, 에너지 소모하지 말고 조용히 따라가."

거만한 한마디의 명령을 끝으로 통화는 종료되었고 알렉시스는 휴대폰을 손에 든 채 망연자실 그 자리에 붙박인 듯 서 있었다.

"죄송합니다, 브로디 양. 타고 오신 차량은 브로디가 저택에 가져다놓겠습니다."

만약 알렉시스가 경호원들을 잠자코 따라가지 않고 소동이라도 피운다면, 애꿎은 그들만 곤란한 지경에 빠질 것이다. 이 사람들은 알렉산더가 시키는 대로만 해야 할 뿐, 그녀의 화풀이 대상이 아니었다. 그녀는 자포자기의 심정으로 조용히 그들의 검은 벤틀리에 올라탔다.

30분 뒤, 알렉시스는 도살장에 끌려가는 소의 기분이 되어 리오넬가가 소유한 8성급 호텔 브리토니아의 가장 비싼 객실 앞에 서 있었다. 검은 정장과 선글라스로 위압감을 뿜어내는 경호원 두 명이 그녀의 등 뒤를 철벽같이 지키고 있었다. 방 안으로 마지못해 들어간 알렉시스는 분노로 일렁이는 사나운 눈길을 고스란히 받아내야 했다.

"지치지도 않고 내 인내심을 시험하는군."

"……당신도 포기란 걸 절대 모르고."

"그렇게 경고했는데 또 빠져나갈 생각을 하셨다? 다시 처음부터 가르쳐야 되나?"

그가 그녀에게 다가가 입을 맞추려 하자 알렉시스는 당황한 듯 몸을 움츠렸다.

"아직 대낮이에요."

"진작 연락이 됐더라면 나도 밤까진 건드릴 생각 없었어."

알렉산더는 칼날 같은 음성으로 덧붙였다.

"규칙 하나 더 추가. 휴대폰 전원 오프 금지. 전화는 최대한 바로 받을 것."

오만하기 짝이 없는 통보에 그녀는 증오의 감정을 가득 담아 그를 노려보았다. 나름대로 힘껏 저항했지만 알렉시스는 그의 강한 손길에 속옷까지 순식간에 허물 벗듯 몸에서 떨어져 나가 어느새 알몸으로 그의 앞에 서야 했다. 그녀를 침대 옆 벽에 기대서게 한 뒤 그는 낮게 명령했다.

"벽에 손 대고 서. 두 손 다."

어차피 저항해봤자 그의 노여움만 더 살 뿐이라는 걸 깨달은 그녀는 굴욕감을 누르며 그가 시키는 대로 따랐다. 알렉산더는 군살 하나 없이 매끄러운 그녀의 등과 육감적인 엉덩이를 감상하며 등 뒤에서 꼭 끌어안고, 다른 한 손으로 빠르게 지퍼를 열어 팽팽히 부풀어 오른 분신을 공기 중에 해방시켰다. 사납게 곤두선 분신 끝은 터질 듯 붉게 물들어 움찔움찔 떨리고 있었다.

"아! 아앗……!"

전희 없이 무자비하게 돌진해온 그의 몸짓에 그녀는 허리를 뒤틀며 비명을 질렀다. 알렉산더가 옷을 벗기는 순간부터 그녀의 몸은 자신의 의지와는 상관없이 한껏 흥분되어 있었다. 하지만 그가 평소처럼 몸 구석구석을 강하게 애무한 뒤 몸 안에 들어올 거라 예상했기에 갑작스런 격렬한 아픔엔 무방비한 상태였다. 평소의 패턴에 길들여져 있었기에, 격하고 이른 삽입에 내벽이 뚫리는 충격이 평소보다 한결 더 강하게 다가왔다. 마치 벌을 주듯, 그는 그녀가 아파하는 걸 알면서도 단단한 분신을 더욱 세게 밀어붙였다. 알렉산더는 그녀가 쓰러질 듯 휘청이자, 두 손으로 허리를 꼭 붙들고 더욱 힘을 실어 알렉시스의 몸속 깊은 곳을 찍어 누르길 반복했다.

"아, 하…… 흑……!"

알렉시스는 몸 중심이 관통되는 둔중한 아픔에 흐느끼기 시작했다. 벽을 짚고 있던 두 손을 교차시켜 그 위에 머리를 묻고서 벽에 더욱 바싹 몸을 기대었다. 그녀가 더 울기를 원하기라도 하듯, 그는 등 뒤에서 그녀의 엉덩이를 더 위로 치켜세우고 강하게 찔러 올렸다. 그녀의 연약한 몸을 부숴버릴 기세로 알렉산더는 계속해서 사납게 돌진해왔다. 몸 안을 강하게 박아 누르고 뒤로 물러나기를 한참 반복하다, 그는 사나운 분신을 엉덩이 사이로 깊이 묻은 채 그녀의 목덜미와 어깨가 만나는 보드라운 살갗에 뜨거운 입술을 눌렀다.

한참 사납게 몸속을 오가던 움직임을 잠시 멈추고 그는 등 뒤에서 그녀의 몸 구석구석을 핥고 빨았다. 그녀가 그의 난폭한 공격에 기진맥진해지자 그제야 분노가 조금 누그러진 것 같았다.

"날 화나게 하지 마, 알렉시스."

알렉산더는 그녀의 목덜미를 부드럽게 잡고 뒤로 젖혔다.

"이제 그만 인정해. 너도 날 원한다는 사실을."

그는 아직 단단히 솟아 있는 분신을 엉덩이 사이에서 빼내고 그녀의 나른해진 알몸을 번쩍 안아 들었다. 널찍한 침대에 그녀를 내려놓은 그는 그녀를 눕히지 않고 자신의 무릎에 앉혔다. 한쪽 어깨를 감싸 안아 그의 어깨에 몸을 기대게 한 뒤, 알렉산더는 그녀의 오른손 위에 자신의 손을 겹치고 아직 빳빳하게 곤두서 있는 남성을 쥐게 했다.

"······!"

갑작스런 그의 동작에, 알렉시스는 움찔 몸을 떨었다. 남자의 단단한 분신은 그녀가 생각했던 것과는 다른 감촉을 지니고 있었다. 뜨겁게 달구어진, 부드러운 실크와도 같은 촉감에 마치 그 자체가 하나의 살아 있는 생물인 것처럼 맥박 치고 있는 것이 느껴졌다. 귀두의 작은 틈새에선 투명한 액이 맺힌 채 끝이 움찔움찔 떨리고 있었다. 그의 손이 이끄는 대로, 그녀의 손가락은 그 뜨거운 불기둥을 그러쥐고 위아래로 쉴 새 없이 애무하고 쓰다듬었다.

"앗······!"

알렉시스는 더 손을 놀릴 필요도 없었다. 등 뒤에서 밀착해 있던 알렉산더가 똑바로 누워 그녀의 몸을 자신의 몸 위로 겹쳐 올렸다. 큰 대자로 누운 그의 몸을 깔고 그 위에 누워버린 체위가 되어버렸다. 그는 서슴없이 등 뒤에서 손을 뻗어 그녀의 풍만한 가슴을 꼭 감싸 쥐었다. 까끌까끌한 체모 위로 다시금 뜨겁게 달아오른 분신이 그녀의 엉덩이 골 사이에서 바짝 솟아 민감한 살갗을 마구 자극해왔다. 알렉시스가 몸서리를 치며 발버둥 쳤지만 강인한 두 다리가 그녀의 연약한 허벅지 안쪽을 꽉 눌러 고정시켰다.

그가 그녀의 골반을 살짝 띄워 올려 잔뜩 굵어진 남성을 뒤에서부터 천천히 밀어 넣었다. 체위 때문인지 평소보다 더욱 깊이 들어오는 아찔한 느낌에, 그녀는 목 안쪽에서 쥐어 짜내는 듯한 신음을 흘렸다.

"아앗······ 하, 아웃!"

그는 본격적으로 움직일 수 있게 몸을 일으켜 상체를 침대 헤드에 기댔다. 그 반동으로 알렉시스의 상체도 자연스레 위로 올라와, 그가 그녀를 뒤에서 끌어안고 앉은 모습이 되었다. 알렉산더가 그녀의 젖가슴과 아랫배를 꼭 끌어안은 채, 허리를 힘차게 쳐올리자 그녀는 자지러질 듯 비명을 올렸다. 그 역시 으르렁거리는 신음을 내뱉으며 더 격렬히 허리를 움직여댔다. 몸 안쪽 내벽이 정력적으로 요동치는 남성에 찰싹 달라붙어 바짝 조여왔다. 육감적으로 둥글게 부풀어 오른 엉덩이 살이 음낭에 철썩철썩, 규칙적인 마찰음을 일으키며 부딪쳐 내렸다. 얼마간 피스톤질을 계속하던 알렉산더는 그녀의 얼굴이 보고 싶어져, 몸속에 들어가 있는 채로 그녀의 몸을 뒤로 돌렸다.

"핫! 아아—"

몸 안에서 두꺼운 살갗이 각도를 바꾸어 한차례 돌려지자, 알렉시스는 새로운 쾌감에 절규에 가까운 비명을 올렸다. 피가 몰려 새빨갛게 물든 그녀의 뜨거운 얼굴을 확인한 그는 천천히 허리를 쳐올리면서 만족스런 미소를 떠올렸다. 땀에 젖어 열에 달뜬 아름다운 얼굴이 너무나 사랑스러웠다.

"으읏, 으윽…… 흑……!"

뜨겁게 맥박 치는 살기둥이 관능의 파도 아래 몸 한가운데를 꿰뚫고 움직이길 반복했다. 알렉시스의 목구멍에서 고양이처럼 가르랑거리는 신음이 흘렀다.

"좋은 소리야……."

귀여워서 미칠 것만 같았다. 이렇게 끌어안고 마음껏 정복하고 있는데도 성이 차지 않는 것은 왜일까. 그녀를 가지면 가질수록 더 가지고 싶었다. 아무리 안아도 부족한 느낌에 초조함마저 드는 그였다. 알렉산더는 허리의 율동에 맞춰 춤추듯 위아래로, 양옆으로 격렬하게 출렁이는 젖가슴을 한데 모아 잡고 입술로 비볐다. 오뚝 일어선 젖꼭지 돌기를 혀로 핥다가 꼭 깨물어주는 것도 잊지 않았다. 이미 그녀의 몸은 그에게 제법 길들여진 것 같았다. 마음 같아서는 매일 밤 마음껏 안고 탐하고 싶었지만 그의 본능대로 매일 밀어붙였다가는 알렉시스의 체력은 남아나지 않을 것이었다. 조금씩 조금씩 그녀를 함락해서 그 없이는 살 수 없는 몸으로 만들어가고 싶었다. 그녀도 이제 조금씩, 평일 내내 자신을 만날 토요일 밤을 손꼽아 기다리게 될 것이라 장담했다.

그 후로도 알렉산더가 두 번 더 욕망을 분출해냈을 때는 이미 해가 저물고 있었다. 그가 식사하러 나갈 것을 종용했을 때, 그녀는 몸에 힘이 전혀 없어서 조금만 더 누워 있길 원했다.

"항상 이렇게…… 하루 종일 침대에만 있게 되는 건 아니겠죠."

"난 섹스광은 아니야. 넌 안 믿을지 몰라도……. 원래 내 계획은 먼저 너와 점심을 하고 드라이브 혹은 시사회, 전시회에 간다든가, 낮에는 다른 것도 할 예정이었어."

"그건 그냥…… 평범한 커플처럼 들리는데. 보통의 데이트."

"난 처음부터 널 섹스 파트너로만 대할 의도는 없었어. 나에 대해 다들 데빌이라 공공연히 떠들어대지만 나도 똑같은 사람이야. 보통의 연인들처럼 섹스 외에 여러 가지 것들을 너와 함께하는 즐거움도 분명 있을 거라 생각해."

그 둘은 아주 다른 것 같으면서도 의외로 취미나 관심거리 등에서 공통점이 많았다. 그 점은 알렉시스도 인정할 수밖에 없었다. 그들의 기본 성향은 물과 기름처럼 지극히 대조적이었지만 근본적으로 유사한 성장 배경에서 비롯된 듯했다.

"물론 언젠가는 이런 관계에도 끝이 오겠지만……."

"……."

알렉시스는 돌연 찬물 세례를 받고 기분 좋은 몽롱함에서 확 깨어난 것 같았다. 그녀는 간신히 기운을 쥐어짜내 시트로 몸을 감싸고 침대에서 몸을 일으켰다. 알렉산더의 묻는 듯한 눈에 알렉시스는 저녁은 생각 없으니 이만 돌아가겠다고 메마른 음성으로 답했다.

"다음 주 일요일 오전에 차를 보낼 테니 준비하고 있어. 로열 패밀리 자선 바자회에 참석할 거야."

알렉시스는 대꾸 없이 욕실로 들어가 문을 쾅 닫아버렸다. 갑자기 싸늘하게 돌변한 그녀의 태도에 알렉산더는 신경이 거슬리는 동시에 조바심이 났다. 당장이라도 욕실로 쳐들어가 버릇을 고쳐줄까 생각했지만 시가를 물고 불편한 심기를 다스리는 쪽을 택했다.

마음 같아서는 매주 금요일 밤부터 일요일 밤, 아니 월요일 오전까지 내내 함께 있고 싶었지만 그의 본능이 갈구하는 대로 질주했다가는 그녀를 길들이는 데 역효과가 날 것이다. 그 자신의 일에도 지장을 주고 싶지도 않았다. 여자라는 존재는 결국 여흥의 도구일 뿐이다. 알렉산더는 여자 때문에 그 자신의 인생에 조금의 마이너스도 허용할 생각이 없었고 그런 상황에 처하게 되는 남자들을 지독히 한심하다 여겼다. 영화나 드라마에서 종종 보이는 그런 얼간이들을 놓고 로맨틱하네 뭐네, 열광하는 세인들을 그는 전혀 이해할 수 없었고 벌레처럼 경멸할 뿐이었다.

물론 알렉시스 브로디는 여타 여자들과는 분명 달랐다. 지금까지 그를 거쳐간 여자들 중에서는 가장 특별한 존재였다. 집안 간의 친분이나 이해관계도 있으니만큼, 여러 가지 사업적 이익이나 정재계 내 기득권을 고려해 향후 그녀와의 결혼도 할 만했다. 하지만 그는 알렉시스에 대해서만은 집안 배경 등 부수적인 요소를 계산에 넣지 않았다. 향후 그들의 관계가 종료되었을 때 집안의 이해관계에 어떤 파장이 생길지에 대한 가능성도 그다지 괘념치 않았다. 설령 브로디 가문과 척을 지게 된다 해도 실제로 그가 입을 피해도 없었고 두려울 일은 없었다.

그는 처음부터 끝까지 알렉시스라는 여자 그 자체에 집중해왔었다. 하지만 어디까지나 여자는 여자일 뿐이다. 설사 그녀와의 관계가 예상보다 더 길게 이어진다 해도 알렉산더는 그 자신의 어떤 것도 잃을 생각은 없었다. 지금까지 살아온 라이프스타일이 바뀐다거나 인생의 가치관이 변한다거나 그런 일은 발생하지 않을 거라 리오넬 주식을 다 걸고라도 장담할 수 있었다.

7화. 결심

　알렉산더와 알렉시스의 기묘한 관계는 해를 넘겨 수개월째 지속되었다. 명실공히 영국을 대표하는 명문 세력가의 인연이니만큼, 결국 그들의 열애가 결혼으로 이어질 것이라 언론에서는 하루가 멀다 하고 떠들어댔다. 하지만 그들의 연애가 일반적인 보통의 것은 아니었기에, 그런 기사를 볼 때마다 정작 알렉시스는 남의 일처럼 쓴웃음을 짓고 고개를 돌려버리곤 했다.

　그날도 예외는 아니었다. 알렉시스는 롤스로이스 세단 안에서 그녀와 알렉산더가 며칠 전 국제 IT 박람회장에서 함께 찍힌 신문 기사를 슬쩍 훑고 한쪽 옆으로 치워버렸다. 알렉시스는 그의 운전사가 데리러 온 세단 안에 앉아서 잠시 후 모딜리아니 특별 전시회가 열릴 리츠 런던 호텔(The Ritz London Hotel)에 도착하기를 기다리고 있었다. 드레스도, 구두도 호텔에 다 준비되어 있어서 그녀는 오전 수업이 끝난 직후 차에 오르기만 하면 되었다.

창문이 살짝 열린 차 안은 5월의 훈훈한 미풍으로 덥지도, 춥지도 않았다. 딱 기분 좋을 정도의 체감온도였다. 그런데도 알렉시스는 어쩐지 오한이 드는 느낌에 재킷을 꼭 여몄다. 팔다리에 힘이 들어가지 않고 소름이 오소소 돋는 것 같았다. 월경 중이라 아랫배도 묵직했고 울렁거림도 조금씩 더해졌다. 어쩐지 오전부터 컨디션이 좋지 않더라니, 월경에다 몸살기가 있는 것 같았다. 아무래도 오늘 일정은 취소하는 게 좋을 것 같았다. 그녀가 알렉산더에게 연락하기 위해 휴대폰을 꺼냈을 때였다.

"도착했습니다, 미스 브로디."

운전사의 말과 동시에, 차는 어느새 리츠 런던 호텔 앞에 당도해 있었다. 그리고 마침, 다른 차에서 내리는 알렉산더의 키 큰 모습도 차창 너머 보였다. 일부러 갖춰 입지 않은 것처럼, 정장이 지극히 자연스러워 보이는 그의 풍모는 부드럽게 컬을 그리는 검은 머릿결 아래, 조각가가 빚어낸 것 같은 이목구비로 아름다운 선을 그렸다.

"알렉시스."

그는 그녀가 차에 내려서기 무섭게 인파를 제치고 곧바로 다가왔다. 알렉시스가 어디 있든 곧바로 탐지해내는 더듬이라도 달린 것 같았다. 하지만 그녀를 향해 오는 발걸음에 조급함 따위는 전혀 보이지 않았다. 한 손을 바지 주머니에 찔러 넣고 유유히 걸어오는 모습은, 아랫사람에게 뭔가 명령하기 위해 가까이 다가오는 것처럼 오만함이 넘쳐흘렀다.

"알렉산더, 미안하지만 오늘 일정 취소해야겠어요. 지금 몸이…… 너무 안 좋아요."

"몸이 안 좋다니? 어디가?"

그는 한쪽 눈썹을 휘면서 미간을 좁혔다. 알렉산더는 일이 예정대로 흘러가지 않고 틀어지는 것을 절대 좋아하지 않았다. 매사에 완벽하고 치밀한 성정답게, 언제든 발생할 수 있는 돌발적인 상황을 지극히 혐오하는 그였다.

"몸살기가 있어요. 월경 중이기도 하고…… 그만 집에 돌아가 쉬고 싶어요."

"모딜리아니 특별전이나, 저녁에 있을 영국·체코 수교 기념 음악회도 다 네가 보고 싶다고 했던 거잖아. 몸이 안 좋으면 잠시 룸에 올라가 쉬었다가……."

알렉산더는 알렉시스가 쓰러지기 직전 재빨리 허리를 감아 부축했다. 알렉시스는 그의 품에서 똑바로 정신을 차리려고 애썼다. 순간 아찔한 현기증이 일어서 균형을 잃었던 것 같았다.

"안되겠어. 일단 룸에 올라가서 누워."

"그냥 집에 갈 테니까 차를……."

"조용히 하라는 대로 해."

언제나와 같이, 이쪽의 의견은 깔끔히 묵살해버리는 고압적인 명령투였다. 알렉시스가 가끔은 진저리 치도록 싫어하는 바로 그 어조였다. 하지만 진저리를 내고 말고, 알렉산더가 그녀를 신부 안는 자세로 번쩍 들어 올리는 바람에 알렉시스는 깜짝 놀라고 말았다.

"알렉산더, 내려놔요— 걸을 수는 있다고!"

"……."

주위의 시선이 신경 쓰인 그녀가 황급히 속삭였지만 알렉산더는 들은 척도 하지 않았다. 호기심과 찬탄 어린 인파의 시선을 깨끗이 무시한 채, 그는 호텔 로비를 거쳐 VIP용 엘리베이터에 올랐다. 알렉시스는 얼굴에 열이 확 오르는 게, 몸살 기운 때문인지 알렉산더의 돌발적인 행동 때문인지 알 수 없었다.

엘리베이터가 21층 초고층까지 천천히 오르는 동안, 알렉시스는 더 저항하길 포기하고 그의 건장한 어깨에 머리를 기댔다. 어차피 더 이상 반항할 기력도 없었다. 호화로운 프리미엄 스위트룸에 들어선 알렉산더는 그녀를 침대 위에 조심스럽게 뉘었다. 평소와는 달리 지극히 섬세하고 배려 깊은 동작이었다. 아무리 거칠고 이기적인 폭군이라도 역시 환자 앞에서는 최소한의 예의를 갖추게 되는 건가 싶었다.

"메이드를 불러놓을 테니까 아무 생각하지 말고 푹 자. 집에는 내가 연락해놓겠어."

"……."

알렉시스는 수긍의 뜻으로 눈을 감았다. 알렉산더는 잠시 후 메이드가 들어와 그녀가 약을 먹고 침대에 제대로 눕는 것까지 두 눈으로 확인한 다음 방을 나갔다. 멀어지는 의식 속에서, 알렉시스는 그가 그녀 없이 음악회나 전시회 일정을 소화할 것이라 막연히 짐작했다. 왕실과 나란히 VIP초대객인 만큼 쉽게 자리를 비우긴 힘들 것이다.

방을 나온 알렉산더는 비서에게 전화해 모딜리아니 특별전 및 영국·체코 수교 기념 음악회 두 일정 모두 취소하라 일렀다. 왕실 일가도 참석하니만큼 그렇게 무작정 결례를 범할 수 없어서, 대신 사촌형 헤링턴과 유제니 부부가 그 자리를 대신하는 것으로 상황은 일단락되었다. 알렉시스는 숨소리도 내지 않고 곤히 잠들어 있었다. 그는 비서에게 다시 전화해, 20대 초반의 젊은 여성이 월경 및 몸살로 기력이 없을 때 몸에 좋은 음식 및 조치법에 어떤 게 있는지 알아보고 준비하라 명했다.

통화를 종료한 뒤, 알렉산더는 알렉시스의 머리맡에 의자를 끌어다 앉히고 그녀의 잠든 얼굴을 조용히 내려다보았다. 발갛게 상기된 얼굴에 어쩐지 열이 올라오는 것 같았다. 그는 손을 들어 알렉시스의 상기된 뺨을 조심스레 어루만져보았다. 뜨거웠다. 알렉산더는 조용히 혀를 찼다. 그냥 몸살이 아니라 감기도 동반한 몸살인 모양이었다. 저만치 멀리서 객실 문을 노크하는 소리가 들릴락 말락 하게 울렸다. 알렉산더가 문을 열자 메이드가 메모와 함께 여러 가지 약병과 음식물이 놓인 쟁반을 손에 들고 공손하게 인사했다. 그는 물건만 받아 들고 메이드에겐 나가봐도 좋다는 몸짓을 해 보였다.

알렉산더는 궁정 스파를 방불케 하는 화려한 욕실로 걸어가 세안 타월에 차가운 물을 적셨다. 한 손에 타월을 들고 객실 안쪽으로 걸어가는 그의 모습은 소리 없이 걷는 한 마리 우아한 표범 같았다. 굳이 정정하자면, 연약한 초식동물을 지극정성 간호할 만반의 태세를 갖춘 표범이란 표현이 좀 더 상황에 적합할 터였다.

차가웠다. 섬뜩한 차가움이 아니라 기분 좋은 서늘함이었다. 알렉시스는 꿈인지 현실일지 모를 의식 속에서, 지금 그녀의 뺨에

와 닿은 차디찬 감촉이 무엇인지 생각했다. 그리고 그 상쾌한 냉기 뒤에 어딘가 익숙한 따뜻함이 곧장 피부에 와 닿고 있었다. 누군가의 손이었다. 피아니스트의 것처럼 길고 강건한 그 손가락의 느낌은 분명 그녀가 잘 알고 있는 사람의 손길이었다.

알렉산더……?

눈을 뜨려고 했지만 가위 눌린 것처럼 좀처럼 떠지지 않았다. 그동안의 누적된 피로가 월경 증후군과 몸살에 단단히 합류해 전신을 무겁게 내리누르고 있었다. 무의식 속에서도 그녀는 메이드일 것이라고 생각을 달리했다. 알렉산더는 지금쯤, 근사한 정장 차림으로 서서 한 손에는 와인 잔을 들고 전시회 귀빈들 사이에 서 있을 것이다.

알렉산더는 웬만한 샐러리맨 연봉을 호가하는 정장 재킷을 아무렇게나 소파 위에 던져두고 흰 드레스 셔츠 차림으로, 알렉시스가 자리한 침대 바로 옆에 앉아 있었다. 그는 최대한 소리를 내지 않으려 조심하면서 랩톱으로 주가 동향을 체크하는 등 나름 업무에 몰입해 있었다. 하지만 알렉시스의 존재를 완전히 잊을 만큼 깊이 몰두해 있지는 않았다. 그의 시선은 모니터에 고정되어 있었지만, 항시 그녀를 향해 촉각을 곤두세우고 있었다.

마침내 긴 수면 뒤, 한밤중에야 알렉시스가 눈을 떴을 때였다. 흐릿한 램프빛 사이로, 벽에 걸린 시계는 8시 5분을 가리키고 있었다.

"알렉…… 산더?"

"깼어?"

알렉산더가 머리맡에 다가오자, 그녀는 놀란 눈으로 그를 올려다보았다.

"이 시간에 여기 왜 있어요? 지금쯤 한창 음악회 중일 텐데, 혹시 취소됐어요?"

"아니, 해링턴 형님 내외분이 대신 참석할 거야. 그건 그렇고, 약을 또 먹어야 하니까 이것부터 먹어."

그는 그녀가 상체를 일으켜 앉자, 그 앞에 환자용 미니 테이블을 놓고 호텔 레스토랑에서 특별히 만든 수프를 그 위에 내려놓았다. 뜨거운 음식은 오히려 환자에게 좋지 않다고 해서 적당히 식을 수 있게 30분 전 미리 준비해둔 것이었다.

"메이드는 어디 갔어요?"

"내가 있는데 메이드가 굳이 왜 필요해."

"그러니까 당신이 지금 여기 왜 있어……."

알렉산더는 시끄럽다는 듯 그녀의 한 손에 강제로 스푼을 쥐여준 뒤 위협적인 시선을 보냈다.

"뭘 기다리고 있어? 먹여줘야 할 정도는 아니잖아."

"……."

또다시 시작되는 고압적인 말투에, 알렉시스는 그를 한 번 쏘아본 뒤 잠자코 수프를 먹기 시작했다. 부드럽고 달콤한 크림이 몸속에 한껏 온기를 불어넣어주는 것 같았다. 알렉산더는 그녀가 수프를 반쯤 비우고 감기약을 먹는 것까지 지켜본 후 다시 입을 열었다. 비단결처럼 부드럽다 할 수는 없었지만, 딱딱하지도 않은 음성이었다.

"좀 나아진 것 같아?"

알렉시스는 침대에서 완전히 일어날 태세를 취하며 고개를 끄덕여 보였다.

"이제 집에 가봐야겠어요. 본가 집까지 차……."

"안 돼, 오늘 밤은 여기서 푹 쉬어. 내일 오전에 차로 보내겠다고 브로디 본가에도 다 알렸어."

"……."

그의 독선적인 선언에 알렉시스는 침대에 엉거주춤 앉은 채 그를 잠시 물끄러미 바라보았다.

"어차피 오늘 밤은 죽어도 못해요."

"뭐?"

"어차피 오늘 밤은 아무것도 못한다고요. 아까보단 훨씬 나아졌지만 아직 속이 편하진 않아요. 내 몸에 손 하나라도 댔다간 바로 다 내보낼지도 몰라요."

방금 먹은 수프를 몽땅 토해낼지도 모른다는 뜻이었다. 알렉산더는 기가 막혀서 그녀를 매섭게 노려보았다.

"기가 막히는군. 아무리 나라도, 환자를 상대로 재미 볼 생각을 하지는 않아! 지금 네 상태가 어떤지 거울이나 좀 보고 말해."

"……."

알렉시스는 잠시 대꾸 없이 있다가 뜨거운 물에 몸을 좀 담그고 싶으니 욕실로 가겠다고 말했다. 그는 그녀를 다시 침대에 주저앉히고 손수 욕조로 가서 목욕물을 받았다. 잠시 후 알렉시스가 가운을 들고 천천히 욕실로 향하자 그는 단호히 말했다.

"문 잠그지 마. 딱 10분, 10분 지나도 안 나오면 친히 데리러

갈 테니까."

기력이 없는 상태에서는 너무 오랫동안 뜨거운 물속에 있는 것
도 좋지 않았다. 혹시나 욕조 안에서 정신을 잃지는 않을까 싶어
서 알렉산더는 정확히 10분을 재기 위해 손목시계에 시선을 던졌
다.

그녀가 나오기 전, 10분간 그는 한 손에 위스키 잔을 들고서 21
층 창밖 아래로 펼쳐진 런던 시내 야경을 바라보며 서 있었다. 잠
시간의 휴식이라 정당화했지만, 그는 내심 오늘 밤 자신의 행동에
대해 스스로도 의아해하고 있었다. 월경 증후군에 단지 감기몸살
일 뿐이었다. 심각한 증세도 아니고 병은 더더군다나 아니었다.
그녀가 처음에 요청했던 대로 운전사를 시켜 브로디 본가로 안전
히 데려다줄 수도 있었다. 곧바로 호텔 룸으로 데려올 만큼 정 그
렇게 신경이 쓰였다면, 메이드에게 간호를 시키고 그 자신은 원래
일정을 소화하면 그뿐이었다. 그가 이 객실에 그녀와 함께 있든
없든, 특별히 달라질 것도 없었다.

그런데도 알렉산더는 왕실 일가까지 참석한 두 주요 행사를 미
련 없이 취소하고 그녀 곁을 내내 지켰다. 아무리 생각해도 굳이
그럴 필요까지는 없었다. 그런데도 뭔가가, 그가 그렇게 할 수밖
에 없었던 이유를 제공하고 있었다. 그 사실 하나만은 분명했다.
알렉산더는 지금까지 어떤 여자에게도 필요 이상으로 그렇게 신
경 써본 적이 없었다.

알렉시스는 욕실 내 시계 알림에 10분을 맞춰둔 뒤 따뜻한 욕
조 안에 등을 기대고 누웠다. 입욕제에서 스며 나온 장미 향이 코

끝에 은은하게 다가왔다. 아직도 전신이 뻐근하고 나른했다. 뭔가 꽉 뭉쳐진 것 같은 아랫배도 여전히 불편했지만 그래도 오한은 좀 덜해진 것 같았다. 알렉시스는 눈을 감고 내심 그녀를 혼란스럽게 하던 것에 대해 생각했다.

알렉산더는 왜 행사에 가지 않고 여기 있었을까? 물론 내가 원해서 참석하는 것도 있었지만 그에게도 나름 중요한 자리였을 텐데……

잠결에 느꼈던 그 차가운 물수건과 따스한 손길 역시, 처음부터 메이드가 아닌 알렉산더였던가 싶었다. 그녀의 직감이 옳다면 그 익숙한 손가락의 감촉은 분명 알렉산더의 것이었다. 알렉시스는 혼란스러웠다. 큰 병도 아니고 심각한 증세도 아니었으니 애당초 그녀를 본가로 돌려보내거나 메이드에게 맡겨도 아무 문제없었을 것이다. 왜 일부러 일정을 취소하면서까지 그녀 곁을 내내 지키고 있었는지 아무리 생각해도 알 수 없었다.

그로부터 몇 주가 또 빠르게 흘러갔다. 베를린 국제공항 내 간간이 대화소리만 들려올 뿐, 조용하던 라운지에 누군가가 젊은 리오넬 총수를 향해 빠르게 걸어오고 있었다.

"이게 누구신가ー"

비아냥 가득한 누군가의 목소리가 알렉산더의 귀에 들려왔다. 스페인어 억양이 희미하게 느껴지는 영국식 악센트였다. 옆으로 흘깃 돌아보자, 낯익은 금발의 미청년이 팔짱을 끼고 그를 건너다보고 있었다. 알렉산더는 사업차 베를린에 들렀다가 런던에 돌아가는 길이었고 건너편의 달갑잖은 남자도 동일한 이유로 마드리드로 돌아가는 모양이었다.

1년에 서너 번 전용기 점검을 받을 때는 일반 항공기 퍼스트 클래스를 이용하게 되어 VIP 라운지에서 서로 알 만한 명사들과 잠시 대기시간을 갖기 마련이었다. 하필 그중 가장 꼴 보기 싫은 족속들 중 하나와 마주치게 된 알렉산더는 굳이 그런 감정을 숨기려 하지 않았다.

루카 지안카를로 헤네스, 알렉시스 어머니 쪽 일가 중 그녀와 가장 가까운 사촌은 천천히 걸어와 알렉산더와 대각선으로 마주보는 가죽 소파에 털썩 몸을 묻었다. 기세 좋게 아는 척했지만 그와 정면으로 마주 볼 배짱은 없었던 듯했다. 알렉산더는 루카의 그런 심중을 비웃듯 동요 없이 신문만 훑었다. 벌레 한 마리가 건너편에 와 앉기라도 한 듯 루카의 존재감을 철저히 무시하는 태도였다.

"떠들썩하던걸. 세기의 연애, 두 명문가의 결합 임박, 주말마다 뜨거운 열애 장면 포착, 희대의 플레이보이 드디어 정착하나 등등…… 헤드라인이 어찌나 매번 변화무쌍한지."

루카의 도발에도 알렉산더는 눈썹 하나 꿈쩍하지 않았다.

"대체 어디까지 갈 셈이지? 시스……. 다치게 하면 절대 가만있지 않겠어."

시종일관 루카의 존재를 무시하고 있던 알렉산더는 그제야 고개를 들어 그를 정면으로 마주 보았다. 눈빛만으로 등골이 오싹할 만치 한기 어린 눈매였다.

"가만있지 않으면?"

"케네디가 여자까지 망쳐놓고 슬쩍 빠져나갔지만…… 우리 집안과 브로디가는 절대 호락호락하지 않으니까."

"뭐, 좋으실 대로. 지극히 개인적인 연애에 집안 운운하다니 유치하기 짝이 없군."

알렉산더는 홋 코웃음 치며 의자 옆의 글라스를 집어 들었다. 그의 여유 넘치는 태도에 반감을 느낀 듯 루카가 다리를 꼰 채 발 끝을 까딱거리며 불량하게 응수했다.

"지극히 개인적인 연애라……. 하지만 제대로 된 관계는 분명 아니겠지. 정상적인 연애라면 줄기차게 몸만 탐하진 않잖아?"

지난 1월 이탈리아 아드리아해 휴양지 브리오니 섬에서 그가 알렉시스와 며칠 내내 빌라 안에서만 두문불출했던 걸 두고 잔뜩 비꼬는 말이었다. 브리오니 섬은 영국 및 각 유럽의 귀족과 최상류층의 사계절 휴양지로 각광받고 있는 곳이었고 루카의 가족도 마침 섬에 일주일 휴가를 와 있었다. 리오넬가 소유의 최고급 빌라에서 머물던 중, 그 둘도 같은 곳에 숙박하고 있음을 알게 되었지만 정작 그들의 모습은 코빼기도 볼 수 없었던 것이다.

"몸만 탐한 기억은 없는데."

"그럼 시스에 대해서 대체 아는 게 뭐지?"

"아는 게 뭐냐고?"

"그래, 누구나 아는 표면적인 신상 배경 외에 시스에 대해 뭘 알지? 잠깐 즐기기만 했던 수많은 과거의 여자들과 비교해서. 단 한 번이라도 시스에게 한 사람의 인간으로서 관심을 가진 적이 있나?"

손목시계로 비행시간이 가까워옴을 확인하던 알렉산더가 차디찬 눈에 비웃음을 가득 담고 루카의 공격에 침착히 응수했다.

"알렉시스 브로디는."

뭔가 즐거운 것을 기억해낸 듯, 아주 잠깐 그의 회색 눈에 따스한 빛이 어렸다.

"누구나 이 땅에 태어난 것에는 각자의 의미가 있다고 믿어. 따라서 인생을 허투루 사는 족속들, 특히 은수저 물고 태어나 호의호식만 일삼는 상류층을 가장 경멸하지. 문명과 자연 모두에 관심이 지대해서 죽을 때까지 지구상 곳곳을 모두 다녀보길 꿈꾸지. 물론 내 옆에 붙어 있어야 하니까 그건 역시 꿈으로 끝나겠지만……. 그 여자가 제일 행복해하는 순간은 주로 서민적인 것들이야. 낯선 땅에 홀로 서서 살아 있다는 걸 느낄 때. 아침에 일어나 제일 먼저 커피 한 잔 마실 때, 거품 목욕하면서 차가운 아이스크림을 먹을 때, 책 한 권을 다 읽고 마지막 장을 덮었을 때, 노을 질 때 쇼팽 에튀드를 들으며 하이드파크 가로질러 집으로 걸어올 때. 가십이나 스캔들을 혐오하고 요즘 세대 같지 않게 연애에 관심이 전혀 없지. 물론 나 외에는……."

이번에는 그가 상대방을 도발하듯, 알렉산더는 의미심장한 눈빛을 던졌다.

"정작 본인은 사랑은 믿지 않고 사랑에 대한 환상은 없으면서도 희한하게 다른 이들의 사랑은 진실한 것인 양 경외하고 로맨틱한 것에 대한 동경도 있지. 취미는 너도 알겠지만 기업 보안 탐색. 최근에는 컴퓨터 포렌식은 물론 디지털 포렌식에도 관심이 있고 무엇보다 에너지 헤게모니 변화 관련해 따로 자가 학습하는 모양이더군. ……어쩌지? 아직 말할 게 산더미 같은데 비행시간이 다 되어서."

등 뒤로 다가온 비서가 무언가 작게 속삭이자, 그는 아쉬운 듯 어깨를 으쓱해 보이며 손에 코트를 집어 들었다.

"마지막으로 하나…… 아주 중요한 걸 알려줄까. 나밖에 알 수 없는 알렉시스 브로디의 특장점."

알렉산더는 멍하니 앉아 있는 루카의 옆을 지날 때 잠시 멈춰 서서 그에게만 들리도록 조용히 말했다.

"알렉시스는…… 절정에 달할 때 눈이 연록빛을 띠곤 하지."

"……!"

"그 특이한 눈 색깔은 나밖에 볼 수 없어. 앞으로도 쭉."

한 방 먹은 분한 표정을 띤 상대의 반응이 재미있다는 듯 알렉산더는 의기양양한 조소를 흘렸다. 뒤로 돌아서서 사라지기 전, 그는 얼굴을 차갑게 굳히고 한마디 더 뱉었다.

"한 가지 더- 마지막 경고다."

한순간 얼어붙은 듯했던 루카는 움찔 놀라 그의 서슬 퍼런 눈빛을 마주 보았다.

"멋대로 시스라는 애칭 쓰지 마. 한 번만 더 내 귀에 들어오면…… 가만두지 않는다."

"어, 어릴 때부터 나만 썼던 애칭이야. 시스터라는 의미도 포함해서. 그건 타인인 네가 상관할 바가 아니……."

"너만 썼던 애칭 따위……."

알렉산더는 그의 위압감에 주눅 들어 말까지 더듬는 루카를 노려보며 이를 갈았다. 그가 그런 표정을 지을 때는 결코 단순한 공갈이 아님을 그의 주변 사람들은 익히 알고 있었다.

"앞으로는 필요 없어. 그 여자는 지금 내 거니까. 100퍼센트

내 독점, 내 소유."

알렉산더가 탑승한 항공기가 이륙하기 직전, 라운지의 여직원 중 한 명이 고개를 설레설레 내저으며 옆의 동료에게 한마디 던졌다.

"아까 라운지에 알렉산더 리오넬······."

"알렉스 더 데빌! 역시 너무너무 멋있지? 종종 보지만 볼 때마다 정말 섹시해······! 내로라하는 스패니시 중에서도 그렇게 페로몬 넘치는 남자는 본 적이 없어!"

"그것도 그렇지만······."

VIP 고객들의 사생활 보호에 대해 철저한 훈련을 받았기에 자세한 내막은 아무리 친한 동료라도 결코 입 밖에 낼 수 없었다. 단지 한마디로, 본의 아니게 엿들은 알렉산더 리오넬의 독백 같은 긴 말들에 대한 감탄을 표현할 뿐이었다.

"알렉시스 브로디던가······. 애인에게 정말 엄청나게 푹 빠져 있더라."

해를 넘긴 그들의 공식적인 열애는 여름 끝 무렵을 마주하고 있었고, 그들은 각자 자신들의 일그러진 관계를 다른 방식으로 변환할 필요성을 절감하기 시작했다. 그 본격적인 계기가 된 것은 새로운 영국 수상 윌리엄 블레어의 취임 축하파티에서였다. 수상의 취임을 축하하는 자리이니만큼 해외에서 초대받아 온 각국 귀빈을 포함해, 영국 내 정재계 가장 막강한 집안 가족들은 전원이 참석한 대규모의 파티였다.

알렉산더와 알렉시스 역시 공식적인 연인 관계이자 각각의 집안 일원으로 동석해 있었고 그날 알렉시스의 독특한 아름다움은 그 어느 때보다 더 사람들의 시선을 사로잡고 있었다. 평소에 명품은 거들떠도 보지 않는 그녀였지만, 이번만은 프랜시스 고모의 성의를 받아들여 베라왕 드레스를 입고 있었다. 레이스와 실크 소재의 슬림 드레스는 몸에 착 감기는 스타일로 그녀의 날씬한 몸매를 유감없이 돋보이게 해주고 있었다.

알렉산더가 그를 쉴 새 없이 찾는 귀빈들과 잠시 담화를 갖는 동안, 알렉시스 역시 집안 친구들 및 오랜만에 만난 지인들과 시간을 보내고 있었다. 그러던 중 윌리엄 블레어의 아들 고든 블레어와도 인사를 나눌 기회가 생기게 되었고, 그와 이야기가 잘 맞아 대화에 열중하던 중 어느새 둘만 남게 되었다. 그는 옥스퍼드 공과대학 졸업생이며 정치계와는 전혀 상관없는 마이크로소프트 사에서 커리어를 쌓고 있었던지라 알렉시스와 최신 기기에 대한 화제가 얼추 잘 맞았다.

"여자분과 이런 이야기를 이렇게나 깊이 한 적은 처음이에요! 전공도 아닌데 정말 대단합니다, 브로디 양."

"바이오메트릭스(생체인식기술)는 누구나 관심을 가질 만한 화제니까요. IT시장의 동향이나 전망에 크게 기여할 잠재력이 대단하니 어느 업계에서든 이슈가 되는 것 같아요."

바이오메트릭스는 지문, 얼굴, 홍채, 정맥 등 선천적인 신체 정보를 분석하여 식별하는 기술로, 가까운 미래에 스마트폰의 기능 중 하나로 널리 상용화될 것이라는 의견이 지배적이었다.

"아, 말이 나온 김에 지문 인식이 휴대폰에 연동될 수 있는 알고리즘 개발 중인데 임베디드 시스템(embedded system)을 잠깐 보시겠습니까? 아직 궤도에 오르기 전 단계라서 기업 보안은 아니니까 브로디 양이 보셔도 괜찮습니다."

알렉시스는 고든 블레어의 제안에 선뜻 응한 뒤 파티가 한창인 수상관저 별관을 나가 본관, 그의 서재까지 그를 따라나섰다. 신분이 신분인지라 그들의 등 뒤 50미터 거리에서는 수상의 아들을 상시 엄호하는 경호원들 두 명이 뒤따르고 있었다.

"어떻습니까? 지금 다른 곳에서는 지급 결제 결합 방식 생체 인식 기술에 많은 투자를 했고 이미 시험 단계에서 소비자의 반응이 매우 긍정적으로 나왔어요. 우리도 후발주자긴 해도 뒤처지지 않으려고 나름 애쓰고 있죠……. 무엇보다 생체 정보의 템플릭화 인식률 향상에 초점을 맞추고 있답니다."

"아─ 이런 방식으로 템플릭을 서버에 저장해서 입력 센서가 각 사용자의 생체 부위를 인식하는 거군요. 그런데 확실히 현재의 시스템은 인증서버 전달 과정에서 좀 느린 편이에요. 사용자의 생체 부위를 인식하고 인증 서버로 보내서 신원을 파악하는 과정이 소비자의 입장에서는 좀 더 단축되어야 할 것 같아요, 확실히……."

대화 중 고든 블레어의 휴대폰이 울렸고 그의 여자 친구가 정문에 도착했다는 소식이 전해졌다. 서재에서 나와 알렉시스는 다시 파티장으로, 고든 블레어는 관저 정문으로 연인을 데리러 각각 돌아설 때 그는 알렉시스의 귀에 뭔가 빠르게 속삭여왔다.

"브로디 양에게만 말하는 비밀인데, 오늘 취임식파티가 끝나면…… 캐머런과 약혼하고 싶다고 부모님께 정식으로 말씀드릴 계획입니다."

"정말이에요? 진심으로 축하드립니다, 블레어 씨!"

캐머런은 고등학교 시절 그녀의 동창이기도 했다. 반이 달라 아주 가깝지는 않았지만 모범적인 행실로 교내외 두루두루 좋은 평판을 받고 있는 명문가 딸이었다.

"고든이라고 부르세요. 우린 이제 친구 아닌가요? 조만간 꼭 다시 볼 일이 있으면 좋겠습니다. 이왕이면 리오넬 씨와 넷이 더블데이트라도 한번 하죠!"

고든 블레어는 쾌활하게 웃으며 그녀의 뺨에 가볍게 입을 맞춘 뒤 연인이 기다리고 있는 정문 쪽으로 황급히 향했다. 알렉시스는 드넓은 정원을 가로질러 별관으로 들어섰다. 하지만 커다란 체격의 누군가가 성큼 다가와 그녀의 팔을 낚아채 어디론가 구석으로 끌고 가는 바람에 파티장으로 다시 들어갈 수 없었다. 자신을 끌고 가는 난폭한 완력으로부터 빠져나오려 발버둥 쳤지만 상대는 오히려 더 힘을 가할 뿐이었다. 알렉산더는 별관 뒤 눈에 띄지 않는 로비 벽에 그녀를 거칠게 밀어붙인 뒤에야 손을 놓았다.

"뭐 하는 짓이야?"

"지금 그걸 나에게 물어요?"

"수상관저 한복판에서 수상 아들과 무슨 수작을 벌인 거냐고."

"뭐……?"

"단둘이 서재에서 뭘 했지? 애초에 거기까지 따라나선 이유가 뭐야?"

알렉시스는 그제야 상황을 이해하고 자신을 죽일 기세로 노려보는 눈앞의 남자를 어이없다는 듯 마주 보았다. 그와 똑같이 감정적으로 되지 않으려 심호흡을 한번 크게 하고 차분하게 입을 열었다.

"M사 바이오메트릭스 임베디드 시스템 구조에 대해 잠깐 설명을 들은 것뿐이에요. 다우닝 스트릿 전담 경호원들도 뒤따라왔었고."

"정원 한복판에서 벌인 짓은 뭐야? 오늘 처음 만난 사이인데 그렇게 인사를 나눠야 할 특별한 이유라도 생겼나?"

그의 비아냥 섞인 집요한 심문에 알렉시스의 인내심은 점점 바닥을 보이기 시작했다. 이런 자리에까지 와서 그와 무의미한 설전을 벌이고 싶지는 않았다.

"알렉산더-!"

"고든 블레어에겐 오래된 연인이 있어. 혹시라도 다우닝 스트릿 패밀리에 편승해볼까 싶었으면 그런 헛된 희망은 일찌감치 버려."

"그건 내가 더 잘 알아. 그는 캐머런 네드빌과 곧 약혼할 거야. 다우닝 스트릿 편승 같은 꿈은 당신 같은 속물들에게나 해당되는 얘기니까 난 거기서 제외시켜줘."

알렉산더의 추궁이 점점 모욕적인 방향으로 흐르자 그녀는 더 상대하기 싫어서 그를 밀쳐내고 파티장으로 돌아가려 했다. 파티가 끝난 뒤 저녁을 함께하기로 했지만 지금 기분 같아서는 식사 중 나이프로 그를 찔러버릴 것만 같았다. 하지만 그가 순순히 보내줄 리 없었다. 알렉산더는 그의 가슴팍을 밀치려는 그녀의 손목을 아플 정도로 붙잡았다.

"……차 대기시킬 거니까 먼저 내 빌라에 가 있어. 가족들에겐 적당히 설명해놓을 테니까."

"아직 파티 안 끝났어! 당신이 나한테 그런 명령을 할 권리도 없고."

"잠자코 내 말대로 해! 난 내 여자에게 그 정도 명령할 권리가 있어."

그는 머리끝까지 화가 나 있었다. 그리고 그 분노를 굳이 숨기려 하지도 않았다. 알렉시스는 살갗에 손톱이 파고드는 아픔에 이를 악물었다. 그에게 잡힌 손목이 부러지는 게 아닐까 진심으로 걱정되기 시작했다.

"난 당신 여자가 아냐. 가끔 밤을 함께 보낼 뿐이지."

"알렉시스 브로디, 너는 내 소유야!"

"난 누구의 소유도 아니야! 날 당신 물건처럼 취급하지 마!"

"닥쳐. ……정말 물건 취급하는 게 어떤 건지 보여줄까?"

"……."

그의 억눌린 음성이 간신히 들릴 듯 말 듯한 레벨까지 내려가자 알렉시스는 본능적으로 침묵하며 눈을 내리깔았다. 그가 폭발 직전의 상태임을 여러 번의 경험으로 익히 알고 있었다. 설마 여기서 무슨 일을 벌이지는 않을 거라 생각하면서도, 그녀는 그의 숨겨진 잔혹성을 잘 알기에 일단 한발 물러서기로 했다. 수단 방법 안 가리고 자신의 의지를 관철시키는 알렉산더의 저돌적인 성향 앞에서는 심지어 영국 수상이라도 당할 재간이 없을 터였다.

일단 물러서긴 해도, 그녀는 분한 마음에 그의 눈을 똑바로 노려보았다. 지금은 어쩔 수 없이 그의 말대로 하겠지만 절대 그녀가 원해서가 아니라는 사실, 그를 얼마나 증오하고 혐오하는지 알아달라는 적의 가득한 눈빛이었다.

"……얌전히 가 있어."

보디가드 중 하나가 고든 블레어와 알렉시스의 서재행을 알려왔을 때부터 그는 온몸의 피가 싸늘하게 식는 것을 느꼈다. 본관 서재로 향하다 고든이 정문 쪽으로 사라지기 전 그녀의 뺨에 입을 맞추는 장면을 목격한 순간, 그는 수상의 아들이고 뭐고 그를 쫓아가 죽기 직전까지 두드려 패줄까 진심으로 주저했다. 우정의 표시건 단순한 인사건 다른 남자의 살갗이 그녀에게 닿는 것 자체가 미치도록 싫었다. 그가 가장 소중히 여기고 아끼는 보물에 타인의 더러운 손이 함부로 닿는 것과 같았다.

고든 블레어가 오랜 연인과 곧 약혼할 거라는 말이 알렉시스의 입에서 나올 때엔 분노가 조금 사그라지기는 했지만, 그는 이런 불안한 상태를 더 이상 유지할 수 없음을 절감했다. 이제 슬슬 한계에 다다라 있었다. 옥스퍼드에서의 여러 얼간이들부터 시작해 최근의 미카엘 할스트롬까지, 조금이라도 그녀에게 눈독 들이는 상대들은 수단 방법 안 가리고 제거해왔다. 수상 아들이 아니라 영국 황태자라 해도 그는 어떻게 해서든 알렉시스를 빼앗기지 않을 자신이 있었다.

알렉시스 본인은 모르고 있지만, 그의 지시하에 그녀의 외부 활동을 철저히 감시하고 그에게 보고하는 비서들도 있었다. 그럼에도 알렉산더는 마음을 놓을 수 없었다. 그녀에 대해서만은 단 한 번도 느긋하게 마음을 가져본 적이 없었다. 조금만 경계를 느슨히 해도 그의 품에서 날아가버릴 한 마리 새처럼. 그는 그녀의 조부이자 그 자신의 조부와 가장 절친했던 악셀 브로디 경과 오늘 저녁 담판을 지을 예정이었다.

알렉시스는 차에서 내내 굳은 표정으로 침묵을 지키고 있었다. 차 안에서, 동승한 경호원에게 중간에 내려달라고 여러 번 청했지만 그들은 공손히 거부의 표시를 거듭 표시할 뿐이었다. 고용주의 명령에 절대복종해야 할 그들의 입장이 이해되지 않는 것은 아니었지만, 알렉시스는 이젠 경호원들마저 원망스러워 견딜 수가 없었다. 알렉산더의 호화 빌라에 도착해 방 안에서 마침내 혼자가 된 순간, 그녀는 억눌러왔던 감정을 마음껏 드러낼 수 있었다. 그가 억지로 사서 들린 수만 달러의 클러치 백을 바닥에 내동댕이치고 비슷한 가격의 수제 구두 역시 벽에 걸린 수십만 달러 그림에 집어 던졌다.

'고든 블레어에겐 오래된 연인이 있어. 혹시라도 다우닝 스트릿 패밀리에 편승해볼까 싶었으면 그런 헛된 희망은 일찌감치 버려.'

다우닝 스트릿 패밀리, 즉 수상 일가에 편승해볼까 싶었으면? 고든 블레어에게 꼬리라도 쳐서? 어떻게 감히 그녀에게 그런 말을? 그녀 역시 동 세계에 속할지언정 그의 철저한 물질만능주의와 속물근성에 구역질이 일어서 참을 수가 없었다. 분하고 갈가리 찢긴 마음에, 피가 거꾸로 솟는 것 같았다.

"고든 블레어가 방금 비공식 약혼 발표를 했어. 이젠 완전히 포기가 됐겠지?"

그로부터 1시간 뒤 침실 도어를 열고 들어선 알렉산더의 입에서 또다시 속을 한껏 뒤집는 모욕적인 말이 튀어나온 순간, 알렉시스는 잠시 이성을 잃고 손에 잡히는 대로 그에게 물건을 집어 던졌다. 알렉산더는 시야를 가리며 마구 날아오는 물건들을 피해 그녀의 양 손목을 제압했다. 알렉시스가 그의 다리를 걸어차고 뺨을 때리며 그 어느 때보다 강하게 저항하자 그는 그녀를 꽉 끌어안고 간신히 바닥에 찍어 눌렀다.

그의 힘으로도 조금 애먹었을 만큼, 이번에는 그녀도 독이 오를 대로 올라 있었다. 한바탕 격렬한 몸싸움 뒤라 둘 다 호흡이나 옷매무새가 잔뜩 흐트러져 있었다. 그녀의 드레스는 이미 여기저기 찢기고 너덜너덜해져서 수선이 가능할지 여부도 알 수 없는 상태가 되어 있었다.

"왜, 너무 정곡을 찔러서, 화가 났나?"

알렉시스의 어깨를 바닥에 눌러 고정시킨 채, 알렉산더는 거친 숨결 사이로 그녀를 비웃었다. 근거 없는 조롱에 그녀는 한쪽 어깨를 간신히 빼내 팔을 크게 휘둘렀다. 짝, 마찰음이 크게 울리며 뺨을 세게 얻어맞은 그는 그 틈을 이용해 몸을 일으키려던 그녀를 다시 바닥에 누르고 목덜미를 움켜잡았다. 그녀의 일격에, 일그러진 그의 입술 한쪽에는 핏방울이 살짝 맺혀 있었다.

"······그만해, 알렉시스."

"······."

그녀가 숨을 들이켜며 공격을 멈추자 알렉산더는 목을 잡은 손에서 힘을 조금 뺐다. 알렉시스가 고든 블레어에게 어떤 마음이 있었을 거란 생각은 애초에 추호도 없었다. 그녀가 다른 남자와 단둘이 있는 상황을 자청했다는 것에 조금 벌을 주고 싶었을 뿐이었다. 단 1분, 아니 단 1초라도 그런 상황은 없어야 했다.

"……미안해."

그의 입에서 나온 사과의 말에, 알렉시스는 방금까지 미친 듯이 화가 났던 것도 잊고 그를 올려다보았다. 그녀는 물론이고, 지금까지 알렉산더 리오넬이 누군가에게 미안하다고 말하는 걸 본 것은 처음이었다. 그는 예의상으로라도 감사나 사과의 말을 거의 하지 않는, 그녀가 아는 한 가장 오만한 사람이었다. 지금까지 그녀와 숱하게 다퉈왔지만 그는 한 번도 스스로의 잘못을 시인한 적이 없었다. 하지만 지금은 자신이 소유욕이든 질투에서든 지나친 반응으로 그녀에게 상처를 주었다는 사실을 스스로 인정하고 있었다. 알렉산더는 그녀의 붉게 멍든 손목을 입술로 쓸고 눈가에 맺힌 눈물을 부드럽게 훔쳐냈다.

"미안해. ……내가 지나쳤어."

곧이어 자신의 손자국이 희미하게 남아 있는 흰 목덜미와 쇄골에 입을 맞춘 알렉산더는 그 어느 때보다 다정하게 입술을 겹쳐왔다. 알렉시스는 그가 스스로를 자제하고 알렉시스의 기분을 자신의 것보다 더 우선하고 있음을 알았다. 어차피 곧 평소의 독선과 지배욕 가득한 모습으로 돌아가겠지만, 지금 이 순간만큼은 그의 키스가 너무 달콤해 알렉시스는 한순간 한순간을 깊이 음미하고 싶었다.

알렉산더는 이내 자신의 옷을 훌훌 벗어 던진 뒤, 여기저기 찢겨져 그녀의 몸에 넝마처럼 걸쳐져 있던 드레스를 미련 없이 다 찢어 내렸다.

"아, 안 돼- 프랜 고모 선물인데……."

"똑같은 걸로 수억 벌 살 수 있어……."

그녀의 항의를 일축한 그는 알렉시스의 몸 구석구석을 혀와 입술, 손으로 노련하게 애무해갔다. 커다란 두 손바닥이 풍만한 젖가슴을 감싸며 잠시 그 따스하고 말랑한 감촉을 만끽하다 한가운데 유두를 소리 내어 핥고 빨아 올렸다. 그가 가슴 아래를 받치고 탄력 있는 가슴살을 위로 밀어 올리자 그녀의 입에서는 달뜬 신음이 흘러나왔다. 그의 손가락이 자아내는 짜릿한 아픔과 격렬한 쾌감이 머릿속을 하얗게 만들어 아무 생각도 할 수 없게 만들었다.

"응……! 음……. 핫!"

엉망이 된 침실 바닥 한가운데서 두 남녀는 곧 한 몸으로 겹쳐졌고 절정에 이를 때까지 격정적인 환희를 거듭 맛보았다. 어느새 그들은 폭신한 침대 한가운데 시트 속에 알몸으로 파묻혀 한데 얽혀 있었다. 언제나처럼 정신을 잃을 만큼 강렬한 절정 뒤 알렉시스는 잠시 숨을 고르고 손가락 하나 움직일 수 없는 탈진상태로 누워 있었다. 알렉산더 역시 나른한 여운을 즐기듯 그녀의 알몸에 팔을 두르고 침대에 그대로 누운 채였다.

먼저 자리에서 일어나 침실 내 욕실로 향한 쪽은 알렉시스였다. 다시 침실로 돌아왔을 때, 그녀는 몇 시간 전 격한 감정을 드러내던 모습과는 달리 무덤덤한 표정이었다. 그의 드레스룸에 평소 구비해놓는 평상복으로 말끔히 갈아입은 알렉시스는 지신이 집어 던진 물건들과 찢어진 옷가지들이 널려 있는 방 안을 차분한 눈으로 훑어보다가 침대 가장자리에 걸터앉았다. 시계는 이미 9시를 넘기고 있어서 저녁은 애초에 건너뛸 생각이었다. 알렉산더 역시 어느새 일어나 샤워를 하려는 듯 욕실용 가운을 두르고 있었다.

"알렉산더, 할 말이 있어."

그는 가늘게 뜬 눈으로 뭔가 비장해 보이는 알렉시스의 얼굴을 마주 보았다. 뭔가 폭탄선언이 나올 듯, 그녀는 그 어느 때보다 더 진지하고 냉담한 표정이었다. 타인을 바라보는 것 같은 올곧은 눈빛이 심기에 거슬렸다.

"그만하고 싶어, 이제."

계속해보라는 듯 그는 한쪽 눈썹을 추켜올렸다.

"이런 관계 이제 그만 끝내고 싶어. 아니, 끝내기로 결정했어."

'이런 관계'에 대해 더 구구절절 정의 내리고 설명할 필요는 없을 것이다. 알렉산더 역시 그들의 관계가 보통의 연애와는 애초부터 시작이 달랐음을 명확히 알고 있을 터였다. 그의 냉철하고 비판적인 논리가 그들 관계의 비정상적인 형태를 인지하지 못할 리가 없었다. 단지 본인이 원하는 대로 끌고 오다 보니 굳이 바로잡을 필요성은 느끼지 않았을 뿐. 알렉시스는 그의 일그러진 집착과 소유욕, 통제욕을 더는 감내할 수 없다고 말하고 있었다. 처음부터 서로에게, 진실한 애정 없이 뒤틀린 욕망만이 지배했던 관계였다.

"우리 둘 모두…… 서로에게서 자유로워지는 게 옳아. 대신 집안 관계를 생각해서 가족들을 이해시킬 수 있게 한 달만 기다려 줘. 한 달 뒤에는 당신이 다른 여자를 만나든, 언론에서 뭐라고 떠들어대든 난 신경 쓰지 않을 테니까."

"좋아."

"……."

"뭐 잘못됐어? 네가 원하는 대로 하자고 동의한 건데. 그럼 오늘부터 한 달 동안은 언론에 흘러가지 않도록 조치해두지. 네가 염려하는 대로 집안 간의 관계도 있으니까 이 시간 이후로는 서로에 대해 일절 언급하는 일 없길."

알렉산더가 배스 가운 차림으로 성큼성큼 욕실을 향해 걸어갔다. 곧이어 샤워기의 물소리가 들려왔다. 알렉시스는 망연자실한 표정으로 침대에 걸터앉은 채 카펫에만 시선을 주고 있었다. 항상 그랬듯이 다음 주 토요일 혹은 일요일의 시간과 장소를 잡기라도 하듯, 그는 그녀의 결별 선언에 덤덤하게 응했다.

이렇게 간단한 거였나? 이렇게 언제라도 없었던 일로 되돌릴 수 있는 관계였어?

한동안 넋을 잃고 앉아 있던 알렉시스는 희미하게 들려오던 물소리가 멈추자 황급히 소지품을 챙겨서 쫓기듯 빌라에서 걸어 나왔다. 경호원들이 지켜보고 있다는 생각에, 차에 올라타기 전까지 애써 평정을 가장했다. 알렉산더에게는 전혀 내색하지 않았지만, 그녀는 자신의 외부 활동을 낱낱이 감시하는 경호원의 존재에 대해 오래전부터 눈치채고 있었다. 하기야 지금 이 시간부터 경호원들도 알렉산더의 지시하에 그녀에 대한 활동을 일절 중단할 것이다. 그들의 관계는 이제 끝났으니까.

그녀는 운전사에게 교외의 본가 저택이 아닌 옥스퍼드 앞 원룸으로 가줄 것을 요청했다. 엘리베이터에 올라타 안까지 어떻게 들어왔는지 아무 생각도 나지 않았다. 그녀는 기계적으로 손을 씻고 티팟의 전원을 올리고 옷을 갈아입은 뒤 클래식 채널을 틀고 리포트가 산더미같이 쌓여 있는 책상 앞에 앉았다.

왜 기쁘지 않지? 내가 바라는 대로, 이만 끝내자는 데 동의해줬는데. 혹시라도 분노를 터뜨려 그녀를 상처 입히지 않을까 두려워한 것이 무색할 정도로 그는 호쾌하게 결별을 받아들였다. 다른 속셈이 있는 것 같지는 않았다. 가문 간의 관계도 있는 만큼, 알렉산더가 장담한 약속은 —앞으로 한 달간은 언론에 아무 기사도 뜨지 않게 조치할 것. 이후로는 일절 그녀나 그들의 관계에 대해 언급하지 않겠다는 것.— 반드시 지켜질 터였다.

이제 그녀는 자유롭게 되었다. 그동안 이 기이한 관계에 대해 수없이 고민해왔고 이렇게 되는 것이 서로에게 가장 최선이라 믿었다. 그의 집요한 감시와 통제하에서 벗어날 수 있게 되어 마침내 날개라도 단 듯 후련함을 느끼는 게 마땅할 터였다. 그런데 왜 이렇게⋯⋯. 알렉시스는 극심한 무력감과 피로에, 양손에 얼굴을 묻고 한동안 그대로 앉아 있었다. 아름답게 찰랑이는 적갈색 머리칼이 폭포수처럼 쏟아져 내려 책상 위를 뒤덮었다.

왜 마음이 아픈 걸까? 왜 이렇게⋯⋯ 그가 죽이고 싶도록 미운 걸까. 그는 그녀의 요구에 순순히 응해주었다. 게다가 신사답게 —그의 본성과는 너무나도 어울리지 않는 호칭이었지만— 마무리도 깔끔하게 해줄 것을 약속했다. 그런데도 왜 그에게 이렇듯 엄청난 배신을 당한 것 같은 기분이 드는 건지 알 수가 없었다.

난 사실 그와 헤어지기 싫었던 걸까? 그를 좋아했던 걸까?

알렉시스는 세차게 도리질했다. 앞으로 다른 남자를 생각할 수 있을까 싶을 만큼, 그와의 육체적인 관계는 서로에게 더없이 완벽했다. 그녀는 알렉산더 외에는 경험이 없었지만 그는 그녀와의 결합이 지금까지 만났던 여자들 중 가장 만족스럽다고 여러 번 스치듯 말한 적이 있었다. 그의 성격상 단순한 플레이보이식 립서비스일 리는 없었다. 그와 사랑을 나눴던 순간들이 상상 이상의 환희를 안겨준 것은 사실이지만, 알렉시스는 그건 애정과는 완전히 별개의 문제라고 생각하려 애썼다. 사랑 없는 쾌락은 인간의 본성에 따라 누구에게나 가능한 감각이므로. 알렉시스는 그렇게 스스로를 다독이려 애썼다. 어쩌면 그가 너무나 선선히 결별에 동의해서…… 자존심을 약간 다친 것인지도 모른다.

2년 전 그를 몰랐던 시절로 되돌아가길 틈틈이 원했던 것은 다름 아닌 알렉시스 본인이었다. 내일부터는 마음의 모든 짐을 벗고 자유를 만끽하며 다시 모든 게 정상으로 되돌아갈 것이다. 적어도 그녀는 그렇게 믿었다.

알렉시스는 모처럼 친구들과 회포를 풀기 위해 외출 준비를 하고 있었다. 일주일째 되는 토요일이었다. 지난 1년여 동안 항상 주말은 알렉산더를 위해 비워야 했기에, 갑자기 주말 내내 자유가 주어지자 당혹감마저 드는 그녀였다. 알렉산더 휘하 경호원들의 기척은 느껴지지 않았다. 아마 고용주의 지시하에 다시는 그녀의 주변을 맴도는 일은 없을 것이다.

지난 일주일간 알렉시스는 사실 그다지 괜찮지 않았다. 집 밖을 나서는 순간부터는 평소와 전혀 다름없이 행동해 아무도 눈치채지 못했지만, 알렉시스는 매 순간 그녀의 머릿속을 지배하고 떠나지 않는 한 남자의 존재와 싸워야만 했다. 그녀를 끊임없이 괴롭히는 것은 단 한 가지 의문이었다.

나는 정말 그에게 어떤 존재였을까? 다른 여자와 대체 가능한 장난감 그 이상도 그 이하도 아니었을까? 그렇게 선선히 헤어져 줄 만큼 나는 그에게 아무것도 아니었나? 그는 나에게 티끌만큼의 애정도 없었을까?

그녀는 후견인이라 저장된 그의 번호를 삭제해야 할지 수없이 고민했다가 당분간 그냥 두는 쪽을 택했다. 굳이 그의 번호를 지워야 할 만큼 스스로가 의식하고 있음을 인정하기 싫은 마음이었다. 오늘도 사실 감기 기운이 있어서 본가로 돌아가 쉴 예정이었지만 외출을 강행하기로 했다. 그녀는 그 없이도 충분히 잘 살고 있고 아무렇지도 않고 오히려 자유를 만끽해서 얼마나 행복한지 스스로에게 입증하고 싶어 애쓰고 있었다.

"웬일이야? 모처럼 주말에 우리에게 시간을 다 내주고…….
항상 연인이랑만 붙어 있더니!"

"당분간 사업상 유럽 순방할 거라잖아. 그나저나 정말 부럽다, 앨리……!"

"근데 우리에게만 살짝 말해주면 안 돼? 정말 둘이…… 결혼은 아직 미정이야?"

"너무 어리잖아. 앨리는 이제 겨우 열아홉이야."

절친한 친구들 틈에서 알렉산더의 존재를 깡그리 잊을 수 있을 거라 생각했던 알렉시스의 소망은 완전히 묵살되었다. 아직 그들의 결별에 무지한 또래 여자들은 제발 화제를 바꿔주길 원하는 그녀의 간절한 바람도 모른 채 알렉산더와 그녀와의 관계에 대해서만 끊임없이 도마에 올려놓느라 바빴다. 더 심란해지기만 한 마음을 애써 숨긴 채, 알렉시스는 자정이 가까운 시간 그녀들과 작별을 고하고 저택으로 데려다줄 본가의 세단에 몸을 실었다. 안락한 가죽 소파에 몸을 묻고 있으려니 갑자기 휴대폰 벨이 울려와 그녀는 깜짝 놀랐다. 모르는 전화번호가 발신자로 찍혀 있었다.

혹시⋯⋯. 알렉시스는 떨리는 마음으로 통화 버튼을 누르기를 주저했다. 그녀가 자신의 전화를 거부하리라 짐작해서 일부러 다른 번호로 연락한 걸까? 운전사가 신경 쓰인 알렉시스는 더 기다리지 않고 통화 버튼을 눌렀다. 심장 뛰는 소리가 너무 커서 운전사의 귀에까지 들릴까 걱정되었다. 그녀는 자신이 얼마나 설레고 있는지 스스로는 모르고 있었다.

"네."

-알렉시스! 나야, 나 번호 바뀌어서 알려주려고! 늦은 시간에 미안해. 아까 미랜다에게서 너랑 펍에 갔다고 들어서-

요즘은 소식이 뜸했던 동창 중 한 명의 안부 전화였다. 알렉시스는 기계적인 사교성을 발휘해 친밀한 대화를 잠시 나눈 뒤 종료 버튼을 눌렀다. 왜 이렇게 실망스럽고 가슴이 허탈한지 알 수 없었다. 감기 기운이 있는데도 무리해서 외출해 알코올까지 가세한 탓인지 머리가 무거웠다. 거의 감기에 걸리지 않는 대신, 한번 걸리면 보름에서 한 달도 더 지속되고 앓아눕는 체질이었기에 알렉시스는 조금 불안한 기분이었다.

8화. 그녀의 번민

　그녀의 예상대로, 알렉시스는 본가 저택에 돌아간 이후로 일주일 내내 침대에서 꼼짝없이 갇혀 지내야 했다. 독감에다 신경쇠약이니 최소 보름간은 절대 안정하라는 판정을 받고 작은아버지, 작은어머니, 밀라노에서 금세 날아온 프랜 고모까지, 온 가족들의 지나친 보호하에 그녀는 방 밖으로도 쉽게 나갈 수 없었다. 그녀는 자다가 깨서 노트북을 보고 있다 고모에게 들켜 호된 꾸지람을 듣고, 다시 약을 먹고 자다가 깨어나 환자용 식사를 하고 다시 수면 상태에 드는 패턴을 무한 반복하고 있었다.

　닷새째 되는 날, 프랜시스가 잠깐 외출한 틈을 타서 그녀는 거의 회복기에 들어간 것 같기도 해서 살짝 침실 테라스 창을 열고 바깥공기를 쐬려고 했다. 정말이지 고모의 극성에는 없던 병도 생길 지경이었다.

"……?"

테라스 창을 열고 단풍도 다 떨어져 내린 정원수를 무심히 바라보던 알렉시스의 시선이 어딘가에 고정되었다. 낯익은 세단이 저택 울타리 너머에 세워져 있었다. 매직미러로 안을 볼 수 없게 선팅되어 있는 검은색 벤틀리. 그녀의 기억이 분명하다면 그것은 지난 2년간 수없이 봐왔던 알렉산더의 차량들 중 하나였다.

설마……?

그녀는 좀 더 자세히 확인하려고 테라스 밖을 보다가 아예 실내용 가운을 걸치고 1층 홀로 종종걸음으로 내려갔다. 외출 중인 고모 및 다른 가족들 대신 해리슨 부인이 그녀를 만류하러 다가왔지만 알렉시스는 누가 온 것 같다고 저택 문밖을 확인할 것을 고집했다.

"네? 하지만…… 지금 보니 아무 차도 없는데요."

"아까는 분명히 있었는데……. 오늘 왔다 갔거나 방문 예정인 사람은 아무도 없었나요?"

"오늘은 다들 외출 중이시라 손님은 한 분도 안 오셨고 오실 분도 없어요."

"……."

"앨리 아가씨, 괜찮아요? 안색이 안 좋은데…… 이러고 있지 말고 빨리 방으로 올라가 누워야겠어요. 프랜시스 마님이 알면 얼마나 혼이 나려고."

해리슨 부인의 종용에 다시 방으로 돌아간 알렉시스는 초기울 찬바람이 들어오는 테라스 창을 닫을 생각도 않고 텅 빈 바깥을 멍하니 바라보았다. 약 기운으로 정신이 혼미해서 헛것을 봤나 생각도 해봤지만 환각을 볼 정도로 심각한 상태는 아니었다. 실망이 절망으로 바뀌면서 알렉시스는 이불을 뒤집어쓰고 자리에 누워버렸다. 왜 아직도 자신이 공연한 기대를 하고 있는지 몰라 스스로에게 화가 나 견딜 수가 없었다. 열려진 창 너머 쌀쌀한 바람을 그대로 맞으며 알렉시스는 약 기운으로 다시 깊은 잠에 빠져들었다. 어쩌면 그녀는 무의식적으로 그때를 떠올리고 있는지도 몰랐다. 몇 주 전, 알렉산더가 리츠 런던 호텔에서 그녀 곁을 내내 지키며 간호해주던 그 시간을 떠올리며 그가 당시 예기치 않게 보여주었던 다정함을 그리워하고 있었는지도 모를 일이었다.

"이 날씨에 독감 환자가 창문을 활짝 열어놓고 내내 있으니 나을 리가 있겠어? 도대체 너는 왜 그렇게 자기 몸 관리하는 데는 헛똑똑이인 거야! 해리슨 부인은 도대체 뭐 했어요? 잘 지켜보지 않고⋯⋯!"

"해리슨 부인은 잘못 없어요. 내가 어린애도 아니고."

프랜시스의 역정과 호들갑에 알렉시스는 차라리 빨리 잠이 들었으면 하고 바랐다. 한결 더 심해진 증세에, 알렉시스의 머리는 지끈지끈 울렸고 성악을 전공한 고모의 하이 소프라노 음색은 평소에는 듣기 좋았지만 지금은 계속 들어주기 힘들었다. 딱따구리가 머릿속에서 끊임없이 부리로 쪼아대는 것 같았다.

난 대체 왜 이러고 있는 거지. 며칠째 방 안에 틀어박혀서⋯⋯.

알렉시스는 자신이 지금 여기서 무얼 하고 있는지 스스로가 한심하게 느껴졌다. 독감이 심하다 한들 그녀는 결코 병약한 체질이 아니었다. 알렉시스는 스스로가 현실을 외면하고 싶어서 무의식

중 회복을 바라지 않았다는 것을 불현듯 알아챘다. 그리고……
자신이 왜 굳이 한 달이라는 유예기간을 두기를 원했는지도 뒤늦
게 깨닫게 되었다.

아무리 집안 간의 관계가 있어도 결별에 대한 마음이 확고했다
면 하루라도 빨리 공식화시켜서 이왕 맞을 매라면 빨리 맞아버리
는 게 나을 터였다. 그녀가 정말로 그와 끝내고 싶었다면, 어릴 때
부터 언론의 독한 혀를 숱하게 겪어왔던 터라 언론이 그들의 결별
에 대해 뭐라고 떠들든 크게 개의치 않았을 것이다. 그녀는 알렉
산더가 그녀를 붙잡아줄 구실이 필요했던 것이다. 한 달이 지나기
전에 알렉산더가 다시 그녀에게 찾아와 관계를 지속하자고 요청
할 시간을 벌고 싶었던 것이다. 분명 사랑은 아니라고 확신했지만
어째서 그의 존재감이 이렇게 그녀를 괴롭히고 있는지, 놓아주지
않는지 알 수 없었지만 한 가지만은 확실했다.

그녀는 알렉산더가 그리웠다. 미치도록 보고 싶었다. 놀랍도록
잘생긴 얼굴이라서, 근사한 장신의 체격이라서가 아니었다. 상상
이상으로 잔혹하고 이기적인 성정임에도, 알렉시스는 그와 함께
있었던 순간순간이 그리워서 견딜 수가 없었다. 2주 내내 그녀는
그가 어떻게 지내고 있는지, 근황이 궁금해 미칠 것만 같았다. 그
가 그녀에게 했던 것처럼, 그녀도 몰래 사람을 써서 그의 행적을
조사할까 하는 유혹에 몇 번이나 시달려야 했다.

난…… 미친 걸까? 길들여져버렸나?

물론 그의 애무와 사랑의 행위를 떠올리면 저도 모르게 온몸이
흥분으로 달아오르는 걸 부정할 수는 없었다. 하지만 그녀는 알렉
산더 리오넬이란 남자 자체가, 그 존재 자체가 그리웠다. 그녀와

격한 섹스를 벌이지 않더라도, 단지 자신의 눈앞에 있어주기만 하면 소원이 없을 것 같았다. 그냥 눈앞에, 손을 뻗으면 닿을 거리에만 있어준다면……!

"하……."

알렉시스의 입에서는 헛웃음이 새어나왔다. 스스로를 한껏 비웃고 조롱해도 시원치 않을 것 같았다. 그렇게 증오하고 멀리하길 원했던 남자를 지금은 미치도록 그리워하고 있다니…….

알렉시스는 날이 밝으면 몸을 추스르고 런던으로 돌아가야겠다고 마음먹었다. 아직 완전히 회복되진 않았지만 학교도 못 갈 정도로 거동이 불편한 것은 아니었다. 그녀는 앞으로 남은 보름간을 어떻게 견뎌야 할지 앞날이 캄캄한 심정이었다. 한 달이 지나기 전에 그가 연락하지는 않을지, 찾아오지는 않을지 매일매일 매 순간을 극도의 초조함과 불안함, 허탈감 속에서 흘려보내야 한다는 생각에 가슴이 아려왔다.

"잠시만 보고 나오겠습니다."

눈앞에 우뚝 선 장신의 남자는 해리슨 부인도 익히 잘 알고 있는 얼굴이었다. 여러 연회나 축하연, 행사 때 저택에 초대받아 온 적은 여러 번 있었지만 이렇게 단신으로 찾아온 적은 처음이었다. 알렉시스와 1년 가까이 정식으로 교제해오고 있다는 사실은 그녀도 잘 알고 있었기에, 그를 2층의 침실로 조용히 안내하는 데 아무런 주저함이 없었다. 알렉시스가 약 기운으로 자고 있다 했지만, 그는 자는 모습만 잠깐 확인하고 조용히 나오겠다며 그녀를 정중히 안심시켰다.

해리슨 부인이 아래층을 향해 돌아서자, 알렉산더는 방으로 소리 없이 들어서서 알렉시스의 곤히 잠든 얼굴을 확인했다. 그녀가 한번 곯아떨어지면 웬만한 큰 소리에도 깨지 않는다는 사실을 누구보다 잘 아는 그였다. 알렉산더는 코트를 소파에 내려놓고 처음 들어와보는 그녀의 방 안을 잠시 돌아보았다. 학교 앞 원룸은 몇 번 들어가봤지만, 그녀가 태어나서부터 자라온 본가의 침실을 보는 것은 처음이었다. 원룸 아파트는 순전히 그녀만의 공간이었으므로 방주인의 성격답게 꼭 필요한 것들만 있는 실용적인 스칸디나비아 미니멀리즘 스타일이었다. 그에 반해, 이 방은 프랜시스나 다른 가족들의 손길이 수시로 닿는 모양인지 그야말로 왕실의 공주처럼 지극히 여성스럽고 호화롭게 꾸며져 있었다. 그가 아는 알렉시스의 취향과는 거리가 꽤 멀었다.

알렉산더는 이내 침실 인테리어에서 시선을 거두고 침대 위의 여자에게만 온 신경을 집중했다. 독감 때문인지 창백한 뺨이 야위어 보였다. 화장기 하나 없는 파리한 낯빛임에도, 그는 손을 뻗어 어루만지고 입 맞추고 싶은 욕구를 애써 억눌러야 했다. 잠든 얼굴일망정 근 보름 만에 그녀의 상태를 직접 확인하니 비로소 안심되는 기분이었다.

일주일 전, 그는 여전히 알렉시스의 동향을 살피고 있던 경호원이 그녀가 본가로 돌아간 이후 건강 문제로 두문불출하고 있다는 사실과 자세한 상황을 보고받았다. 그는 애초에 그녀에게서 경호원을 떼어낼 의도가 전혀 없었다.

알렉산더는 그녀를 깨우지 않게 조용히 의자를 끌어당겨 그녀의 머리맡에 앉았다. 눈앞의 연약한 존재를 극진히 보호해주고 싶은 열망, 그리고 가차 없이 짓밟고 망가뜨려주고 싶은 마음이 동시에 끓어올랐다. 그녀가 2주 전 자신에게 뱉었던 말을 생각하면 지금이라도 가느다란 목을 꺾어버리든가, 이 커다란 저택에 비명이 울려 퍼지도록 사지를 묶어놓고 마구 능욕해주든가 둘 중 하나를 실행에 옮기고 싶어서 손가락이 근질근질할 지경이었다. 다시금 샘솟는 분노에, 그는 손바닥으로 얼굴을 쓸어내리고 숨을 크게 들이쉬었다.

'그만하고 싶어, 이제.'

'이런 관계 이제 그만 끝내고 싶어. 아니, 끝내기로 결정했어.'

알렉산더는 능수능란한 사업가였다. 스스로의 속내는 철저히 감춘 채 상대의 수를 미리 읽고 허점을 간파해내야 살아남는 약육강식의 세계에서 최상위를 점하고 있는 인물이었다. 필요할 때면 얼마든지 가면을 쓰고 초인적인 자제력을 발휘하도록 어릴 때부터 훈련받은 그였다. 알렉시스를 거칠게 다룰 때마다, 그의 의식 깊은 곳에서는 그녀가 이번에야말로 관계를 끝내길 요구할지도 모른다는 불안함이 항상 도사리고 있었다. 그때마다 어떤 대응을 할지 여러 가지 생각들을 해왔고, 조금은 갑작스런 그녀의 결별 선언에 가장 모험적인 카드를 꺼내기로 한 것이다. 그의 예상 시나리오에 확신을 더한 것은 그가 순순히 결별에 동의한 직후 그녀가 보인 반응이었다.

정말 나와 이대로 끝내도 좋은 거야? 이렇게 아무것도 아닌 관계였던 거야? 나는 도대체 알렉산더, 당신에게 있어서 어떤 존재였던 거지?

그녀의 눈은 그 모든 의문을 고스란히 담고 있었다. 아무리 알렉시스 브로디가 그가 아는 가장 똑똑한 여자라 한들, 알렉산더 그와는 본질부터 달랐다. 인정사정없이 먹고 먹히는 사냥꾼의 세계에 몸소 들어와본 적 없는 순진한 초식동물에 불과한 것이다. 상시로 기록되는 빌라의 메인도어 CCTV상에 찍힌 시간으로 봐서, 그녀는 그가 욕실로 간 뒤로도 10분 넘게 침실에 머물러 있었다. 그의 예상치 못한 반응을 어떻게 해석해야 할지 몰라 전전긍긍하고 있었으리라.

알렉산더는 애초에 그녀를 놓아줄 마음이 전혀 없었다. 자신의 지나친 구속이 그녀를 숨 막히게 만들고 때로 힘들게 한다는 사실은 인지하고 있었다. 하지만 어쩔 수 없다는 자기합리화 외에 다른 선택의 여지가 없었다. 그녀가 다른 남자의 일로 질투심을 자극하거나 자신의 통제하에서 조금이라도 벗어나 있다 싶으면 그는 불안하고 초조해서 미칠 것만 같았다. 알렉산더 역시 지금의 애매한 상태를 지속할 생각은 없었다. 지금 이대로라면…… 서로에게 독이 될 터였다.

알렉산더는 2주 전 악셀 브로디 경과 나누었던 대화를 떠올렸다. 올해가 가기 전에 그는 계획을 실행에 옮길 참이었다. 부디 알렉시스가 그때까지 얌전히 있어주길 바랄 뿐이었다. 그는 그녀에게만은 가면을 쓰지 않고 본성을 그대로 드러내었지만 모든 것을 친절히 다 알려주는 성격은 아니었다. 알렉산더는 몸을 굽혀 알렉시스의 뺨을 부드럽게 쓸었다. 몇 주 전 리츠 런던 호텔에서 그녀 곁에서 한시도 떠나지 못하고 내내 상태를 지켜봤던 일이 자연스레 떠올랐다. 그는 혀를 차며 낮게 욕설을 내뱉었다. 그녀를 이런 상태로 두고 한동안 더 떨어져 있어야 하는 게 내키지 않았다. 하지만 지금은 선택의 여지가 없었다.

그는 잠시간 그녀의 잠든 얼굴을 내려다보다가 조용히 방을 나섰다. 알렉산더는 현관홀에 대기 중인 해리슨 부인에게 고개를 끄덕여 보인 뒤 나직하게 말했다.

"제가 다녀간 일은 굳이 알리지 않으셔도 됩니다."

"알겠습니다. 일절 언급하지 않도록 하겠습니다."

해리슨 부인은 그의 짧은 방문을 불문에 부쳐달라는 알렉산더의 요청에 선선히 그러마 했다. 눈치 빠른 그녀는, 굳이 알리지 않아도 무방하다는 표현이 결국 그런 의미임을 자연스레 유추할 수 있었다.

60년 가까이 살아온 그녀의 감으로는, 한때 세기의 플레이보이로 신문을 넘나들던 눈앞의 남자는 지금 알렉시스 한 여자에게만 진심으로 빠져 있었다. 해리슨 부인이 알기로, 알렉산더 리오넬은 절대 여자를 위해 집까지 문병 오는 부류가 아니었다. 그녀의 기준에, 리오넬가 총수는 대단히 매력적이고 유능할지언정 결코 착하고 좋은 남자라고 할 수는 없었다. 그의 무서울 정도로 깊고 어두운 호전성은 중세의 왕과도 같았지만 그런 왕들도 일단 자신의 테두리 안에 들어온 이들에겐 다른 면모를 보이기 마련이었다. 그러니 조금은 그를 지지해줘도 될 것 같았다.

알렉시스는 감기가 낫기 무섭게 루카의 손에 이끌려 호텔 내 상류층 전용 스파에서 강제로 마사지를 당하고 있었다. 모처럼 런던으로 그녀를 만나러 온 루카와 오랜 친구들은 가족처럼 편한 사이였지만, 그들과 함께 있으면서도 그녀의 마음 한편은 납덩이처럼 무거웠다. 알렉산더에게 말했던 한 달은 이제 일주일 뒤로 바짝 다가와 있었고 아직 그에게선 아무 기별도 없었다. 그가 업무상 다른 나라에 있는지 런던의 같은 하늘 아래 있는지 여부도 알 수 없었다.

"왜 그래? 표정이 어딘가 어두워 보이는데…….."

애써 밝게 행동했지만 그다지 설득력 있는 연기는 못 되었던 모양이다. 어쩐지 침울해 보이는 표정에 오래 알고 지낸 친구들이 저마다 근심 어린 한마디를 던졌다.

"애인 본 지가 너무 오래돼서 그렇겠지, 뭐-"

"맞아, 요즘 바쁘게 동분서주하고 있는 것 같던데. 얼마 전에는 브루나이 기술제휴 체결 협정도 맺었던데."

"로테벤 기업도 연속 실패했던 중동 시장을 어떻게 뚫었는지, 정말 대단하단 말밖에는 안 나와!"

그녀의 반응은 아랑곳없이 동창들은 제각기 떠들어대다 화제를 최근 국제기업 동향으로 옮겨갔다. 알렉시스는 모두의 관심이 자신에게서 잠시 멀어지자 안도의 한숨을 내쉬며 몸에 걸치고 있던 가운을 벗고 훈열의 수증기가 안개처럼 피어오르는 수영장 가장자리에 걸터앉았다.

핀란드와 러시아식 사우나 스타일이 어우러진 널찍한 테라스의 야외 풀은 그들 일행 외에도 서너 그룹이 한데 모여 있었다. 몇몇은 이미 풀 속에 들어가 있거나 어떤 그룹은 와인이나 스무디를 한 잔씩 들고 풀 가장자리에 모여 앉아 있었다.

제각기 다른 일행에게는 눈길 한 번 주지 않던 이들이었으나,

알렉시스가 비키니 복장으로 풀에 걸터앉아 물에 발을 담그자 모두의 시선이 일제히 그녀 쪽으로 쏠리기 시작했다. 특히 남자들은 일행과 나누던 이야기를 계속하고 있으면서도 눈은 여전히 그녀에게 고정된 채였다. 알렉시스 브로디에 대해서는 그 자리에 있는 누구나 익히 알고 있었다. 그들 중 대부분은 이미 그녀를 파티나 연회 같은 공식 석상에서 수차례 만난 적도 있었다. 하지만 그녀의 비키니 차림을 본 이들은 루카 일행을 제외하고 그 자리의 모두가 처음이었다.

흠잡을 데 없는 그녀의 몸매에 남자들은 물론 같은 여자들마저 넋을 잃은 듯 일제히 눈을 떼지 못하고 있었다. 170 정도의 지나치게 크지도 않고 작지도 않은 키에 바비 인형처럼 길고 가느다란 팔다리, 희고 매끄러운 피부에는 건강한 상아빛이 맴돌아 청순하면서도 관능적인 매혹을 풍겼다. 근육이나 군살 없이 탄탄한 복부는 그녀가 조깅이나 워킹 같은 자연스러운 운동을 평소 즐겨한다는 것을 보여주었다. 잘록한 허리에 비해 크게 곡선을 그리는 골반 아래 완벽한 원을 그리는 힙, 풍만하게 부풀어 오른 젖가슴을 감싼 비키니 천이 턱없이 부족해 보였다. 초겨울의 바깥공기에 추위를 느낀 듯 얇은 천 위로 유두가 두드러진 모양이 남자들의 시선을 더욱 강력히 고정시키는 듯했다.

그녀가 팔을 들어 올려 긴 머리를 뒤로 묶어 올리자, 남자들만 모여 있던 그룹에서는 일제히 탄성이 터져 나왔다. 겨드랑이와 연결된 가슴선 위로 팔을 치켜 올리자 터질 듯 탱탱한 가슴이 가운데로 모여 완벽한 원형과 섹시하기 그지없는 볼륨감을 자아냈다.

"화보가 따로 없는데? 얼굴은 청순가련 소녀, 몸매는 무슨 파리 오뜨꾸뛰르 모델이네, 완전."

"그쪽은 아니지. 아니, 깡마른 걔네보다 더 낫지. 그쪽은 안 먹어서 개미허리에 팔다리만 길지, 저쪽은 거기다 이거랑 이 거……. 완전 바비 인형 글래머 버전이잖아!"

남자는 이거랑 이거, 하며 옆 친구의 가슴과 엉덩이 쪽을 장난스레 툭툭 쳤다.

"리오넬 자식은 무슨 복이 있어서……! 이건 너무 불공평하잖아. 저 얼굴에, 저 몸매에, 저 학벌에, 저 집안에! 성격도 완전 쏘쿨에 리오넬 외 스캔들 한 번 없고. 거기다 주식 재테크에서 끗발 날린대."

"리오넬도 그 얼굴에, 그 몸매에, 그 학벌에, 그 집안에…… 여기까진 맞는데 성격은 완전 더러운 개자식에 스캔들 킹 난봉꾼. 음, 확실히 여자 쪽이 조금 아까운가?"

"나 만 파운드 건다. 장담컨대 저쪽이 리오넬의 마지막 여자가 될걸?"

"글쎄, 나 같으면 두말하지 않고 저런 여자 앞에 무릎 꿇겠지만…… 리오넬은 워낙에 싫증을 잘 내서 누구도 확신할 수 없지. 리오넬과 끝나면 내가 한번…… 대시해봐?"

"꿈 깨, 내가 먼저야."

그들의 경박한 대화가 적나라하게 누군가의 휴대폰에 녹음되고 있는 것을 당사자들은 꿈에도 몰랐다. 그 휴대폰 안에는 이미 알렉시스의 매력적인 비키니 사진도 고스란히 담겨 있었다.

그녀는 자신을 둘러싼 시선과 속삭임이 한차례 잦아든 후에야 이어폰과 선글라스를 빼고 뜨거운 물에 몸을 담갔다. 딱 알맞게

데워진 물이 기분 좋게 온몸을 감싸왔다.

다음 주엔 스프링필드 애견 훈련소에 가서 오랜만에 아이들을 봐야지…… 햄튼네 고양이들은 잘 있을까? 내년엔 아예 한 학기 휴학하고 남미를 한 바퀴 돌고 올까. 파타고니아, 나스카, 마추픽추, 쿠스코, 모레노 빙하, 비밀의 계곡……. 모두 갈 수 있을까.

수면 위로 똑바로 몸을 눕히고 눈을 감은 그녀는 알렉산더가 아닌 다른 것을 생각하려 애썼다. 그를 알기 전의 생활로 돌아가는 데 단언컨대 그녀는 아무 지장이 없었다. 지금이라도 그와 이렇게 되어 지극히 다행이라 생각하는 그녀였다. 그렇게 생각하려고 열심히 애썼다. 그가 없는 평탄한 인생에 곧 적응될 거라 굳게 믿으려고 애썼다.

한동안 핫 스위밍을 즐기다 풀장 가장자리로 올라오려던 알렉시스는 누군가의 키 큰 그림자가 자신 위로 내리덮이는 것을 깨달았다. 순간 심장이 덜컥, 하고 내려앉아 고개를 들었지만 그녀의 눈앞에는 전혀 예상치 못했던 인물이 풀장 바깥 선에 서서 그녀에게 손을 내밀고 있었다.

"미카엘."

알렉시스는 뒤로 넘어질까 봐 저도 모르게 눈앞의 남자가 내민 손을 잡았다. 지난번 덴마크 대사관저에서, 그가 두 귀로 똑똑히 듣는 중 알렉산더와 벌였던 정사가 떠올라 그녀의 얼굴이 확 달아올랐다. 하지만 미카엘 할스트룀은 일부러 모르는 척하는 것인지 아무 일 없었다는 듯 그녀에게 호의적인 눈빛을 보내오고 있었다. 몸에 걸친 가운을 보니 그도 이 호텔 스파에 수영하러 온 모양이었다.

"알렉시스, 오랜만이야."

"응, 오랜만이야."

애써 당당한 모습을 보이려 애썼지만 어색한 건 어쩔 수 없었다. 갑자기 그의 앞에 비키니 차림으로 서 있는 게 의식된 그녀는 저만치 떨어져 앉아 있는 루카에게 손짓해 가운을 갖다달라고 수신호를 보냈다. 루카 일행들 역시 할스트롬 일가와 잘 알고 지내던 터라 그들은 오랜만에 만난 김에 와인 한잔씩 하고 헤어지는데 의견 일치를 보았다. 불편한 마음에 알렉시스는 가운을 걸치며 그 자리에서 빠질 의향을 조심스레 전했다.

"난 일단 샤워부터 하고 올게."

샤워하고 옷을 갈아입은 뒤에는 루카에게 문자로 알리고 조용히 집으로 돌아갈 생각이었다. 어쩐지 미카엘에게 죄를 지은 것처럼 더 이상 얼굴을 마주 보게 된다면 서로 불편할 것 같았다. 그녀가 젖은 머리칼을 한쪽으로 늘어뜨려 물기를 꼭 짜내며 돌아서는 순간, 미끄러운 대리석 바닥에 발을 헛디뎌 크게 넘어질 뻔했다.

"조심해!"

어깨에 걸치고만 있었던 가운이 뒤로 벗겨지며 알렉시스는 바닥에 살짝 주저앉았다. 그녀가 주저앉은 순간, 재빨리 다가와 등 뒤에서 양어깨를 잡은 미카엘은 그녀를 부축해 가운을 다시 어깨에 걸쳐주었다.

"다친 데는 없어?"

"아니, 괜찮아. 그럼."

뭔가 아쉬운 듯, 무언가에 홀린 듯 미카엘은 그녀의 뒷모습을 계속해서 바라보고 있었다. 조금 전 한 무리의 남자들이 나누던 천박한 대화를 휴대폰에 그대로 담았던 누군가가, 그들의 모습을 몰래 한 장면 찍었다는 사실을 그는 전혀 모르고 있었다.

　리무진 좌석에 앉아 있던 한 남자가 미간을 잔뜩 좁힌 채 휴대폰으로 전송된 사진에서 눈을 떼지 못하고 있었다. 곧이어 여러 남자들의 속물적인 대화 파일이 재생되는 내내, 그는 입가에 웃음을 흘렸다. 사신이 눈앞의 희생물을 도끼날로 찍기 직전 같은, 무시무시한 웃음이었다. 휴대폰을 들고 있는 손이 부들부들 떨리고 자유로운 한 손은 피가 배어날 정도로 꽉 주먹 쥐고 있었다. 그가 대학을 졸업할 시절부터 가장 가까이에서 그를 보필해온 비서는 보스가 그렇게 화를 억제하는 모습을 단 한 번도 본 적이 없었다. 그가 아는 한, 리오넬 총수는 분노를 드러내지 않고 철저히 감정을 통제할 줄 아는 사람이었다. 정확한 연유는 몰라도, 누군가 휴대폰으로 보내온 자료가 그의 분노를 극한까지 야기시켰음은 명백했다. 그 분노의 대상이 지금 이 순간 보스의 눈앞에 있지 않다는 게 다행일 따름이었다. 비서는 약간 떨어진 자리에 앉아서도 숨소리조차 내지 않도록 바짝 긴장하고 있었다.

　"메이필드 호텔로 차 돌려."

　"알겠습니다."

　그의 성질을 잘 아는 비서는 두말없이 운전사에게 변경된 목적지를 전달했다. 검은색 벤틀리는 다음 사거리에서 바로 반대편으로 꺾어져 중심가로 향하기 시작했다.

하필 로커(locker) 키를 두고 오다니……. 루카는 왜 이렇게 전화를 안 받는 거야, 정말!

알렉시스는 불과 10분도 지나지 않아 가운 차림으로 풀장에 되돌아가야 했다. 그녀의 입에서는 낮은 한숨이 새어나왔다. 본래 아무리 사소한 물건도 잊거나 두고 오지 않는 성격인데 요즘은 이상하리만치 부쩍 자잘한 실수가 많아졌다. 혹시 미카엘과 마주치지 않을까 걱정했지만 다행히 그는 저만치 떨어져 있던 일행에게로 되돌아간 듯했다.

"루카, 내 로커 키 말이야."

그녀가 사촌에게 가까이 다가가는 순간, 입구 쪽에 잠시 웅성이는 소리가 나더니 곧이어 스파 전체에 잔잔한 웅성거림이 퍼져나갔다.

"……!"

알렉시스가 무슨 일인가 호기심에 뒤를 돌아봤을 때 그녀는 너무 놀라 입을 다물 수가 없었다. 풀장에 어울리지 않는 비즈니스 슈트 차림의 한 남자가, 등 뒤에 비서로 보이는 남자 둘을 거느리고 그녀 쪽을 향해 정면으로 걸어오고 있었다. 풀장의 경쾌했던 공기를 잠식시킬 듯, 키 크고 건장한 체격에서는 그 누구도 범접할 수 없는 위압감이 강하게 풍겼다. 너무 빠르지도, 너무 느리지도 않은 남자의 걸음걸이는 무소불위의 자신감이 넘치고 있었다. 알렉시스와 눈이 마주친 순간, 그의 차디찬 검은 눈동자는 단 한 순간도 그녀의 눈에서 떠나지 않았다. 직원, 손님 막론하고 풀장에 있는 모든 사람들이 숨죽인 채 마치 영화의 한 장면을 보듯 그 둘을 바라보고 있었다.

"달링, 오늘 돌아왔어."

그 자리의 누구도 상상해본 적 없었다. 알렉산더 리오넬에게서 그런 달콤한 목소리가 나올 수 있다는 사실을. 그는 가운 차림으로 얼어붙어 서 있는 알렉시스에게 고개를 숙였다. 한 팔로 그녀의 허리를 가볍게 감싸 안은 채, 한 손으로 뺨을 어루만지며 곧이어 그녀의 입술에 자신의 것을 겹쳐왔다. 주위에서 나직한 탄성이 일제히 퍼져 나갔다.

"아직 한 달 안 지났어. 조용히 응해."

깃털처럼 가벼운 키스에 뒤이어, 알렉산더는 그녀에게만 간신히 들릴 정도로 작게 으르렁댔다. 왠지 그는 그녀를 향한 분노를 최대한 억누르고 있었다. 도대체 왜? 알렉산더의 분노에는 항상 그 나름의 이유가 있었다. 그러나 지난 3주간 연락은커녕 서로 대면한 적조차 없었기에, 알렉시스는 얼떨떨한 가운데 그 분노의 원인을 짐작조차 할 수 없었다.

그는 입술을 떼자마자 알렉시스를 가운째 안아 들었다. 주위의 시선은 전혀 의식하지 않는 것 같았지만, 그의 시선이 아주 잠깐 누군가를 찾는 듯하더니 등 뒤의 누군가로 향했다. 그대로 무시하기에는 너무 가깝고 한 대 치기에는 너무 먼 거리를 사이에 둔 채, 알렉산더는 깔보는 듯한 시선으로 조용히 한마디 던졌다.

"……알려줘서 고맙군, 헤네스. 이번만은 봐준다."

남유럽식 금발이 돋보이는 청년의 얼굴이 확 굳어지며 모멸감에 일그러졌다. 루카가 쥔 휴대폰은 리오넬 SOB(Son of a bitch : 개자식. 나쁜 놈)라고 저장된 번호로 녹취 파일과 사진 두 장이 불과 10분 전에 전송 완료되어 있었다. 분명 아직 로마에 있다고 들었는데, 계획이 변경되어 런던에 있었던 모양이었다. 그것도 호텔 아주 가까이에.

"우, 우와! 끝내준다!"

"나 아까 만 파운드 내기 취소, 취소! 저 둘이 분명히 결혼한 다에 10만 파운드 건다!"

"와…… 정말 부럽다, 알렉시스. 진짜 사랑받고 있나 봐!"

"그러게. 내가 알기론 리오넬은 한 번도 공공장소에서 저런 역사 자체가 없거든!"

"진짜 멋있다! 로맨틱 영화가 따로 없네!"

루카의 일그러진 얼굴 뒤로, 다른 한 남자 역시 분한 듯 주먹을 꽉 쥐고 그림 같은 한 쌍이 사라진 풀장 로비 쪽을 노려보고 있었다. 미카엘은 오랜만에 알렉시스와 대면하고 자신이 아직도 그녀를 포기하지 못했음을 실감했다. 그는 어떻게 해서든 그녀를 그 악마 같은 남자에게서 떼어놓고 싶었다. 리오넬은 결코 그녀를 행복하게 만들 수 있는 남자가 아니었다. 알렉시스에게는 미카엘 자신처럼 그녀를 진정으로 이해하고 있는 그대로를 포용해줄 남자가 어울린다고 확신했다. 하지만 그는 아무것도 할 수 없는 자신의 무능함에 그 자리만 망연자실 지키고 서 있었다.

"그만 내려놔! 이제 더 연기할 필요 없잖아!"

그녀를 안아 든 채 알렉산더는 극소수의 VIP 멤버들만 이용 가능한 주차장을 향해 성큼성큼 걸음을 옮겼다. 매우 잘 훈련된 VIP 전담 호텔 직원들은 정중한 표정을 띤 기계처럼 그를 주차장 앞까지만 안내했다. 리무진에 다다른 알렉산더는 뒷문을 열고 그녀를 좌석에 거칠게 던져 넣었다. 리무진 내에는 견고히 방음된 매직미러가 운전석과 뒷좌석을 분리하고 있어, 그녀의 비명은 누구의 귀에도 닿을 수 없었다. 그녀는 가운 주머니에서 바닥으로 굴러 떨어진 휴대폰을 재빨리 집어 들었다. 그가 그녀 옆에 앉자마자 리무진은 곧바로 호텔 바깥을 향해 빠르게 질주했다.

"미쳤어? 가방하고 옷, 아직 다 호텔에……."

"나중에 가져오면 돼. 지금은 훨씬 더 중요한 일이 있어."

"더 중요한 일?"

"잠자코 있어. 곧 알게 될 테니까."

그는 아까 풀장에서와는 완전히 정반대의 표정으로 돌변해 있었다. 더 말대꾸하지 말라는 듯, 그는 차갑게 딱 잘라 말했다.

"중요한 일이 뭐든 더 이상 나하고는 상관없는 일이야! 우린 이미 끝난 관계라고! 지금 당장 차에서 내려줘!"

"그런 차림으로?"

그는 비웃듯 한쪽 눈썹을 추켜올렸다. 알렉시스는 굴하지 않고 강하게 맞섰다.

"상관없어! 여기서 당신과 단둘이 있느니 비키니로 길거리를 활보하는 게 훨씬 나아!"

"그럴 수는 없지. 리오넬의 여자가 비키니로 다운타운 한복판을 활보하다니."

"나는."

알렉시스는 이를 갈았다.

"알렉산더 리오넬의 여자가 아냐. 단 한 번도, 단 한순간도 나는 알렉산더 리오넬의 여자가 된 적이 없어."

"한 번만 더 말해봐."

"몇 번이라도 말해주지. 난 단 한 번도 당신 여자가 된 적이 없어! 나, 알렉시스 브로디는 결단코 알렉산더 리오넬의 여자가 아니⋯⋯!"

의기충천한 자세로 소리치던 알렉시스는 말을 이을 수가 없었다. 알렉산더는 잠시 사그라졌던 분노가 그 당돌한 선언 앞에 재충전된 듯 그녀에게 사나운 기세로 달려들어 양 손목을 붙들고 좌석 바닥에 찍어 눌렀다. 그녀의 새된 비명과 몸부림에도 아랑곳없이, 그는 그녀의 가운을 거칠게 젖히고 가슴을 가린 비키니 천을 한 번에 찢어 내렸다. 손바닥을 쫙 펼쳐 부드러운 젖가슴을 힘주어 움켜잡은 채, 그는 아픔에 신음하는 그녀의 턱을 붙잡고 입술 사이로 자신의 혀를 거칠게 밀어 넣었다. 입 안을 마구 탐하고 유린하는 동안 그녀가 아파하는 걸 알면서도 젖가슴을 주무르는 그의 손길은 더 흉포해져 갔다.

다정함이라곤 찾아볼 수 없는 난폭한 키스. 거칠고 무자비한 손길에 알렉시스는 울음을 삼키면서도 스스로를 저주하고 또 저주하고 있었다. 풀장에서 그가 자신의 눈을 가득 채운 순간, 그녀는 심장이 내내 미친 듯이 뛰는 것을 멈출 수가 없었다. 아무리 머리로는 아니라고 부정해도 그녀의 심장은 알고 있었다. 오랜만에 마주하는 그의 모습에, 실은 눈물 날 만치 기뻐하고 있다는 것을. 아무런 설명 없이 자신을 아무렇게나 다루는 방식에는 여전히 화가 났지만, 그녀의 마음속 깊은 곳에서는 그가 혹시 자신과의 결별을 철회하려는 걸까 하고 끊임없이 희망적인 의문을 던지고 있었다.

"훗……!"

배꼽 아래 비키니 천 속으로 들어간 그의 긴 손가락들이 이내 몸속 깊은 곳을 찔러오자 그녀는 숨을 들이켰다. 그의 혀가 입 안을 훑는 순간부터 동굴 속은 이미 뜨겁게 젖어 있었다. 손가락 두 개가 거침없이 꿰뚫고 넘나드는 움직임에 맞춰, 알렉시스의 허리는 크게 튕겨 올랐고 촉촉한 속살이 손가락을 있는 힘껏 조여대었다.

"이러면서 내 여자가 아니라고? 단 한순간도……?"

알렉산더는 거칠게 몰아쉬는 숨결 사이로 신랄한 비웃음을 던졌다. 하지만 그녀는 그런 조소에 대응할 수 있는 상태가 전혀 아니었다. 그의 손가락이 몸속 깊은 곳을 휘저으며 자아내는 난폭한 율동에 온몸이 녹아내릴 것 같았다. 한껏 붉게 달아오른 얼굴처럼, 말랑한 젖가슴 한가운데 유두 역시 한층 더 붉게 뾰족이 솟아올라 있었다. 젖가슴의 보드라운 살갗을 장난감 다루듯 물고 핥아대던 그의 음험한 입술과 혀는 이내 젖꼭지를 집중 공략하기 시작했다. 그가 이를 세워 정점을 깨물자 그녀의 흐느낌도 정점에 달했다.

그들을 태운 차가 목적지에 도착했는지 또 다른 호텔 입구 앞을 지나자 그제야 알렉산더는 스스로를 제어하고 그녀에게서 몸을 뗐다. 그녀의 스위밍 가운 위에 미리 준비한 듯한 큰 여성용 코트를 걸치고 여성용 구두를 신게 했다. 화장기 하나 없는 맨얼굴도 매스컴에 종종 노출되던 그녀인지라, 수영을 마친 채로도 딱히 부자연스럽지 않았다.

"조용히 따라와. 웃음거리 되고 싶지 않으면."

"알렉산더, 제발……. 그냥 집에 데려다줘."

"닥쳐, 한 번만 더 입 열어봐."

그는 부서뜨릴 기세로 그녀의 턱을 붙잡고 또박또박 말했다.

"기절시켜서 데려갈 테니까. ……못 할 것 같아?"

"……."

그의 실천성 다분한 협박에 그녀는 포기하고 잠자코 차에서 내렸다. 이젠 그를 보고 내심 기뻐했던 마음이 정말 진심이었는지조차 알 수 없는 심정이었다. 도대체 힐튼 호텔에는 왜 데려왔는지, 곧바로 룸에 들어 리무진에서의 상황을 계속할 것인지 그녀는 아무것도 알 수가 없었다.

마침내 호화로운 어느 스위트룸 안에 들어선 그는 그녀에게 거만한 태도로 대뜸 요구했다.

"휴대폰 이리 내."

"뭐? 싫어!"

무슨 이유인지는 몰라도 다짜고짜 휴대폰을 내놓으라니 어이가 없었다.

"설마 이젠 휴대폰까지 감시하려는 건 아니겠지? 어차피 잠금장치 풀 수 없어."

"외부 연락을 차단하려는 것뿐이야. 곧 아래층 콘퍼런스룸에 회의가 있어서 가봐야 해. 그 전에 네가 도망치면 안 되니까."

그는 눈 깜짝할 새 그녀에게 다가가 코트 안 가운 주머니에서 휴대폰을 빼냈다.

"돌려줘!"

알렉시스가 그의 손에서 휴대폰을 빼앗으려 안간힘을 썼지만 그의 힘을 당할 수는 없었다. 그는 아무렇지도 않게 그녀의 양 손목을 한 손에 잡고 방 안쪽으로 밀어낸 뒤 곧바로 방문을 닫아버렸다. 철컥, 하고 밖에서 문이 잠기는 소리가 들리자 알렉시스는 기가 찼다. 방 안에 감금해두다니 믿을 수가 없었다. 그녀는 재빨리 탁상 위 유선전화기 수화기를 집어 들었지만 안내 데스크로만 연결되어 있어 외부와의 통화가 불가능했다.

"네, 브로디 양. 필요하신 것이 있으신지요? 바로 준비해드리겠습니다."

보나 마나 방문 앞에는 경호원들이 버티고 서 있을 것이다. 안내 데스크의 직원에게 외부와 통화할 수 있게 해달라고 한들 아무 소용 없을 게 뻔했다. 필요한 게 없다고 괜찮다고 얼버무린 뒤 알렉시스는 기막힌 표정으로 침대에 털썩 주저앉았다.

한참을 얼이 빠져 앉아 있던 그녀는 가운 안에 찢어진 비키니 조각만 걸치고 있는 자신의 모습을 새삼 깨닫고, 일단 씻고 옷부터 갈아입은 뒤 앞으로의 상황을 고민하기로 했다.

9화. 프러포즈

　시간은 밤 8시. 알렉산더는 회의 및 그 결과에 따른 업무를 끝내고 6시간 뒤 방으로 들어섰다.

　"얌전히 잘 있었겠지?"

　알렉산더가 룸에 들어서는 순간부터 그를 죽일 듯이 노려보고 있던 알렉시스는 그가 가까이 다가오자 기다렸다는 듯이 뺨을 세차게 후려갈겼다.

　"휴대폰 돌려줘!"

　"……."

　"이건 엄밀히 납치야! 사람을 몇 시간이고 강제로 감금해두다니……. 당신은 미쳤어! 그래서 당신과 끝내기로 한 거야! 바로 이런 방식 때문에-"

　알렉산더는 보기 좋게 얻어맞은 뺨을 어루만지며 그녀를 잠자코 바라보고만 있었다. 그의 눈빛은 어느 때보다 싸늘했지만 그녀가 성에 찰 때까지 폭언을 퍼붓도록 내버려두기로 한 것 같았다.

"알렉산더, 진지하게 말하는데 당신은 정신과 상담을 받아야 돼, 하루라도 빨리!"

"내가 이렇게까지 하게 만드는 건 바로 너야. 널 신뢰할 수 없게 만드니 나도 다른 방법이 없을 수밖에."

"하……. 더 이야기해봤자 내 입만 아파, 정말."

"그럼 이건 도대체 무슨 상황이지?"

그는 그녀를 바짝 끌어당겨 루카가 전송한 두 번째 사진을 고스란히 보여주었다. 알렉시스는 루카의 행동에 대해서는 나중에 따지고 들리라 결심했지만, 지금 눈앞의 남자에게는 누가 그런 사진을 전송했는지는 관심 밖의 일인 것 같았다.

"미카엘은 내가 넘어져서 뒤에서 잡아준 것뿐이고, 애초에 내가 일일이 해명할 필요는 없잖아? 우린 이미 상호 합의하에 끝났어. 대체 날 여기로 데려온 이유가 뭐야?!"

"한 달 전이니까 아직은 아니야!"

알렉산더는 그녀의 어깨를 붙잡고 지금까지 억눌렀던 분노를 한꺼번에 쏟아냈다. 그녀의 입에서 그들의 관계가 끝났다는 표현이 나올 때마다 그는 잠시 누그러졌던 화가 다시 울컥 올라와 미칠 지경이었다.

"이런 차림으로 공공장소에서 버젓이……. 내가 경고했었지? 틈 보이지 말라고!"

알렉시스는 너무 기가 막혀 말도 제대로 나오지 않았다. 심지어 이슬람 국가 어디를 뒤져봐도 알렉산더 리오넬처럼 여자를 속박하고 많은 제약을 두려 하는 남자는 없을 것이다. 그에게 잡힌 어깨가 너무 아파 눈가에 눈물까지 맺혔지만 알렉산더는 일말의 동요도 없었다. 알렉시스는 커다란 벽을 눈앞에 둔 느낌이었다. 그녀가 어디로도 자유롭게 갈 수 없게 사방을 견고히 둘러싼, 무엇으로도 부술 수 없는 단단한 철벽.

왜 그는 항상 이렇게 우격다짐일까? 단 한 번만이라도 보통 사람처럼, 상식적인 방법으로 그녀를 대할 수는 없는 걸까?

"우린 애초에 신뢰 여부를 따질 관계가 아니었잖아. 그 관계도 이미 끝났고. 내가 어디서 무엇을 하든 더 이상 당신이 상관할 바 아니야."

그녀는 눈물 맺힌 눈으로 눈앞의 야수 같은 남자를 마주 보았다.

"이런 이상하고 애매한 관계…… 정상적인 연인도 아니고 뭣도 아닌 관계에는 아무 미래가 없어. 종지부를 찍는 게 맞아."

알렉시스는 최대한의 이성을 발휘해 그와 헤어지고 싶지 않은 마음을 억누르고 조용히 말했다. 머리가 시키는 대로만 해야 한다고 스스로를 세뇌하듯 몇 번을 곱씹었다.

"그 말이 맞아. 나 역시 이 관계에 종지부를 찍기를 원해. 영원히."

그의 예상치 못한 동의에 그녀는 잠시 숨을 죽였다. 본인은 이성적으로 결별을 굳게 다짐하면서도 정작 그의 수긍에는 심장이 철렁 내려앉는 모순이라니. 하지만 알렉산더의 이어지는 말에, 그녀는 자신의 귀를 의심할 수밖에 없었다.

"이런 애매한 관계 따위 이제 접고 결혼할 거니까."

"결…… 혼?"

결혼이라니, 누구와? 설마 자신과?

"브로디 경도 허락했어. 그 외 가족들도 모두 알고 있고."

"뭐?"

"식은 2주 뒤 웨스트민스터에서 할 거야. 그 전에……."

그는 사업 이야기를 하는 것처럼 덤덤하게 말을 이으며 처음에 들고 왔던 서류를 탁상에서 집어 들어 그녀에게 건넸다.

"여기 사인해."

그가 건넨 서류는 혼인신고서였다. 모든 필요한 내용은 이미 다 기재되어 있었고 그녀의 사인하는 곳만 비어 있었다.

"거듭 말했지만 난 널 신뢰할 수 없으니까."

알렉시스는 당혹감과 놀라움이 뒤섞인 청회색 눈을 크게 뜨고 눈앞의 남자를 올려다보았다. 이야기인즉, 알렉산더 리오넬은 2주 뒤 그녀와 결혼식을 올릴 것이고 그 전에 그녀가 도망칠까 봐 혼인 신고서는 지금 작성해놓겠다는 것이었다.

"하, 하하……."

아연실색해 있던 알렉시스는 헛웃음만 지었다.

"말도 안 돼. 나랑 결혼한다고……? 지금 농담하는 거지?"

"우리가 결혼하지 못할 이유가 뭐지?"

그는 오히려 그녀의 반응이 비정상적이라는 듯 담담한 표정으로 말을 이었다.

"우리는 지난 1년 가까이 만나왔어. 세상 사람들도 다 아는 공식적인 관계였고 실상은 그게 애매하든 비정상적이든, 으레 성인 남녀가 하는 일을 해왔고 서로 만족해왔어."

알렉산더는 그건 너도 부정할 수 없겠지, 라고 말하는 듯 의미심장한 시선을 보내왔다.

"어차피 너도 누군가와 결혼하겠지, 나도 그렇고."

"지금은 19세기가 아니야. 원하면 평생 미혼으로 살아도 문제없는 시대라고."

"세간의 편견은 아직 상당 부분 19세기 미덕에 기준을 두고 있어. 모두들 하는 것이 정상적이고 안정된 것이라 여기고 불안정한 것보다는 안정된 것을 더 높이 사지."

"난 세간의 이목 따위 상관없이 내가 원하는 방식대로 살 거야. 누구나 그럴 권리가 있어."

"브로디 그룹 적자 계열사들은 조만간 모두 리오넬에 합병될 거야. 아무리 가업에 관심 없다 해도 집안일에 완전히 무심할 수는 없겠지."

"……"

그 한마디로 알렉시스는 그가 무슨 말을 하고 있는지 금세 간파할 수 있었다. 브로디 그룹은 여전히 전 영국 톱10 기업으로 건재했지만 최근 20년간 기업 확장으로 창출된 계열사 중 적자를 내고 있는 마이너 계열사들 때문에 골머리를 썩고 있었다. 해당 계열사들만 임의 파산신청을 내서 임원 및 정규직, 비정규직 할 것 없이 죄다 정리 해고하면 간단한 일이겠으나, 사회적 이미지와 기업 신용도, 주가 하락, 대량 정리 해고에서 비롯될 사회적 물의 등등 여러 가지 차후 예상 결과들로 인해 쉽게 버릴 수도, 끌어안을 수도 없는 존재들이었다. 그런 상황을 상세히 꿰뚫고 있던 알렉산더가 알렉시스의 조부인 악셀 브로디에게 지극히 매력적인 제안을 건넸던 것이다.

리오넬 그룹은 주력인 IT 쪽 외에도 기업합병 및 컨설팅 분야에서도 1, 2위를 다투는 영향력이 있었다. 브로디의 마이너 계열사들을 리오넬 쪽에서 모조리 일거 합병시켜 조직 개편을 통한 재생이나 다른 용도로의 전환을 꾀하겠다는 것이었다. 즉, 가지고 있으면 계속 손해만 보고 그렇다고 버릴 수도 없는 물건을 리오넬이 선뜻 떠맡아주기로 한 셈이었다. 꼭 합병 건만이 이유는 아니겠지만, 악셀 브로디는 알렉시스만 좋다면 그 둘의 결혼을 기꺼이 허락하겠다는 의사를 알렉산더에게 이미 전달한 모양이었다. 무리도 아니었다. 할아버지는 그들의 관계가 보통 연인과 다를 바 없다고 생각하실 테니까.

알렉시스는 팔짱 끼고 벽에 등을 기대선 채 그녀를 묵묵히 내려다보는 남자를 바라보았다. 어두운 늪 같은 눈에서는 아무 감정도 읽어낼 수가 없었다. 그녀는 그가 뭘 생각하고 있는지 파악하려던 노력을 중단했다. 알렉산더와의 결혼이라니, 그녀는 단 한 번도 생각해본 적이 없었다. 그는 그녀를 1년 가까이 밀회의 상대로 이용해왔다. 그리고 이제는 그녀에게 법적인 관계를 강요하고 있었다. 상호 간 비즈니스상 이익을 위해서. 그리고 섹스에 있어 최상의 파트너라는 실리적인 이유로.

"난 이 결혼…… 단 한 번도 생각해본 적이 없어요."

"그럼 지금부터 생각해."

"너무 갑작스러워서 시간이 많이 필요할 것 같아요."

결혼이라니, 말도 안 되는 소리였다. 혹시라도 그가 자신을 룸에 더 붙잡아둘지 모른다는 두려움에, 알렉시스는 지극히 외교적인 대응으로 위기를 모면할 생각이었다.

"시간이라, 얼마나?"

그는 그녀의 수를 읽었는지, 별로 놀랍지 않다는 투로 조용히 물었다. 그가 만약 보통의 남자들처럼 평범한 프러포즈를 해왔다면 그녀의 혼란스런 마음은 훨씬 덜했을까?

사랑해, 알렉시스. 나와 결혼해줘. 내 아내가 되어줘. 평생을 함께해줘. 그의 입에서 그런 달콤한 말이 나오는 것 자체가 상상이 되지 않았다.

"일주일."

알렉산더는 그녀가 아는 가장 매력적인 남자인 동시에 가장 위험하고 두려운 남자였다. 그와 결혼하는 것과 그를 이대로 영영 잃는 것 중, 어느 쪽이 그녀의 인생에 있어 치명적인 실수가 될까? 만약 지금 이 순간부터 그의 얼굴을 다시는 볼 수 없게 된다면 그녀는 과연 후회하게 될까? 그녀는 정말로 자신이 원하는 것이 무엇인지 해답을 얻을 시간이 절실히 필요했다.

"갈래요."

알렉시스는 그가 테이블에 내려놓은 혼인신고서를 애써 외면하고 필요한 소지품을 챙긴 채 호텔 밖에 대기 중인 차에 올라탔다. 혹시라도 알렉산더가 자신을 강제로 안을지도 모른다고 생각했지만 그는 순순히 그녀가 나갈 수 있도록 문을 열어주었다.

그녀가 본가로 들어가는 모습까지 체크할 것을 지시한 뒤, 알렉산더는 다른 휴대폰을 꺼내 어딘가로 전화를 걸었다. 10분도 되지 않아, 최상류층 극소수 클라이언트들만 상대하는 에스코트 여성이 호텔 문 앞까지 도착했다. 알렉시스 대신 그의 욕망을 충족시킬 대용품이었다. 에스코트 전용 차량 안에서부터 눈가리개를 하고 방에 들어온 여자는 우크라이나계 적갈색 머리칼의 미인이었다. 그는 알렉시스를 최대한 닮은 적갈색 머리칼에 비슷한 키의 여성을 주문했다.

클라이언트에게 필요 이상의 말을 일절 걸어서도 안 되고 그의 신상을 파악하려는 그 어떤 시도도 절대 해서는 안 된다는 훈련을 잘 받았는지, 그녀는 문에 들어서자마자 입을 다문 채 천천히 옷을 벗어 내렸다. 최상품 중의 최상으로 간주될 완벽한 알몸이 곧 그의 눈앞에 적나라하게 드러났다.

"……일리나입니다."

의례적인 관례에 따라 그녀는 조금 떨리는 음성으로 이름을 밝혔다. 그러나 알렉산더에게는 그녀가 어떤 이름이든 아무 상관없었다. 눈앞의 고급 콜걸은 단지 알렉시스의 대용물일 뿐이니까. 그는 침묵을 유지한 채 상의를 훌훌 벗어 던지고 일리나의 어깨를 눌러 바닥에 무릎 꿇게 했다. 여자는 예전에 그랬듯이, 두 무릎을 종처럼 굽히고 그의 바지 버클을 노련하게 풀기 시작했다. 반짝이는 화려한 은색 펄로 장식된 여자의 뾰족한 네일이 그의 바지 지퍼를 천천히 내릴 때였다. 일리나의 것과는 반대로, 항상 단정하게 다듬어진 누군가의 손가락이 알렉산더의 뇌리를 빠르게 스치고 지나갔다. 피아노를 치기 위해 언제나 바짝 깎은 상태를 유지하는 손톱과 길고 정교한 손가락.

"……."

알렉산더는 그 순간, 일리나의 손길을 저지하고 그녀에게서 한 발짝 물러섰다. 그는 불과 10분 전에 알렉시스에게 그녀와의 결혼을 통보했다. 그런데 지금은 다른 여자에게서 쾌락을 얻으려고 하고 있었다. 단지 알렉시스와 닮았다는 이유만으로, 그리고 이번에는 그녀를 안지 못했다는 사실만으로.

남자는 본디 어느 여자와도 감정 없이 섹스만을 즐길 수 있는 동물이었다. 또한 그럴 능력만 뒷받침된다면 각양각색의 산해진미를 맛보듯 얼마든지 다양한 여자를 취하고 즐길 수 있다는 것이 그의 지론이었다. 그렇다고 몇몇 이슬람 국가에서처럼 일부다처제를 원하는 건 아니었다. 법이 허용하는 배우자는 한 명으로 족했다. 상호 간에 바람직한 사업적 결속으로 맺어질 아내는 미세스 리오넬의 자리에서 제 역할을 잘해내고, 필요할 때가 되면 리오넬가의 피가 흐르는 아이들을 낳아서 잘 양육하면 된다. 여자로서그를 충분히 흥분시키고 침대에서도 근사하다면 더할 나위 없을 것이다.

그렇기에 알렉산더는 그 누구보다도 알렉시스를 원했다. 미세스 리오넬로서 그녀만 한 적임자는 전 영국, 아니 전 세계를 뒤져봐도 없을 거라 장담할 수 있었다. 그녀와 결혼 생활을 하는 동안, 그도 사람인 이상 애정 비슷한 감정이 생길 수는 있을 것이다. 물론 지금 알렉시스를 향한 그의 소유욕과 집착도 애정의 또 다른 형태일지도 모른다. 아내에 대한 애정과 다양한 산해진미를 가끔 별미로 맛보는 것도 엄연히 별개의 일이라고 생각했었다. 하지만 지금, 그의 이런 행동은 역시 적절하지 못하다는 생각이 들었다. 양심이란 것만큼, 알렉산더 리오넬에게 어울리지 않는 단어는 없을 터였다. 하지만 역시 그의 깊은 자의식을 건드리는 무언가 꺼림칙한 느낌을 부정할 수는 없었다.

"미스터……?"

눈가리개를 한 채, 여자가 영문을 몰라 하며 앉은 자리에서 주춤 몸을 일으켰다.

"내키지 않으니 그만 돌아가봐. 금액은 이미 지급된 대로 처리해."

그는 여자가 당황해서 주섬주섬 옷가지를 품에 안고 문밖으로 나갈 때까지 잠자코 그 자리에 서 있었다. 생각해보고 말 것도 없었지만, 애초에 알렉시스는 호락호락한 순종형과는 거리가 한참 멀었다. 그녀도 그를 원한다는 사실은 리오넬의 이름을 걸고 장담할 수 있었다. 적어도 육체적으로는 그 둘은 이미 떼려야 뗄 수 없는 자석과도 같았다.

알렉산더는 기꺼이 일주일을 기다릴 수 있었다. 그녀를 일주일이나 안을 수 없다는 게 아쉬웠지만, 역시 대용품은 결코 그녀를 대신할 수 없을 터였다.

그의 청혼 뒤로 사흘째, 루카 지안카를로 헤네스는 철옹성 같은 리오넬 본사의 27층 꼭대기 가장 안쪽의 방을 향해 폭풍 같은 기세로 뚜벅뚜벅 걸었다. 그가 누구인지 금세 알아본 로비의 여비서는 잠시 대기해줄 것을 요청했지만 루카는 아랑곳하지 않고 거대한 떡갈나무 문을 양쪽으로 밀어젖혔다.

"리오넬! 어디 있어! 당장 나와!"

5초도 지나지 않아 그는 떡대 같은 체격의 보디가드 둘에게 양팔을 붙잡힌 모습으로 리오넬 총수의 집무실 한가운데 서 있게 되었다. 알렉산더는 왕처럼 다리를 꼬고 한껏 비웃는 시선으로 손가락 한 번으로 보디가드들에게 물러가라고 명했다.

"꼴사납군. 헤네스가 아들로서 지켜야 할 최소한의 체면이 있을 텐데."

"이 자식이⋯⋯!"

금발의 미청년이 이성을 잃고 눈앞의 남자에게 달려들었지만, 공격받은 상대는 회전의자에 앉은 그대로 그의 주먹을 한 손으로 가볍게 제지했다. 곧이어 그가 의자에서 벌떡 일어나자 그 반동으로 루카는 뒤로 벌렁 나자빠지고 말았다. 애초에 승산 없는 싸움이었다. 187센티미터의 건장한 체격을 가진 알렉산더에 맞서서, 10센티미터나 차이 나고 마른 체구의 루카는 처음부터 대등한 상대가 되지 못했다.

"레프 & 마르실라 빼간 게 너지?"

"법적으로 문제 될 건 전혀 없었는데."

분에 못 이겨 씩씩대는 루카를 내려다보며 알렉산더는 담담하게 어깨만 으쓱했다.

"레프 & 마르실라 디자인팀은 본인들이 스스로 사인했어. 애초에 헤네스 측과는 가계약만 맺었던 상태 아니었나? 가계약은 언제든 파기하라고 가계약인 거지."

헤네스 계열사 중에 패션 업종을 맡고 있는 헤네스 어패럴은 최근 세계적으로 독자적인 디자인 법인회사 레프 & 마르실라와 3년 전속 계약을 추진 중에 있었다. 레프 알모도르와 마르실라 베네트왈은 부부이자 회사의 공동대표인 동시에, 수석 디자이너와 핵심 실무진을 모두 도맡아 책임지고 있는 커플이었다. 그들이 헤네스와의 계약서에 사인만 하면 모든 것이 순조롭게 마무리될 단계까지 와 있었다.

그런데 제3의 브로커가 갑자기 헤네스 그룹과 레프팀 사이에 끼어들어 듣도 보도 못한 신생 패션 기업 M사로 레프팀을 가로채 장장 5년간의 전속 계약을 맺어버린 것이었다. 헤네스 어패럴의 마케팅 실무진으로서 루카는 엄청난 타격을 받고 M사가 어디인지 부랴부랴 조사에 나섰다. 거액의 개런티를 몇 배로 더 올리는 한이 있더라도 레프 & 마르실라팀과의 계약은 반드시 성사시켜야만 했다. 이대로 속절없이 신생 기업에 그 귀중한 팀을 빼앗겨버리면 앞으로 루카의 기업 내 명예와 영향력은 상당 부분 실추되고 말 것이기 때문이었다.

"M사가 설마 프랜시스 피오렌티의 신생 브랜드사일 줄이야……. 알렉시스 때문인 건가? 아니면 순전히 나에 대한 보복인 거냐?"

"예스, 그리고 예스."

알렉산더는 시가를 입에 물며 유쾌한 어조로 답했다.

"알렉시스의 하나밖에 없는 고모님이 밀라노를 거점으로 새로운 패션 브랜드를 론칭한다고 해서…… 내가 도움이 좀 되어주고 싶었지. 게다가 메이필드 사진 건으로 네게 교훈을 주고 싶기도 했고."

알렉산더 리오넬을 건드리면 어떤 결과가 초래되는지에 대한 교훈, 이라는 게 더 정확한 표현일 터였다.

"그 사진 때문에 날 이렇게까지 지독하게 엿 먹일 줄이야……. 오히려 나에게 감사해야 하는 거 아닌가? 나 덕분에 알렉시스와

화해하고 결혼까지 들먹이게 됐으니-"

알렉산더의 눈에 순간 매서운 빛이 감돌았다. 알렉시스의 성격상, 설령 루카라 해도 알렉산더와의 개인적인 일은 말하지 않았으리라.

아무래도 이 녀석은 내 생각보다 알렉시스에 대해 더 많은 걸 파악해내는 것 같군.

"흥, 그래서 결혼까지 골인하겠다? 과연 그게 네 생각대로 될까? 알렉시스는 너 같은 사이코와 절대 어울리지 않아! 그녀에겐 할스트롬같이 정상적인 남자가⋯⋯."

알렉산더의 손에서 뭔가가 자신을 향해 날아오자 루카는 더 말을 잇지 못하고 움찔 눈을 감았다. 길고 날카로운 다트가 그의 오른쪽 귓가 바로 옆, 벽에 꽂혀 있었다.

"저런, 다트라면 꽤 하는데 이번엔 좀 아슬아슬했군."

"⋯⋯."

루카는 다리에 힘이 쫙 빠져나가는 걸 느끼며 간신히 벽에 몸을 지탱했다. 끝이 칼날처럼 뾰족한 다트 끝은 귓불과 손톱만큼도 떨어져 있지 않았다. 알렉산더는 다트뿐 아니라 상류층의 사격 모임에서도 명사수로 잘 알려져 있었다. 일부러 의도한 것이 틀림없었다.

"더 할 말 없으면 이만 가주시지. 곧 회의가 있어서."

그가 책상 위 벨을 누르자 문 앞에 대기하고 있던 비서 둘이 노크한 뒤 방에 들어섰다. 루카는 식은땀이 흐르는 창백한 낯골로 도망치듯 방을 나서다 문득 뒤돌아보았다.

"명심해, 알렉시스는 사랑을 절대 믿지 않아. 사랑한다 말하는 순간 그녀는 널 미련 없이 버릴 거야."

기세 좋게 호언장담했지만 후환이 두려운 것인지 루카는 쏜살같이 방을 빠져나갔다. 알렉산더는 줄행랑치는 헤네스 그룹 차남의 뒷모습에 코웃음 쳤지만, 그가 뱉은 마지막 말이 자신도 모르는 사이에 뇌리에 뿌리 깊게 각인될 줄은 미처 예상하지 못하고 있었다.

프랜시스 브로디 피오렌티는 평소의 수다스런 모습과 달리, 그 어느 때보다 진중한 표정을 하고 리오넬 총수의 호화로운 집무실 소파에 앉아 있었다. 그녀는 알렉산더 리오넬에게 거리낌 없이 대할 수 있는 극소수의 사람들 중 하나였다.

"그래서, 알렉산더. 어떻게 생각해?"

"……"

그녀의 질문을 들었을 텐데도, 남자는 굳은 얼굴을 숨기지 못하고 입술을 굳게 다물고 있었다. 그 이후로는 어떤 말을 해도 귓가를 그냥 비껴가는 것처럼, 처음에 그녀가 했던 말만 귓가를 맴돌고 있었다. 자신이 그 말을 제대로 들은 것인가 알렉산더는 몇 번이나 자문했다.

결혼을 거절…… 했다고?

"하……"

정말 처음부터 끝까지 어떤 것 하나 예상할 수 없는 여자였다. 반전에 반전을 거듭해 그를 놀라게 하는 그녀는 도대체 어떤 사람이란 말인가. 결혼은 이미 그녀가 감기로 몸져누워 있는 동안, 그가 악셀 브로디를 단신으로 찾아가 그의 최종 동의를 이끌어냈던 사안이었다.

그의 망연자실한 표정을 난생처음 목격한 프랜시스는 잠자코 팔짱을 끼고 있다 방 안의 적막을 깨뜨렸다. 더 이상은 시간만 무의미하게 흘러갈 것 같다는 생각이 들었던 것이다.

"알렉산더, 앨리가 청혼을 거절했다고. 이유는 일절 노코멘트, 그냥 거절한다고만 전하라는 거야."

"그렇군요."

"그게 다야? 남녀 사이는 본인들밖에 모르는 거니까 대체 그 이유가 뭐라고 생각하냐는 거지. 반대의 경우야 비일비재했겠지만, 네 쪽에서 그렇게 원하는데!"

알렉산더 리오넬과의 결혼을 위해서라면 악마에게 영혼을 팔고도 남을 여자들이야 템스 강가에 일렬로 세워도 넘쳐날 테지만, 알렉산더 쪽에서 한 여자에게 정착해 법적으로 묶이고 싶다는 선언을 하다니, 역대 최고의 이슈가 아닐 수 없었다.

프랜시스는 조카와 리오넬 둘 다 서로에게 분명 진심이라 믿고 있었다. 둘 사이에 성격상의 갈등 같은 것이 존재함은 막연히 느끼고 있었지만, 진심이 없었다면 둘 다 그렇게 1년 가까이 만남을 지속하진 않았을 것이다. 하지만 결혼의 상대는 아니라고 생각하고 있는 모양이었다. 적어도 알렉시스 쪽은. 그렇다고 단지 일시적인 상대로 생각했는가 하면, 그건 또 아닌 것 같았다. 알렉시스는 지난 3일 내내 침울한 얼굴로 식사도 제대로 하지 않고 뭔가 깊은 번민에 빠져 있는 모습이었다.

"합병 건은 순전히 비즈니스니까 네가 알아서 하면 돼. 그리고 알렉시스가 원하지 않는 결혼은 나도 결사반대야. 상대가 영국 황태자든 미합중국 대통령이든 누구든. 그런데…… 너무 이상한 건 그 애 태도라고. 너와 결혼은 하고 싶은데 마치 결혼해서는 안 되는 어떤 이유가 있어서 이 악물고 청혼을 거부하는 것 같은 태도. 그래서 내가 어젯밤 또 물었지. '마지막으로 묻겠는데 너 알렉산더와 결혼하고 싶은 거야, 아니야? 원하긴 하는데 원해서는 안 되니까 결혼하기 싫다고 하지 말고. 정말 네가 원하는 게 뭐니? 알렉산더와 결혼하는 거니, 결혼하지 않고 이대로 헤어지는 거니?' 하고 물었다고. 그랬더니 뭐라는지 알아?"

도대체 결혼이란 단어가 몇 번이나 들어가는지 모르겠다고 투덜대던 그녀는 속사포처럼 말을 쏟아내다 잠시 숨을 골랐다. 알렉산더는 잠자코 프랜시스의 말이 이어지길 기다리고 있었다.

"결혼을 원하지 않는 건 아니지만 지금은 아니래. 지금 이대로는 아니라는 거야. 그럼 언제? 몇 년 더 그를 만나보고 결혼하겠다는 말이니? 물었어. 그랬더니 한참 이따 그냥 다시는 너를 안 보는 게 나을 것 같다는 거야. 도대체 무슨 심리인지 나도 두 손 두 발 다 들었다고."

프랜시스는 그녀의 풍성한 밍크 목도리가 휘날리도록, 오페라에서 공연하던 버릇으로 손을 허공에 마구 휘둘렀다.

"그러니까 도대체 너희 둘 사이에 무슨 일이 벌어지고 있는 거냐, 이 말이지, 나는."

"나 때문이죠. 내 탓입니다."

"그러니까 왜? 아, 혹시…… 네 그 화려한 과거 때문에? 그래서 너에 대한 신뢰가 없는 거야?"

"그것도 이유 중 하나겠죠."

알렉산더는 냉담하게 대답하며 30대 후반의 귀부인 쪽으로 몸을 돌렸다.

"프랜시스, 부탁이 있습니다. 거절하려면 내일 직접 와서 하라고……. 그 한마디만 전해주길 바랍니다."

"말은 해보겠지만, 네가 레프 & 마르실라팀까지 데려와줬는데 그 정도는 해야겠지? 나도 두 사람이 좀 더 대화를 해봤으면 좋겠어."

그녀는 디자인팀과 본인의 새 브랜드 사이에 알렉시스의 어머니 쪽 헤네스 일가가 개입되어 있다는 건 전혀 모르고 있었다. 레프 & 마르실라팀도 본인들의 신용도를 생각해 굳이 헤네스와의 선점 계약을 떠벌릴 이유는 없었다.

"레프 & 마르실라 말입니다만."

그는 갑자기 장난기가 발동한 듯 실소를 흘렸다.

"최종 계약서에는 사인 안 했습니다. 법률팀과 아직 검토 중인 것 같더군요. 알렉시스가 내일 이리로 오면 그때 레프에게 연락해보죠."

"뭐야? 참 내……. 둘 사이 잘 중재해보려고 왔더니 되레 협박이네."

프랜시스는 투덜거리며 슬슬 일어나려 하다가 뭔가 생각났는지 알렉산더를 똑바로 마주 보았다.

"알렉산더, 남녀 일에 끼어들 생각은 없지만…… 그 애에게 좀 더 다정하게 대해주면 안 되겠어? 너희 둘이 같이 있을 때 네가 그 애를 어떤 눈으로 보는지 알아?"

"모르죠, 난."

"모르는구나."

프랜시스는 가볍게 한숨을 내쉬었다.

하긴, 본인은 모르겠네. 자신이 그 애를 얼마나 애틋하고 절절한 눈으로 보는지…….

"그런데 분위기는 꼭…… 막다른 골목에 몰린 먹이를 다그치는 맹수 같다고. 그 애도 여자야. 좀 싹싹하고 다정하게 대해주면 안 되겠어?"

"나도 그러고 싶습니다."

알렉산더는 어쩐 일인지 프랜시스의 지적에 순순히 수긍했다.

"매번 그렇게 하려고 다가가지만 날 마주할 때마다 도도해지는 그 눈빛을 대하면…… 어떻게 해서든 기를 꺾어놓고 싶은데 어쩝니까."

그의 음성이 조금씩 더 차디찬 늪 속으로 가라앉는 것 같았다.

"그 눈이 날 미치게 합니다. 아주 돌아버리게 만들죠."

"……."

"날 멸시하는 것 같은, 그 올곧은 눈만 보면 수단 방법 안 가리고 철저히 꺾어놓고 싶다고나 할까요."

"총수님, 내가 장담하는데 그 삐뚤어진 성질 안 고치면 기어이 미움받고 말걸? 자꾸 그러니까 그 애도 네 진심을 몰라서 혼란스러워하는 거라고. 그 애도 그 애 나름대로 상처 입지 않기 위해 몸을 사리는 거야!"

프랜시스의 눈길이 조금 더 매서운 빛을 띠었다.

"그리고 네 여자 문제, 아무리 의미 없는 관계라도 확실하게 철저히 정리해."

"충고 고맙습니다. 나머지는 우리가 알아서 하죠."

정중하면서도 명확히 선을 긋는 그의 눈빛에, 프랜시스도 더는 아무 말도 할 수 없었다. 그녀가 집무실 바깥, 금으로 장식된 로비를 지나 알렉산더 및 그의 수행 비서들만 이용할 수 있는 전용 엘리베이터에 올라탈 때까지 그는 프랜시스를 깍듯이 배웅했다. 프랜시스가 리오넬 본사의 건물에서 나올 즈음, 루카 역시 전화로 알렉시스를 열심히 설득하고 있었다. 프랜시스와는 완전히 반대되는 방향의 설득이었다.

─이 결혼…… 절대 쉽지 않을 거야. 그 자식의 불같은 성격 때문에 힘들 때가 많았다면, 결혼은 그 몇 배로 힘들 게 분명해. 만나는 동안에도 널 자기 소유물인 양 멋대로 통제하려 했는데 법적으로 묶이게 되면 어떨까? 제재 가능한 한계가 없어질 거야. 네가 그런 각오를 하면서까지 도대체 왜 그런 인간과 결혼해야 해?

전화 통화를 끝낸 뒤에도 루카의 말은 오래도록 알렉시스의 뇌리에 달라붙어 떨어지질 않았다. 루카의 지적대로, 그녀가 법적으로 완전히 본인 소유가 되면 알렉산더의 집착과 구속은 더욱 심해질 것이다. 그녀는 진심으로 그와 결혼하고 싶지 않았다. 적어도 지금 현 상태로는.

그녀는 그 전날 프랜시스를 통해 알렉산더의 요구를 전달받았지만 묵살하기로 결정했다. 아침 겸 점심을 간단히 마친 다음, 그녀는 트레이닝복 차림으로 학교 도서관을 향했다. 휴대폰의 문자 알림이 울려서 수신자를 확인하자 프랜시스 고모였다.

[알렉시스, 난 정략결혼은 절대 반대야. 결혼은 네가 정말 좋아

하는 남자와 해야 해. 결혼해야 할지 말아야 할지 고민된다는 것 자체가 네가 사실은 그 남자를 좋아한다는 증거야. 뭔지는 몰라도 다른 현실적인 문제 때문에 망설이는 것뿐이지. 어느 쪽이 옳은지 판단이 서지 않으면 이거 하나만 생각해. 알렉산더가 다른 여자랑 결혼해도 괜찮을 것 같아? 예를 들어, 모니카 해밀턴과 결혼해서 그 여자 남편으로 평생 살아도 아무렇지 않겠어? 그럼 결혼 안 하는 게 맞아.]

괜찮지 않았다. 전혀 괜찮지 않았다. 모니카 해밀턴과 결혼해서 다정한 부부로 신문 한 면을 장식하는 알렉산더 리오넬. 상상만 해도 가슴이 무너지는 것 같았다. 알렉시스는 프랜시스의 문자를 한참 동안 들여다보다가 트레이닝복에 백팩을 멘 차림 그대로 택시를 잡아탄 채 리오넬 본사로 향했다. 그가 요구한 대로 다시 한 번 대면해서 그의 진심을 들어보고 싶었다. 지난달 언젠가 시모네, 알베르토, 카롤라 – 프랜 고모의 아이들이자 그녀의 조카들과 한데 어울리고 있었던 그의 모습이 자꾸만 뇌리에서 잊히지가 않았다.

"……."

눈앞의 광경을 마주한 알렉시스의 감정은 놀라움 그리고 곧 의심과 회의로 바뀌었다. 알렉산더 리오넬이 저럴 리가 없었다. 그녀가 상상하는 알렉산더는 아이들을 땅 위에 기어가는 개미와 동급으로 취급하거나 눈빛만으로도 울려버리는 그런 부류에 속해 있는 인물이었다. 피오렌티 가문 안에서도 까탈스럽고 영악하기로 악명 높은 세 남매의 주의를 완전히 배앗은 그의 모습에, 알렉시스는 처음에는 그가 능숙한 연기를 펼치고 있는 것이라 치부했었다. 대관절 그가 무슨 목적으로 아이들을 좋아하는 것인 양 보여야 하는지, 그녀는 한동안 상황을 지켜보았다.

하지만 피오렌티가의 런던 교외 별장에는 고용인들 외 프랜시스와 세 아이들, 그리고 예고 없이 고모를 찾아온 알렉시스 자신분으로 매스컴은 물론 다른 방문자는 일절 없었다. 게다가 아이들을 대하는 그의 표정은 가면이 아니었다. 시간이 지날수록 그의 즐거워하는 기색은 꾸며낸 것이 아닌, 진실된 것임을 알 수 있었다. 그렇다고 그가 딱히 뭔가 과장된 표정이나 행동을 해서 아이들의 혼을 쏙 빼놓고 있는 것도 아니었다. 푸른 잔디가 펼쳐진 정원 한편, 티 테이블 위에 올려진 맥북에서 그가 뭔가를 클릭해 보여주자 아이들은 시선을 일제히 고정시킨 채 영혼을 빼앗긴 눈빛이 되어 있었다.

알렉시스는 단 한 번도 그가 누군가에게, 아니 그 어떤 대상에게도 그런 따뜻한 눈길을 던졌던 순간을 본 적이 없었다. 그녀가 그들에게 가까이 다가가서야, 아이들은 뒤늦게 알렉시스를 향해 알은체를 했고 막내 카롤라는 혀 짧은 소리를 내면서 그녀에게 다가와 포옥 안겼다.

"학교에 있어야 할 시간 아냐? 휴강인가?"

"친구 동생 데뷔탕트 볼(Debutante Ball : 상류층 자녀들의 파티) 때문에 고모에게 부탁할 게 있어서. 휴강은 맞아."

그의 방문 목적은 물으나 마나 고모부 피오렌티와의 업무적 만남일 게 뻔했으므로 그녀는 예의상으로라도 되묻지 않았다. 파란 물빛 하늘과 어우러진 눈부신 햇빛 아래, 그의 미소는 심장이 쿵 내려앉을 정도로 너무나도 매력적이었다. 아이들과 함께하는 시간이 진심으로 즐거운 듯, 항상 차갑던 그의 눈에는 따스한 온기가 가시지 않은 채였다.

"애들을 좋아하는지는 몰랐네요."

"프랜시스가 말 안 했나? 난 애들은 좋아해. 특히 아직 때 안 묻은 어린애들."

"설마…… 이상한 의미는 아니겠죠?"

"……지금 네가 생각하는 그 이상한 의미란 게, 내가 생각하는 이상한 의미 맞아?"

그의 눈에 어느새 온기가 가시고 섬뜩한 빛이 떠올랐다. 시모네와 알베르토는 그가 한편으로 밀어놓은 맥북 안 사진들을 보느라 여념이 없었고, 아직 4살인 여자아이 카롤라는 알렉산더의 품에 안겨 그의 팔목에 채워진 바쉐론 콘스탄틴 시곗줄을 이리저리 잡아당기며 놀고 있었다. 알렉산더는 경악의 눈길로 알렉시스를 일견하며 카롤라의 양쪽 귀를 큰 손바닥으로 가렸다. 비록 이해는 못할지언정, 그런 더러운 이야기를 귀에 담는 것조차 허용할 수 없다는 결연한 의지가 드러났다.

그는 비난 가득한 시선을 그녀에게 보내며 세상에 다시없을 도덕군자의 어조로 꾸짖듯 말했다.

"넌 도대체…… 어떻게 그런 생각을 할 수가 있지? 이런 천사 같은 아이들을 앞에 두고!"

"하…… 진심으로 다행이네. 그래도 동심에 대한 자각은 뚜렷하니."

소아성애자(Pedophillia)라는 직접적인 단어는 일절 언급되지 않았지만, 알렉시스가 반은 장난삼아 반은 신랄한 회의를 담아 내뱉은 농담을 그는 바로 이해하고 있었다. 곧 그들 사이에 끼어든 프랜시스가, 아주 가끔 이 피오렌티 소유 별장에 올 때면 알렉산더가 시모네, 알베르토와 축구도 곧잘 한다는 말을 듣고 알렉시스는 한 번 더 놀라움을 감출 수 없었다. 그가 티 한 점 없이 새하얀 몇만 파운드짜리 셔츠 소매를 걷어붙이고 꼬마들과 축구를 한다니 도저히 머릿속에 그림이 그려지지 않았던 것이다.

"몰랐니? 알렉산더는 애들을 정말 좋아해. 애들도 그를 좋아하고. 아이들도 자기를 예뻐해주는 사람을 느낌상 바로 아니까."

프랜시스는 남편과 집 안 서재로 들어가는 그의 뒷모습을 흘깃 보면서 조카를 위해 홍차를 한 잔 더 따라주었다. 그도 어디까지나 뜨거운 피가 흐르는 인간인 만큼, 가까운 지인들은 그런 인간적인 면모를 난생처음 접하는 것은 아니라는 말도 덧붙였다.

"차라리 중동의 왕자로 태어났으면 참 좋았을 걸 그랬네요. 수십 명의 후궁에 수백 명의 자녀들."

"만수르처럼?"

프랜시스는 까르르 웃음을 터뜨렸다.

"아무튼 천하의 알렉산더 더 데빌도 애들에겐 정말 약해. 신기하다니까."

"자기 자신이랑 완전히 대조되는 존재에게서 위안을 받나 보죠."

"너 요즘 독설이 부쩍 늘었다?"

"……."

알렉시스는 대꾸 없이 조용히 홍차만 홀짝였다. 알렉산더가 얼마나 이기적이고 오만하고 독선적이며 기막힌 뻔뻔함으로 자신의 광적인 집착과 소유욕, 통제욕을 정당화하고 별명처럼 악마 같은지, 아무리 프랜시스라도 알렉시스 자신처럼 낱낱이 알 도리는 없었다. 나중에 어떤 여자가 그의 아기를 낳아줄지는 모르겠지만 적어도 자녀들의 정서는 염려하지 않아도 되니 아이들의 미래를 위해 진심으로 다행이다 싶었다.

알렉산더는 알렉시스가 엘리베이터로 집무실에 올라오고 있다는 비서의 전갈을 듣고 임원들 간의 브런치 회의를 다음 날로 옮겼다. 비서의 안내를 받아 호화로운 집무실에 들어선 그녀는 화장기 하나 없는 얼굴에 아무렇게나 올려 묶은 포니테일 머리, 초등학생 같은 위니비니 후드 티에 윈드브레이커, 트레이닝 팬츠에 방한 워커를 신고 등에는 백팩을 멘 앳된 10대 소녀 같은 모습이었다. 귀여울망정 섹시함과는 거리가 멀었는데도 그는 그녀를 만지고 싶은 충동을 애써 억눌러야 했다. 당장에라도 후드 티 아래 살짝 드러난 하얀 목덜미와 쇄골에 입술을 묻고, 어깨의 맨살이 드러나도록 티셔츠를 아래로 끌어내리고 싶었지만 잠시 참기로 했다.

"연락이 없어서 안 올 거라 생각했는데."

"직접 와서 거절하라고 했잖아. 그 말대로 직접 왔어."

알렉시스는 벽 한 면이 통유리로 되어 있는 창 아래 가죽 소파에 털썩 주저앉았다. 열린 창 너머 도시의 소란함이 잔잔히 밀려왔다. 런던 시내가 한눈에 내려다보이는 장관이었지만 그녀는 눈앞의 남자를 의식하느라 다른 것은 아무것도 신경 쓸 수가 없었다.

"본론으로 들어갈까요. 그래서, 합병 건으로 고모를 협박하기라도 했어요? 내가 끝내 당신과 결혼 안 하겠다고 하면 우리 집안에 어떤 불이익이 생기게 되죠?"

"알렉시스, 뭔가 오해하는 것 같은데 말이지."

그녀의 신랄한 냉소에 알렉산더는 여유 있는 미소로 응대했다. 픽션 속 냉혈한 이미지의 캐릭터는 대부분 시종일관 무표정하거나 냉혹한 표정을 띠우고 있는 것으로 묘사되어 있다. 실제로 현실에서도 그런 사람은 있을 수 있다. 그러나 눈앞의 알렉산더 리오넬은 본인의 선택과 판단하에 적당히 감정을 드러내는 인물이었다. 상대방에게 모멸감을 느끼게끔 만드는 웃음이 필요 시, 자연스레 웃음 지을 줄도 아는 사람. 그러나 그런 웃음은 알렉시스에게 전혀 통하지 않았다. 그녀는 한 치의 미동도 않고 그를 혐오감 어린 눈으로 쏘아보았다.

"지금까지 우리가 나누었던 즐거운 시간처럼…… 이번 일도 100퍼센트 네 결정에 달린 일이야. 예전에도 말했지만 여러 가지 면에서 나는 이 결혼이 쌍방에게 윈윈이라 생각하는 바지만."

알렉산더는 거만하게 다리를 꼰 자세로 몽블랑 펜 끝으로 마호가니 책상을 톡톡 두드렸다.

"네가 거부하면 그걸로 끝인 거지. 단순하게 생각하길 바라."

"정말로 모든 게 끝인 거야? 깔끔하게?"

"……."

그는 긍정의 표시로 어깨를 한 번 으쓱했다. 아쉬울 것 없다는 그 태도에, 알렉시스는 대체 눈앞의 남자가 자신과 정말 결혼하길 원하는지 아닌지 가늠할 수가 없었다. 자신이 그의 또 다른 게임에 말려들고 있는 건지, 그녀의 거절을 순순히 받아들일 만큼 결혼에 대한 절실함이 없다는 것인지 그 속을 읽을 수가 없어 답답할 따름이었다.

"다시는 당신 얼굴 볼 일도 없고?"

"그렇겠지, 네가 원하지 않으면."

"내가 원한다면?"

220

"뭐?"

"내가 당신 얼굴 계속 보길 원한다면 어떡할 거냐고."

알렉산더의 여유 있던 눈빛에 한순간 흔들림이 있었다. 이내 그 눈에는 재미있다는 듯 이채의 빛이 떠올라 있었다.

"말장난은 이제 그만하지, 알렉시스 브로디."

그는 눈 깜짝할 새 의자에서 일어나 그녀의 옆에 다가와 앉았다.

"결혼은 싫지만 계속 만나길 원한다, 지금 그 말인가?"

그녀의 대답을 기다리지도 않고 알렉산더는 스스로의 말에 실소를 흘렸다.

"정말 재미있어. 결혼은 싫지만 좀 더 즐기고 싶다, 그 말은 내가 그동안 여자들에게 수십 번 해왔던 말이거든."

어느새 자리를 박차고 일어나 소파로 다가온 알렉산더는 그녀의 어깨를 붙잡고 자신의 얼굴을 똑바로 보게 했다. 방금 웃었던 게 거짓말인 것처럼 검은 눈동자가 노기로 활활 타오르고 있었다. 알렉시스는 움찔 놀랐지만 두려움을 내색하지 않으려 애쓰며 담담히 그의 눈길을 마주 보았다.

"그런데 내가 너 같은 어린애한테서 그런 말을 되돌려 받을 줄이야……."

"지금은 결혼하고 싶지 않아."

"결혼 자체를? 아니면 지금이 아닌 나중에는 나와 결혼할 수도 있다는 말이야?"

"둘 다. 후자는 장담할 수 없지만."

프랜시스의 말처럼, 그녀는 그와의 결혼 자체가 싫은 것은 아닌 모양이었다. 그는 가슴속 깊이 안도감이 퍼져가는 것을 느꼈다.

"왜 지금은 안 되지? 현재는 부적합한 조건이 나중에는 충족될 가능성이 있나?"

"지금 이런 상태로는 싫어. 서로 간의 신뢰가 충분하지 않으니까."

서로 간의 사랑도 확신할 수 없으니까.

"나중에 신뢰가 충분히 생길 거라는 보장도 없어. 난 지금 당장 결혼하길 원해."

언제 널 다른 남자에게 빼앗길지 불안해하며 시간을 허비하고 싶진 않으니까.

그의 입술이 어느새 그녀의 입술 바로 앞까지 다가와 있었다. 오전에 샤워를 한 듯, 샤워 젤 향이 섞인 그녀의 살 냄새가 그의 모든 감각을 강렬히 자극해댔다.

"여전히 거절하고 싶다면 지금이라도 내 손을 뿌리치고 이 방을 나가. 그 이후로는 절대 날 볼 일이 없을 거야. 마지막 기회야."

알렉산더는 쉰 음성으로 조용히 속삭였다. 알렉시스는 도저히 거부할 수 없는 매력적인 짐승에게 금방이라도 잡아먹힐 것 같은 위기감을 느꼈다. 그의 오드 뚜왈렛과 시가 향이 한데 뒤섞인 특유의 체취가 그녀의 온 신경을 일깨우고 있었다. 조금씩 빨라지던 심장은 그의 귀에까지 닿을까 불안할 정도로 미친 듯이 뛰기 시작한 지 오래였다.

"그럼 제대로 해봐요."

"뭘?"

"정식으로 구애해봐. 제발 결혼해달라고."

"……."

알렉산더는 여왕처럼 당당히 명령하면서도 귓불까지 붉게 달아오른 그녀의 얼굴을 한참 동안 내려다보았다. 외유내강의 대찬 여자인 줄은 진작 알았지만…… 이렇게 귀여운 면도 있었나? 그 순간 그는 그녀가 너무나 사랑스러워 더 참았다가는 돌아버릴 것 같았다. 그가 그녀에게 고개를 숙이자, 알렉시스는 뒤로 물러나 날카롭게 외쳤다.

"손대지 마! 먼저, 제대로 구애해보라고 했잖아!"

"……."

알렉산더는 알렉시스의 거센 저항을 가볍게 저지하고 그녀의 얼굴을 강제로 붙잡아 들어 올렸다. 그는 사나운 기세로 도톰한 연분홍빛 입술을 세게 빨아올리다 입술 사이로 혀를 비집고 밀어 넣었다. 그녀의 입 속을 통째로 삼켜버릴 기세로 거칠고 열정적인 키스를 퍼붓던 알렉산더는 잠시 입을 떼고 그녀의 귓불을 잘근잘근 깨물었다. 그리고 거친 호흡 사이로 나지막하게 중얼거렸다.

"결혼해줘, 알렉시스 브로디."

"제발."

얼얼한 입술을 혀로 달래던 알렉시스가 한 단어 덧붙였다.

"Please, 제발 결혼해달라고 말해."

"왜, 차라리 무릎을 꿇으라고 하지?"

"……나쁘지 않겠네."

그녀의 내리깐 긴 속눈썹을 잠시 바라보던 그는 거친 숨결 사이로 다시 한 번 힘주어 똑똑히 말했다.

"제발 나와 결혼해줘, 알렉시스."

"……."

"이제 됐지?"

대답은 들을 필요도 없다는 듯, 알렉산더는 그녀의 몸을 두껍게 감싸고 있는 펑퍼짐한 윈드브레이커를 벗기더니 곰돌이가 그려진 후드 티 역시 순식간에 머리 위로 벗겨버렸다.

"그만해! 여기선……."

"여긴 내 공간이야. 아무도 방해할 수 없어……."

그녀가 들어설 때부터 내내 머릿속에 그려왔던 장면을 알렉산더는 바로 실천에 옮겼다. 그는 널찍한 가죽 소파에 그녀를 떠밀어 똑바로 눕힌 다음, 트레이닝 바지를 허리 아래로 끌어당겨 단번에 벗겨버렸다. 레이스가 달린 브래지어의 후크를 풀어내는 동안, 그의 뜨거운 입술은 알렉시스의 희디흰 목덜미와 쇄골을 사정없이 훑고 찍어 누르기 바빴다.

곧이어 말랑한 젖가슴에 고개를 파묻고 양손으로 풍염한 가슴살을 위로 밀어 올리며 입으로는 양쪽 유두를 번갈아 희롱해댔다. 그녀가 고양이의 울음소리 같은 신음을 내지르며 허리를 활처럼 휘자, 그는 한껏 더 공격적으로 유방을 주무르고 붉게 부어오른 젖꼭지를 엄지와 검지 사이에 넣고 세차게 비볐다.

"앗……. 아! 아응! 아……."

혹시나 바깥에 들릴까 싶어 알렉시스는 입술을 꼭 깨물고 신음을 자제하려 애썼다. 어차피 방음이 완벽하게 세팅된 문이라 그럴 염려는 없었지만, 온통 새빨갛게 물들어 신음을 억누르려 애쓰는 그 얼굴이 너무 귀여워 그는 굳이 방음문이란 사실을 알려주진 않았다. 오히려 더 세게 유두를 빨고 깨물자, 그녀는 그를 원망 섞인 눈길로 노려보며 더 크게 허리를 튕겼다.

곧이어 그는 그녀의 한쪽 다리를 들어 레이스 달린 팬티를 벗겨내고 작은 수풀 아래 갈라진 틈새로 중지를 거침없이 밀어 넣었다. 이미 촉촉하게 젖어 있는 질 내벽이 그의 손가락을 환영하듯 찰싹 달라붙자 알렉산더는 손가락 하나를 더 밀어 넣어 그녀의 억눌린 신음을 한 옥타브 더 높였다. 손가락 두 개가 철썩철썩 마찰음을 일으키며 촉촉한 질 내벽을 갈고리처럼 긁어대자 알렉시스는 쥐어짜는 것 같은 신음을 목 깊은 곳에서 뱉어내었다. 옷을 벗을 시간도 아깝다는 듯, 알렉산더는 셔츠를 입은 채 바지의 지퍼만 내려서 터질 듯 부풀어 있는 페니스를 해방시켰다. 이미 꼿꼿할 대로 서 있었지만 조금 더 흥분시킬 요량으로, 그녀의 애액이 흠뻑 젖어 있는 음부에 귀두를 갖다 대고 슬슬 문질러댔다. 뜨겁고 단단한 살덩어리가 음핵을 꾹 눌렀다가 장난치듯 촉촉한 동굴 입구를 자극하자 알렉시스는 항의 어린 눈빛으로 그를 올려다보았다. 그는 고개를 숙여 그녀의 붉은 눈시울에 쪽 입을 맞추었다. 거의 한 달 만이라 그녀의 몸을 갖는 쾌감을 조금이라도 더 여유 있게 만끽하고 한순간 한순간을 즐기고 싶었다.

"……!"

그는 갑자기 알렉시스의 몸을 뒤집어 엎드린 채 무릎 꿇은 자세로 만들었다. 엉덩이를 허공에 뾰족하게 세우자, 그녀는 그가 뒤에서 삽입할 것이라 생각했다. 하지만 그는 그녀의 엉덩이를 추켜올린 채 그녀의 음부 아래 페니스를 끼우고 그녀가 허벅지를 꽉 다물게 만들었다. 그가 허리를 앞뒤로 흔들자, 허벅지 사이에 자리한 성기가 음부 입구를 계속해서 스치며 묘한 쾌감을 자아내기 시작했다. 삽입하지 않고도 색다른 쾌감을 일으키는 행위에, 그녀가 몸을 지탱하려 두 손으로 소파 팔걸이를 꽉 잡았다.

그가 허리를 더 세게 흔들자 단단한 페니스의 귀두 부분이 음핵을 간간이 스치고 지나갔고 그럴 때마다 알렉시스는 온몸이 녹아내릴 듯한 감각에 몇 번이나 앞으로 쓰러질 뻔했다. 알렉산더는 그녀의 몸을 다시 뒤집어 그를 마주 보게 눕혔다. 그의 단단한 살기둥은 음부 입구에서 흘러나온 애액으로 흠뻑 젖어 있었고 그녀의 허벅지 안쪽 살은 페니스에 묻은 애액으로 번들거렸다.

"앗, 아아- 핫…… 아윽!"

그는 한 손으로 뜨거운 남성을 잡고 촉촉한 동굴 입구로 가져갔다. 귀두를 흔들면서 조금씩 조금씩 질 내벽을 밀어 올리자 약간의 뻑뻑함이 느껴졌다. 오랜만에 굵고 커다란 성기를 받아들이는 게 조금 힘겨운지, 알렉시스는 그가 삽입함에 따라 고통스런 신음을 흘리며 머리를 세차게 저었다.

걷잡을 수 없는 소유욕과 정열에, 그는 천천히 부드럽게 그녀 안에 들어가리라 생각했던 걸 까맣게 잊고 세차게 허리를 쳐올려 알렉시스의 몸속 깊은 곳을 거칠게 꿰뚫고 들어갔다. 그녀가 아픔에 눈물을 글썽이자 그는 고개를 숙여 혀로 눈물을 부드럽게 핥았다. 페니스의 크기에 잠시 적응할 시간을 주고자, 알렉산더는 그녀 안에 들어간 뒤 잠시 그대로 있었다.

그는 달래듯이 그녀의 얼굴과 몸 구석구석에 입을 맞추고 가슴의 말랑한 감촉을 실컷 만끽했다. 그녀의 울음이 조금씩 잦아들자, 그는 허리를 뒤로 당겨 페니스를 빼냈다가 다시 천천히 몸속으로 파고들었다. 그녀의 몸 가장 깊은 곳까지 페니스를 묻은 채, 그는 천천히 허리를 뒤로 뺐다가 앞으로 밀기를 반복했다. 속도는 느렸지만 그의 동작이 워낙 커서, 페니스가 일시 후퇴했다가 다시 앞으로 힘차게 박아올 때마다 그녀의 입에서는 단말마의 신음이 울려 퍼졌다.

"앗! 핫! 아! 응! 아웅!"

"알렉시스, 넌 내 거야……."

굵은 성기가 자궁 안을 찔러오는 속도가 점점 빨라지고 박아오는 위력도 더 세차게 진행되자, 그녀는 정신을 잃을 것만 같았다. 그녀의 손톱이 근육으로 뒤덮인 팔뚝에 더 세게 파고들자, 그는 짐승처럼 으르렁거리다 드디어 큰 한숨을 토해냈다. 동시에 그녀의 몸속에서도 뜨거운 정액이 용암처럼 분출해 한데 얽힌 그들의 허벅지를 타고 소파 아래로 흘러내렸다. 오랜만에 맛본 그녀의 몸은 너무나도 따스하고 기분 좋았다.

지금까지도, 그리고 앞으로도 다른 여자와는 이런 충족감을 가질 수 없으리라. 결코. 알렉산더는 나른한 충만감 속에서 그 사실을 희미하게 절감했다.

"식은 일주일 뒤야."

잠시 숨을 고르던 그가 그녀를 끌어안은 채 귓가에 속삭였다.

"뭐? 너무 빨라……!"

"말했지, 널 신뢰할 수 없다고……."

그의 성질 같아서는 오늘 밤에라도 당장 식을 올리고 싶었다. 시간이 많이 남아 있을수록 알렉시스가 헛된 생각을 할 시간이 많아질 것이다. 혹시라도 그녀가 결혼 의사를 번복할 수 없도록 그는 최대한 빠른 시일 내 세상에 그들이 부부임을 공언해야 했다. 하지만 그것만으로는 아직 완전히 마음을 놓을 수 없었다.

"사인해."

그녀가 몸을 추스르고 옷을 다 갈아입자 알렉산더는 책상 위에 놓여 있던 서류를 그녀의 코앞에 들이밀었다.

"사인하기 전에는 여기서 못 나가."

담담한 말투였지만 그 말이 단순한 협박이 아님을 알렉시스는 누구보다 잘 알고 있었다. 그녀는 짧은 한숨을 내쉬고 서류 아래쪽에 자신의 이름을 휘갈겨 썼다.

"오늘 저녁 6시, 차를 보낼 테니까 리오넬 본가로 와. 아직 우리 가족과 정식으로 인사한 적 없잖아."

알렉시스는 새삼 리오넬가 사람들과 단 한 번도 제대로 대화를 나눠본 적 없음을 깨달았다. 그동안 그녀가 공식 석상을 싫어해 의도적으로 최소한의 자리에만 나간 탓도 있었지만, 사실 리오넬가 사람들도 알렉산더만큼이나 베일에 싸여 있었다. 같은 상류층이라 해도 집안 가풍에 따라 브로디 가문처럼 개방된 분위기가 있는 반면, 대중과 철저히 담을 쌓은 채 신비주의를 고수하는 정통 명문가도 있었다. 리오넬가는 그 후자에 속했다.

웨스트민스터에서의 초호화 결혼식은 말 그대로 번갯불에 콩 볶아 먹듯 일사천리로 진행되었다. 명문가의 결합답게 각종 언론 매체는 하루가 멀다 하고 세기의 결혼식이라 떠들어댔고, 왕실 가족 전용의 웨딩 플래너팀에 모든 거추장스럽고 자잘한 준비 과정을 일임했기에 알렉시스는 신부용 스파에 온종일 처박혀 피부 관리와 마사지에 시달리는 것 외에는 달리 신경 쓸 일이 없었다. 그들이 함께 살게 될 런던 시내의 현대식 빌라는 이미 알렉산더가 예전부터 거주하고 있던 곳이라 모든 것을 완벽히 구비하고 있었다. 브로디 본가와 그리 멀지 않은 런던 교외의 리오넬 본가에서도 그들이 간간이 묵을 수 있도록 전용 침실 인테리어를 새로 단장하고 있는 모양이었다.

알렉시스는 마사지를 받는 동안 졸음이 쏟아지는 걸 간신히 참으며 6일 전, 처음 리오넬 본가를 방문했던 순간을 떠올렸다.

10화. 리오넬 가족

    멀리서 보이는 리오넬 본가 저택은 한마디로 성이었다. 그것도 어마어마하게 큰 규모의 땅과 여러 채의 별관들을 거느린 웅장한 성. 브로디 본가도 어느 저택 못지않은 위용을 자랑했지만 리오넬 가의 광대한 본관과 부지는 그녀의 상상 이상이었다. 그 압도적인 경관에 알렉시스는 감탄보다는 비현실적인 위화감을 느꼈다. 특정 소수에게 과하게 허용된 부와 사치에, 그녀는 선천적인 거부감이 먼저 와 닿는 체질이었다.

    정문 게이트 앞의 광대한 숲을 지나서도 한참을 달린 뒤에야 그들을 태운 롤스로이스 팬텀은 본관 저택에 당도했다. 그림처럼 세워진 커다란 분수대 위, 정교하게 세공된 한 쌍의 대리석 전사가 초겨울의 햇빛을 눈부시게 반사하는 수면 위에서 그들을 가장 먼저 맞이해주었다. 마치 동화 속에서나 본 것 같은 성 위에는 높은

첨탑이 있고 돌로 만든 붉은 벽돌, 중후한 문이 있는 입구의 계단 아래에도 물이 뿜어 나오는 또 다른 작은 분수가 장식되어 있었다. 숙련된 정원사의 정기적인 관리를 받는 게 분명한, 잘 손질된 정원수들이 초겨울일망정 그 주위를 보기 좋게 둘러싸고 있었다.

지극히 아름답고 호화로운 장관이었지만 알렉시스는 그다지 인간미가 느껴지지 않는다고 속으로 되뇌고 있었다. 차라리 부지 앞부분의 숲에서 더 재미있고 인상적인 것들을 많이 발견할 것 같다고 생각했다.

그다지 감흥이 없는 듯 덤덤한 표정을 짓고 있는 알렉시스의 반응을 예상한 듯, 알렉산더는 그녀의 등에 손을 대고 한 무리의 사용인들이 깍듯이 고개 숙이고 있는 저택 입구 앞으로 이끌었다. 어쩐지 악마의 소굴로 제 발로 걸어 들어가는 느낌에, 그녀는 짧게 몸서리를 치며 지금까지 방문해본 상류층 저택의 것들 중 가장 호화롭고 우아한 로비 안으로 천천히 들어섰다. 천장의 샹들리에에는 언젠가 방문한 적 있는 버킹엄궁전의 그것보다 더욱 크고 화려했다.

그러나 내부는 그녀의 예상과는 조금 달랐다. 단순히 부를 과시하는 데 치중해 지극히 사치스러울 거라 상상했던 것과는 달리, 안쪽은 오히려 극도의 사치를 지양하고 귀족적인 조화를 높이는 데 더 공을 들인 것처럼 우아한 기품이 배어나오고 있었다. 온갖 금은보화를 머리부터 발끝까지 둘러서 전체적인 조화가 깨진 벼락부자가 아닌, 꼭 필요한 한두 부분에만 최상의 다이아몬드를 착용해 한결 더 돋보이는 그런 절제미가 실내 곳곳에 배어 있었다. 누군지는 몰라도 리오넬가 집안을 총관리하는 안주인의 성향이 지극히 고상하다는 게 막연히 짐작되었다.

"알렉시스 양! 이렇게 와줘서 정말 영광이에요."

품위 있는 인테리어의 주인공이 홀 중앙 계단에서 그녀를 반갑게 맞이했다.

"저야말로 영광입니다, 레이디 리오넬."

"그냥 유제니라고 불러줘요. 내가 알렉시스라고 부르는 것처럼!"

알렉산더보다 6살 많은 유제니 리오넬은 영국 왕실 황태자의 사돈 집안인 칼라일 백작가의 딸로, 알렉산더의 사촌 형인 해링턴 리오넬과 결혼해 세 명의 자녀를 두고 다복한 가정을 꾸리고 있었다. 알렉시스의 고모인 프랜시스보다 불과 몇 살 아래였지만, 밝고 쾌활하며 수더분한 프랜시스와는 달리 유제니는 타고난 레이디 같았다. 차분하고 이지적이면서도 온화함이 풍겨 나오는 그녀는 날 때부터 타고난 귀족이자 고결한 성품을 지니고 있는 것으로 평판이 자자했다. 이 삭막한 리오넬 가문의 냉기 가득한 저택을 그나마 이만큼 온기 흐르는 가족의 공간으로 만들고 있는 것은 바로 이 여성 때문이리라. 알렉시스는 그녀의 웃음이 거짓이 아닌 것에 내심 안도하며 유제니의 양손을 마주 잡았다.

"아버님이 이제나저제나 기다리고 계셨어요. 알렉시스 양을 보면 굉장히 반가워하실 거예요!"

해링턴 리오넬 및 사업상 부득이 자리를 비워야 하는 이들을 제외한 리오넬 일가 사람들과 인사를 나눈 그녀는 퍼디난드 리오넬 말버러 공작이 기다리고 있는 응접실로 발길을 옮겼다.

알렉시스는 의외의 상황에 조금 놀라고 있었다. 알렉산더의 가족들인 만큼 분명 어딘가 차갑고 정 안 가는 부류의 사람들일 거라 막연히 예상한 그녀였다. 그러나 오히려 알렉산더 쪽이 돌연변이가 아닐까 싶을 만큼 그들과의 대면은 전혀 어색하지 않았다. 알렉시스는 처음 저택에 당도했을 때보다 훨씬 더 마음이 편안해졌지만 퍼디난드 리오넬과의 대면은 좀 다르지 않을까 내심 긴장하고 있었다. 육중한 떡갈나무 문을 열고 붉은 카펫이 깔린 로비를 지나, 그녀와 알렉산더 단둘만이 집사의 안내를 받아 가족들도 함부로 들어갈 수 없으리라 짐작되는 가장 안쪽 응접실로 들어섰다.

"어서 오게, 브로디 양. 오랜만이군."

그녀는 공식 석상에서 아주 가끔 그를 본 적은 있었다. 하지만 이렇게 가까이 마주하는 것은 난생처음이었다. 퍼디난드 리오넬은 영국 수상보다도 더 알현하기 어려운 인물이자 사생활이 베일에 철저히 가려진 사람이었던 것이다.

초록빛이 감도는 차디찬 검은색 눈이 그녀를 무덤덤히 바라보고 있었다. 눈앞에 앉아 있는 초로의 귀족 신사는 나이가 들었다는 것만 빼면 알렉산더와 완전히 판박이였다. 평소 건강관리에 신경 쓰고 있는 듯, 퍼디난드는 막 60대로 접어든 실제 나이보다 더 젊어 보였고 아들보다 조금 작은 180센티미터의 당당한 체구에서는 강렬한 위엄이 뿜어 나왔다. 2, 30년 전에는 알렉산더에 버금가는 용모를 지녔으리라 저절로 짐작되는 그의 귀족적인 풍모는 나이에 어울리는 완벽한 중후함을 자랑하고 있었다.

3, 40년 후 알렉산더의 모습이 저렇게 되는 걸까?

알렉시스는 새삼 옆에 묵묵히 서 있는 알렉산더를 의식했다. 앉으라고 가볍게 고개를 끄덕여 보인 말버러 공작은 성격도 상당 부분 알렉산더와 흡사했다. 그는 알렉시스의 조부이자 절친한 오랜 친구 악셀 브로디의 안부를 짧게 물은 뒤. 더 이상 에둘러 말하지 않고 곧바로 돌직구를 던져왔다.

"솔직히 말하자면 나는 브로디 양을 반대했었네. 리오넬가는 혈통을 중시하니까."

"아버지."

저택에 도착한 순간부터 모든 것에 무심한 표정으로 침묵만 일관하고 있던 알렉산더가 불쑥 입을 열었다.

"반대하셨지만 지금은 이의 없으신 거죠. 그럼 불필요한 말씀은 하지 마십시오."

"하하……."

아들의 날카로운 일침에, 공작은 무안해하는 기색 없이 호탕한 웃음을 터뜨렸다. 우는 아이도 울음을 뚝 멈추게 할 수 있는 호랑이 같은 사람이란 평판이지만, 그도 역시 친아들에게만은 약한 모양이었다. 게다가 알렉산더는 그 자신과 모든 면에서 꼭 빼닮았으니 애정이 더할 수밖에 없으리라.

"저놈이 브로디 양에게 단단히 빠져 있다는 게 사실인 모양이야. 저 녀석은 절대 공공연히 누군가를 옹호하는 인물이 아니거든. 인간미라고는 눈 씻고 봐도 없지."

퍼디난드 리오넬은 홍차를 한 모금 머금은 뒤 계속해서 말을 이었다.

"그리고 브로디 양은 충분히 그릴 가치가 있는 여성이야. 오히려 브로디 양이 아까울 정도로…… 순수 100퍼센트 앵글로색슨이 아니라서 유감이지만."

"듀크 말버러(말버러 공작)."

알렉산더는 아버지를 향해 이를 갈며 자리에서 천천히 일어섰다.

"알렉산더."

알렉산더가 더 뭐라고 말하기 전에, 알렉시스는 그를 제지하고 조용히 공작의 말을 받았다.

"100퍼센트 앵글로색슨 혈통은 이제 이 영국 하늘 아래서도 손꼽아 찾을 정도이고, 현재의 리오넬 가문 역시 엄밀히는 그 범주에 속하지 않습니다. 레이디 유제니의 어머니 레이디 마리사 칼라일 백작 부인의 친정 보브와 가문은 프랑스 출신 초대 조상이 캐나다에 정착한 크레올(캐나다의 프랑스계 이민자 후손)이자 아일랜드 및 유럽 각지에서 이주해온 다양한 계층의 사람들과 혼인을 해온 집안입니다. 그중 몇몇은 인도의 상류층도 있었습니다."

알렉시스는 교수들 앞에서 프레젠테이션이라도 하는 것처럼 억양 없이 빠르게 그녀가 알고 있는 사실들을 나열했다.

"유제니 칼라일 리오넬은 이미 오래전부터 100퍼센트 앵글로색슨 혈통이 아니었고, 자연히 해링턴 리오넬과 그녀 사이의 세 자녀도 마찬가지입니다."

"……."

"하하핫……. 하하, 하하하!"

퍼디난드는 아까보다 더 크게 너털웃음을 터뜨렸다. 기막힌 실소나 비웃음이 아니라 정말로 재미있고 유쾌해서 어쩔 줄 모르겠다는 웃음이었다. 혼자 한참을 웃던 노신사는 품에서 시가 케이스를 꺼내며 자리를 박차고 일어났다.

"좋아, 알렉시스."

그의 목소리는 처음 방에 들어섰을 때보다 훨씬 허물없는 어조로 변해 있었다.

"그럼 부탁 하나만 하지. 100퍼센트 앵글로색슨이든 뭐든 상관없으니 자네도 부디 빨리 손주들을 가지도록 하게. 난 원래 약해빠진 어린애들은 질색이지만 내 유전자를 물려받은 아이들은 확실히 다르더군."

그는 저녁 만찬이 준비될 때 다시 보자는 말을 남기고 탁자 위의 벨을 울렸다. 처음에 응접실로 안내했던 집사 중 한 명이 들어와 그들을 다시 정중히 이끌었다. 알렉시스는 조금 혼란스런 표정이 되어 곁의 알렉산더를 돌아보았지만 그는 다시 무심한 표정으로 돌아가 있었다. 하지만 왠지 즐거워 보이는 눈빛을 하고 있었다.

아버지 퍼디난드의 부친 조지 리오넬 말버러 공작은 영국 왕실로부터 대대로 말버러 공작 작위를 이어받은 사람으로서, 리오넬 가문이 누리는 엄청난 부와 영지는 모두 퍼디난드 리오넬의 대에 이르러 그 전성기를 발했다고 해도 과언이 아니었다.

말버러 공작 때의 5배 이상의 부를 구축한 퍼디난드는 그의 장남 알렉산더에게 어릴 때부터 아버지를 뛰어넘어 훨씬 더 괄목할 만한 업적을 이뤄낼 것을 종용해왔다. 퍼디난드는 지극히 완고하고 공공연히 애정을 표현하지 않는 성격이었으나 단 하나뿐인 아들에게는 당근과 채찍을 번갈아가며 교묘하게 훈육하는 데 주력했다. 알렉산더가 어릴 때 불의의 자동차 사고로 세상을 떠난 아내 루시 리오넬의 빈자리와 텅 빈 저택을 채우기 위해, 그는 동생들의 가족을 죄다 본가로 불러들여 한 가족으로 살도록 종용했다.

그 대신 감히 장남의 권위에 도전하지 못하도록 리오넬가의 일원들을 모두 적당한 선에서 통제하며 최대한 그의 보살핌 아래 살도록 쥐락펴락하는 것도 잊지 않았다. 그 결과 아들은 더할 나위 없이 훌륭한 후계자로 성장했고, 흔히 재벌가에 난무하는 가족 간의 추한 암투 같은 것은 리오넬가에서는 상상조차 할 수 없게 되었다. 강력한 서열 체계 안에서 가족 간의 결속력을 최대한 다지게 한 퍼디난드의 통솔력 덕분이었다. 따라서 리오넬의 성을 가진 이들은 퍼디난드 리오넬이 할당한 각자의 임무와 책임을 잘 수행하는 전제하에 비교적 자유롭고 평탄한 삶을 누릴 수 있었다.

다만 말버러 공작가는 대대로 베일에 싸여 있길 좋아하는 신비주의 가풍인지라 언론에의 노출을 지극히 꺼렸다. 얼마 전에는 리오넬가에서 그들에 대한 기사를 무단으로 게재했던 신문사를 상대로 고소하는 일도 있어서 최근에는 그 어떤 언론사도 함부로 리오넬 가문을 건드릴 수 없었다. 가문의 총수인 알렉산더의 염문설은 그가 워낙 대중에 노출된 인물이었기에 어쩔 수 없다 해도, 그 외 리오넬가 일원들은 어지간해서는 신문 기사에 오르내릴 일 자체가 없었다.

아들의 적당한 염문에 대해서는 퍼디난드는 그다지 개의치 않아했다. 세상을 손에 쥔 남자라면 물론 결혼에 대한 기사로 곧 세간의 언론이 너나없이 들썩이겠지만, 어차피 리오넬 가문이 소유한 언론 매체의 진두지휘하에 철저히 걸러지고 다듬어진 장밋빛 보도들 위주로 실리게 될 터였다.

"알렉시스 브로디, 역시 악셀의 핏줄답군."

퍼디난드 리오넬에게 있어서 단지 놀라운 것은 그녀의 옥스퍼드 학생다운 지성과 당돌함만이 아니었다. 자신의 아들이 실은 훨씬 더 놀라웠다. 언젠가는 누군가와 적당히 가정을 꾸리게 되겠지만 사업상의 이익이나 정치적 배경을 전제로 놓은, 지극히 타산적인 결혼이 될 것이라 생각했었다. 세상 사람들은 누구나 사랑에 적어도 한 번은 빠진다는 근거 없는 억측을 한다. 그러나 세상에는 선천적으로 불같은 사랑을 할 수 없는 유형의 인간도 있다. 애초에 그렇게 생겨먹은 인간도 있는 것이다. 퍼디난드 리오넬 말버러 그 자신처럼.

대신 그는 고인이 된 정략결혼의 아내가 남기고 간 아들을 통해 진정한 애정에 대해 알게 되었다. 비록 남녀 간의 사랑은 아닐지라도, 세상에 조건 없는 순수한 사랑이 존재할 수 있음을 그는 자신과 쏙 빼닮은 아들 알렉산더를 통해 각성하게 되었던 것이다.

그는 내심 아들이 자신과는 달리, 누군가와 진심으로 사랑하게 되길 막연히 바라고는 있었지만 그 시간이 이렇게 빨리 올 줄은 예측하지 못했었다. 알렉산더 본인은 인정하지 않을지도 모르나, 그가 브로디가 손녀에게 얼마나 미친 듯이 빠져 있는지 아버지인 그는 똑똑히 볼 수 있었다. 알렉시스보다 그가 훨씬 더 깊이 몰두해 있었다.

아들은 누구에게도 마음을 주지 않아왔다. 심지어 가족들에게도 결코 속을 털어놓거나 일절 곁을 주지 않는 냉혹한 성격이다. 그런 그가 이렇게까지 깊이 마음을 빼앗겨버렸다면, 그는 그야말로 상대의 모든 것을 다 갖든가 아예 모든 것을 망가뜨려버리든가…… 혹은 같이 망가질 수도 있었다. 정말로 아낀다면 적당히 자제할 줄 아는 지혜가 아들에게 충분히 있기를 그는 진심으로 바랐다.

"그 빌어먹을 일은…… 이젠 잊었겠지, 분명히."

퍼디난드는 스스로에게 다짐하듯 조용히 뇌까렸다. 아들이 어렸을 때 겪었던 끔찍한 일이 혹시라도 그들의 결혼 생활에 티끌만한 영향이라도 미치진 않을지, 노신사의 예리한 직감을 한순간 스치고 지나갔다.

"알렉시스가 괜찮다면 오늘 하루는 여기서 묵어요. 내일 스코틀랜드에서 샬럿 할머님이 도착하실 테니. 알렉시스를 바로 못 보시면 너무나 서운해하실 거예요."

"하지만 아무것도 준비해오지 않았어요."

"할머님이 일부러 먼 길 오시는데 형수님 말대로 해."

알렉시스는 잠시 망설이다 알렉산더의 거드는 한마디와 유제니의 이어지는 간청에 결국 그렇게 하기로 했다. 그러나 그가 식탁에서 일어나며 그녀의 귓가에 살며시 속삭이는 말을 듣고 알렉시스는 간담이 서늘해지고 말았다.

"오늘 밤…… 기대되는데. 2시간 후 내 방으로 와. 3층 복도 끝."

알렉산더는 그녀의 당혹스런 표정을 못 본 척, 집안의 어른들을 뒤따라 으레 남자들만 담화를 나누는 끽연실로 향했다. 그가 태어나 자란 집에서 그녀를 안는 것은 평소와는 또 다른 즐거움이 되리라.

알렉시스는 호랑이 소굴에 들어와 어떻게 먹히게 될지 걱정하는 토끼의 심정이 되어 있었다. 달콤한 수플레가 입으로 들어오는지 코로 들어오는지 그녀는 디저트를 먹는 둥 마는 둥 하고, 당사자를 눈앞에 둔 채 본인들이 더 신나서 결혼 준비 계획을 이리저리 세우는 리오넬가 여자들을 조용히 바라보았다.

10시가 좀 넘은 시각, 호화로운 게스트용 침실에 들어선 그녀는 알렉산더의 경고에도 문을 단단히 잠근 채 나이트가운에서 얇은 모슬린 네글리제 잠옷으로 갈아입었다. 아직은 이 집 안에서 그와 사랑을 나누고 싶지 않았다. 아무리 방음 잘된 대저택이라 해도, 혹시라도 누군가가 그들의 격렬한 정사를 듣기라도 한다면······! 순간 알렉시스는 귓불이 빨갛게 물드는 걸 느꼈다. 이미 1년 가까이 공공연한 커플이었다 해도 무수한 눈과 귀가 있는 이 저택 안에서는 되도록 조용히 머물다 가는 게 현명할 것 같았다.

좋은 냄새가 나는 최고급 담요를 덮고 그녀는 베개에 머리를 얹자마자 곧바로 잠에 빠졌다. 아무리 예상보다 편안한 분위기였다 해도 알렉산더의 가족들을 정식으로 만나는 자리라 내심 긴장하고 있었던 모양이었다.

어쩐지 차가운 공기에 몸이 노출된 것처럼 조금 한기가 느껴져 알렉시스는 잠결에 몸을 뒤척였다. 이불을 끌어올리려 손을 당겼다 생각했지만, 무언가가 그녀의 움직임을 저지하고 있는 것 같았다. 곧이어 둥근 가슴선과 유륜을 따라 마치 깃털이 살살 스치는 듯 간지러운 쾌감이 일었다. 그리고 쪽, 소리 내며 부드러운 살갗이 젖꼭지 정점을 꾸욱 눌러오는 감촉. 몸 중심에도 서늘한 무언가의 감촉이 느껴지며 몸속으로 뭔가 쑥 들어오는 기색이 느껴졌다. 누군가의 거친 숨결, 익숙한 향기가 그녀의 전신을 삼킬 듯이 압박해오고 있었다.

"……!"

그녀는 가위눌린 사람처럼 소스라치게 놀라 눈을 떴다. 그녀가 예상했던 건장한 체격의 한 남자가 나이트가운 차림으로 이불 속에서 그녀의 몸 위에 올라타 있었다. 그녀의 네글리제 잠옷은 목까지 끌어올려져 젖가슴이 달빛 아래 적나라하게 드러나 보였다. 그의 차가운 손가락이 그녀의 배꼽 아래 팬티 속을 비집고 들어가 질 안을 마구 유린하고 있었다. 차가운 손가락이 음부 안 붉은 속살을 뜨겁게 달구며 따뜻한 애액으로 이내 젖어들기 시작했다.

"알렉산더!"

"넌 정말 지독히도 말을 안 들어……. 문을 잠그면 못 들어올 줄 알았어?"

그는 심술궂은 아이처럼 네글리제를 머리 위로 아예 벗겨버리고 본격적으로 그녀의 눈부신 알몸을 탐닉해나갔다.

"싫어, 하지 마……! 들리면 어떡해!"

"그러게 내가 시키는 대로 했어야지. 내 방이 구조상 가장 안 들리는 곳인데."

그는 짓궂게 웃으며 자신의 명령을 거역한 데 대한 벌을 내리듯, 탐스러운 복숭앗빛 젖가슴을 손안에 꽉 쥐었다 손바닥으로 쓸어내리길 반복했다. 알렉시스의 지속적인 저항에 그는 혀를 차며 그녀의 두 팔을 머리 위로 올려 네글리제의 허리끈으로 묶어버렸다. 정복욕과 소유욕 가득한 성정답게, 그는 그녀가 강하게 저항할 때마다 노예처럼 무방비한 상태로 만들어 강제로 몸을 열어버리곤 했다.

"실컷 더럽혀주겠어. 내가 성에 찰 때까지……."

"읏, 앗…… 으읏! 아…… 그만해, 제발……!"

입술을 꽉 깨물며 신음을 참는 얼굴이 너무나 귀여워 알렉산더는 더욱 강한 흥분을 느꼈다. 조금 더 괴롭혀주려 했지만 그 자신이 더는 참기 힘들었다. 그는 그녀의 몸을 깔고 엎드린 자세에서 몸을 일으켜 가운을 벗어 던졌다. 그사이에 알렉시스는 손목이 묶인 채 재빨리 몸을 일으켜 그를 설득하려 애썼다. 아무리 잘 관리된 저택이라 해도 지어진 지 100년도 더 된 성이다. 그들이 평소 하던 대로 했다가는 아래층에 고스란히 생방송으로 중계하는 것이나 다를 바 없다.

"알렉산더! 바로 아래가 거실이야…… 다 들릴 거야. 차라리 당신 방으로 가."

하지만 알렉산더는 잔인한 미소를 지으며 고개를 설레설레 저었다. 이미 나이트가운을 벗어 던진 그의 몸 중심은 단단하게 발기해 우뚝 서 있었다.

"안 돼. 이젠 1초도 못 기다려."

그녀가 손목에 묶인 네글리제를 풀고 몸에 걸치며 문가로 다가가려 했지만 그가 더 빨랐다. 알렉산더는 야수처럼 달려들어 그녀의 손에서 잠옷을 낚아채 방 한구석으로 던져버리고 그녀를 알몸째 벽에 밀어붙였다. 저항하지 못하게 양팔을 머리 위로 들어 올려 손목을 꽉 잡고서, 그는 선 채로 눈앞의 젖가슴을 마구 물고 빨았다. 그녀가 거칠게 숨을 몰아쉬며 몸을 비틀자 한 번 숨을 들이쉬고 뱉을 때마다 탐스러운 유방이 위아래로 살짝 흔들렸다. 사납게 곤두선 페니스가 군살 없이 매끄러운 그녀의 복부를 마구 비벼대며 뭔가를 보채는 듯 귀두의 틈이 움찔거리고 있었다.

"아악- 웃…… 하아……!"

그가 더 참지 못하고 단숨에 음부 안을 꿰뚫자 알렉시스는 단말마의 비명을 짧게 흘리고 아랫입술을 깨물어 신음을 최소화하려 애썼다. 그가 선 채로 그녀의 비부와 맞닿은 허리를 사정없이 올려붙이자 그녀의 가느다란 허리가 그 반동에 세차게 흔들리며 젖가슴도 이리저리 출렁대기 시작했다. 알렉시스는 쥐어짜는 듯한 신음을 흘리며 몸속 깊은 곳을 거세게 찔러오는 충격을 견뎠다. 페니스의 격렬한 방망이질 소리와 살의 마찰음이 어두운 방 안을 가득 채웠다. 전력 질주라도 하듯, 알렉시스의 숨소리가 더욱 거칠어지며 입에서는 앓는 소리가 간간이 새어 나왔다.

그가 탄탄한 엉덩이에 힘을 줄 때마다 뜨겁게 달아오른 성기가 그녀의 자궁 깊은 곳을 강인한 힘으로 퍽, 퍽 소리 내며 방망이질 해댔다. 단단한 성기의 위력이 점점 그 강도와 속도를 높이자 그녀의 목 깊숙한 곳에서 숨넘어갈 듯한 교성과 헐떡임이 동시에 새어 나왔다. 머리 위로 올려 잡혀 있던 손목은 어느새 자유롭게 풀려나 알렉산더의 넓은 어깨를 움켜잡고 있었다.

그가 잠시 움직임을 멈추자, 그녀의 쌕쌕거리는 숨소리도 잦아들며 금방이라도 바닥에 주저앉을 것처럼 스르르 힘이 풀렸다. 알렉산더가 그녀의 겨드랑이 안쪽을 잡고 쓰러지는 걸 저지하나 싶더니 몸속에 꽂혀 있던 페니스를 빼냈다. 대신 그녀의 기진맥진한 알몸을 널찍한 침대 위에 쓰러뜨린 뒤 다시 본격적으로 정복을 재개했다. 알렉산더는 그녀의 길고 가느다란 양다리를 뒤로 힘껏 젖히고 발목을 꽉 잡았다. 항상 단정히 빗어 넘긴 머리가 땀에 젖은 이마에 마구 헝클어져 내려와 그의 눈을 반쯤 가리고 있었다.

"······마음껏 소리 질러. 이 집에서 우린 이미 부부나 다름없어."

"악! 아아─ 하악······!"

그의 굵고 단단한 성기가 빨갛게 부풀어 오른 속살을 사납게 비집고 밀려왔다. 알렉시스는 굳이 그의 말이 아니라도, 이미 머릿속이 하얗게 되어 아무것도 생각할 수 없었다. 그가 허리를 연거푸 돌진시키자 침대 머리 판이 쿵쿵 소리를 내며 벽이 부서져라 흔들리기 시작했다. 뜨겁게 고동치는 성기가 살짝 후퇴했다 앞으로 세차게 전진해올 때마다, 아랫입술을 꽉 깨문 채 그녀의 입은 응! 응! 억눌린 신음을 토해냈다. 잠시 후 그가 삽입한 채로 그녀의 몸을 뒤집고 침대 위에 드러누워 알렉시스가 자신의 몸 위에 올라타는 자세를 취했다.

"아, 아아······. 흐윽!"

그의 커다란 성기가 몸속 가장 깊은 곳을 찌르며 꾸욱 눌러오자, 그녀는 흐느끼는 듯한 신음을 흘리며 그의 가슴 위로 엎드려 버렸다. 페니스가 몸속을 가득 채우며 질 내벽 가장 민감한 곳을 꿈틀거리며 건드리자 몸이 바들바들 떨리며 힘이 전혀 들어가지 않았다. 다리에도 힘이 풀려버린 듯, 그녀는 벌써 기진맥진해 그대로 기절해버린들 전혀 이상하지 않을 것 같았다.

"너무 잘 느껴도 탈이군."

조롱하는 건지 농담하는 건지 알 수 없는 투로 알렉산더는 나직한 한숨을 뱉었다. 입가에 유쾌한 미소를 짓고 있었지만, 알렉시스는 타오를 듯 뜨거워진 얼굴을 그의 어깨에 기대고 있어서 그 웃음을 볼 수 없었다. 대신 전신의 힘이 악력에 집중되기라도 한 듯, 한 손으로 그의 머리칼을 아프도록 움켜쥐고 의미심장한 신음만 흘렸다.

"이제 그만! 그만…… 빨리……."

"빨리 뭐?"

"흐윽……!"

빨리 빼달라는 말은 절대 아니었다. 그녀가 뭘 원하는지 알면서도 그는 일부러 짓궂게 그녀를 가지고 놀았다. 그녀가 저도 모르는 사이 날카로운 손톱으로 그의 목덜미를 짓누르자 그 역시 그녀의 엉덩이를 움켜쥔 손아귀에 힘을 주었다. 마침내 그가 누운 채 허리를 세게 튕겨 올리자 그녀는 자지러지는 비명을 올리며 금방이라도 무너질 것처럼 위아래로 격렬하게 흔들렸다. 철퍽철퍽, 음란한 살 소리가 성 전체에 울려 퍼질 기세로 격정적인 반복을 계속했다.

그는 그녀의 무방비한 표정이 너무나 아름답고 미칠 듯이 귀여워 견딜 수가 없었다. 이제 매일 그녀를 품에 안고 마음껏 가질 수 있다고 생각하자 또 다른 환희가 온몸을 타고 흐르는 것 같았다. 이윽고 그가 격렬한 방망이질 끝에 우윳빛 정액을 그녀 몸 안에 힘차게 쏟아부었다.

사정액이 살과 살이 맞닿은 부위에서 애액과 뒤섞여 한참을 흘러내린 뒤에도 그는 그녀를 꼭 끌어안은 채 떨어지지 않았다. 그는 반쯤 정신을 잃은 그녀를 꼭 안은 채, 과연 어느 쪽이 먼저인가 잠시 생각해보았다. 이렇게 기막히게 좋은 정사 때문에 알렉시스라는 여자가 그렇게 갖고 싶은 것인지, 알렉시스라는 여자 자체를 갖고 싶어 견딜 수 없어서 그녀와 사랑을 나누는 게 이렇게 황홀한지. 그녀를 옆으로 눕히고 땀에 젖은 앞머리를 쓸어주자 힘없는 속삭임이 들려왔다.

"결혼하면 한방을 써야 해?"

"부부니까 당연한 거 아닌가?"

그녀의 뜬금없는 물음에 그는 어이없다는 듯 되물었다.

"그럼 이제 밤마다…… 이렇게 되는 거야? 난 감당 못해. 적어도 7시간은 푹 자야 다음 날 멀쩡하다고."

"뭐가 걱정이야. 초저녁부터 하면 되지."

그런 어이없는 농담은 생전 처음 들어봤다는 듯 그녀는 모로 누워 그를 마주 보았다.

"공식적인 부부 침실은 하나 두고 각방 쓰는 걸로 해. 우리 둘 다 어차피 혼자 있는 시간이 어느 정도 필요한 사람들이잖아."

"네 서재나 다른 방은 얼마든지 주겠어. 런던 빌라엔 안 쓰는 방만 7개야. 하지만 잠은 반드시 부부 침실에서 자야 해. 무슨 일이 있어도. 외박도 절대 안 돼."

"……."

그녀는 더 싸울 기력이 없어서 그만 입을 다물고 말았다. 격렬한 정사 뒤 으레 찾아오는 나른함과 피로에 곧 졸음마저 밀려올 터였다. 이미 저질러버린 마당에, 다음 날 오전에 이 집 사람들을 어떻게 마주할 수 있을지 더는 걱정하지 않기로 했다. 정력으로 가득 차 무지막지하게 밀어붙이는 황소 같은 짐승은 애초에 이 집안사람이었다. 이 집 사람들도 당해내지 못할 그의 완력과 의지를 그녀가 어떻게 당해내겠는가.

더치스(Dutchess) 레이디 오브 샤를로트 로이스 리오넬 말버러,

약칭 샬럿 리오넬 공작 부인은 팔순이 가까운 나이에도 지극히 총명하고 유쾌하며 세상 이치에 밝은 귀족 부인 그 자체였다. 흔히 그 세대가 그러하듯, 뼈대 있는 가문의 귀족 특유의 거들먹거리는 품새는 전혀 찾아볼 수 없었다. 그녀는 마치 빨간 머리 앤 소설의 앤 셜리가 노부인이 되었을 거라 상상되는 바로 그런 캐릭터였다. 프랜시스 고모 역시 그 나이가 되면 분명 비슷한 노부인이 되어 있을 것이다.

노블레스 오블리주를 몸소 실천하며 전 세계적으로 기부와 봉사 활동을 해오고 있는 그녀는 어떤 면에서는 알렉산더보다 더 저명하고 바쁜 여성이었다.

"알렉시스, 너는 기억하지 않을지도 모르지만 예전에 너희 할아버지 생신파티에서 널 본 적이 있단다. 네가 13살이었나…… 그때 넌 스페인 외갓집인 헤네스 가문에서 살고 있었지만 매년 여름마다 런던으로 와서 지냈잖니. 정말 몰라보게 많이 컸어!"

노부인은 알렉시스에게 허물없이 다가와 마치 오랫동안 서로 알아온 사이인 것처럼 그녀의 두 손을 다정하게 맞잡았다.

"정말 잘 자랐는데……. 이렇게 아름답고 훌륭하게 자라서도 어째서 그렇지? 왜 아직도 외롭고 음울한 빛이 눈 속에 그대로 남아 있어."

"……."

알렉산더와의 결혼이 잘하는 일인지 평생 후회할 일인지 몰라서, 그리고 그가 결혼은 원하지만 저를 사랑하진 않는다는 사실이 항상 제 마음을 짓누르기 때문일 거예요, 할머님.

알렉시스는 뭐라 대꾸해야 할지 몰라 조용히 미소만 지어 보였다. 그녀는 유제니가 그녀를 잠시 호출하는 바람에, 알렉산더와 노부인만 남겨두고 잠시 자리를 떴다.

"알렉스, 우리 아기."

"이젠 그렇게 부르지 말아달라고 말씀드렸잖아요."

"아가."

샬럿은 짐짓 퉁명스럽게 대답은 해도 그녀가 잡은 손을 그대로 두고 있는 손자의 얼굴을 다정히 들여다보았다. 알렉산더는 저만치 멀어져가는 알렉시스의 뒷모습을 눈으로 좇고 있다가 마지못해 할머니에게 눈길을 돌렸다.

"알렉스, 명심해라. 뭐든 손안에 너무 꽉 쥐려고 하면 할수록 그건 빠져나가고 말 거야. 사랑하는 건 사업과는 완전히 달라. 이 할머니가 하는 비영리사업 말고 네가 하는 비즈니스 정글 말이다. ……저 애를 사랑하지?"

"전 사랑 같은 건 믿지 않아요. 누군가를 사랑한다는 감정이 어떤 건지도 모르고."

"……"

노부인은 이런 멍청이를 봤나 싶은 한심한 눈으로 건장한 손자를 올려다보았다.

"세상에 둘도 없는 바보, 천치가 우리 집안에 태어났구만. 휴우……"

"……?"

아버지 퍼디난드 때의 2배는 더 부를 창출하고 있는 자신이건만, 도대체 할머니가 무슨 소리를 하는지 모르겠다는 표정으로 알렉산더는 미간을 좁혔다.

"때 되면 알겠지. ……아무튼 욱하는 성질 좀 죽여라, 제발. 한번 뒤집히면 아무것도 눈에 안 보이는 그 성질 좀 다스리란 말이다."

"할머니, 누구나 다 그래요. 너무 화가 나면 누구나 그렇게 된다고요."

"네 경우에는 '너무 화가 날 때'가 너무 많으니 문제지."

"……."

"1년 넘게 겪어봤으면 알고 있겠지만, 알렉시스도 보통 성질은 아니야. 그리고 엄청나게 똑똑해. 네가 아무리 날고 기어봤자 저 아이 절대 못 이긴다? 아무튼 나도 당분간 여기 있을 테니 본가로 자주 데리고 오렴."

"알았으니까 잔소리 좀 그만하세요."

알렉시스가 보통 성질은 아니고 엄청나게 똑똑한 여자임은 그도 너무나 잘 알고 있었다. 하지만 그가 아무리 날고 기어봤자 그녀를 절대 못 이긴다니 도대체 무슨 말인지 알 수가 없었다. 지난번 덴마크 대사 부인 생일파티 때, 자신이 별관 로비에서 알렉시스와 격렬한 말다툼을 벌이고 있던 장면을 지나가던 샬럿 부인이 죄다 지켜보고 있었을 줄, 그는 꿈에도 상상하지 못했다.

두 사람이 롤스로이스를 타고 런던 시내로 돌아가자, 샬럿 부인은 정원이 한눈에 내다보이는 거실에 자리 잡고 며느리들이 들고 온 홍차를 한 모금 음미하며 조용히 뇌까렸다.

"애들아, 너희들 의견을 좀 말해보렴. 어떤 남자가 한 여자를 만나게 됐는데 말이지……."

항상 재미있는 얘깃거리가 끊이지 않는 시어머니가 화두를 꺼내자 여자들은 일제히 귀를 기울였다.

"어딜 가든 뭘 하든 그 여자가 머릿속에 항상 들어 있고, 같은 장소에 있을 때면 자기도 모르게 그 여자의 일거수일투족만 보느라 여념이 없고, 다른 남자와 눈길만 주고받아도 불같이 화가 나고, 넌 내 여자니까 행여나 다른 생각 말라고 누누이 협박…… 아니, 당부하고 결국 그 여자랑 결혼하기로 결심했어. 이 남자는 이 여자를 어떻게 생각하는 거니?"

"어머님은 참……. 당연히 사랑에 빠진 거죠. 그것도 엄청나게 열렬하게."

"근데 질투가 너무 심해서 여자가 조금 힘들 것 같긴 해요."

"그런데 그냥 해보신 말씀은 아닐 테고…… 도대체 어느 집안 누구 이야기예요?"

"으응…… 들으면 깜짝 놀랄 집안이긴 하지. 그런데 그 멍청이는 자기가 사랑에 푹 빠진 걸 절대 인정 안 하니 답답할 노릇이지……."

샬럿은 지난번 덴마크 대사 부인 파티 때 별관 로비에서, 그녀가 중간에 끼어들어 손자를 만류해야 하나 조마조마한 심정으로 지켜보고 있었던 그 둘의 대화를 다시금 떠올렸다.

당시 대화를 생각해보면 알렉시스는 수상의 아들과 잠시 대화를 하고 친밀한 인사를 나눴을 뿐이었다. 그런데 알렉산더는 흡사 그녀의 불륜 행각이라도 목격한 것처럼 알렉시스를 몰아붙이고 심지어 파티 도중 돌아갈 것을 강요하고 있었다.

알렉산더는 질투로 길길이 날뛰고 있었다. 누가 봐도 그건 명

명백백한 사실이었다. 그녀는 사업적인 일 이외에는 그 어떤 것에도, 그 누구에게도 집착하지 않고 마음도 주지 않던 냉정한 손주의 그런 모습을 보고 적잖이 놀라 있었다. 격렬한 언쟁 직후, 그가 알렉시스를 끌고 가다시피 주차장 쪽으로 이끄는 걸 보고 샬럿은 희대의 난봉꾼이던 손주가 드디어 임자를 만났구나 싶어 내심 쾌재를 불렀었다. 하지만 한편으로는 걱정도 되었다. 불같은 성격의 그가 지배적, 독선적인 성격을 적당히 조절하지 않았다가는 사랑하는 여자에게 단단히 미움받겠구나 싶었던 것이다.

하지만 할머니의 관점에서는 순전히 손주만 탓할 수는 없었다. 알렉산더는 어려서부터 남을 의심하는 법을 혹독히 훈련받으며 자라야 했던 아이였다. 약육강식의 세계에서 살아남기 위해서는 그 누구도 절대로 믿어서는 안 된다고 아버지 퍼디난드가 철저히 주입시켰던 것이다. 그래서 아무리 알렉시스에 대한 마음이 깊어도 그녀를 진정으로 믿지는 못하는 것이다. 그토록 사랑하는 여자가 혹시 자신의 곁을 떠날지 모른다는 의심에 언제나 마음을 놓을 수가 없는 것이다.

게다가 어릴 때 겪어야만 했던 끔찍한 일이 아직 정신적 트라우마로 작용하고 있는지도 몰랐다. 제 어미 루시가 교통사고로 그렇게 빨리 가지 않고 살아 있었더라면 그런 일은 겪지 않아도 되었으리라.

괜찮아, 처음은 험난하겠지만 괜찮을 거야. 일단 아이라도 생기면…….

모처럼 운전사 없이 알렉산더 본인이 운전하는 롤스로이스 차

안에 나란히 앉은 둘은 한동안 말이 없었다.

"그래서."

알렉산더는 방금 생각났다는 듯 옆자리의 그녀를 흘낏 돌아보았다. 앞머리가 이마로 흘러내려 어딘지 소년 같은 분위기였다.

"리오넬가 사람들을 만나본 소감은 어때?"

"우리 집과는 좀 다른 분위기지만…… 정말 편안하고 좋은 분들 같았어요. 그런 가정환경에서 당신이 왜 그렇게 성장했는지 미스터리긴 해도."

그는 거슬린다는 듯 한쪽 눈썹을 추켜올렸지만 크게 개의치 않는 듯했다.

"내 경우는 타고난 천성이 성장 환경을 완전히 압도해버린 케이스지. 애초에 난 태어나길 그렇게 태어난 인간이야. 소위 말하는 알량한 감정들- 사랑, 인도주의, 죄책감, 양심, 휴머니즘, 그런 것들이 선천적으로 결핍됐어. 흔히들 말하는 소시오패스 범주에 속할 수도 있겠지."

"태어난 그대로 살면 돼."

"……."

그는 그녀의 무덤덤한 말에 조금 의외라는 표정을 지었다. 대부분 사람들은 아니다, 모든 이들이 그렇듯 그에게도 그런 감정들이 마음속 깊이 분명 있긴 있는데 잘 표출되지 않는 것뿐이다 등등 무의미한 위로나 치기 어린 조언을 던질 터였다. 그리고 알렉산더는 그런 겉치레를 가장 혐오했다. 그러나 알렉시스는 그가 전혀 상상하지 못한 방향으로 응대하고 있었다.

"사이코패스든 소시오패스든 연쇄살인범이든 뭐든…… 결국 타고난 그대로 살아갈 수밖에 없어. 처벌을 받든 사회로부터 격리되든 차단되든 그 결과도 본인이 안고 가야 하는 거고. 정말 그래야 할 때가 온다면, 당신도 언젠가는 자연스레 그런 감정들을 좀 더 절실히 느낄 순간들이 오겠지."

곧이어 그들의 화제는 코앞으로 다가온 결혼식 관례로 옮겨졌지만 알렉산더는 상상도 못 하고 있었다. 그때 그녀가 무심히 던졌던 말들이 그에게 언제, 어떤 형태로 현실화될지 그때는 그도 알 도리가 없었다.

'정말 그래야 할 때가 온다면, 당신도 언젠가는 자연스레 그런 감정들을 좀 더 절실히 느낄 순간들이 오겠지.'

–알렉시스, 제발 그만둬! 이쯤에서 멈춰……!

어제까지 하루가 멀다시피 전화해 그녀를 설득하려 애쓰던 루카의 말이 머릿속에 다시 종을 울렸다.

–그 자식은 정상이 아니야! 그런 놈이랑 결혼해봤자 너만 불행해져! 그렇게 겪어봐도 모르겠어? 난 정말 널 이해할 수가 없어……. 차라리 네가 평범한 집안이었으면 리오넬가 후광을 노리는 거라고 이해라도 하겠어!

"결혼이 영원한 족쇄는 아니야, 루카. 되돌리고 싶으면 얼마든지 그렇게 할 수 있어. 수많은 사람들이 그렇게 하듯이…… 좋은 일이라곤 할 수 없지만."

–그 자식이 순순히 그렇게 해주겠어? 자기가 원할 때는 수단 방법 안 가리고 가차 없이 이혼하겠지만, 제발 다시 생각해, 시스!

"루카."

―네가 기억도 못하는 갓난아기 시절부터 우린 함께 자랐어. 난 네 친오빠나 다름없는데…… 내가 뭘 걱정하는지 정말 모르겠니?

　업무상 마드리드를 떠날 수 없는 사정만 아니라면, 그는 지금이라도 당장 런던으로 날아와 어떻게든 그녀의 결혼을 결사반대했을 게 분명했다. 그의 말대로, 루카는 그녀가 철도 들기 전부터 과보호다 싶을 만큼 그녀를 공주처럼 보살펴주었고 진심으로 아껴주었다.

　그의 염려를 모르는 건 아니었지만 알렉시스는 이미 스스로의 의지로 결혼을 결심했고, 그 결정을 번복할 생각이 없었다. 그녀는 자신의 직감이 이끄는 대로 가보기로 한 것이다. 프랜시스 고모의 아이들과 허물없이 어울리고 해맑게 웃던 그의 지극히 인간적인 면모를 믿어보기로 했다. 시간이 흐를수록 그와 진정한 부부로서 살아가게 되고, 그리고 그가 그녀를 진심으로 아끼고 사랑하게 될 순간이 오기를 믿어보기로.

　15년 전.

　"……."

　사람들의 웅성거림 속에서, 14살의 앳된 소년은 뭔가에 홀린 듯 창밖에서 시선을 떼지 못했다. 검고 깊은 한 쌍의 눈이, 로코코 양식의 테라스 위로 한순간 솟구쳐 오르다 아래로 낙하하는 새하얀 레이스 프릴을 닦고 있었다. 언젠가 핀란드 라플란드 밤하늘에서 보았던 형형색색의 오로라처럼, 빛의 기둥 형태로 계단을 이룬 레이스 천 조각이 허공에서 쫙 펼쳐져 날갯짓을 하다가 이내 시야에서 사라지고 말았다. 그리고 곧이어 사람들의 찢어지는 외마디 비명 소리, 한층 더해진 주변의 소음이 소년의 귓가에 화살처럼 날아와 박혔다.

소년은 저도 모르게, 방금까지 무시무시한 힘으로 압박당하고 있던 목덜미로 한 손을 가져갔다. 아직도 누군가의 온기가 고스란히 남아 있었다. 전통적인 이튼스쿨의 교복인 검은색 연미복을 입은 채, 소년은 천천히 자리에서 일어났다. 아까까지 목을 조르고 있던 악력 때문인지 목구멍 안쪽에 통증이 일어서 콜록, 하고 기침을 내뱉었다. 일제히 자신에게 달려와 부축하고 몸 상태를 살피는 사람들을, 그는 무감정한 눈으로 천천히 훑어보았다.

소년은 아주 어릴 때부터 문제가 생기면 스스로와 주변을 분리시켜 상황을 냉철하게 관망하는 습관이 있었다. 기억도 나지 않는 아기 시절에 어머니는 사고로 돌아가신 뒤였기에, 그는 본능적으로 스스로의 정서를 방어하고 감정을 절제하는 훈련을 자의 반, 타의 반으로 익혀왔기 때문이었다.

괴물은 사라졌다. 그를 끊임없이 괴롭히던 괴물은 이제 사라지고 없었다. 소년은 지그시 눈을 감고 괴물에게서 풀려난 해방감을 가슴속 깊이 맛보았다. 하지만 그의 귓가에 날아온 마지막 한마디는 언제까지고 떨쳐내지 못할 것만 같았다.

"넌 악마야. 아무도 사랑하지 마……! 불행하게 만들고 말 테니까!"

11화. 비터문(Bitter Moon)

"리오넬의 철통 보안 때문에 도무지 타깃에게 접근할 방법이 없습니다."

짝, 날카롭게 뺨을 가르는 소리에 건장한 체격의 남자는 몇 발짝 뒤로 물러섰다 무릎을 꿇었다. 자신보다 훨씬 왜소한 체격의 고용주는 조금이라도 마음에 들지 않으면 손찌검을 서슴지 않았다.

"한심하군⋯⋯. 이스라엘 모사드 출신들이라더니 겨우 그 정도밖에 안 돼?"

"그쪽 보안경호팀도 모사드, 미 백악관 출신이라 만만치 않습니다. ⋯⋯죄송합니다."

"변명은 듣기 싫어! 이제 둘이 버젓이 결혼까지 갔으니 앞으론 훨씬 더 일이 어려워질 거야."

알렉산더 리오넬이 그렇게 소유욕 강한 남자가 아니었다면 모든 일은 훨씬 더 수월하게 이루어졌을 것이다. 알렉시스 브로디란 존재는 이미 자신의 계획대로 되고도 남았을 것이다.

대체 어떻게 결혼까지 한 거지? 알렉산더 리오넬은 한 여자에게 충실할 수 있는 남자가 절대 아닌데.

그림자는 입에 물고 있던 시가를 바닥에 던지고 식탁에 놓여 있던 과도를 집어 들어 소파 위에 놓인 사진 한가운데를 정통으로 찍었다. 언론의 접근이 철저히 차단된 결혼식이 끝난 뒤, 알렉시스가 순백색 웨딩드레스를 벗고 바하마로 허니문을 떠나기 위해 알렉산더와 리무진에 올라타고 있는 사진이었다.

"6년 전 그 악몽을 되살려주지, 알렉시스 브로디."

그들의 결혼 생활은 알렉시스 본인, 루카, 그리고 샬럿 리오넬 부인의 예상보다 더 힘겹게 시작되었다. 신혼여행지 바하마에서의 일주일은 비교적 순탄하고 안온했다. 순탄했다기보다는 항상 그들이 주말에 만났던 나날이 며칠간 쭉 지속된다는 느낌이라 딱히 기시감도 문제도 없었다. 하나의 해프닝, 혹은 격한 다툼 한 번을 제외하면.

결혼식은 세기의 명문가 결합으로 전 영국, 나아가 글로벌하게 화제가 되어 측근들은 정신없는 순간순간을 보냈지만 그 둘은 철통같은 보안 속에 무사히 식을 마치고 전용기로 바하마의 나소로 곧바로 날아갈 수 있었다. 알렉산더는 알렉시스가 의아해할 만큼 여유 있고 느긋해 보였고 그녀에 대한 태도 역시 평소보다 한결 부드러웠다. 신혼여행 3일째, 새벽녘 일찍 눈이 뜨인 알렉시스가 아직 잠에 빠져 있는 알렉산더를 남겨두고 리조트 앞 해안가를 산책하고 있을 때였다. 청명한 새벽 공기 아래 시리도록 푸른 해안가의 자갈돌을 밟으며 그녀는 문득 생각했다.

화를 낼 때를 제외하고, 알렉산더는 불필요한 감정 소모에 거의 에너지를 쏟지 않았다. 그녀가 무엇을 하든, 어떤 방식으로 하든 인식은 하고 있되 그에 대한 비판이나 터치는 일절 하지 않았다. 그녀의 행선지와 그를 제외한 모든 남자들과의 접촉, 이 두 가지가 완벽한 통제하에 있다고 생각되는 한. 짐작건대 앞으로는 그녀만의 장거리 여행이나 기타 외부 일정들은 상당 부분 차단될 것이다. 과연 그 두 가지를 포기하고도 그의 곁에 있을 가치가 있는지 그녀는 문득문득 생각해보았다.

이 결혼에, 그 어마어마한 구속을 상쇄시킬 다른 장점들이 충분한지 알렉시스는 끊임없이 고민해야 했다. 법적으로 그녀를 묶어둔 지금, 그의 과도한 집착과 소유욕이 조금씩 덜해질 것인지, 오히려 더욱 강도를 더해 그녀를 숨 막히게 옥죄어올 것인지, 현재로서는 짐작하기 매우 어려웠다. 분명한 것은 정확한 이유가 뭐든, 양쪽 다 서로를 떠나는 건 바라지 않는다는 사실이었다. 알렉산더와 알렉시스 둘 다 서로가 곁에 있기를 원하고 있었다.

"……?"

멀지 않은 거리에, 사람들 몇몇이 해안가에 나와 있는 것을 보고 그녀는 자신의 차림새를 새삼 다시 확인하고 안도했다. 따뜻한 섬나라이고 프라이빗 빌라이긴 해도 부지런한 리조트 직원들이 얼마든지 드나들 수 있는 시간이었다. 외출용 재킷과 청바지를 걸치고 나온 게 다행이었다. 자신만의 생각에 골몰해 기계적으로 걷고 있을 동안, 알렉시스는 어느새 그들이 머무는 프라이빗 리조트 바깥 해안선을 넘어서고 있었다. 리조트 타운 중에서도 적정선의 해안과 부지를 할당받은 로열 등급 고객들은 드넓은 리조트 빌라 건물과 그 부지 안의 해안을 투숙객 전용으로 이용할 수 있었다.

그녀는 문득 걸음을 멈추었다. 20분 넘게 덩굴이 우거진 울타리 너머까지 해안선을 쭉 걷다 보니 다른 단체 일행들이 이용하는 곳까지 선을 넘어버린 것 같았다. 이미 희뿌옇게 밝아진 맑은 하늘을 보며 알렉시스가 다시 리조트 쪽으로 발길을 돌렸을 때였다.

"미세스 리오넬!"

눈에 익은 한 무리의 경호원들이 검은 정장 차림으로 그녀를 향해 빠르게 걸어오고 있었다. 프로답게 거칠어진 호흡을 가다듬고 있었지만, 그들이 초긴장 상태에서 자신의 뒤를 쫓아오고 있었음은 명백했다. 허니문을 방해받지 않기 위해 나소 공항에 도착한 직후로는 그들의 자취를 전혀 느낄 수 없었건만, 무슨 일로 이 새벽에 갑자기 그녀를 다급히 찾는 것인지 불안해졌다. 혹시 알렉산더에게 무슨 일이라도 생긴 걸까.

"무슨 일이에요?"

"미스터 리오넬이 찾고 계십니다. 어디 계신지 연락도 되지 않고 행방이 묘연하셔서……"

수석 여성 경호원이 알렉시스의 귓가에 대고 작게 속삭였다.

"휴대폰 놓고 나왔어요. 잠시 산책 나온 것뿐이라서."

알렉시스는 더 말을 잇는 대신, 뒤따르는 그들과 리조트를 향해 빠르게 걸었다. 알렉산더의 비정상적인 통제 중독증을 또 한 번 절감하는 순간이었다. 새벽에 잠이 깨서 휴대폰을 굳이 챙길 생각도 하지 않고 잠시 해안가를 산책하러 나갔을 뿐이었다. 그 정도도 납득 못 할 리는 없다고 생각하며 알렉시스는 작게 한숨을 쉬었다. 하지만 그것은 순전히 그녀만의 착각이었다.

"미쳤어? 지금 제정신이야?"

생각보다 훨씬 격한 알렉산더의 노호에, 그녀는 잠시 할 말을 잃고 우두커니 서 있었다.

"새벽에 잠시 산책 나간 게 그렇게 미친 짓이 될 줄은 몰랐네요. 어쩌다 보니 좀 길어졌지만."

"그게 사실이라면, 도대체 여권은 왜 갖고 나갔어?"

"여권?"

알렉시스는 아직 채 벗지 않고 몸에 걸친 재킷 주머니 안에 잡히는 수첩 같은 것을 꺼냈다. 공항에서 입고 있던 재킷이라 별 생각 없이 여권을 그 안에 넣었던 게 문득 떠올랐다. 그녀는 왜 그가 이른 아침부터 경호원들을 사방에 풀고 그녀를 찾는 데 혈안이 되었는지 그제야 깨닫고 어이없는 한숨을 내쉬었다. 새벽에 눈을 떠 보니 그녀가 어디론가 사라졌고, 여권마저 없다는 걸 발견하자 그는 일반적인 사람으로서는 거의 하지 않을 극한의 상상에까지 이른 것이다.

"이 안에 넣어둔 걸 완전히 잊고 있었어! 설마…… 내가 생각하는 그런 의심을 한 건 아니겠지?"

"말했지, 너에 대한 신뢰가 없다고."

"결혼까지 한 마당에 신혼여행지에서 혈혈단신 도주한 만큼 어리석진 않아."

그의 노기등등한 태도에, 그녀는 질렸다는 듯 잔뜩 신경질적으로 머리칼을 쓸어 넘겼다.

　"그래서 이 새벽부터 경호팀을 초비상사태로 만들고 그 소란을 벌인 거야? 믿을 수가 없어…… . 차라리 인터폴에 연락하지 그랬어?"

　"당연히 그게 다음 수순이었겠지! 네가 지금 여기, 바로 내 눈앞에 없으면."

　알렉산더는 위협적인 태도로 성큼성큼 걸어와 한 손으로 그녀의 턱을 잡아 올렸다. 그 강압적인 태도에 거부감을 느낀 그녀가 고개를 돌려 저항했지만 그의 힘을 당해낼 수는 없었다. 갸름한 턱을 강한 악력으로 지탱하며 알렉산더는 서슬 퍼런 경고를 던졌다.

　"내겐 적이 많아. 알렉산더 리오넬의 아내가 표적이 될 이유도 무수히 많고. 네가 무방비 상태로 노출될수록 그 기회는 많아진다는 사실을 명심해."

　"……."

　그녀는 대꾸 없이 그의 눈동자를 뚫어지게 노려보았다. 그 안에 분노 이외의 다른 감정은 없는지 탐색해내기라도 하려는 듯. 어두운 늪과 같은 그의 눈에는 노기만이 섬광처럼 일렁이고 있었다.

　"1시간 뒤 전용기로 세이셸로 갈 거니까 준비해."

　그녀의 턱을 놓아준 알렉산더는 테이블에 던져졌던 알렉시스의 여권을 당연한 듯 집어 들었다. 돌려달라 해봤자 아무 소용 없다는 걸 그간의 경험으로 잘 아는 그녀였다. 지금으로서는 그를 시종일관 무시하는 소심한 보복 외에 그녀가 할 수 있는 일은 아무것도 없었다.

2시간 뒤 그녀는 세이셸의 알다브라 섬으로 향하는 프라이빗 크루즈 위, 눈부시게 흰 갑판에 기댄 채 햇살에 반짝반짝 빛나는 수면을 물끄러미 바라보고 있었다. 손꼽히는 유럽 상류층이라면 누구나 한 척은 소유하고 있을 호화로운 요트는 하늘과 수면의 구분이 거의 불가능할 만큼 푸르고 청명한 인도양을 유유히 가로질러갔다. 시간 절약을 위해 전용기로 가겠다는 알렉산더의 계획은 그녀의 완강한 한마디에 의해 크루즈로 변경되었다.

'난 크루즈로 가고 싶어요. 언제 또 인도양을 마음껏 볼 수 있겠어. 앞으로 당신 없이 템스 강 유람하는 것조차 가능하긴 할까?'

그 신랄한 말투에 알렉산더는 아무 대꾸도 없었다. 잠시 턱을 괴고 있다 휴대폰을 열어 비서에게 크루즈 대기를 명했을 뿐이었다.

알렉시스는 햇빛을 가린 차양 아래 앉아 원 없이 독서를 즐기다 잠시 눈을 쉬게 하고 싶어 갑판에 기대서서 눈부시게 일렁이는 파도를 바라보았다. 그녀가 전용기 안이나 배에 있을 때 알렉산더는 그녀가 뭘 하든 간섭하지 않고 노트북으로 업무에 열중하기 일쑤였다. 이동 중에 그녀가 도주하기란 100퍼센트 불가능함을 아는 까닭일 터였다. 비행기에서 뛰어내리거나 바다로 뛰어들지 않는 한 그녀가 도망갈 길은 완전히 막혀 있었다. 스노클링 장비를 준비했다가 비교적 얕은 수심에서 물속에 뛰어들면 어떨까 알렉시스는 잠시 생각해보았다. 그러나 본인이 그 정도로 무모하지 못함을 잘 아는 탓에 그런 상상들은 한낱 망상에 지나지 않았다.

"미세스 리오넬, 간단한 브런치가 준비되었습니다."

유창한 영어의 현지 고용인이 그녀에게 다가와 공손히 허리를 굽혀 보였다. 전혀 시장하지 않았고 아직은 그의 오만한 얼굴을 보고 싶지 않았지만 알렉시스는 말없이 객실 다이닝룸 안에 들어섰다. 알렉산더 앞에서 쩔쩔맬 고용인을 생각하니 어쩔 수 없었다.

"알다브라에서 뭘 하고 싶은지 생각해놔. 도착 전에 연락해서 준비시킬 테니까."

브런치라기보다 만찬을 방불케 하는 풍성한 식탁을 눈앞에 두고서도, 알렉시스는 홍차와 비스코티만 조금 깨작거릴 뿐 거의 손도 대지 않고 있었다. 아무 일도 없었다는 듯 거만하기 짝이 없는 그의 목소리에 알렉시스는 조용히 홍차 잔을 내려놓았다. 확실히 세계 최고의 자연 아쿠아리움이라 불리는 유네스코 세계 자연 유산 알다브라 섬에는 토착민 특유의 문화 풍물 등 무수한 볼거리에 낚시, 요트, 스쿠버다이빙 등 레포츠와 각종 스파가 최고급 레벨로 준비되어 있을 터였다.

"정말 원하는 게 하나 꼭 있긴 있어."

식사 시중을 드는 시종이 물러가자 그녀는 조용히 말문을 꺼냈다.

"뭔데?"

상류층 출신답지 않게 상류층 전용의 호화 레포츠에는 그다지 관심 없던 그녀의 대답에, 알렉산더는 무심한 듯하면서도 의외라는 듯 물었다. 눈부시게 하얀 스포츠 셔츠에 깔끔히 잘 정돈된 슬랙스, 지극히 개인적인 자리에선 적당히 흐트러진 채 내버려두는 검은 머리가 알렉시스의 눈엔 가시 같았다. 그의 모든 것이 지극히 거슬렸다. 오만한 면상과 흠 하나 없이 새하얀 셔츠에 뜨거운 홍차를 끼얹어주고 싶어 견딜 수가 없었다.

"이 빌어먹을 허니문이 끝나는 이틀 후까지, 알렉산더 리오넬의 얼굴 안 보는 것. 그게 내가 원하는 거야."

"……."

그의 한쪽 눈썹이 꿈틀했지만 그뿐, 그 이상의 동요는 없었다.

"오전 일로 아직 앙금이 남은 건가? 역시 어린애는 어린애야."

그녀는 손에 들고 있던 홍차 잔을 그의 얼굴 너머로 힘껏 던졌다. 바닥에 떨어져 산산이 부서진 도자기 파편들이 챙강, 요란한 소리를 내면서 사방에 이리저리 흩어졌다. 바깥에서 대기하고 있던 고용인이 놀라서 달려왔지만, 그녀는 손이 미끄러져 실수했다 침착하게 둘러댄 뒤 잠시 쉬겠다고 객실 쪽 복도로 천천히 걸음을 옮겼다. 너무 화가 나서 부들부들 떨리는 손을 꽉 쥐고 침실 문을 닫으려던 순간, 어느새 뒤에서 다가온 그가 안으로 들어와 도어록을 걸었다.

"나가!"

"미쳤어? 어린애처럼 왜 이래!"

그의 가슴팍을 마구 때리고 밀치자 알렉산더는 그녀의 양 손목을 있는 힘껏 붙잡아 움직임을 완전히 봉쇄해버렸다. 둘의 입술이 바짝 마주하며 거친 호흡이 공기 중에 한데 얽혀들었다.

좀처럼 화를 내지 않는 알렉시스는 머리끝까지 화가 나면 얼굴에 고스란히 드러났다. 그녀의 청회색 눈은 분노로 이글이글 타고 있었고 눈시울과 귀까지 온통 새빨갛게 물들어 금방이라도 폭발할 것만 같았다. 그녀의 보기 드문 난폭한 행위로 알렉산더 역시 화가 나긴 했지만, 그런 그녀의 얼굴을 보니 당장에라도 입 맞추고 안고 싶은 충동이 끓어올랐다. 하지만 그 전에 최대한 이성적인 대화가 급선무일 터였다.

"여권 돌려줘! 난 런던에 돌아갈 거야. 이제 지긋지긋해……!"

분노가 한계점에 이를 때, 알렉시스는 눈물을 참지 못했다. 분노가 극에 달하는 경우도, 어떤 상황에서든 누구 앞에서 눈물을 보이는 일도 그녀에게 있어서는 지극히 드문 경우였지만 이번만은 그녀도 내내 억눌러왔던 울분을 토해내지 않을 수 없었다.

알렉산더는 할 말을 잃은 듯, 자신을 죽일 듯이 노려보는 그녀의 눈에서 눈물이 뺨을 타고 흐르는 걸 잠시 바라보았다. 허니문인 만큼 최대한 그녀가 즐겁고 만족스런 시간을 보내게 하고 싶어 나름 고심했던 그였다. 하지만 결과가 완전히 어긋난 눈앞의 상황에, 그는 그 자신의 분노는 최대한 억제하고 머릿속을 풀로 가동시켰다.

"경호팀 불러 데려온 것, 행동 똑바로 하라고 으름장 놓은 것, 여권 가져간 것, 정확히 뭣 때문에 화가 난 거야?"

"다! 모두 다! 당신 말대로 난 어린애니까!"

그녀는 크루즈 곳곳에 울리지나 않을까 싶을 만큼 쩌렁쩌렁 외쳤다.

"아무리 생각해도 안 되겠어. 이 결혼, 난 자신 없어. 당신이 하라는 대로 생각 없는 인형처럼 고분고분 따르며 살 수 없어."

"난 단 한 번도."

그는 이를 갈며 으르렁거렸다.

"네가 생각 없는 인형처럼 내 말에 복종하며 살기를 바란 적 없어. 네가 그렇게 살 수 있는 여자도 아니고."

그녀의 손목을 잡은 손에 으스러져라 힘이 들어갔다.

"단지 두 가지만 철저히 따라주길 바랄 뿐이야. 언제 어디에 있든 내가 반드시 알게 만들고 다른 남자와 절대로 필요 이상 교류하지 말 것. 다른 것은 일체 간섭하지 않아. 그게 그렇게 버거운 일인가?"

"당신 동행 없는 장거리 여행 금지는? 학교 동기와 친근하게 대화만 나눠도 바람이라도 피운 것처럼 과민 반응하는 건? 공공연하게 나와 다른 여자들 모두 상대했던 건 알렉산더 당신이야! 모니카 해밀턴과 결혼 직전까지도 버젓이 신문에 사진이 실린 건 당신이야!"

그녀는 이 악물고 발악하듯 외쳤다.

"그 집착과 소유욕…… 독선에 통제욕, 이젠 지긋지긋해! 날 이제 그만 놔줘!"

"내가 놔줘도 넌 네 발로 돌아올 거야."

"아니! 다른 남자 바로 찾을 거야! 미카엘 같은!"

"……."

그는 천천히 그녀의 손목을 결박하고 있던 손을 놓았다. 그가 애써 억누르고 있던 분노의 도화선을 방금 알렉시스 자신이 건드린 줄은 모른 채, 그녀는 그가 당분간 자신을 내버려두리라 기대하고 자유로워진 손으로 뺨의 눈물을 훔쳤다. 미카엘 같은 남자를 바로 찾겠다는, 애초에 마음에도 없는 말을 던져봤자 결국 그녀에게도 마음의 상처가 부메랑처럼 되돌아올 뿐임을 모르지 않았다.

"미카엘 할스트롬 말이지."

그가 야수처럼 으르렁거리며 알렉시스의 어깨를 난폭하게 끌어당겼다.

"네 입에서 한 번만 더 그놈 이름이 나오면."

짐승의 발톱에 찢겨나가듯, 하늘하늘 얇은 플라워 맥시드레스가 부드득 소리 내며 발치에 조각조각 흩어졌다.

"너희 둘 다 이렇게 조각내주겠어, 반드시."

그는 무시무시한 기세로 씹어뱉듯 선언한 뒤 몸에 붙은 벌레를 떨궈내듯 알몸이나 다름없는 그녀를 침실 바닥에 쓰러뜨려 찍어 눌렀다. 그녀의 비명은 아랑곳없이 그는 무릎으로 그녀의 허벅지를 단단히 누르며 나머지 속옷들도 갈기갈기 찢어발겼다. 알렉산더는 머리 위로 피가 솟는 기분으로, 질투에서 비롯된 분노로 완전히 눈이 멀어 있었다.

점차 멀어져가는 의식 속에서, 그녀는 체력 소진으로 알다브라 섬에서 아무것도 할 수 없을 거라 막연히 생각했다.

그녀가 깨끗이 씻긴 몸으로 푹신푹신한 시트 속에서 다시 눈을 떴을 때, 알렉산더는 침대 옆 소파에 앉아 노트북 키보드를 빠른 속도로 두드리고 있던 중이었다. 그녀가 눈을 뜨고 몸을 일으켜 앉자 그는 노트북을 내려놓고 곧바로 다가와 침대 가장자리에 앉았다. 이국적으로 꾸며진 호화로운 침실 내부를 보니 알다브라 섬의 호텔에 이미 도착한 것 같았다. 통유리창 너머로 해가 지려는 듯 아름답게 물드는 석양빛이 인도양의 수평선과 어우러져 기막힌 절경을 자아내고 있었다.

"저녁은 시내에서 할 거야. 레볼루션 애비뉴나 퀸시 스트리트. 네가 원하는 곳으로 해."

럭셔리한 호텔이나 리조트 내 레스토랑이 아니라 지역 주민들이 애용하는 거리의 레스토랑에서 식사하는 것은 평소 알렉산더의 스타일이 아니었다. 로컬 문화를 제대로 보고 즐기기를 선호하는 그녀의 취향을 따르기로 한 모양이었다.

"기억 안 나? 난 분명히 런던으로 돌아가겠다고 했어."

알렉산더는 한숨을 크게 내쉬고 그녀에게 더 가까이 다가앉았다. 자신을 외면하고 굳은 얼굴로 정면만 응시하는 그녀의 얼굴이 지금만큼 차가워 보인 적은 없었다.

"내가 지나쳤어, 인정해."

지난번처럼 미안하다는 말은 하지 않았지만 그는 자기가 지나쳤다고 스스로 시인했다. 보통 사람들에게는 지극히 일상적인 일이겠지만 알렉산더가 본인의 잘못을 인정한다는 것 자체는 그의 전 인생을 통틀어 손꼽을 정도일 것이다. 하지만 잘못을 잘못했다 인정하는 것은 지극히 당연한 일이다. 잠시 마음이 흔들릴 뻔했던 알렉시스는 여전히 무표정한 얼굴로 조용히 물었다.

"뭐가? 경호팀 불러 데려온 것? 행동 똑바로 하라고 으름장 놓은 것? 여권 강제로 빼앗아간 것? 매사에 뭐든 독단적으로 결정하는 것? 그중 정확히 어떤 것이 지나쳤다 인정한다는 거야."

"말은 똑바로 해. 독단적으로 결정한 적 없어. 결국은 너도 자의로 따랐잖아."

"당신은 항상 그런 식이야. 내가 거부할 수 없게 상황을 만들어놓고 단독으로 결정해버린 다음 너도 결국은 찬성하지 않았나, 그러므로 난 잘못한 것이 아니다, 그런 식."

"잘못된 방식인 걸 부정하진 않겠어. 하지만 내 요구 사항엔 변함이 없어. 아직은 널 신뢰할 수 없기에 그 두 가지를 난 절대로 철회할 수 없어."

'단지 두 가지만 철저히 따라주길 바랄 뿐이야. 언제 어디에 있든 내가 반드시 알게 만들고 다른 남자와 절대로 필요 이상 교류하지 말 것. 다른 것은 일체 간섭하지 않아. 그게 그렇게 버거운 일인가?'

"……"

그녀가 똑똑히 알고 있는 그 두 가지 요구 사항을 곱씹느라 침묵이 길어지자, 그는 단조로운 음성으로 말을 이었다.

"어떻게 하길 원해, 진심으로 파혼을 원해?"

그는 어느새 냉정한 비즈니스맨의 얼굴로 돌아가 있었다. 애초에 목에 칼이 들어와도 어느 정도 이상은 자존심을 버릴 수 없는 인물이었다. 전혀 그럴 필요 없이 살아왔기에.

"그럼 대체 언제쯤이면 날 충분히 신뢰할 수 있을 것 같아? 이 결혼이 유지되는 동안 그런 날이 과연 오긴 할까."

"그건 시간이 지나봐야 알겠지, 아이를 갖게 된다든가."

"적어도 몇 년간은 아이 가질 생각 없어."

그 전에 이 결혼이 종지부를 찍을지도 모르니까.

"그건 나도 마찬가지야. ……어쩌면 평생."

넌 나에게만 집중해야 하니까. 나 외에 그 누구에게도 관심을 가져선 안 돼, 아직은.

"그럼 나도 두 가지 요구 사항이 있어. 당신이 그걸 지켜줘야 나도 당신에 대해 좀 더 신뢰하고 결혼 생활에 충실할 수 있을 것 같아."

"……"

그가 말해보라는 듯 팔짱을 끼고 그녀를 바라보았다.

"나는 다이아몬드로 휘감고 가만히 앉아 손톱만 손질하며 살 생각은 추호도 없어. 평생 브로디가 일원으로 산다 해도 그건 마찬가지야."

"알아."

손녀에 대해 한탄 섞인 푸념을 하던 악셀 브로디의 말이 새삼 알렉산더의 뇌리를 스쳤다.

'그 애는…… 세상 모든 여자가 원하는 걸 다 가졌는데도 스스로 안락한 인생을 거부하는 아이야. 외모만 제외하면 남자로 태어났어야 할 녀석이지. 남자로 태어났다면 자네 못지않은 거물이 되고도 남았을 텐데.'

스스로 여자로서의 안락한 인생을 거부한다는 데에는 십분 동의했지만, 그다음 말에는 알렉산더는 전혀 동의할 수 없었다. 알렉시스가 여자로 태어났기에 그의 것으로 만들 수 있었다.

"리오넬가 IT 보안팀에서 익명이자 온라인상으로 일하게 해줘. 리오넬가 다른 여자들이 할당받는 주식 퍼센티지로."

"그 주식은 이미 네게도 분배되어 있고 이달부터 네 계좌에 자동 이체 될 거야. 물론 그것 때문에 일하고 싶다는 건 아니겠지만."

"그냥 내 적성을 살리고 싶을 뿐이야. 리오넬 기업 내부 계열사들이 가장 많아서 더 복잡다단할 것 같고, 그래서 더 재미있을 것 같고. 해여 다른 의도가 있다고 생각하진 않았으면 좋겠어."

"설령 그렇다 해도 전혀 상관없어. 그런 논리라면 애초에 보안팀 임원들은 평생 지하 벙커에 갇혀 외부와 차단된 채 살아야 할 테니까."

그녀의 요구가 그다지 놀랍지 않다는 듯, 알렉산더는 선선히 응했다.

"다른 하나는 뭐지?"

"당신은 내가 미카…… 나와 연관됐던 다른 남자 이름을 입에 올리는 것도 끔찍하게 싫어해. 단지 친구 관계였을 뿐인데도."

그의 눈빛이 날카로워지자 그녀는 일부러 미카, 까지만 언급했다.

"그래서?"

친구 관계? 웃기지 마. 너만 그렇게 착각할 뿐 적어도 그쪽은 아니니까.

"너무 지나쳐. 과민반응이야."

"넌 이제 내 아내야. 정도의 차이가 있을 뿐 그런 걸 달가워할 남편은 없어."

그래, 정도의 차이지. 알렉산더 당신은 누구도 상상할 수 없는 극한까지 치달아서 문제야.

"장담은 못하지만, 최대한 그들과 교류하지 않게 노력할게. 대신 당신도 나에게 똑같이 해야 동등한 부부 관계가 아닐까. 애초에 우리 관계에 동등…… 이란 표현이 회의적이지만."

"구체적으로 말해."

그녀의 함의적인 부분은 깨끗이 무시한 채 그는 상세한 설명을 독촉했다.

"다른 여자들과의 혼외 관계. 지속할 거야?"

"……."

그는 픽 실소를 던졌다. 그녀가 질투에 불타는 아내처럼 보여서 한순간 기뻤지만 결국 착각일 뿐이다. 본인 입장이나 집안 간의 관계를 생각해 그가 행여나 결혼 후에도 스캔들을 몰고 다니진 않을까 미리 염려하는 것이리라.

"아무리 조심해도 수백 개의 일간지와 수천 명의 파파라치를 일일이 제지할 순 없어."

"난 그런 이야기를 하는 게 아니야. 어차피 그런 사진들 중 절반 이상은 근거 없는 루머나 조작, 작위적인 우연이란 거 나도 알아. 나는 당신이 실제로 그런 관계를 지속할 것인지를 묻는 거야."

그의 눈을 정면으로 응시하는 그녀의 청회색 눈은 너무나 올곧고 맑아 무서울 정도였다.

"그럴 마음 없어."

그의 무심한 어조에 그녀는 일침을 놓았다.

"어째서? 당신은 처음 만났을 때부터 '남자는 사랑 없는 섹스도 얼마든지 가능하다'고 말했어. 당신은 아내와의 관계와 다른 여자와의 섹스는 별개의 것이라 생각하는 남자들 중 하나야. 난 불편한 진실을 피하고 싶진 않아. 예상컨대 당신은 결혼식 전날에도 다른 여자와 하룻밤 관계를 가졌을지도 몰라. 당신은 그런 남자니까."

"내가 지속하길 원하는 것처럼 말하는군. 난 그럴 마음 없다고 했어."

"지속하고 싶으면 그렇게 해도 좋아. 내가 철저히 모르는 한에서. 단."

그녀는 그가 또다시 불같이 화낼 것을 각오하고 차분히 말을 이었다.

"나도 그럴 기회가 있고 내가 원할 때, 당신과 똑같은 자유와 권리를 누리겠어. 당신이 철저히 모르는 한에서."

"……뭐?"

"내가 그런 종류의 여자가 아니라고 단정 짓지 말아요. 당신과 만나기 전에…… 난 정말 나 자신이 평생 수녀처럼 살 줄 알았어. 누구나 상황에 따라 스스로도 몰랐던 면을 발견하기 마련이지."

잠시 방 안의 공기가 일제히 얼어붙는 것 같았다. 등줄기에 오한이 일었지만 그녀는 굴하지 않고 그의 무시무시한 시선을 침착하게 맞받아쳤다. 둘 사이의 긴장이 너무나 팽팽해 신경 어딘가가 끊어져버릴 것만 같았다.

"난 분명히 말했어. 다른 관계 지속할 생각 없다고."

알렉산더는 악문 잇새 사이로 내뱉듯 말했다. 그가 또다시 폭발 직전이었지만 최대한 화를 억누르고 있음은 그녀도 피부로 느낄 수 있었다. 화를 내고 있을 때조차 그는 지독하게 매력적인 남자였다. 오직 한 여자만의 남자로만 살기엔 아까울 수도 있겠지만, 어떤 의미로든 남편을 다른 여자들과 공유할 생각은 그녀에게 전혀 없었다.

"결혼 생활 동안 앞으로 다른 여자는 없어. 그럼 충분히 공평하겠지."

"공평하진 않아요. 난 당신이 다른 여자 이름을 입에 올린다고 해서 길길이 날뛰진 않을 거니까."

"그 관대함에 감사해야겠군."

그는 조롱 섞인 말투로 응대하며 잠옷 아래 드러난 그녀의 목덜미와 쇄골을 눈으로 훑었다. 크루즈 안에서 그가 남긴 피멍과 키스 마크 등이 아직 붉게 점점이 흩어져 있었다. 그가 잘근잘근 깨물어 피가 배어 나오고 부르튼 입술, 아직 희미한 손자국이 남아 있는 턱 부근도 그제야 눈 안에 선명히 들어왔다.

"아, 하지 마! 아직…… 아프단 말이야."

손을 조금만 뻗으면 닿을 거리에서 알렉산더가 의미심장한 눈길로 자신의 목과 쇄골을 찬찬히 훑어 내리자, 알렉시스는 그의 의도를 오해하고 방어적인 몸짓으로 잠옷을 꼭 여몄다.

"그럴 생각 없어, 지금은."

그는 침대 위로 올라와 그녀를 꼭 끌어안았다. 그의 고른 숨결이 머리 위로 다가오며 규칙적인 심장 고동 소리가 귓가에 선명히 와 박혔다. 건장한 체구가 내뿜는 따스한 온기 속에서, 알렉시스는 사랑을 나눌 때를 제외하고 처음 접하는 그의 다정한 포옹에 조금 놀란 기분이었다. 단 한 번도 그와 이렇게 연인같이 자연스런 포옹을 해본 적이 없었던 것 같았다.

"……그렇게 난폭하게 할 생각은 없었어."

"……."

알렉시스는 마치 소중한 보물인 것처럼 자신을 꼭 끌어안은 그의 어깨가 얼마나 넓은지 새삼 가늠해보다가 눈을 감았다. 어차피 그는 또 그럴 때가 오면 아까 크루즈에서처럼, 어쩌면 그보다 더 그녀를 난폭하게 대할 것이다. 알렉시스는 한순간의 달콤함에 현실감각을 잃기에는 너무나 영리한 여자였다. 단지 지금은…… 지금 이 순간만은 잠시 그의 다정함을 만끽하고 싶었다. 그 와중에도 그녀의 머리 한편은 여러 가지 복잡한 생각들로 이리저리 뒤얽혀 있었다.

그는 언제나 그녀를 신뢰할 수 있을까. 그는 사랑을 믿지 않는다고 했었다. 그럼 그가 그녀에게 가진 감정은 정확히 어떤 것일까. 다른 여자들과의 관계가 더 이상은 없을 거라 말하는 그를 믿어도 되는 걸까. 그가 그녀를 사랑하지 않는다면, 애초에 그런 것을 그에게 기대하면 안 되는 것이 아닐까.

"알렉산더."

"음?"

그의 음색이 동굴 안의 울림처럼 바로 귓가에서 들려왔다. 그녀는 얼핏 달콤하게 들리는 은은한 목소리로 조용히 속삭였다.

"약속을 어기고 싶으면 절대 들키지 않게 해. 내가 알게 되는 즉시…… 다시는 날 볼 수 없게 될 거야."

인어 공주의 물거품과도 같은, 불길한 주문과도 같은 그녀의 단언에 알렉산더의 넓은 어깨가 한순간 경직되었다. 그녀의 의지를 시험해볼 모험적인 의도 따위, 그에게 애당초 없다고 믿어도 될까. 알렉시스는 속으로 되뇌었다. 동시에 그가 각인처럼 그녀의 뇌리에 새겼던 말도 다시금 떠올랐다.

'말했지, 널 신뢰할 수 없다고.'

내가 그만한 신뢰를 주지 못해서라고? 하지만 우리는 애초에 애정과 신뢰로 형성된 관계가 아니야. 그럼 어디서부터 잘못된 거고 어디서부터 풀어야 하지?

크루즈에서의 격렬한 다툼 뒤 서로의 조건이 제안되고 결국 화해라는 형태로 상황은 흘러가, 남은 사흘 동안 그들은 보통 허니문 부부와 별다를 것 없는 시간들을 보냈다. 그럼에도 알렉산더가 틈틈이 내뱉었던 그 한마디가 그녀의 가슴속을 무겁게 짓눌렀다.

12화. 대립

　그 후 석 달 동안 그들은 큰 문제없이 한 지붕 아래서 부부로 하루하루를 보냈다. 한두 번의 격한 언쟁, 다툼으로 번질 뻔한 아슬아슬한 순간들이 여러 번 있었지만 처음 한 달이 지난 뒤에는 비교적 원만한 나날들이었다.

　업무상 편의를 위해 런던 외곽에 위치한 알렉산더의 초현대식 빌라는 다행히 옥스퍼드와 그리 멀지 않았고 학교 앞 원룸은 미술대학 친구 중 한 명이 스튜디오용으로 렌트해서 쓰게 되었다. 그들이 신혼여행에서 돌아온 첫날부터, 알렉시스 입장에서는 주말에 한 번 만나왔다가 매일매일을 그와 한 공간에서 살게 되는 것에 대한 여러 가지 염려가 앞섰던 게 사실이었다. 무엇보다 그녀는 자신만의 시간이 절실히 필요한 타입이었다. 알렉산더 역시 오랫동안 혼자만의 공간이 따로 있어왔던 사람이라 자신과 크게 다르지 않을 거라 짐작되었다. 그러나 그 걱정도 무색하게, 그들이 함께 있는 시간은 짧은 아침 식사 때 그리고 잠들기 직전이나 적어도 밤 10시가 넘은 시각뿐이었다.

그녀 역시 학업이나 리오넬사 보안팀에서의 온라인 업무, 미세스 리오넬로서의 여러 공식적인 자리에 참석하느라 나름 분주한 나날들을 보냈다. 빌라 밖으로 나갈 때는 어김없이 여성 비서 겸 경호원 한 명, 공식 석상에서는 두 명, 차로 갈 때는 운전사 한 명도 동행했으며 그에 대해서는 알렉시스도 더 이상 이의를 제기하지 않고 그 상황에 적응하려 애썼다.

알렉시스가 그런 철저한 감시와 통제를 견딜 수 있었던 것은, 그나마 그녀의 일상 패턴이 지극히 단순했기 때문이었다. 그녀의 사생활 자체가 알렉산더뿐 아니라 그 누구에게 알려진다 한들 전혀 문제 될 것 없이 당당했기 때문이기도 했다.

그녀의 사생활은 그 어떤 저급한 파파라치라 해도 꼬투리 잡을 것이 전혀 없었다. 음주나 클럽, 여러 유흥 문화에는 전혀 관심이 없고 오직 학교, 도서관, 학회, 박물관, 국회, 공식 석상, 자선 행사, 봉사 활동, 브로디가와 리오넬가의 집안 모임에만 활발히 관여하는 그녀였다. 일부러 그렇게 비쳐지기 위한 가식이 아니라 실제로 그런 생활을 해왔기에 아무 가식이 없었다. 심지어 쇼핑을 해도 패션 관련 공식 행사나 자선 행사에서만 형식적인 구매를 약간 할 뿐이었다.

시간이 지남에 따라 알렉시스 리오넬에 대해 저속한 의도로 열렬한 관심을 보였던 가십지 기자들은 이내 그녀에 대해 흥미를 잃게 되었다. 대신 메이저 신문사나 방송사에서는 그녀의 모범적인 노블레스 오블리주 라이프스타일을 간간이 하나의 아이콘으로 다루게 되었다. 알렉시스 덕분에, 알렉산더 리오넬의 난봉꾼 이미지도 불식되고 리오넬사 주식이 급상승하게 되었다는 말까지 공공연히 나돌 정도였다.

"……좋은 건지 나쁜 건지 모르겠어."

"뭐가?"

어느 날 아침 식탁에서 알렉산더가 의미심장한 웃음을 흘리며 불쑥 말했다.

"리오넬가 세기의 부부에 대한 기사는 물론, 우리 둘 다 타블로이드계 관심에서 점점 멀어지고 있어."

"적어도 나에겐 좋은 거예요. 난 최대한 조용히 살고 싶어."

"노블레스 오블리주의 아이콘으로? 오드리 헵번, 다이애나 왕세자비, 안젤리나 졸리, 그다음을 이을 화두로?"

"내가 원한 바는 전혀 아닌데. 솔직히 난 제2의 아문센(Roald Amundsen : 노르웨이 출신의 북극 탐험가)이 되고 싶었어."

"다른 건 몰라도 리오넬 주식 상승세가 네 덕분이라는 건 조금 억울하던걸. 실제로는 내 합병 프로젝트가 성공적으로 완료된 덕분이거든."

"주식 바이어들 중엔 언론플레이에 더 영향받는 사람들도 많아요."

알렉산더는 시계를 확인하더니 커피 잔을 내려놓고 자리에서 일어났다. 비서가 코트와 가방을 받아 들고 먼저 차로 가 있는 동안, 그는 그녀에게 다가와 한쪽 뺨을 부드럽게 쓸었다. 그의 엄지가 입술에 묻은 커피 자국을 쓸자, 알렉시스는 자기도 모르게 등

278

줄기를 타고 흐르는 야릇한 쾌감의 전율을 느꼈다. 그의 어두운 눈에 담긴 욕망을 읽은 그녀는 살짝 몸을 떨었다.

거의 매일 밤마다 그와 사랑을 나눴지만, 지난 며칠 동안은 그가 귀가할 새도 없이 회사에서 살다시피 했기 때문에 짧은 키스조차 나눌 수 없었다. 알렉산더는 가끔 사업차 밤에 외출하기 전, 낮에 잠시 귀가할 때가 종종 있었다. 그럴 때 혹시라도 그녀가 공부나 다른 이유로 집에 있으면 어김없이 그녀를 안았다. 새벽에 귀가했을 경우도 그랬다. 그녀의 의지는 철저히 묵살하고 기회가 있을 때마다 내일이 다시 안 올 것처럼 격렬하게 사랑을 나누곤 했다. 그가 비정상적으로 정력적인 건 아닌지, 그녀는 어느 날 온라인 부부 생활 상담 게시판에 익명으로 에둘러 물어본 적도 있었다.

〈원래 신혼일 때는 다 그런 건가요.〉

〈지극히 정상입니다. 하루에 한 번이 아니라 하루에도 몇 번씩 하는 것도 일반적입니다. 신혼이 아니라 어느 커플에게나 지극히 정상이며 케미스트리가 워낙 잘 맞으면 당연한 결과입니다.〉

"……늦겠어."

그녀가 알렉산더를 살짝 밀쳐내자 그는 가라앉은 목소리로 말했다.

"오늘 밤 회사로 와."

"회사로?"

"너무 오래됐어."

"알렉산더, 겨우 며칠이야. 합병 건 다음 주엔 마무리되잖아."

"여자와 남자는 달라."

"……."

"설마 내가 다른 생각하길 바라는 건 아니겠지. 분명히 아내에게만 충실하기로 약속했는데."

"하지만 회사에선……."

"상관없는 거 알잖아."

그의 집무실 안쪽에는 그가 잠시 쉴 수 있도록 간이침실이 마련되어 있었다. 지극히 개인적인 공간이라 침실의 존재 자체를 아는 이들이 거의 없었지만 지극히 실용적이고 편리하게 잘 세팅되어 있었다.

예전에 그녀가 마지막으로 결혼을 거부하려 그의 집무실을 처음으로 방문했을 때, 그는 그 침실이 있었는데도 일부러 집무실 소파에서 그녀와 정사를 가진 적이 있었다. 바깥에 들릴까 봐 애써 신음을 참는 그녀의 반응이 너무나 사랑스럽고 즐거웠기 때문이었다. 나중에 그 사실을 알게 된 알렉시스가 그를 죽이고 싶은 기분이 들었었던 기억이 새삼 떠올랐다.

"9시쯤 차 보낼 거야. 기다리게 만들지 마."

그녀의 입술에 살짝 키스하고 알렉산더는 뒤돌아 성큼성큼 걸어 나갔다. 그의 따스한 입술이 잠시 와 닿았던 부분을 어루만지며, 알렉시스는 오래전부터 항상 생각해왔던 의문을 새삼 되새겼다.

이렇게 계속 지내면…… 언젠가는 정상적인 부부가 될 수 있을까. 자연스럽게.

"미세스 윌슨, 드모아(De Moir) 아이스크림 먹어보신 적 있으세요? 파리 생루이 섬에 있는 가족 운영 아이스크림집인데 무려 50가지 이상의 종류가 있어요. 영국 왕실에도 납품된다고 하던데 정말 제가 지금까지 먹어본 아이스크림 중 단연 최고였어요!"

"전 이탈리아의 젤라또가 제일 맛있을 거라 생각했는데요."

"밀라노의 젤라또도 좋지만 드모아의 쇼콜라 블랑은 제가 지금까지 먹어본 초콜릿 아이스크림 중 단연 최고였다니까요. 최소한의 얼음 결정 기법으로 만들어서 그렇게 부드럽다고 들었어요."

다음 날 파리 생루이 섬에서 곧바로 공수된 아이스박스 겉에는 드모아, 파리(De Moir, Paris)라 씌어 있었고, 상자 안에는 쇼콜라 블랑, 쇼콜라 느와르, 쇼콜라 오 누가, 쇼콜라 뒤 망디앙, 쇼콜라 블랑 뒤 망디앙 아이스크림이 각각 패밀리 사이즈 컵으로 정성스레 포장되어 있었다. 냉동실에 이걸 다 넣을 자리가 있을까 염려될 정도의 어마어마한 양에, 각종 초콜릿 아이스크림이 종류별로 다 구비되어 있었다. 알렉시스는 산타클로스에게서 실수로 과한 선물을 받은 듯한 얼굴로 윌슨 부인을 바라보았다. 마치 이게 도대체 무슨 상황이냐고 묻고 있는 눈빛이 역력했다.

"글쎄요, 저도 잘……. 저는 단지 운전사 안톤에게 혹시 런던에도 드모아 아이스크림 지점이 있는지 물었을 뿐이랍니다. 미세스 리오넬이 가장 좋아하는 아이스크림 같아서요. 초콜릿과 아이스크림 외 다른 간식은 잘 안 드시니까요."

윌슨 부인은 그다지 놀랍지도 않다는 듯, 어깨를 으쓱하며 한마디 덧붙였다.

"아마도 미스터 리오넬께서 주문하라 명하셨겠죠."

마침 정원을 가로질러 별채로 들어가는 운전사 안톤의 뒷모습을 발견한 윌슨 부인은 창가로 다가가 그에게 뭔가 말을 걸었다. 그와 잠시 대화하던 윌슨 부인은 무뚝뚝한 표정으로 돌아와 알렉시스에게 한마디 무덤덤하게 던졌다.

"전용기로 가져왔다 합니다. 미스터 리오넬께서 다음 주에는 생제르망 데프레의 크롬(Crom)이란 가게에 다녀오라 하셨다네요."

알렉산더 리오넬이 고작 아이스크림 때문에 런던에서 파리로 전용기를 띄울 인물이었나?

그 자리의 두 여자는 한마디 말없이, 똑같은 생각을 눈빛으로 공유하고 있었다.

평탄한 나날이 지속되던 어느 날 그가 두바이로 장기 출장을 떠난 사이, 한동안 동면이었던 오래된 갈등의 도화선이 조금씩 수면 위로 모습을 드러내고 있었다. 많은 불미스런 일들이 그렇듯이, 예상보다 훨씬 큰 파장을 몰고 올 발단의 시작은 작은 불씨에서 비롯되었다.

[알렉산더, 그때 말했던 사이언스 학회가 암스테르담에서 에딘버러로 변경됐어. 1박 2일 일정이고 국내니까 다녀올게. 모레 출발해.]

그녀가 문자를 보내고 1분도 채 되지 않아 휴대폰 벨이 요란하게 울렸다. 발신인에는 후견인에서 리오넬, 최근에야 알렉산더로 저장된 이름이 떠 있었다.

"여보세요."

-안 돼.

"……."

-안 된다고 말했어.

익숙한 저음의 주인공은 딱 잘라서 한 번 더 강조했다.

"암스테르담은 국외라서 포기했지만 영국 내 에딘버러야. 그렇게 못 믿겠으면 미스 톰슨이 동행하면 되잖아."

그녀와 가장 가까운 여성 보디가드 윌라 톰슨이 조용히 뒤따라오면 되지 않겠냐고 항변했지만 건너편의 목소리는 가차 없었다.

-톰슨이 학회장 안까지 들어갈 수는 없어.

"도대체 내가 학회장 안에서 당신이 알아서는 안 될 어떤 일을 할 것 같아? 어떤 상상을 하는지 정말 궁금해서 물어보는 거야."

-알렉시스.

그의 낮은 음성에는 위협이 다분히 깔려 있었다.

-공연히 문제 만들지 마. 난 안 된다고 했어. 명령이야.

"내가 학회장 안에서 어떤 괜찮은 교수나 학생과 서로 연락처를 주고받으면서 그날 밤 만나기로 약속이라도 할 것 같아?"

그가 뭐라고 낮게 욕설을 지껄이는 소리가 수화기를 타고 넘어왔다. 배경이 두바이라 저도 모르게 아랍어가 나온 것인지 명확히 이해할 순 없는 이국적인 언어였지만, 그게 영어의 젠장, 제기랄 같은 것들보다 강도가 훨씬 센 표현임은 그녀도 추측할 수 있었다.

-알렉시스! 네 입으로 스스로 그렇게 말한 이상, 난 더더욱 허락할 수 없어.

"그렇게 하겠다는 말이 아니었잖아. 내가 정말로 그런 짓을 할 거라 의심한다면 당신은 지옥에나 떨어져야 돼!"

–상황에 따라 스스로도 몰랐던 면을 발견하게 된다– 바하마에서 이렇게 말한 건 너야.

"알렉산더…… 내가 정말 가고 싶었던 스페이스 엔지니어링(우주공학) 학회고 단 하루야. 그냥 가게 해줘."

–안 돼. 더 말해봤자 시간 낭비야. 필요하다면 학회 결과 자료와 영상은 내가 시작부터 끝까지 소장하고 볼 수 있게 해놓겠어. 다시 말하지만 나는 분명히 안 된다고 말했어.

그 말을 끝으로 통화는 일방적으로 뚝 끊겼다.

지옥에나 떨어져, 알렉산더 리오넬.

그녀는 휴대폰을 당장 창밖으로 던져버리고 싶은 걸 꾹 참고 책상 앞에 털썩 주저앉았다. 애써 분노를 가라앉힌 그녀는 이미 마음을 한쪽으로 정한 이상 신속히 행동에 착수했다. 그녀는 필요한 소지품들을 모두 챙겨서 평소 들고 다니는 백팩 안에 쑤셔 넣은 뒤 학교 앞 원룸을 빌려 쓰고 있는 친구에게 연락해 여행용 캐리어를 창고에서 꺼내달라 요청해놓았다.

알렉산더는 두바이에서 3일 뒤에나 돌아올 예정이었다. 하지만 그녀가 에딘버러행을 강행했다는 건 빠르든 늦든 알게 될 것이다. 알렉시스는 자신이 과연 그 후폭풍을 감당할 수 있을지 확신은 없었다. 하지만 애초의 약속을 깨뜨린 쪽은 알렉산더 쪽이다. 그는 분명 '그가 동행하지 않는 국외나 장거리 여행'이라고 했었고 린던과 에딘버러가 분명 가까운 거리는 아니었지만 비행기로 이동하면 2시간도 채 걸리지 않는 데다 고작 1박 2일이었다. 이번에 자신이 물러나면 앞으로도 그의 간섭과 통제가 더욱 당연시될 것 같다는 예감이 들었다.

알렉시스는 그를 안심시키려 그의 말에 따르겠다는 문자를 보낼까 하다가 그만두었다. 그는 애초에 그녀에 대한 신뢰가 없다고 귀에 못이 박이게 말해왔었다. 곧 들통 날 거짓말까지 해서 자신의 학회행을 정당화할 이유가 없었다. 그녀가 하려는 일에 잘못된 것은 조금도 없었다.

"케이티, 결혼식에서 부케 잡았던 네 사촌 동생 있지? 정말 미안하지만 나 대신 그 아이 이름으로 에딘버러 학회 명단에 이름 올려줄 수 없을까? 사정이 있어. 나중에 현장에서 수정하면 되니까…… 신청비 등은 일단 내가 먼저 전해줄게."

"프랜 고모, 고모부 모레 전용기로 가시는 길에 날 에딘버러에 내려줄 수 있겠어? 급한 일이 있는데 알다시피 지금 알렉산더 전용기는 두바이에 있어서……."

리오넬가 전용기는 단 한 대가 아니었지만 프랜시스는 더 묻지 않고 흔쾌히 승낙했다. 조카가 정말로 시급한 일이 아니면 그런 부탁 자체를 할 인물이 아님을 잘 아는 그녀였다. 알렉시스는 경호원 톰슨을 속이는 동시에 그녀를 에딘버러로 함께 데려가기 위해 여러 가지로 머리를 굴려야 했다. 프랜시스의 남편 마르첼로 피오렌티의 전용기가 주차된 시내 외곽 프라이빗 비행장으로 갈 동안, 단 30분 정도만 미스 톰슨을 속일 수 있으면 모든 게 만사형통이었다. 알렉시스는 순수한 학업적 열정에서 비롯된 1박 2일 국내 학회행을 위해 이렇게 스파이 작전을 방불케 하는 작전을 짜야 한다는 사실이 어이없고 한편으로 서글펐다.

하지만 그녀는 자신의 무모한 계획이 어떤 결과를 초래할지, 자신의 남편이 그녀의 생각보다 훨씬 더 잔혹할 수 있는 인간임을 그때는 미처 모르고 있었다.

두바이, 아틀란티스 호텔.

알렉산더는 알렉시스와의 짧막한 공방전 직후, 그대로 통화종 료 버튼을 꾹 누르고 옆 좌석에 거칠게 내려놓았다.

방금 수백억대 계약을 유리하게 성공적으로 마무리한 참이라 기분이 고양되어 있었건만, 그 성취감에 찬물을 끼얹은 한 여자가 저주스럽기 짝이 없었다. 지금 그의 눈앞에 있다면 당장이라도 목 을 잡고 흔들어도 시원치 않을 기분이었다.

'내가 학회장 안에서 어떤 괜찮은 교수나 학생과 서로 연락처 를 주고받으면서 그날 밤 만나기로 약속이라도 할 것 같아?'

그 말만 하지 않았더라도 어쩌면 마지못해 승낙했을지도 몰랐 다. 굳이 그녀의 표면적인 신분이 아니더라도 알렉시스는 가만히 있어도 눈에 확 띄는 여자였다. 게다가 학회나 디베이트 같은 자 리에서 결코 꿀 먹은 벙어리처럼 얌전히 있는 타입도 아니다. 본 인이 관심 있는 분야인 만큼 그녀는 학회의 토론과 발표 질의응답 시간에 활발히 참여하며 자신의 호기심을 빼곡히 채워나갈 것이 다.

그녀가 받게 될 찬탄과 이목에는 아무런 반감이 없었다. 오히 려 그런 여자가 자기 것이라는 데 강한 프라이드를 느낄 것이다. 단지 주제가 스페이스 엔지니어링(Space Engineering)인 만큼 학 회에 참여한 교수, 학자, 학생들의 대다수는 남자일 터였다.

알렉산더는 그가 없는 자리에서 다른 남자들이 자신의 여자를 함부로 눈에 담고 말을 섞는 것 자체가 치 떨릴 정도로 싫었다. 출장 때마다 데려갈까 고민도 해봤지만 그녀가 신경 쓰여 일에 집중할 수 없을 것 같았다. 해외에서라면 도피의 기회도 한결 더 많아진다. 그는 다시 휴대폰을 열고 어디론가 연락을 취했다.

"내일모레 에딘버러 S.E. 국제 학회 참여자 리스트, 지금 이 시간부터 수시로 업데이트 보고해. 그날 알렉시스의 동향도 최대한 주시하고."

그의 직감이 맞다면 그녀는 분명히 수단 방법을 가리지 않고 학회에 가려고 할 것이다.

이틀 후 아침, 지난 수년간 미합중국 대통령의 경호원이었던 윌라 톰슨은 이탈리아의 대부호 피오렌티 가문의 우람한 남자 경호원들의 손에 잡혀 피오렌티가 전용기 내부 창고에 주저앉아 있었다. 알렉시스는 그녀가 짧은 시간일망정 최대한 안락하게 있도록 음료나 의자 등 여러 가지 신경을 써준 뒤, 톰슨의 품을 샅샅이 뒤져서 휴대폰과 비상용 폰까지 모두 거둬갔다.

"미안해요, 윌라. 두 시간만 있으면 돼요."

"아, 안 됩니다! 미세스 리오넬! 보스가 아시면……."

"절대 윌라에게 아무 해도 가지 않게 할 거예요. 그래서 내가 데려가서 내내 함께 있으려고 하는 거고…… 혹시 그래도 해고당하면 내가 꼭 브로디 그룹에 더 좋은 자리 만들어줄게요, 약속해요."

패닉 상태에 빠진 노련한 톱클래스 경호원은 새파랗게 질려서 알렉시스를 저지하려 했지만 이내 창고문은 닫히고 혼자 남겨지고 말았다. 티끌만큼의 흠집도 없는 12년 경호 경력이건만, 그녀보다 훨씬 어린 여자에게 뒤통수를 맞다니 스스로도 믿을 수가 없었다. 게다가 보스 리오넬의 사전 지시 사항까지 듣고 더욱 철저히 그녀를 주시했건만, 알렉시스는 역으로 공항에 가는 척 주의를 끌다가 결국 막판에 공항 옆에 대기해 있던 피오렌티가 전용기 안으로 그녀를 유도했던 것이다.

일단 전용기 앞까지 온 이상, 아무리 베테랑인 그녀라도 떡대같이 건장한 피오렌티가 경호원 여럿을 당할 수는 없었다. 몇 분 늦게 사태를 알아챈 리오넬의 비서 및 보디가드들이 피오렌티 전용기가 대기한 공항 내 부지까지는 쫓았지만, 그들이 차에서 내렸을 땐 이미 전용기가 활주로 위를 새처럼 날아오르고 있었다.

"마르첼로 피오렌티 경, 이러시면 곤란합니다."

문맥은 정중하기 이를 데 없었지만, 결코 정중한 어조는 아니었다. 완벽한 영국 상류층 영어로 천천히 내뱉는 저음에는 살 떨릴 정도의 무시무시한 기운이 서려 있었다.

─아~ 그게 말입니다, 우리 와이프가 조카를 워낙 애지중지해서 말이지요. 저희 쪽은 급한 일로 에딘버러까지 전용기를 태워달라고 해서 그렇게 한 것뿐이고, 경호원도 무작정 붙잡아달라기에 우리 아이들은 또 그렇게 해줬을 뿐입니다~ 우리 아이들은 알렉시스…… 아니, 미세스 리오넬의 경호원 얼굴을 모르니까요, 하하하…….

수화기 건너편의 남자는 유들유들한 웃음을 터뜨리며 알렉산더의 노기 어린 힐난에 응대했다. 살짝 이탈리아어 억양이 깃들었으나 영국식 스탠더드 영어 발음을 유창히 구사하는 음성은 계속해서 유쾌하게 말을 이어갔다.

─뭐, 이왕 이렇게 된 거 어떻게 하겠습니까? 듣자 하니 아주 중요한 국제 학회에 급하게 가야 하는데 제가 마침 아일랜드 가는 길이라서요, 미세스 리오넬은 이미 10분 전에 학회장으로 갔습니다.

"……다음번에 이런 일은 없길 바라겠습니다. 다음 달 두바이 아틀란티스 호텔 완공식이 있을 예정이니 그때 초대하겠습니다."

그가 휴대폰을 부술 기세로 내려놓기 무섭게 곧바로 익숙한 번호가 발신되어왔다.

─보스, 미세스 리오넬이 일행들과 학회장 안으로 들어갔습니다. 톰슨 요원은 메인 게이트 앞에서 대기 중입니다. 지금이라도 전용기로 모시도록 하겠습니다.

"……"

알렉산더는 잠시 침묵하다 짧게 명령했다.

"아니, 내일 오전까지 모든 일정이 마무리되는 즉시 데려와."

그래, 이번 학회까지는 네가 원하는 만큼 실컷 자유를 만끽해, 알렉시스. 앞으로 또 언제 네게 이런 기회가 있을지 나도 장담할 수 없으니까.

그녀를 신뢰할 수 없다고 생각해온 자신이 옳았다. 그가 아무리 제지하고 막아도, 그녀는 결국 언제든 새처럼 날아가버릴 수 있는 여자였다. 알렉산더가 호화로운 두바이 8성급 호텔의 최상층에서 두바이 시내를 내려다보며 분노를 삭이려고 애쓸 때, 다시 전화벨 소리가 울렸다. 알렉시스였다. 그는 휴대폰을 잡아먹을 듯 잠시 노려보다 통화 버튼을 눌렀다.

―알렉산더.

"……."

―지금 화 많이 난 거 알아.

그녀의 주위에 누군가가 학회 심포지엄 강연자들을 소개하는 마이크 소리가 크게 울려 퍼지고 있었다. 곧이어 우레 같은 박수 소리가 한동안 뒤를 이었다.

―미안해, 하지만 난 정말 학회만 조용히 참관하다 올 거야. 전체 일정은 내일 오전까지지만 그건 참석자들 간의 미팅이니까. 난 오늘 강연만 듣고 밤에 미스 톰슨과 돌아갈게.

"……."

―알렉산더, 듣고 있어?

"……."

―알렉산더.

"안 된다고 분명히 말했던 걸로 아는데."

―알렉스, 다른 남자와는 절대로 눈도 마주치지 않고 말도 안 할게. 맹세해.

"……."

그녀의 말에 알렉산더는 분노로 꽁꽁 얼었던 마음이 조금은 누그러지는 걸 느꼈다. 그녀는 지난 3개월의 시간처럼, 자신이 무엇을 불안해하고 두려워하는지 알고 그에게 신뢰를 주고자 나름 노력해왔고 지금도 애쓰고 있었다. 그녀가 순전히 100퍼센트 국제 학회에만 관심이 있을 뿐, 다른 남자들은 먼지만큼도 신경 쓰지 않을 것임은 알렉산더 역시 명명백백 알고 있었다.

"좋아. 단, 너 스스로 말한 것처럼 오늘 밤 전용기로 돌아가."

–알았어, 또 한 가지…….

그의 노기가 한결 풀린 것을 느꼈는지, 그녀는 한마디 더 덧붙였다.

–미스 톰슨은 아무 잘못 없어.

"네가 약속대로 오늘 밤 돌아간다면."

–돌아갈 거야. ……알렉산더.

"왜."

–내일 저녁 7시, 예정대로 두바이에서 돌아오지?

"그래."

–공항에 나갈게.

"……."

–아, 이제 시작해. 끊어야겠어.

또 다른 박수 소리와 함께 그녀의 휴대폰도 끊겼다. 알렉산더는 잠시 입을 한일자로 다문 채 손안의 휴대폰을 바라보았다. 지금까지 수없이 해외에 나갔다 돌아왔지만 한 번도 그녀가 공항에 마중 나온 적은 없었다. 인사치레로 그러겠다 말한 적도 없었다.

"리오넬 회장, 기다리게 해서 미안합니다! 이제 호텔 별관을 둘러보시죠!"

눈처럼 새하얀 두바이 전통 복장을 입은 왕자가 10명도 넘는 호위병들을 거느린 채, 껄껄 웃음 지으며 그에게 다가왔다. 자신보다 15센티미터 차이 나는 그의 키를 올려다보며 왕자는 고개를 갸웃하며 물었다.

"음? 그새 아주 기분 좋은 일이 있으셨나봅니다? 아니면 뭔가 재미있는 거라도 보셨습니까?"

"아닙니다. ……아내가 내일 공항에 마중 나온다고 해서요."

"아하! 그러고 보니 아직 신혼이신 두 분을 제가 너무 오래 갈라놓았군요! 그렇게 젊고 아름다운 여성을 부인으로 얻다니 정말 부럽습니다!"

"저도 아직은 젊은 편입니다만…… 각하께서는 이미 스무 명도 넘는 그런 부인들이 계시지 않습니까."

왕자의 호탕한 웃음이 언제까지고 호텔 로비에 울려 퍼질 때만 해도, 알렉산더는 희망에 부풀어 있었다. 그 자신들의 결혼이 이렇게만 지속될 수만 있다면 언젠가는 정상적인 부부처럼 지낼 수 있을 것이라는 희망.

그녀는 늦은 시각 한 번 더 전화를 해왔다. 영국과 두바이는 시차가 4시간밖에 되지 않아 통화 자체에 무리는 없었다.

─알렉산더, 아직 안 자? 거긴 벌써 자정 다 됐지?

"아직. 지금 런던이야?"

─응, 지금 집에 도착했어. 알려주려고 전화했어.

"아까 전용기 파일럿이 보고해서 이미 알고 있어."

─그래도 내가 직접 전화해서 말하고 싶었어.

"……"

−듣고 있어?

"너 원래 그런 여자 아니잖아."

−뭐?

"공항에 마중 나오거나, 뻔히 알고 있는 걸 일부러 말해주려고 전화하는 여자. 내가 알고 있는 알렉시스 리오넬은 그런 스위트한 여자가 아니라고."

−……난 원래 그런 사람이었어. 당신이 항상 화내고 명령만 하니까 그런 모습을 보일 기회가 없었을 뿐이야.

"……."

−두바이는 어때요? 아틀란티스는 다음 달에 예정대로 완공이야?

"그래, 다음 달 완공 기념식 때 너도 보게 될 거야."

−나도 갈 수 있어? 이슬람 국가라서 난 못 간다고 했잖아.

"호텔 안에만 있고 히잡과 전통 의상 입고 있는 조건으로."

그 뒤로도 둘은 정상적인 부부처럼 조금 더 대화를 나누었다. 잠시 그녀의 목소리를 들었다는 것만으로 알렉산더는 깊은 안도감을 느끼며 숙면을 취할 수 있었다.

테라스 창 위, 길게 드리워진 그림자가 석양빛에 반사되어 한순간 눈부시게 환한 빛을 흩뿌렸다. 하지만 이내 불길한 징조처럼 다가온 어둠에 잠식되어 그 빛은 순식간에 사라져갔다. 그림자의 주인공이 손가락을 까딱거릴 때마다, 바로 앞에 선 고용인의 긴장도 점점 고조되어갔다.

"그년이 에딘버러로 혈혈단신 갔을 때가 절호의 기회였는데,

도대체 왜 실패했지?"

"……죄송합니다."

엄밀히 말해서는 혈혈단신이 아니라 미 백악관 출신의 수석 경호원에다 다른 일행들도 있었지만, 성질 난폭한 고용주에게 변명해봤자 아무 소용도 없을 터였다.

"정말이지, 모사드고 특수 요원 출신이고 아무짝에도 쓸모가 없어……."

그림자는 고용인이 찍은 여러 장의 사진들을 줄줄이 훑어보다 그중 한 장에 시선을 집중했다. 아주 잘 써먹을 수 있는, 활용도가 높은 사진이었다. 역시 에딘버러 국제 학회에 알렉시스의 참석을 은근슬쩍 흘리며 미카엘 할스트롬에게도 초대장이 가도록 한 것은 잘한 일이다 싶었다.

"이 사진, 알렉산더 리오넬에게 보내도록 해. 출처는 절대 밝혀지지 않게 이리저리 돌려서."

"네, 알겠습니다."

"이 사진이 결국 둘이 파탄 날 빌미를 제공해줬으면 좋겠는데."

다음 날 예정대로 오후 7시경, 런던 히드로 공항 부지에 착륙한 알렉산더는 전용기에서 내려 대기하고 있던 은빛 롤스로이스 팬덤에 다가갔다. 알렉시스는 약속한 대로 뒷좌석에 앉아 그가 차에 타길 기다리고 있었다.

그녀는 그들이 서로 신뢰할 수 있도록 자신이 노력해오고 있다는 것을 알렉산더가 알아주길 바랐다. 알렉산더 역시 나름대로 애쓰고 있다는 걸 그녀 역시 모르지 않았다. 알렉시스는 불안했던 허니문 이후, 지난 석 달 동안 서로 조금씩 마음을 열고 좀 더 서로를 가까이 느끼고 이해하고 있다는 자신의 생각이 틀리지 않기를 바랐다.

"알렉산더."

알렉산더는 주차하고 있던 롤스로이스 뒷좌석에 올라탄 채, 그녀 쪽은 돌아보지도 않고 운전사와 좌석 간의 모든 것을 차단하는 매직미러를 가동시켰다. 말 한마디 않고 있었지만 그가 무언가에 매우 화가 나 있는 것만은 틀림없었다. 두바이에서의 일은 더할 나위 없이 성공적으로 끝났다 들었으니 사업상의 문제는 아닐 것이다. 설마 그녀가 그의 말을 어기고 에딘버러 학회에 간 것 때문에 새삼 다시 화가 난 것일까? 그녀가 공언한 대로 당일 밤 다른 전용기로 다시 에딘버러로 돌아온 것은 이미 알고 있을 터였다.

"알렉산더. ……아직 화 안 풀린 거야?"

팔꿈치를 창턱에 올리고 턱을 괸 채 뭔가 깊은 생각에 잠겨 있던 그는, 그 물음에 천천히 그녀 쪽을 돌아보았다. 그 싸늘한 눈빛 때문에 알렉시스는 순간 심장이 덜컥 내려앉는 것 같았다. 확실히 그는 무엇 때문인지 머리끝까지 화가 나 있었다. 아니, 단지 화가 났다는 표현으로는 부족한 뭔가가 있었다. 뭔가 태풍 직전의 고요와도 같은 불길한 기운이 느껴졌다.

"……학회는 어땠어?"

"좋았어요."

"단지 그뿐?"

"……."

"학회에 간 이유가 뭐야? 그렇게까지 해서 꼭 가야 했던 진짜 이유."

조용히 취조하는 듯한 그의 물음에 그녀는 당혹스러웠지만 순순히 대답했다.

"ST(Space Technology : 우주공학기술) 주제 중에서 테라포밍 (Terraforming : 지구 이외의 다른 천체에 생물이 살 수 있는 환경과 생태계를 구축하는 기술) 부분을 꼭 들어보고 싶었어."

"학회 외 다른 이유."

"다른 이유 따위 없어. 내가 그 심포지엄에 얼마나 관심이 있는지 이미 여러 번 말했잖아."

알렉시스는 대화의 방향이 계속 무의미하게 제자리만 맴돌고 있는 것 같아 가슴속이 꽉 죄이는 듯 답답함을 느꼈다. 그때 알렉산더가 그녀에게 바짝 다가앉아 위협적으로 물었다.

"말해. 나는 분명히 갈 수 없다고 확실히 말했는데, 왜 갔어?"

"알렉산더, 나는 옥스퍼드 및 세계 유수의 대학들이 주최한 국제 학회에 간 것뿐이야. 1박 2일 일정이었는데 그나마 당신이 마음에 걸려서 그날 밤 바로 돌아왔어! 당신도 나중에 전화로는 분명히 납득했잖아!"

그녀는 부아가 치밀어 저도 모르게 언성을 높였다.

"애초에 그런 일로 이렇게 입씨름을 하는 것 자체가 정상이야?"

"그게 애초부터 이 결혼의 룰이었어. 기억 안 나? 더 이상 아무 말 하지 마. 앞으로는 무조건 룰에 따라야 할 테니까."

"그건 장거리나 해외일 때만 적용되는 것 아니었어? 그럼 앞으로도 쭉, 결혼 생활 내내 집 밖으로 어디를 가든 무조건 당신 판단에만 따라야 한다는 거야? 절대 이해도 안 되고 납득도 안 되니 그런 약속은 할 수 없겠어."

"이해하고 납득하는 쪽은 나야, 네가 아니라."

어이없어 말문이 막힌 그녀에게 그는 다시 집요하게 물었다.

"다시 한 번 묻겠어. 학회에는 왜 갔지? 꼭 가야 할 다른 이유가 있었던 게 아냐?"

"……"

그녀는 기가 막혀 대꾸할 기운도 없었다. 학회에 가야 할 이유가 학회 외에 다른 게 있단 말인가? 도대체 이 남자의 머릿속에는 뭐가 들어 있지? 알렉시스가 더 상대하기 싫다는 듯 침묵만 지키고 있자, 그는 가까스로 억누르고 있던 분노를 일시에 터뜨리고 말았다.

"정말이지, 사람 돌아버리게 하는군. 너란 여자……!"

그는 휴대폰을 열고 매직미러 건너편 운전사에게 단호히 명했다.

"안톤, 차 세우고 이만 귀가해. 지금 당장."

알렉시스는 본능적으로 위험을 직감하고 차에서 내리려 도어로 손을 뻗었다. 하지만 그가 도어록을 일제히 잠금시켜버려서 문은 꼼짝도 하지 않았다. 그녀는 완전히 독에 든 쥐 꼴이 되고 말았다. 알렉산더는 곧바로 휴대폰을 열더니 사진 파일 하나를 화면에 띄워 그녀 앞으로 내밀었다. 사진에는 그녀가 에딘버러 학회장 로비 안에서 미카엘 할스트롬과 포옹하고 있는 장면이 선명히 찍혀 있었다.

"……!"

"변명해보시지."

분노로 이글이글 불타는 알렉산더의 눈을 코앞에서 마주하자 알렉시스는 전신이 오그라드는 듯한 공포를 느꼈다. 이제 두바이에서 통화했던 때와는 달리, 그의 태도가 이상했던 이유를 이제야 깨달을 수 있었다. 사진만 보자면 누구든 오해할 여지가 충분했다. 도대체 누가 그런 사진을 찍어서 그에게 보냈는지 여부는 일단 알렉산더의 오해를 풀고 난 뒤에 알아봐도 늦지 않을 터였다.

"이 자식과 모처럼 만나서 기분이 업되어 그랬던 건가? 생전 하지도 않던 전화를 하고, 마중을 온다고 하고?"

"알렉산더, 내 말 믿어. 이건 당신이 생각하는 그런 게 절대, 절대 아니야!"

그녀는 어떻게 이런 장면이 연출된 것인지 열심히 설명했다. 쉬는 시간에 학회가 열리는 장소인 에딘버러 대학교 로비에서 그들은 갑자기 마주치게 되었다. 알렉시스는 의외의 장소에서 그를 조우하게 되어 놀랐고 미카엘 역시 그런 기색이었다. 그대로 지나치기도 이상한 것 같아서, 그들은 서로의 근황에 대해 짧은 대화를 나누고 다음 발표가 시작된다는 벨이 울리자마자 바로 돌아섰었다. 그때 몰려오는 인파에 밀려 나선계단 옆에 서 있던 알렉시스가 누군가 미는 바람에 계단 아래로 떨어질 뻔했고, 마침 옆에 서 있던 미카엘이 황급히 붙잡아주었던 것이다. 당연히 포옹하는 것 같은 자세가 되었지만 미카엘이 곧바로 손을 놓아서 이상한 상황이 연출된 것은 결코 아니었다.

"미카…… 그도 거기 와 있었을 줄은 전혀 몰랐어. 하지만 다른 지인들도 몇 명 만났으니까 전혀 이상한 상황은 아니었어!"

"전에 메이필드 호텔에서도 그렇고 그놈만 우연히 계속 겹치는 게 이상하지 않다고?"

"……알렉산더."

"무슨 얘기를 했지?"

"그냥 인사로 근황을 물었을 뿐이야! 도대체 몇 번이나 말해야 믿어줄 거야?"

"내가 없을 때마다 그놈이 네 앞에 나타나는 게 순전히 우연이라고……? 내 직감으론 그건 절대 우연이 아니야!"

"……더 이상 당신과 한 공간에 있고 싶지도 않아. 난 내려서 알아서 가겠어."

그녀가 알렉산더 쪽 창가의 잠금장치를 풀려고 했지만 그가 순순히 내버려둘 리가 없었다.

"열어줘!"

"휴대폰 어딨어? 이리 내봐."

그녀의 휴대폰에 남아 있을 통화 내역을 샅샅이 뒤져서 혹 미카엘의 번호는 없는지 확인하려는 모양이었다. 알렉시스는 고개를 설레설레 내저었다.

"……당신과는 이성적인 대화가 안 돼."

"그래서 거기까지 그놈을 만나러 간 거야?"

"그래! 미카엘이 너무 보고 싶어서 당신 몰래 만나러 갔어! 이제 만족해?"

알렉산더만큼 화가 머리끝까지 치솟은 그녀는 일부러 그를 자극할 말을 마구 내질렀다.

"미카엘은 당신과 달리 지극히 정상인 멘탈이니까! 적어도 대화는 통하니까! 어차피 의심받을 거였으면 아예 미카엘과 하룻밤 즐기고 올 걸 그랬어! 지금 후회막심이야!"

갑자기 알렉산더가 한 손을 뻗어 그녀의 목덜미를 움켜잡는 바람에, 그녀는 더 말을 이을 수가 없었다. 아주 잠시 숨통을 끊어버릴 듯한 기세로 힘을 주던 그는 목에서 손을 떼고 대신 그녀의 하얀 블라우스 앞섶을 찢어 내렸다. 그녀가 알렉산더의 한쪽 뺨을 힘껏 쳤지만 그는 물러나지 않았다. 그의 뺨을 때린 그녀의 왼손과 오른손을 으스러질 듯 꽉 잡고 다른 한 손으로 넥타이를 풀더니 빠른 손놀림으로 그녀의 양 손목을 묶어버렸다.

"이 건방진 계집애…… 도대체 내가 얼마나 더 인내해야 하지?"

"적반하장이란 말 들어본 적은 있어? 그건 내가 하고 싶은 말이야! 이 사이코…… 지옥에나 떨어져!"

그는 이를 갈면서 그녀가 이해할 수 없는 언어로 욕설을 뇌까렸다. 알렉산더는 그녀의 풍성한 머리 뒤로 손을 넣어 머리칼을 난폭하게 그러쥐었다. 연약한 살갗으로 이루어진 목덜미와 쇄골, 양쪽 젖가슴에 붉은 꽃이 점점이 흩어져 불규칙적인 무늬를 이루었다. 그녀는 스스로의 의지와 상관없이 점점 그의 공략에 몸을 활짝 열고 있었다. 알렉시스는 한데 묶인 두 손을 들어 그의 머리 뒤로 둘렀다. 점점 몸 안이 젖어드는 것을 느끼며, 알렉시스는 스스로를 저주하고 또 저주했다. 그녀는 알렉산더가 제발 오해를 풀고 자신의 마음을 알아주길 신에게 빌고 또 빌었다.

"훗……."

그런 그녀의 속내를 비웃듯 알렉산더는 잔인한 실소를 흘렸다. 동굴 속 좁은 내벽이 힘차게 박아오는 분신을 꽉 조이며 촉촉이 젖어들자 그럴 줄 알았다는 듯 그는 한결 더 허리를 강하게 쳐올렸다. 끝없이 계속될 것 같았던 격렬한 움직임이 마침내 정점에 치달아갔고, 뜨겁게 고동치던 욕망이 절정에 달하며 우윳빛 액체를 그녀의 몸속 깊이 발산했다. 둘은 함께 절정을 맞아 누구랄 것도 없이 숨을 헐떡이며 좁은 차 안에서 몸을 뒤틀었다.

"아무리 저항해도 결국은 마찬가지야. 나한테 당하면서 쾌락에 흐느끼고 몸부림치고…… 그런 주제에 내 여자가 아니라고?"

"……."

그가 몸을 뺀 뒤에도 그녀는 소파 한 귀퉁이에 웅크리며 미동도 하지 않았다. 잔뜩 흐트러진 머리칼 사이로 희미한 떨림만이 일고 있었다. 그가 두 손을 묶은 넥타이를 풀어준 뒤에야, 알렉시스는 시큰한 두 손목을 매만지며 모멸감에 붉게 달아오른 얼굴을 쓸었다. 이제는 눈물도 메말라버린 것 같았다.

"똑똑히 들어."

그는 거친 숨을 고르며 풀어헤친 넥타이를 다시 목에 매었다.

"앞으로 넌 내 허락 없이 어디도 못 가. 24시간 철저히 내 결정에 따라야 해. 알겠어?"

흠잡을 데 없이 잘생긴 그의 얼굴, 그러나 그 얼굴 뒤 알렉산더 리오넬이라는 남자는 인정사정없이 잔인한 악마와도 같았다. 그의 뜻을 거스르는 사람은 가차 없이 죽일 수도 있을 거라고, 언젠가 루카가 내뱉었던 말이 이제야 뼛속 깊이 통감되었다. 더 이상울 기력도 없고 짜낼 눈물도 없다고 생각했지만, 전신을 희미하게 훑고 지나는 떨림은 좀처럼 멈추지 않았다. 그에게 잡히고 눌리고 깨물린 몸 곳곳이 지독히 아파왔다. 다리 사이에서도 얼얼한 통증이 일었다. 그가 수 초간 누르고 있던 목덜미는 아직도 벌겋게 상기되어 있었다.

"이제 사실대로 말해. 할스트롬은 왜 만났지?"

"도대체 몇 번을 말해야 알겠어! 우연히 만났다고 했잖아!"

"할스트롬 그 자식과 이런 사진이 찍힌 게 벌써 두 번째야. 내가 그 말을 믿을 것 같아?"

"……."

"말해."

"……."

알렉시스가 그를 외면한 채 고집스레 침묵만 지키자 알렉산더는 그녀의 헝클어진 머리칼을 거칠게 움켜잡고 자신을 향해 돌려 세웠다.

"말, 해."

"……."

그녀의 입술은 굳건히 한일자로 다물린 채 조금의 동요도 없었다. 대신 눈물로 얼룩진 청회색 눈동자로 머릿속 생각을 또렷이 전달하고 있었다.

나는 너에게 절대 굴복하지 않아. 지옥에나 떨어져, 알렉산더 리오넬.

"……."

알렉산더의 어두운 눈에 감탄의 빛이 어리다 사라졌다. 난생처음 재미있는 것을 본 사람처럼 입가에는 기묘한 미소가 떠올랐다.

끝까지 버티겠다, 그거군.

정말 대단한 계집애였다. 웬만한 정재계 거물들도 긴장하며 대면하는 그에게 이렇게 의연히 맞서다니. 그 가상한 용기에는 절로 찬탄이 나왔지만 아무래도 감탄보다는 다른 감정이 서서히 피어오르는 걸 막을 수는 없었다. 그녀의 눈에는 모멸감과 고통에 앞서 그를 향한 증오와 적의가 더 진하게 배어 있었다. 최근에는 본 적 없던 명백한 도전, 도발의 시선이었다.

그는 손아귀에 움켜쥔 머리칼을 놓고서, 너덜너덜 찢긴 브래지어만 간신히 걸치고 있는 그녀의 몸 위에 코트를 입혔다. 갈기갈기 찢긴 블라우스와 그 외 속옷의 잔재는 시트 위에 버려둔 채, 알렉산더는 휴대폰을 열고 통화 버튼을 눌렀다.

"지금 바로 애스콧에 갈 차를 보내. 현재 위치는 GPS로 확인되겠지?"

알렉시스는 두려움을 가까스로 숨기고 두 손을 꽉 쥐어 전신이 가늘게 떨리는 걸 진정시키려 애썼다. 런던 교외 애스콧에 빌라가 있다는 말은 들은 적 있지만, 어째서 지금 그녀를 데리고 가는지 짐작도 되지 않았다. 매직미러를 통해 처음 보는 경호원이 노련하게 차를 몰고 있는 게 보였다. 그녀를 인격 없는 인형처럼 무참히 다뤘던 남자는 아무 일도 없었다는 듯, 평소와 다름없는 거만한 자세로 다리를 꼰 채 창밖만 응시하고 있었다. 그러나 그녀는 직감적으로 알았다. 그가 지금 폭발 직전의 분노를 최대한 억누르고 있다는 것을. 차에서 내려 다시 단둘이 있게 될 때, 그는 참아왔던 격노를 또 한 번 터뜨릴 것이다.

대체 한적한 교외의 별장에서 뭘 하려는 거지.

알렉시스가 미처 마음을 다잡기도 전에 차는 조용히 멈췄다. 동시에 운전하던 경호원도 곧바로 차에서 내리는 기척이 느껴졌다.

"내려."

"……여긴 왜 왔어?"

"내려보면 알겠지."

"먼저 말해. 그 전에는 안 내려."

그에게 이렇게 당당히 명령하는 사람은 그 누구도 없었다. 심지어 엄격했던 조부와 부친 역시, 철들기 전부터 착착 제 몫을 훌륭히 해내는 어린 알렉산더에게 호통친 적이 없었다. 그는 타인의 명령이나 지시가 필요 없는 상황을 먼저 만들어야 직성이 풀리는 기질의 소유자였다.

"질질 끌고 갈까? 아무리 잘 훈련된 개라도 눈은 있는데."

고용인들이 암만 모른 척해도 장님은 아니니 그녀만 더 수치스런 꼴이 될 거라는 의미였다. 더 버텨봤자 득 될 게 없다고 판단한 알렉시스는 차 문을 열고 빌라 문 앞에 섰다. 조금 전의 여파로 다리가 후들거렸지만 아무렇지 않은 척 안간힘을 다해 버렸다.

애스콧 별장은 빌라가 아니라 한 채의 성이었고 별장이 아니라 하나의 요새였다. 동화 속 한 장면 같은 별장과는 차원이 달랐다. 알렉시스가 꼿꼿이 선 채 버티고 있자, 그는 그녀의 한 팔을 거칠게 잡아채서 문 안으로 들이밀었다. 갑자기 연락받은 고용인들이 화려한 샹들리에 아래 홀에 나와 깍듯이 고개 숙였지만 알렉산더의 손짓에 일제히 자리를 물렸다.

"……그래서 이제 어떻게 할 건데? 지하 밀실에 가둬서 고문이라도 할 거야?"

"고문은 안 해. 그런 취미는 없으니까."

그는 그녀를 홀 중앙의 대리석 계단 위, 귀중한 명화들이 걸린 2층 복도로 끌고 가 가장 안쪽 방문을 열어젖혔다.

"너도 어릴 적부터 사립학교에서 배웠겠지. 말 안 듣는 아이는 충분히 뉘우칠 때까지 반성실에서 혼자만의 시간을 가지는 규율."

"난 어릴 적부터 연미복이나 입히는 살벌한 이튼스쿨이 아니라 자유를 중시하는 마드리드 국제학교에 다녔어."

알렉시스의 대꾸를 무시하고 그는 찬찬히 방 안을 훑어보았다. 여느 최고급 호텔 객실 부럽지 않게 꾸며진 넓고 안락한 침실이었다.

"사실을 말할 마음이 들 때까지 여기 있어. 옥스퍼드는 내일 휴학 신청을 해둘 거니까."

"……미쳤군요. 난 여기 갇혀 있을 생각 전혀 없어!"

"그럼 지금이라도 사실대로 말해. 에딘버러에서 할스트롬은 도대체 왜 만났지?"

"……수백 번, 수천 번 진실을 말해도 당신에겐 애초에 내 말을 곧이들을 마음이 없잖아! 더 이상 할 말 없어!"

"그럼 여기 있어, 언제까지고."

그는 그녀를 안쪽으로 밀친 다음 밖에서 방문을 쾅, 소리 나게 닫고 가차 없이 잠가버렸다. 그녀가 아무리 방문을 두들기고 소리

쳐도 그는 요지부동이었다.

"알렉산더! 당신 정말 제정신이야? 열어줘! 제발!"

"어느 때보다 더 제정신이야. 사실대로 말할 생각이 들면 비서 통해 연락해."

"……."

복도 저편으로 점점 멀어지는 발걸음 소리를 들으며, 알렉시스는 스스로가 처한 상황을 믿을 수 없어 문 앞에 주저앉은 채 몸을 떨었다. 21세기 영국에서 남편이 아내를 감금할 수 있다니, 도저히 실감이 나지 않았다. 잠시 망연자실 있다가 퍼뜩 생각난 듯, 휴대폰을 찾았지만 이미 알렉산더가 가져간 모양인지 어디에도 없었다. 그녀 외에 누구도 풀 수 없는 커스텀 암호모드를 걸어두어 휴대폰 안 내용을 절대 볼 수 없을 거란 게 그나마 작은 위안이었다.

하지만 그 위안도 잠시, 재빨리 방 안을 훑어본 그녀는 침대 옆 테이블에 노트북을 발견했지만 인터넷은 연결되어 있지 않다는 사실을 알고 다시 절망에 빠졌다. 그녀가 외부와 접촉할 수 있는 모든 연결선을 그는 사전에 철저히 차단해놓고 가버린 것이다. 잠시 후 고용인 중 한 명이 문을 먼저 노크한 뒤 열쇠로 도어록을 풀고 방 안으로 들어섰다.

"미세스 리오넬, 저택 안은 어디든 자유로이 다니실 수 있지만 외부는 절대 안 됩니다. 보스의 명령입니다."

"……."

"여기서 며칠 푹 휴식을 취하실 수 있게 최선을 다하겠습니다. 보스는 런던으로 돌아갈 준비가 되실 때, 언제든 저를 통해 알리도록 지시하셨습니다."

"……."

런던으로 돌아가려면 미카엘과 사전에 에딘버러에서 만나기로 어떻게 언제 작당했는지, 실제로 만나서 무슨 부적절한 행동을 했는지 사실을 말하라는 건데, 난 말할 사실 자체가 전혀 없어! 없다고!

그녀는 런던으로 돌아가는 즉시 곧바로 이혼소송을 하기로 단단히 결심했다. 이대로는 언젠가 그녀가 그를 죽이고 말 것 같았다. 조금씩 그를 향해 열려가던 마음도, 공항에 마중 나오거나 일부러 전화를 하는 등 점차 그에게 스스럼없이 다가가려 했던 애틋함도 결국 죄다 부질없는 짓일 뿐이었다. 알렉시스는 언제까지고 피폐한 영혼으로 살아가야 할 자신의 미래가 보이는 것 같았다.

사흘이 흘러갔지만 그녀는 저택 밖으로 한 발짝도 나갈 수가 없었다. 심지어 침실 안에도 테라스로 통하는 유리문은 굳건히 잠겨 있어 다른 사이드 창으로만 간신히 바깥 공기와 접촉할 수 있을 정도였다. 몇 년간 아무것도 안 하고 독서에만 파묻혀 지내도 넉넉할 만큼 서재의 책들은 넘쳤지만, 그녀는 단 한순간도 책에 집중할 마음의 여유가 없었다.

맙소사, 어떻게 정말로 나를 여기에 감금시킨 채 버려둘 수 있지?

알렉시스는 더 이상 호화로운 저택 안에 갇힌 새처럼 스스로를 방치할 수 없었다.

고용인을 통해 그녀의 연락을 받은 알렉산더는 그 어느 때보다 여유 넘치는 모습으로 거실 소파에서 그녀를 맞았다. 식음을 전폐하다시피 했던 그녀와는 달리, 그림같이 잘생긴 얼굴은 증오스러울 만큼 단정하고 준수해 보였다.

"이젠 좀 얘기할 마음이 들었어?"

알렉시스는 그를 보자마자 다짜고짜 손부터 날렸다. 짝, 소리를 내며 손가락에 끼워져 있던 결혼반지가 그의 뺨에 붉은 선을 그렸다. 잘 세공된 조각상에 아주 가느다란 금이 간 것처럼 작은 생채기가 났지만, 무감각한 기계 같은 그의 표정에는 아무런 동요가 없었다.

"이따위 것!"

그녀가 분을 참지 못해 숨을 몰아쉬다 손가락에 아직도 끼워져 있던 다이아몬드 반지가 더러운 벌레라도 되는 것처럼 손에서 빼어내 어디론가 던져버렸다. 아직도 그 반지를 끼고 있었다니 미처 몰랐다는 표정이었다.

"이혼하겠어. 그래서 연락한 거야."

"훗, 하하……."

뭐가 그리 우스운지 알렉산더는 재미있다는 듯 웃음을 터뜨렸다. 하지만 눈은 결코 웃고 있지 않았다. 그녀가 반지를 빼어 어딘가 던져버렸을 때, 급격히 냉혹해졌던 눈빛 그대로였다.

"이혼이라. 세기의 명문가 혼인 석 달 만에 파경- 매스컴이 떠들썩하겠군."

"매스컴 따위 신경 안 써. 당신은 제정신이 아니야. 내겐 이 미친 결혼을 더 이상 유지할 이유도, 의무도 없어."

"달링."

알렉산더는 천천히 자리에서 일어나 소파에 내려놓았던 재킷을 집어 들었다.

"진지하게 대화할 마음이 들 때 다시 연락해."

"알렉산더! 기다려!"

그가 자신의 이혼 선언을 철저히 무시하고 혼자 돌아갈 생각임을 알아차린 그녀가 그를 막아섰다. 다급한 마음에 그녀는 그의 소매를 움켜잡았다. 그가 또다시 자신을 이 감옥 같은 호화 저택에 남겨놓으려 한다니 도저히 믿을 수가 없었다.

"어떻게 나에게 이럴 수 있어! 날 다시 여기 남겨놓고 가겠다고?"

"……."

알렉산더는 그녀의 손이 자신의 몸에 닿은 것이 매우 부적절한 일인 것처럼, 천천히 그녀의 손을 잡고 자신의 몸에서 떼어냈다. 그 절제된 단호함, 한일자로 꾹 다문 입, 아무 감정도 없는 싸늘한 표정에, 알렉시스는 할 말을 잃고 말았다.

"사흘 뒤 다시 오지."

감히 이혼이란 말을 입에 담다니, 좀 더 기를 꺾어놓을 필요가 있었다. 알렉산더는 이제부터 사흘간 미세스 리오넬이 아예 방 안에서 한 발짝도 나올 수 없게 할 것을 고용인들에게 명하고 저택 밖으로 나갔다.

"……무슨 일입니까."

밝은 금발에 푸른 눈을 한 청년은 매우 불쾌한 듯 미간을 잔뜩 찌푸린 채 1초라도 빨리 그 자리를 벗어나고 싶어 하는 기색이 역력했다. 지성적인 눈빛에 단정한 몸가짐엔 타고난 예의범절과 품위가 절로 배어 있었고, 천박하지 않은 고급스런 옷맵시가 잘 교육받은 집안 배경을 짐작케 했다. 청년은 누구에게든 호감을 줄 만큼 수려하고 화사한 인상이었다. 하지만 그보다 조금 더 큰 키의 상대 남자에게는 노골적인 적개심을 드러낸 채 입매를 꽉 굳히고 있었다.

"거기 앉죠."

청년의 아버지와는 사업상 친분이 있는 데다 가족 모두 서로 공식 석상에서 종종 조우했던 사이인지라 존칭은 자연스레 생략되었다. 6살 연하의 청년은 집무실의 주인이 제안한 대로 호화로운 집무실 한가운데 가죽 소파에 자리를 틀고 앉았다. 그는 여전히 경계심을 풀지 않은 채 건너편에 거만하게 다리를 꼬고 앉은 남자에게 물었다.

"여기까지 날 부른 용건이 뭡니까. 알렉시스 일이라니, 대체 무슨 일이죠?"

"미세스 리오넬입니다. 남의 아내 이름을 함부로 부르지 마시죠."

"……."

오만하기 짝이 없는 남자의 목소리에, 미카엘은 기막힌 동시에 저도 모르게 얼굴을 붉히고 말았다. 눈앞의 남자와 알렉시스가 결혼 전 덴마크 대사 부인 생일파티에서 어떤 모습을 자신 앞에 보였는지, 정확히는 들려줬는지 새삼 기억난 모양이었다. 알렉산더는 대사관저 2층 게스트룸에서 일부러 미카엘을 때맞춰 불러내 그와 알렉시스가 격정적으로 사랑을 나누는 장면을 고스란히 들려준 바 있었다.

알렉시스를 오래전부터 짝사랑해왔던 미카엘이 그 이후로 알렉시스에게 더 이상 접근하지 못했으므로 그 의도는 매우 성공적인 효과를 거두었다고 할 수 있었다. 그러나 그 이후로 알렉시스와 두 번이나 불미스런 사진을 찍힌 이상, 알렉산더는 미카엘이 다시는 그녀 근처에 그림자도 얼씬하지 못하게 좀 더 확실히 못을 박아둘 필요성을 느꼈다.

물론, 그가 아는 한 알렉시스는 미카엘 할스트롬에게 처음부터 끝까지 단순한 친구 이상의 아무런 감정도 없음을 확신했다. 그러나 상대편은 아직도 미련 이상의 감정이 있어 보였고, 무엇보다 에딘버러에서 두 사람이 어떻게 그런 사진이 찍히게 되었는지 당사자를 족쳐서 확실한 정황을 들어볼 필요도 있었다.

"좋습니다, 미세스 리오넬…… 에 대해서 무슨 용건이 있다는 말입니까."

시종일관 정중했지만 미카엘은 리오넬 총수 앞에서 결코 저자세를 보이지는 않았다. 알렉산더와 같은 강렬한 카리스마와 위압감은 없었지만, 그 역시 대단한 위력을 가진 재벌 명문가의 아들인 만큼 다른 이들처럼 알렉산더 리오넬 앞에서 주눅 들 이유는 없었다. 그의 순수하고 올곧은 성품은 어떤 면에서는 알렉시스를 많이 닮아 있었다. 그래서 알렉산더는 미카엘 할스트롬이 더더욱 싫었다. 자신과 빛과 어둠처럼 선명한 대조를 이루고 있음을 알렉산더 역시 모르지 않았다.

"……"

알렉산더는 시가를 하나 입에 물고서 다른 말 없이 사진 한 장을 테이블 앞에 던졌다. 그와 알렉시스는 이미 봤던 장면으로, 며칠 전 에딘버러 대학교 로비 한 귀퉁이에서 미카엘과 알렉시스 두 사람이 포옹하는 것처럼 찍힌 사진이었다. 미카엘은 꾸밈없이 놀라는 표정을 잠시 짓더니 대강 상황을 파악했다는 듯 눈앞의 남자를 더욱 당당하게 바라보았다.

"조작입니다. 사진은 진짜일지 몰라도 상황과 타이밍은 완벽하게 조작됐어요."

"……"

"파파라치에게서 입수했습니까?"

"입수 따윈 안 합니다. 그 벌레 같은 놈은 지금 간신히 목숨만 붙어 있는 상태죠."

"……리오넬 씨가 믿든 믿지 않든, 나는 아무 거리낄 것이 없습니다. 알렉시…… 미세스 리오넬은 에딘버러 학회장에서 우연히 만났고 그녀가 누군가의 손에 떠밀려 계단 아래 떨어지려 했을 때 마침 옆에 있던 내가 잡아줬을 뿐입니다. 다시 그 상황이 된다 해도 난 똑같이 행동할 겁니다."

"에딘버러 ST(Space Technology) 학회에 간 것도 우연입니까?"

"제 이름으로 심포지엄 초대장을 받았습니다. 관련 학자도 아니고 학회 회원도 아닌데 초대장을 받아서 좀 의외이긴 했지만…… 나사(NASA) 연구진들도 참여하는 대대적인 학회라고 해서 참석하기로 했고요."

"참석 여부를 학회 측에 알렸을 테고요."

"RSVP(초대에 대한 답신) 하는 습관이 몸에 배어 있어서요."

어느새 용의자를 취조하는 경찰처럼 질문을 거듭하던 알렉산더는 질문의 방향을 틀었다.

"……계단 아래서 누군가의 손에 떠밀렸다고 했습니까?"

당시 상황을 좀 더 상세하게 말해보라는 듯, 알렉산더는 미카엘의 시선을 날카롭게 주시했다.

"얼마나 더 오래, 이런 불유쾌한 심문에 계속 응해야 합니까?"

"대답하시죠, 내 아내의 안전에 대한 문제입니다."

"……"

미카엘은 눈앞의 남자가 스스로 만족하기 전에는 절대 그 자리를 떠나지 못하게 할 것임을 직감했다. 왕처럼 거만하기 짝이 없고 우월한 그의 태도는 불쾌하기 짝이 없었지만 그가 알렉시스에 대해 진심이라는 것만은 미카엘도 부정할 수 없었다.

"당시엔 정신이 없어서 미처 몰랐지만…… 지금 돌이켜보면 뭔가 이상한 느낌이 듭니다. 마치…… 지하철역에서 누군가 플랫폼 가장자리에 선 사람을 팔만 살짝 뻗어서 일부러 떠밀어버린 듯한 상황이었습니다. 아무리 인파가 많아도 전철역 가장자리에 선 사람들이 떠밀려 바닥에 떨어지는 경우는 없으니까요. 고의적인 경우가 아니면."

"……"

"혹시 알레…… 미세스 리오넬에게 무슨 일이라도 있습니까? 누군가 그녀를 노린다거나…… 그런 일이 있는 것은 아니겠지요?"

"미카엘 에른스트 할스트롬."

알렉산더는 시가를 뗀 입에서 연기를 천천히 내뿜더니 그의 풀

네임을 불렀다. 강렬한 검은 두 눈이 맹수의 무시무시한 그것과도 같았다.

"아내를 도와준 것은 감사하게 생각하겠습니다. 하지만."

그의 손에서 떨어진 시가는 붉은 잔광을 내며 한 줌의 재로 스러졌다.

"다시는 내 아내와 우연히라도 마주치지 않게 해. 그렇지 않으면…… 내 모든 걸 다 걸어서라도 할스트롬이란 이름을 지상에서 흔적도 없게 만들 테니까."

너무 담담한 어조라서 오히려 더욱 오싹한 협박이었다.

"이제 그만 포기하시지. 알렉시스는 이미 내 아내고 그녀 이름에서 리오넬이 지워질 일은 영원히 없을 테니까."

"……"

잠시 흙빛이 되는가 싶더니 미카엘은 꼿꼿이 고개를 들고 자리에서 일어났다.

"잘 지켜주는 게 좋을 겁니다. 세상에 영원히, 라는 건 없으니까. 그녀가 리오넬이란 이름에서 자유로워지는 순간 저도 기회를 잡을 겁니다."

"헛된 희망은 빨리 버리는 게 본인을 위해서도 좋습니다. 현실 가능성은 제로니까."

"만에 하나 그녀가 당신 옆에서 행복할 수 없다면, 놓아주는 게 서로를 위해 최선일 겁니다."

"할스트롬, 그래서 당신이 아직 아무것도 모르는 애송이인 겁니다. 내 손이 닿지 않는 곳에서 그 여자가 행복한 게 무슨 의미가 있죠? 차라리 내 옆에서 불행하게 있는 편이 낫습니다."

그는 바지 주머니에 양손을 찔러 넣은 채 금발의 미청년을 벌레 보듯 내려다보았다.

"행복하든 불행하든, 그 여자는 영원히 내 옆에 있게 될 겁니다. 내가 절대 놓아주지 않을 테니까."

"……두고 보겠습니다."

알렉산더는 유유히 뒤돌아 사라지는 미카엘의 뒷모습을, 등에 칼이라도 꽂을 듯한 눈빛으로 노려보았다. 그 짧은 순간, 당장에라도 그를 때려눕혀 반쯤 패 죽일까 고민하다 그는 가까스로 충동을 억누르고 어디론가 전화를 걸었다. 사진의 전송자가 이번에는 루카 지안카를로 헤네스가 아님은 이미 확인해본 바 있었다. 따라서 좀 더 깊이 파고들 수 있도록 누군가의 조력을 받아야 할 것 같았다.

─여, 리오넬! 오랜만이네. 요즘 신혼이라 조용하구나 했지!

"오랜만에 SAS(세계에서 가장 오래된 영국 왕립 해병대 산하 대테러 부대) 보안 최정예 실력 좀 볼까요. 사람 하나 찾아주셔야 겠습니다."

─사람 하나 찾는 일에 이 몸을 호출했을 리는 없고……. 해변에서 바늘 하나 찾는 격인가?

"더 나쁩니다. 눈에 보이지 않는 바늘이랄까요."

─흠, 최악이군.

집무실 책상 위 전화기 벨이 짧게 울렸다. 애스콧 별장에서 온 전화임을 비서가 전하자, 알렉산더는 바로 연결할 것을 지시했다.

"보스, 저…… 이틀 전 보스가 다녀가신 이후로 미세스 리오넬이 아무것도 안 드시고 계십니다."

"……."

"저렇게 계시다간 위험할 것 같습니다……."

"내버려둬."

"네?"

"때가 되면 알아서 먹겠지."

"하지만…… 물 한 모금도 안 드시고 자리에만 누워 계십니다. 저 상태로 탈수 상태가 되면 매우 위험합니다."

"……."

단식투쟁인가. 하긴 그 역시 지난 이틀간 목으로 넘긴 게 거의 없었다. 그가 지금 외면상 멀쩡한 모습을 유지하고 있는 것은 오직 독한 정신력에 기인한 것이었다.

알렉산더는 한동안 업무에 집중하려 애써봤지만 결국 포기하고 말았다. 혀를 차며 자리를 박차고 일어난 그는 책상 위 벨을 눌러 차를 대기시킬 것을 명했다. 고작 여자 하나 때문에 동요하는 남자들, 사랑 때문에 울고 웃는 타령이나 해대는 유행가 가사들을 세상에서 가장 혐오하고 멸시하던 그였다. 그랬던 알렉산더가 여자 하나 때문에 오후 스케줄을 모조리 연기하고 오후 2시도 안 된 시간에 귀갓길에 오르고 있었다. 하지만 그는 아직도 현실을 직시하고 인정하기보다는 자기 합리화로 스스로의 자존심을 보전하는 데 급급했다.

어쩔 수 없이 가는 것뿐이야. 병원 신세라도 시세 되면 골치 아파지니까.

탈진 상태에서 애스콧 별장에서 런던의 빌라로 옮겨진 후, 그 뒤로도 알렉시스는 며칠간 영양실조와 몸살감기에 극심한 피로, 신경쇠약 등 여러 가지 증상들이 겹쳐 침대에서 거의 벗어날 수 없었다. 알렉산더는 자리보전한 그녀를 고용인들이 극진히 보살피게 했지만, 프랜시스가 그녀를 브로디 본가로 며칠 데려가 요양할 수 있게 해달라는 요청은 일언지하에 거절했다. 자세한 전후 사정은 몰라도 극도로 심신이 쇠약해진 조카의 상태를 간파한 프랜시스가 아무리 청해도 막무가내였다. 그녀가 완전히 회복되기 전까지는, 그의 빌라 밖으로 한 발짝도 데리고 나갈 수 없다는 게 그의 굳건한 방침이었다.

"정말 고집불통이네. 친정에서 내가 보살피면 좀 더 빨리 나을 것 같아서 그러는데……."

"저희 주인님 의지는 아무도 꺾을 수 없으니까요, 미세스 피오렌티. 죄송합니다."

빌라의 집사 역할을 도맡아 하고 있는 윌슨 부인이 알렉산더의 의향을 전달하며 양해를 구했다. 그녀는 리오넬 본가에서부터 런던 독채 빌라로 옮긴 현재까지, 알렉산더를 모시고 있는 과묵하고 충실한 고용인이었다.

"별문제는 없나요?"

"네?"

"둘 사이에 불화라든가…… 그런 문제가 연관되어 있는 건 아니겠죠, 설마. 둘 다 워낙 불같은 성격이라서. 아니, 정확히는 불과 기름 같은 성격."

"저는 아무것도 모릅니다. 설령 안다고 해도 리오넬 주인 부부의 사생활입니다."

"그렇겠죠, 저희 집 사람들도 아마 저랑 남편에 대해 똑같이 말할 테니……."

잘 훈련된 고용인의 함구를 당연한 듯 받아들이며 프랜시스가 발길을 돌리려 할 때였다.

"제가 확실히 아는 것은……."

윌슨 부인은 딴청 피우는 척 고개를 모로 돌리며 억양 없이 말했다.

"주인님이 주인마님에게 굉장히 끔찍하시다는 한 가지 사실뿐입니다."

"끔찍하게 대한다는 거예요, 끔찍하게 아낀다는 거예요?"

"……안녕히 가십시오, 미세스 피오렌티."

별 시답지 않은 농담을 다 듣겠다는 듯, 무뚝뚝하기 짝이 없는 초로의 부인은 그 이상 대꾸 없이 손님을 현관 앞까지 공손히 모셨다. 아무리 오래 충성을 다해온 고용인이라 해도, 주인의 지극히 비이성적인 행각까지 일일이 파악할 수는 없었다.

꼬박 일주일을 누워 있던 알렉시스는 그날 오후, 수프로 연명하던 것을 중단하고 제대로 된 식사를 재개할 수 있었다. 위가 비로소 정상적으로 작동하여 허기를 느꼈고 음식물을 목 너머로 넘길 수 있었다. 물만 입 안으로 넣어도 위가 역류해 토할 것 같았던 느낌이 완전히 사라져 있었다. 극도의 스트레스로 위장 장애를 동반한 신경쇠약 증세였다고 의사는 말한 바 있었다.

그녀가 침대에 상반신만 일으켜 앉은 채 노트북으로 밀린 업무를 막 시작할 찰나, 알렉산더가 침실에 들어섰다. 애스콧 별장에서 그렇게 헤어진 뒤 근 일주일 만에 제대로 대면하는 그의 모습에, 알렉시스는 증오와 알 수 없는 감정들이 뒤섞인 복잡한 심경이 되었다.

"아직 일하기엔 일러."

그가 성큼성큼 다가와 노트북을 옆으로 치우고 그녀 옆에 다가앉았다. 알렉시스는 그와 손가락 끝 하나도 접촉하고 싶지 않은 의지를 노골적으로 드러내며 내뱉듯 말했다.

"……내 몸에 그 더러운 손 대지 마."

"아직 반항할 기운이 남았나 보지?"

그의 조롱에 아랑곳없이, 알렉시스는 손을 뻗어 침대 옆 협탁에서 서류를 하나 꺼내 그의 코앞에 내밀었다.

"합의이혼 신청서야."

애스콧 별장에서 그녀가 집어 던진 것을 고용인이 다시 찾아놓았는지, 알렉시스의 약지에는 어느새 결혼반지가 다시 끼워져 있었다. 그녀가 반지를 빼려고 하자 알렉산더는 무시무시한 기세로 그녀의 어깻죽지를 움켜잡고 서슬 퍼런 협박을 내뱉었다.

"합의이혼? ……아직도 정신을 못 차렸어?"

"이거 놔! 난 그 어느 때보다 더 제정신이야! 정신 못 차리고 있는 건 바로 당신이야."

"한 번만 더 빼려고 해봐. 이번엔 아무도 모르는 섬에 데려가 몇 달간 가둬버릴 테니까."

"……."

알렉시스가 대꾸 없이 분노로 바들바들 떨고만 있자, 그는 거머쥐고 있던 어깨를 홱 내친 뒤 그녀가 테이블에 올려놓은 이혼 신청서를 아무렇게나 구겨서 벽난로 안에 던져 넣었다. 종이는 타닥타닥 소리를 내며 곧 한 줌의 재로 스러져버렸다.

"똑똑히 들어. 이혼은 내가 원할 때 해."

"소송하는 방법도 있어."

"얼마든지 해봐. 맹세컨대 전력을 다해서 브로디란 이름을 회복 불가능한 상태까지 끌어내려줄 테니까."

"……"

"한 번만 더 네 멋대로 행동하면…… 나도 내가 어떻게 할지 장담 못해. 다음은 정신병원 독방일 수도 있어."

알렉산더는 살기등등한 그 말을 끝으로, 문이 부서져라 소리 나게 닫고 방을 나가버렸다.

그날 알렉시스는 다시 한 번 확인했다. 그에게 법적으로 구속 된다는 것은 이전보다 더 강한 족쇄에 묶이게 된다는 것을. 독재 자인 그에게 더 저항력 없이 철저히 통제되어 복종하는 인형으로 살아야 한다는 사실을. 그리고 기품 있는 얼굴 뒤로 알렉산더 리 오넬에게 어떤 원시적인 잔혹한 피가 들끓고 있는지 그녀는 익히 알고 있었다. 하지만 그가 결혼에 앞서 내걸었던 두 가지 조건을 어떤 식으로든 거스르게 되면, 그리고 일단 의심을 하게 되면 그 가 얼마나 더 잔인해질 수 있는지 절실히 통감해야 했다.

포니테일로 묶은 적갈색 머리칼, 흰색과 붉은색, 푸른색 스트라이프 무늬의 교복. 한 점의 빛도 감지되지 않는 어둡고 또 어두운 공간. 어둠 과 적막만이 지배하는 드넓은 공간은 버려진 혹성 또는 우주의 한가운데 같았다.

오감이 완벽히 차단된 밀실에서 그녀는 머릿속으로 수학 공식을 되새기고 기하학 문제를 끊임없이 풀었다. 하나, 둘, 셋, 넷, 다섯, 여섯…… 일곱까지 세었을 때 귀에 익숙한 오케스트라 선율과 함께 끼익, 문이 열리는 소리가 들렸다. 그리고 장시간 어둠에 익숙해진 눈이 갑자기 침범한 빛에 시력을 잃을 만치 강렬한 충격을 느꼈다.

그리고 귓가에 와 닿는 웅장한 오케스트라 선율. 어쩌면 이토록 아름다울까. 러시아의 기개가 그대로 느껴지는 아름답고 위풍당당한 선율. 차이코프스키의 교향곡은 도저히 사람이 만들어냈다고는 생각할 수 없을 만치 가슴 저미도록 아름다웠다.

"가엾기도 하지. 상상할 수 있는 ……라니."

"……!"

알렉시스는 달빛이 희부옇게 비쳐드는 침대 위에서 화들짝 눈을 떴다.

또……?

애스콧 저택에 갇혀 있던 어느 날 밤 꿈꾸었던 기묘한 장면들에서 알렉시스는 다시금 깨어났다. 마치 현실에서 있었던 것처럼 생생한 동시에, 전혀 기억에 없었던 장면들이 섬광처럼 꿈속에서 똑같은 수순으로 재현되었다.

알렉시스는 1학년부터 7학년까지 스페인의 마드리드 국제 아카데미에 재학할 동안, 긴 머리칼을 포니테일로 자주 묶고 다녔다. 학교의 교복은 흰색, 붉은색, 푸른색이 잘 조화된 스트라이프 무늬로 어디서나 눈에 띄곤 했었다.

차이코프스키의 교향곡은 어떤 작품인지 꿈에서 깬 뒤로는 도통 기억나지 않았다. 알렉시스는 조만간 차이코프스키의 모든 교향곡들을 다 찾아서 들어보리라 마음먹었다. 그리고 무엇보다 동유럽 악센트가 두드러진 영어를 구사하던 한 남자의 중얼거림이 그녀의 뇌리에 달라붙어 떨어지질 않았다. 그의 얼굴은 눈부신 빛에 가려져 전혀 보이지 않았다.

'가엾기도 하지. 상상할 수 있는 ……라니.'

그 남자는 도대체 누구일까. 그리고 상상할 수 있는, 그다음 말은 도대체 무엇이었을까?

알렉시스는 갑자기 등에 느껴지는 오한에 몸을 살며시 떨었다. 에딘버러 학회에 가기 전까지는 거의 매일 밤 알렉산더가 곁에서 잠들어 있었지만, 지금 그녀는 자신만의 공간이 되어버린 마스터 침실에 홀로 잠들어 있던 차였다. 그에 대한 증오와 미움에도 알렉시스는 불현듯 그의 존재가 사무치게 그리웠다. 할 수만 있다면 당장이라도 그가 있을 서재 침실로 달려가 알렉산더에게 지금 그녀가 느끼는 혼란에 대해 털어놓고 위로받고 싶었다.

하지만 가슴속에 치미는 충동과는 달리, 그녀는 침대에서 한 발짝도 떼어놓을 수가 없었다. 그녀는 그가 제발 자신을 믿어주고 따스한 온기를 나눠주길 마음속으로 바라고 또 바랄 뿐이었다.

이틀 뒤 다시 학교 수업에 참여할 수 있을 만큼 회복된 뒤로도, 알렉시스는 아침 식사 시간에 그림자도 비치지 않았다. 알렉산더의 바쁜 스케줄상 저녁을 함께할 수 있는 날이 손꼽아 있었던 만큼, 그들이 하루 중 잠깐이나마 제대로 대면할 수 있는 시간은 아침 식사 때뿐이었다. 그녀 역시 그 사실을 잘 알고 있는 만큼, 아침 식사 때 모습을 비치지 않는 것은 고의라고밖에 해석되지 않았다. 다음 날 아침에도 그녀가 바쁘다는 핑계로 다이닝룸에 나오지 않자, 그는 더 참지 않고 그녀가 독수공방하고 있는 마스터 침실로 들이닥쳤다.

"언제까지 네 멋대로 할 거지?"

알렉산더는 책상 앞에 앉아 있는 알렉시스를 죽일 기세로 노려보았다.

"집 밖으로 나갈 때만 당신 허락이 필요한 거 아니었어? 그럼 집 안에서는 적어도 나 하고 싶은 대로 할 거야."

"적어도 조찬은."

그는 어금니가 부서져라 이 악물고 짤막히 내뱉었다.

"함께하는 게 이 집의 룰이야. 고용인들 눈에 비칠 무질서는 용납 못해."

"그런 룰은 지키는 것보다 어기는 게 모두를 위해 좋을 거야. 보기 싫은 사람 보며 식사하는 것만큼 건강에 해로운 건 없어."

"끌어내서 강제로 식탁에 앉히기 전에 스스로 나와."

"그렇게 매사에 폭군처럼 강제로 복종시켜야 직성이 풀려?"

"왜, 매사에 친절한 할스트룀과는 너무 다른 모양이지?"

"……스스로도 알고 있어 다행이네."

"아, 그래. 그놈처럼 다정하지 못해 미안하군."

그는 문을 부서져라 닫은 뒤 그녀를 향해 거침없이 다가왔다. 그의 의도를 알아챈 알렉시스가 손에 잡히는 대로 집기들을 마구 던졌지만 그는 그녀의 두 손목을 꽉 잡고 침대 위로 거칠게 집어 던졌다. 알렉산더가 그녀의 몸 위로 그림자를 드리우며 뒤덮기 전에, 알렉시스는 손에 잡힌 베개를 그의 얼굴에 냅다 던졌다. 그가 아주 잠깐 주춤한 동안, 그녀는 침대 아래로 내려가 원형 티 테이블을 사이에 두고 그와 단 수 초간의 공방전을 벌였다.

알렉산더가 거침없이 테이블을 옆으로 쓰러뜨리고 그녀에게 다가온 것은 불과 2, 3초도 걸리지 않았다. 테이블 위에 있던 값비싼 앤티크 도자기와 꽃병이 와장창 요란한 소리를 내며 바닥으로 떨어져 파편이 여기저기 튀었다.

알렉산더는 그런 소란은 안중에도 없이, 그녀에게 야수처럼 달려들어 사지를 꼼짝 못하게 제어하려 했다. 그녀의 울부짖는 비명을 그는 들은 척도 하지 않았다. 그 자신이 먼저 화두를 꺼낸 것은 아랑곳없이, 할스트롬과 빗댄 그녀의 조롱에 알렉산더는 질투와 격노로 이성이 완전히 마비된 상태였다. 그는 풀어헤친 넥타이로 알렉시스의 양 손목을 묶은 채 그녀가 정신을 잃을 때까지 폭발할 듯한 분노를 욕망과 함께 분출시키려 했다.

하지만 이번엔 알렉시스도 독이 오를 대로 오른 상태였다. 평소엔 고요하던 청회색 눈에 불꽃 튀는 섬광이 일면서, 그녀는 넥타이에 묶이지 않으려 그를 마구 발로 차고 저항하다 그의 손등을 힘껏 물어뜯었다. 혀에서 비릿한 피 맛이 느껴졌다. 알렉산더는 그녀의 잇자국이 선명하게 찍히며 피가 배어 나온 손등을 잠시 내려다보다가 넥타이를 바닥으로 던져버리고 그녀를 벽으로 다시 밀어붙였다.

알렉산더가 그녀의 숨결과 입 안을 송두리째 삼킬 듯 무시무시한 기세로 혀를 놀리자, 알렉시스도 그의 공격에 가만히 있지는 않았다. 그녀 역시 그의 도전에 응하듯 알렉산더의 머리칼을 움켜잡고 그의 입 안을 더 깊이, 더 난폭하게 빨아들이기 시작했다. 거기서 그치지 않고, 알렉시스는 그의 아랫입술을 힘껏 물어뜯었다.

"……!"

갑자기 엄습한 날카로운 통증에, 그는 움찔하며 뒤로 잠깐 물러났다. 이미 한 번 깨물린 손등으로 피가 터져 나오는 입술 가를 훔치는 알렉산더의 눈에는 흥분과 광기, 그리고 이채가 떠올라 있었다. 그가 눈앞의 그녀를 노려보며 거칠게 숨을 몰아쉴 때마다 그의 가슴은 크게 들썩이고 있었다. 알렉시스 역시 예외는 아니었다.

"다음은 혀를 물어뜯을 거야!"

"……기대되는데?"

거칠게 몰아쉬는 숨결 사이로 그가 씹어 먹을 듯이 말했다. 하지만 그도 그녀의 격한 저항 앞에서 더는 어쩔 수 없었는지 이내 방문을 부서져라 닫고 나가버렸다. 혼자 남겨진 알렉시스는 분노와 흥분으로 미칠 듯이 널뛰는 심장을 가라앉히려 애썼다. 너무 화가 나고 감정이 격앙돼 의식하지 못하는 사이, 상기된 두 뺨에는 눈물이 흘러내리고 있었다.

알렉산더 역시 격분을 애써 가라앉히기 위해 문밖에 잠시 기대서 있었다. 그녀가 혀를 물어뜯든 어디를 물어뜯든, 그가 힘으로 끝까지 밀어붙였다면 예전처럼 강제로 안을 수도 있었을 것이다.

하지만 알렉산더는 더 이상 그녀에게서 미움받고 싶지 않은 자신을 발견하고 거기서 멈춰야만 했다. 지금까지 그는 알렉시스가 아무리 애원하고 저항해도 우격다짐으로 자신의 주도권을 확인하려 했었다. 그러나 그녀의 눈에 떠오른 뚜렷한 감정을 본 순간 그는 주춤할 수밖에 없었다. 알렉시스의 청회색 눈에는 격한 분노와 환멸 외에, 알렉산더 자신에 대한 강렬한 거부의 감정이 떠올라 있었다.

그녀는 진심이었다. 알렉산더는 그녀와 지금까지 숱하게 겪었던 다툼과 갈등 중, 이번처럼 그의 존재를 그렇게나 명확히 거부하는 감정의 발로를 본 적이 없었다. 그 거부를 본 순간, 알렉산더는 본능적으로 직감할 수 있었다. 그쯤에서 물러서지 않으면, 돌이킬 수 없는 어떤 결과가 야기될지 모른다는 불안이 그를 엄습했던 것이다.

어차피 이 이상 더 미움받기란 불가능할 정도로, 그를 향한 그녀의 증오와 경멸은 극한을 달리고 있을 터였다. 새삼 스스로 인식한 순간, 알렉산더는 가슴 어딘가가 꽉 조여드는 통렬한 아픔을 느꼈다.

"알렉시스는?"

알렉산더가 오후 늦게 톰슨에게 전화해 그녀의 정황을 물었다.

ㅡ하루 종일 아무것도 입에 대지 않고 침대에 누워 계십니다. 지금은 잠드신 것 같습니다.

"주치의 불러서 어디 이상 없는지 체크하게 해."

ㅡ알겠습니다.

저녁이 되어 집으로 돌아온 알렉산더는 침대 머리맡에 앉아 곤히 잠든 아내의 얼굴을 내려다보았다. 팔에는 영양분을 공급하기 위한 링거가 꽂혀 있었고 하루 종일 울었는지 감긴 눈가 양쪽이 죄다 붉게 물들어 있었다. 귀가하는 차 안에서, 알렉시스가 하루 종일 울다 자다 반복한 것 같다는 주치의의 보고를 이미 들은 바 있었다.

이미 할스트롬을 통해서 그녀의 무고함을 똑똑히 확인했는데 도 자신이 계속해서 아내를 상처 입히고 있다는 사실을 머리로는 명확히 알고 있었다. 절대 굽히지 않고 사사건건 맞서는 그녀의 태도에 알렉산더는 아이처럼 더 유치하고 삐뚤게 반응하고 있었 다. 그는 답답함에 머리를 마구 쥐어뜯고 싶은 심정이었다.

알렉시스, 네가 단 한마디만 해준다면…….

자신을 안심시킬 수 있는 단 한마디만 해준다면, 알렉산더는 더 바랄 것 없이 그녀를 온전히 믿고 좀 더 진솔하게 대할 수 있을 것 같았다. 하지만 알렉시스의 입에서 그 말을 듣는 일은 거의 불 가능할 것이다.

갑자기 고요한 방 안 적막을 깨는 진동 소리에, 알렉산더는 창 가로 걸어가 휴대폰을 열었다.

─리오넬! 우선 일차적 이메일 계정은 스위스 쪽으로 추적됐어. 정확히 어느 지방인지, 그다음 근원지 파악엔 시간이 좀 더 걸릴 것 같네.

"수고했습니다."

"아무 일 없는 것처럼 행동해."

"……."

알렉시스는 그의 위협적인 경고에 일절 대구하지 않았다. 지난 며칠간의 팽팽한 신경전과 감정 소모에 그녀는 지칠 대로 지쳐 있었다. 알렉시스는 공식 석상용 짙은 화장에, 리오넬가 전담 코디네이터가 가져온 보석과 드레스로 성장한 모습이었다. 평소에는 아무리 공적인 자리라도 짙은 화장을 꺼리는 그녀였지만, 메이크업 담당자가 최근 제대로 먹지 않아 수척한 얼굴빛을 최대한 가려야 한다고 평소보다 더욱 여러모로 화장에 공을 들였다. 마스카라와 반짝이는 펄 아이섀도 등으로 알렉시스 본인은 눈도 제대로 깜빡일 수 없어 답답할 지경이었다.

마치 화보 촬영을 앞둔 모델과도 같은 그녀의 얼굴은 파티에 모인 사람들의 시선을 사로잡고 놓아주지 않았다. 마치 살아 있는 인형과도 같은 이국적인 아름다움에, 좌중은 새삼 그녀의 외모에 찬탄해 마지않았다. 전형적인 영국 귀족다운 풍모에 남성다운 카리스마가 전신에서 풍기는 알렉산더가 그녀 곁에 서자, 사람들은 일제히 그림과도 같은 한 쌍이라고 입을 모아 떠들어댔다.

그날 밤은 샤를로트 리오넬 말버러 공작 부인, 약칭 샬럿 할머니의 일흔네 번째 생신잔치가 리오넬 본가에서 성대하게 열리고 있었다. 그날 밤에는 리오넬 가문 일원들만 모여서 조촐한 가족파티가 한 번 더 이뤄질 예정이었다. 알렉시스는 모처럼 그녀를 편안하게 해주는 리오넬가 사람들과 함께 있게 되어 반가운 동시에, 혹시라도 알렉산더와의 묘한 거리감을 그들이 눈치챌까 싶어 한시도 긴장을 늦출 수 없었다.

"잠시 일이 있어 본사에 가봐야 할 것 같습니다."

다행히 알렉산더가 파티 중 자리를 떠야 해서 알렉시스는 한편으로 안도했다. 그런 그녀의 마음을 읽기라도 한 듯, 그는 뒤돌아서기 전 그녀의 팔꿈치를 붙잡고 나직이 속삭였다.

"1시간 뒤, 차가 대기하면 집으로 돌아가."

"……."

그는 언제나 이런 식이었다. 연회나 행사 중 먼저 자리를 떠야 할 때면, 알렉산더 본인의 일이 끝나고 집에 돌아갈 시간에 맞춰 항상 그녀 역시 귀가하게 만들곤 했다. 단 한순간도 알렉시스가 그 없이 어딘가에서 즐거운 시간을 보내도록 내버려두지 않았다. 알렉산더가 자기 할 말만 마친 채 파티장 밖으로 사라지자, 알렉시스는 그에 대한 반감이 더욱 고개를 쳐드는 걸 느끼며 자신을 부르는 샬럿 할머니에게 다가가 앉았다.

"할머님. 아직 방학이기도 하고, 괜찮으시다면 할머님이 다음 주 스코틀랜드로 돌아가실 때까지 여기서 지내고 싶어요. 저 할머님과 더 있고 싶어요."

알렉산더와 이혼할 때까지 아예 여기서 쭉 눌러 살고 싶어요, 라는 말이 목구멍까지 치솟는 걸 억누르며 알렉시스는 할머님의 손을 다정하게 마주 잡았다. 샬럿 부인에게 말한 것에 결코 거짓은 없었다. 마치 친할머니와도 같이, 그녀는 노부인과 함께 있으면 마음이 지극히 편안해지곤 했다. 게다가 알렉산더의 어린 시절 이야기를 듣는 게 무엇보다 좋았다. 그를 증오하고 원망하는 한편, 그녀가 모르는 알렉산더의 모든 것을 알고 싶어 하는 스스로가 어리석기 짝이 없었지만 그 마음을 부정할 수는 없었다.

"그러겠니? 네가 그래주면 나야 당연히 좋지! 알렉산더에겐 그렇게 일러두고 여기 계속 있으렴."

알렉산더가 수긍하지 않을 것은 불을 보듯 뻔했다. 그의 허락 따위 필요 없다고 애써 자조하며, 알렉시스는 1시간 뒤 그에게서 걸려오는 전화를 일부러 받지 않고 무시했다. 잠시 후 그의 형수인 유제니가 알렉시스에게 혹시 휴대폰 배터리가 방전됐는지를 물으며 자신의 폰을 건넸다. 알렉시스는 방음장치가 되어 있는 음악실로 들어가 문을 닫았다.

"……여보세요."

"일부러 안 받으면 내가 가만두고 볼 줄 알았어? 차 대기시켰으니까 지금 당장 런던 집으로 가."

"할머님이 계실 때까지 여기 있을 거야."

"허락 못해. 집으로 가, 지금 당장."

"당신 허락 따위 필요 없어."

"……집으로 가라고 했어."

"난 내가 하고 싶은 대로 할 거야. 너 같은 개자식은 지옥에나 가버려."

알렉시스는 더 듣지 않고 통화를 종료한 뒤 다시 거실로 돌아가 아무 일 없었다는 듯 미소 띤 얼굴로 유제니에게 휴대폰을 돌려주었다.

가족들이 모두 있는 이 저택 안에서 감히 무슨 짓을 하진 못하리라.

그로부터 1시간 뒤, 그녀는 자신의 안이한 생각이 완전히 예상을 벗어났음을 직접 확인할 수 있었다.

"알렉시스! 당장 나와!"

"……!"

그녀가 막 잠옷으로 갈아입고 침대에 들려고 했던 방은 3층 복도 맨 안쪽에 있었다. 다행인지 불행인지, 그의 고함 소리는 아직 파티가 한창인 아래층 홀까지 들리지 않을 가능성이 더 높았다. 알렉시스가 모골이 송연한 심정이 되어 방문을 열자 그는 기다렸다는 듯 그녀의 팔목을 움켜잡고 홀의 백 도어를 통해 저택 바깥에 대기하고 있던 세단 안에 그녀를 밀어 넣었다.

차는 곧바로 출발해 교통 정체가 전혀 없는 교외 하이웨이를 쏜살같이 달려 평소보다 더 일찍 런던에 당도했다. 말 한마디 없던 알렉산더는 집 안에 들어서자마자 그녀를 침실 한가운데로 질질 끌고 가 바닥에 사정없이 패대기쳤다. 질질 끌리던 드레스 자락이 여기저기 밟히고 찢겨나갔지만 둘 중 누구도 그에 대해 신경 쓸 겨를이 없었다.

"내가 분명히 경고했었지. 멋대로 행동하지 말라고!"

그는 내내 억누르고 있던 화를 일시에 터뜨렸다. 알렉시스는 심장이 미친 듯 널뛰는 걸 최대한 숨기고 자신을 당장에라도 물어 뜯을 듯 사납게 번득이는 그의 눈길을 올려다보았다. 일부러 그의 전화를 계속 무시하고 리오넬 본가에 머물겠다 고집을 부려서 단단히 화가 난 모양이었다. 그녀는 가까스로 몸을 일으켜 그를 노려보았다.

"……이렇게 살 바엔 이혼하는 게 당신에게도 낫지 않아? 당신이 애초에 원했던 건 내 몸뿐이었고 지금도 그렇잖아."

"헛된 꿈 꾸지 마. 내가 이혼해주는 즉시 할스트롬에게 달려갈 셈이라면 일찌감치 희망 버려."

"……."

그녀는 또다시 거론되는 이름에 입을 꾹 다물었다. 그의 도발에 말려들어 뭔가 대꾸해본들 싸움은 더 극렬해져가고 그는 더 정신 나간 사람처럼 행동할 게 뻔했다. 알렉시스는 화제를 돌렸다.

"윌라…… 미스 톰슨은 왜 대기 발령시킨 거지?"

"직무 태만."

"미스 톰슨은 단지 내 지시에 따랐을 뿐이야! 그녀에겐 아무 잘못도 없다고!"

"그 스태프는 무엇보다 내 지시에 최우선적으로 따라야 해! 난 널 집으로 데려가라고 지시했고 톰슨은 그 지시를 이행하지 못했어. 에딘버러 학회에 연이어 계속되는 직무 태만은 충분한 해고 사유가 돼!"

"미스 톰슨과 이미 너무 익숙해졌어. 다른 사람은 불편해서 싫어."

"이제 똑똑히 알았겠지. 내게 반항하면 어떤 결과가 초래되는지. 너 자신은 물론이고 주변 사람들까지 철저히 그 대가를 치러야 한다는 걸, 이제 알겠어?"

"……알았으니까 해고를 철회해."

"생각해보지."

그는 거만하게 내뱉고 알렉시스를 남겨둔 채 방문을 부서져라 닫았다. 그가 복도 끝에 이르기도 전에, 분한 듯 터뜨리는 그녀의 오열 소리가 방 밖으로 희미하게 새어나왔다.

"알렉산더 리오넬!! 너 같은 건 차라리 죽어버렸으면 좋겠어! 지옥에나 떨어져!"

폭풍 전야처럼 무거운 적막만이 감도는 빌라 안, 고용인들은 살얼음판 위를 걷듯 그림자처럼 조용히 저택 안팎을 오갔다. 그로부터 보름 남짓 동안 리오넬 부부는 서로를 철저히 외면한 채, 최대한 한 지붕 아래 있지 않으려 노력하는 사람들처럼 지냈다. 알렉산더는 중요한 두바이 프로젝트가 서류상으로도 완전히 마무리되자 그제야 한숨을 돌릴 수 있었다. 타이밍도 절묘하게 그가 책상에서 일어서려는 순간, 전화벨이 울렸고 발신자 이름을 확인한 알렉산더는 곧바로 통화 버튼을 눌렀다.

　"접니다."

　-알아냈어, 스위스 몽트뢰 쪽이야.

　파파라치에게 사진을 전송했던 이메일 계정의 첫 번째 발신자는 중국의 유령 계정을 통해서 스위스 제네바를 거슬러 결국 몽트뢰 쪽에서 추적된 모양이었다.

　-그런데 나쁜 소식- 해당 계정 히스토리가 삭제되어 있어, 완전히.

　"그리고 복구 불가능이고요."

　-그렇지, 음. 하지만 짜잔~ 좋은 소식!

　"뭡니까."

　-음, 반전 서프라이즈였는데 안 놀라네……. 알고 보니 몽트뢰에 의외의 인물이 거주하고 있더군.

　"제 아내와 관련된 사람입니까."

　-빙고. 이 인물이 혹시 그 사진과 관련되어 있진 않을까 하는데.

　그 뒤로도 그는 수화기 건너편의 인물과 10여 분 더 대화를 나

넜다. 집으로 돌아가는 차에서 알렉산더는 조금 전 오랜 친구에게서 전해 들은 이야기와 그 자신의 추측, 예전에 악셀 브로디에게서 들었던 이야기를 퍼즐 조각처럼 이리저리 맞춰보느라 여념이 없었다.

생각에 골몰해 있던 그는 빌라에 도착해서야 알렉시스를 떠올렸다. 꼭 그 사진 건이 아니더라도 언제까지나 그녀와 이런 식으로 지낼 수는 없었다. 먼저 손을 내밀어야 할 쪽은 알렉산더 자신임을 그는 모르지 않았다. 그가 애초에 그녀의 말을 조금 더 믿어주었더라면 이렇게까지 최악으로 치닫지는 않았을 것이다. 이번엔 그쪽에서 엉킨 실타래를 먼저 풀기 위해 노력해야 했다.

13화. 합의

　알렉산더가 현관홀에 모습을 드러내자, 피아노룸으로 들어서 던 알렉시스는 그의 이른 귀가에 조금 놀란 것 같았지만 이내 그를 무시하고 등을 돌렸다. 곧이어 쇼팽 에튀드가 연주되다가 문득 멈추고 차이코프스키의 비창 전주 부분이 흘러나왔다.

　"알렉시스."

　"……."

　"얘기 좀 해."

　"할 얘기 없어. 이혼 얘기라면 몰라도."

　"얘기부터 하고 그다음 밀라노로 가든, 본가로 가든 마음대로 해."

　"……."

　피아노 선율이 멈췄다. 그가 문에 기대서 있어서 어차피 방 밖으로 나갈 수도 없었다. 그녀는 일어나 땅거미가 내려앉기 시작하는 유리창 옆 소파에 털썩 주저앉았다. 창 너머로 보이는 베르사이유식 정원 한쪽에서, 2월과 함께 겨울이 끝나감을 알리는 이른 꽃봉오리 하나가 보였다. 봄은 이미 바짝 다가와 있었지만 알렉시스의 마음은 아직도 한참 한겨울 동면인 것 같았다. 정확히는 최대한 동면 상태로 있기 위해 나름 안간힘을 쓰고 있는 그녀였다.

"널 힘들게 했다는 거 알아."

"힘들게? 단지 힘들다는 표현은 전혀 적절하지 않아. 당신은 사진 한 장만으로 내가 외도라도 한 것처럼 감금까지 일삼았어. 단언컨대 당신은 제정신이 아니야. 어딘가 단단히 잘못됐어."

별장에 일주일간 감금됐다가 단식 끝에 실신한 뒤에야 겨우 풀려났고, 그 뒤로도 극심한 정신적 스트레스로 며칠간 물 한 모금도 넘기지 못했다. 지난 몇 주간 수없이 이혼을 고심했고 지금도 마찬가지였다.

그녀가 아직도 이 집에서 벗어나지 못하는 이유는 알렉산더의 비서들이 그녀의 동향을 통제하고 있어서가 아니었다. 그녀가 진심으로 원한다면 브로디 본가나 프랜시스 고모 피오렌티 가문의 막강한 힘, 루카에게 어떻게든 연락을 취해서 도움을 요청할 수도 있었다. 아직 그의 곁에 머무르고 있는 것은 결국 알렉시스 스스로가 그러기를 원하기 때문이었다. 그녀 자신도 도저히 이해할 수 없는 일이었다. 하지만 알렉산더가 지난번처럼 그녀를 믿지 못하고 병적으로 구속하려 한다면, 앞으로도 그런 시간이 계속된다면 알렉시스도 결국 한계에 이르고 말 것이다.

"할스트롬에게서 사실을 확인받았어. 널 별장에 두고 온 바로 다음 날."

"……"

알렉산더는 그녀에게 가까이 다가와 앉았다. 알렉시스는 물러나지 않고 오랜만에 그의 존재를 곁에서 의식했다. 희미한 오드 뚜왈렛과 시가 향이 한데 섞인 알렉산더만의 체취. 그의 숨결과 온기. 거친 일이라곤 단 한 번도 해본 적 없었을 선이 고운 흰 손. 동시에 혈관이 붉거져 나온 거친 남성성이 느껴지는 굵은 손가락 마디마디가 가늘게 뜬 그녀의 눈 안에 들어왔다. 알렉시스는 당장이라도 그 커다란 손을 마주 잡고 그의 체취를 좀 더 가까이 느끼고 싶은 충동을 억제해야 했다.

난 미친 걸까? 이 그럴싸한 외양 뒤에 어떤 괴물이 도사리고 있는지 지겹도록 겪었는데.

"애초에 널 의심한 적은 단 한 번도 없어. 단지…… 그놈 존재 자체가 거슬려서 견딜 수가 없었어."

"……"

"네가 별장으로 불렀을 때 런던에 데려갈 생각이었어. 그런데…… 네 입에서 이혼이란 말을 듣고 결국 상황을 여기까지 끌게 된 거야. 네가 이혼 서류 내밀었을 때도 그랬고."

런던 본가에 데려와서도 그녀가 어느 정도 회복한 후 알렉산더는 그의 잘못을 시인하고 화해를 청하려 했었다. 하지만 알렉시스가 이혼 서류까지 코앞에 들이밀자 그는 또다시 이성을 잃고 그녀를 극한까지 밀어붙이고 말았다.

"난 지금도 이혼을 원해. 당신이 순순히 합의해주지 않으면 리오넬 본가로 찾아가 모든 걸 말씀드리고 협력을 청하겠어. 지금은 샬럿 할머님이 계셔서 그러지 못하고 있을 뿐이야."

"미안해. 단순히 그 한마디로 충분하진 않겠지만, 다시는 널 어딘가…… 그렇게 가두고 함부로 하는 일은 없을 거야. 약속해."

"……."

"앞으로는 절대 함부로 하지 않겠어. 약속해. 네가 못 믿겠다면 내 말을 입증하기 위해 뭐든 하겠어."

"심리 치료를 받아. 그러면 아주 조금은 생각해볼게."

"그럴 필요는 없어. 내가 세상에 둘도 없는 미친놈처럼 행동했다는 건 나 스스로가 더 잘 알아."

"그 이상이었어. 그리고 지금 당신은…… 폭력을 휘두르다 용서를 빌고 또 어김없이 본래의 모습으로 돌아가는 패턴을 반복하고 있어. 난 더 이상 이렇게 살 수 없어."

"다시는 할스트롬에 대해 오해하지 않겠어."

"……."

"그리고 앞으로는 네가 어디든 가게 해주겠어. 내가 자세한 상황과 목적지를 충분히 인지하고 안전상 경호원이 동행하는 한."

"믿을 수 없어."

"필요하다면 각서라도 써주지."

"……."

한참 침묵만 고수하고 있던 그녀가 억양 없는 목소리로 입을 열었다.

"도대체 왜 할스트롬에게 그렇게까지 예민하게 반응하는 거야?"

"너 같으면, 호시탐탐 자기 아내가 이혼하기만 기다리는 남자에게 아무 느낌이 없겠어?"

"설마, 말도 안 돼. 그 정도는 아니야."

"너만 모르고 있을 뿐이지, 그 정도야. 그놈이 오래전부터 너만 봐왔다는 거 정말 몰랐어?"

"스페인에 있을 때 여름마다 영국에 와 서머스쿨을 다녔어. 그때부터 서로 알고 가깝게 지냈지만 단지 친구 그 이상도 그 이하도 아니었어. 옥스퍼드에 들어온 이후 좀 더…… 가까이 다가오려 한다는 느낌은 있었지만 곧 다른 여자에게 관심을 가질 거라 생각했고."

"자선 바자회에서 그놈이 루카와 바이올린 듀오를 할 때마다 넌 넋을 잃고 홀린 듯 바라보곤 했어."

"그건 순전히 바이올린 연주가 근사했기 때문이야. 여자인 안네 소피 무터(독일 출신의 세계적인 바이올리니스트) 연주 때도 난 똑같이 넋 놓고 감상해."

"알렉시스."

그의 중후한 저음이 자못 진지한 기색을 띠었다.

"나도 내가 지나치다는 거, 아니 병적으로 과민하다는 거 알아. 하지만…… 나도 제어할 수가 없어, 너에 대해서만은."

그녀는 그의 말이 이어지길 잠자코 기다렸다.

"내 인생에서 지금껏 내 뜻대로 되지 않는 것은 없었어. 물론 그만한 노력과 희생도 따랐지만…… 현재 내 인생에 이렇다 할 문제는 없어, 너 하나만 제외하고."

"내 존재가 왜 당신의 완벽한 인생의 유일한 문제점이 됐을까? 하지만 그건 내 잘못이 아니야."

"알아, 내 잘못이야."

알렉산더는 방에 들어선 순간부터 내내 느껴왔던 충동을 어느새 실행에 옮기고 있었다. 자기도 모르는 새, 그는 그녀의 손을 어루만지고 있었다. 하지만 알렉시스는 손을 빼내지 않았다. 그들의 손은 어느 순간 자연스레 한데 얽혀서 손가락을 겹치고 있었다.

"나도 다른 누군가의 이야기라면…… 단순히 미친놈이라 치부했을 거야. 하지만 내 모든 이성과 논리가 너에게 있어서만은 적용이 안 돼. 네가 다른 남자와 친근하게 웃고 얘기만 해도 화가 나서 미쳐버릴 것 같아. 머리로는 그게 아무 의미 없다는 걸 잘 알면서도. 감정은 그렇게 조절이 안 돼. 같은 논리로, 네가 어디서 뭘 하고 있는지 보고받지 않으면 불안해서 미칠 것 같아."

"……."

"차라리 두바이나 브루나이에 데려다놓을까 생각도 해봤어. 술탄의 할렘 궁보다 더 깊숙한 곳에 숨겨놓고 하루 종일 차도르(이슬람교도 여성들의 전통 민족의상. 눈을 제외한 전신을 덮는 망토형 의상)만 쓰게 하고."

"알렉산더."

차도르를 둘러쓴 자신의 모습을 상상한 알렉시스는 웃어야 할지 울어야 할지 모를 표정이 되었다. 그녀의 입에서는 긴 한숨이 새어 나왔다.

"난 그렇게 살고 싶지 않아, 그럴 수도 없고."

"알아."

"말해줘, 알렉산더. 내가 어떻게 하면 그런 불안감이 없어지겠어?"

"네가 아니라, 내가 나 자신이 널 충분히 신뢰할 수 있게 해야겠지."

"그러니까 어떻게?"

"……."

그는 말없이 그녀의 보드라운 뺨을 쓸어내렸다. 아이를 갖게 되면 조금은 나아질 수도 있을 것이다. 하지만, 언젠가는 그녀가 자신의 아이를 갖게 하겠지만 당분간은 그럴 생각이 없었다. 아직은 그녀를 완전히 독점하고픈 마음이 더 컸다.

"알렉산더, 그럼 우리 조금 떨어져 지내보면 어떨까."

"말도 안 되는 소리 하지 마."

알렉산더의 표정이 한순간에 싸늘해지며 음성에 냉혹함이 실렸다.

"처음은 힘들 수 있지만, 결국 해결책이 될 수도 있어."

"절대 안 돼."

"……."

그의 눈이 단호히 빛나자 그녀는 그쯤에서 멈추기로 했다.

"알렉산더, 나도 당신이 다른 여자들과 같이 있는 걸 보면 화가 나. 가십지 사진이 아무 의미 없다는 걸 알면서도, 나보다 훨씬 멋진 여자들이 당신과 마주 보고 웃고 있으면 당장에라도 떼어놓고 싶을 정도로. 하지만 당신은 분명히 혼외 관계를 지속하지 않겠다고 약속했고 난 그 말을 믿기로 했어. 당신이 사실은 다른 여자들을 비밀리에 만나고 있는지 아닌지 난 몰라. 하지만 그냥 믿는 거야."

"믿는 게 맞아. 천박한 언론플레이일 뿐이니까."

그리고 그의 기억으론 그녀보다 더 멋진 여자와 사진을 찍힌 적은 없었다.

"네가 뭘 말하려는지 알아. 널 믿을 수 있도록 노력하겠지만 하루아침에 고쳐질 수는 없어. 물론 다시는 너에게 죽일 놈처럼 행동하지 않겠어. 앞으로 절대 그런 일은 없을 거야."

"우선 두 가지는 확실히 약속해."

"말해."

"나는 미카엘 할스트롬에 대해 아무런 감정도 없어. 하지만 당신이 그렇게 싫어하니까…… 공식 행사 등에서는 어쩔 수 없겠지만 앞으로는 최대한 마주치지 않도록 하겠어. 적어도 그가 누군 가와 정식으로 교제할 때까지는. 또 하나, 앞으로 또 그런 사진이나 뭔가를 봤을 때는 먼저 나에게 확인해."

"노력할게."

"……."

"알았어, 노력이 아니라…… 반드시 꼭 그렇게 하겠어. 약속해."

어둑해지는 하늘에 석양마저 점점 자취를 감추려 하고 있었다. 유리창 너머 정원 내 장식등이 하나둘씩 일제히 켜지기 시작했다. 두 사람은 잠시 동안 아무 말도 없이 맞잡은 손만 내려다보고 있었다. 그러다 알렉시스가 먼저 입을 떼었다. 그의 손에서 자신의 손도 동시에 떼어냈다.

"당분간은 먼저 손대지 마, 절대로."

"……."

"시간이 필요해. 당신을 한 번 더 믿어도 될지. 이게 마지막 기회야."

앞으로 어떻게 할지 당분간 더 지켜보고 유예기간을 두겠다는 의미였다.

그 후, 알렉시스는 3월 첫 주 개강일에 옥스퍼드 휴학 신청이 실은 진행되지 않았다는 사실을 확인하고 그동안 등한시했던 학업에 집중했다. 정말로 자기 의지와 무관하게 휴학이 되어 있었다면, 그녀는 잠시간의 휴전을 다시 무효로 돌리고 브로디 본가로 돌아갈 생각이었다. 적어도 학교에 대해서만은 그가 허세를 부렸다는 게 알렉산더 자신을 위해 다행이었다.

알렉시스는 교정 밖에서 대기하고 있던 경호원 윌라 톰슨과 나란히 집으로 돌아왔다. 알렉산더는 문제의 그 사진을 전송한 악의적인 인물에 대해서는 자신이 조사 중이니 당분간 어딜 가든 윌라 톰슨과 동행하고 조심하라는 당부를 거듭한 바 있었다. 앞으로는 어디든 자유롭게 국내외로 다니는 걸 터치하지 않겠다는 -행선지를 명확히 알리고 경호원과 동행하는 절대 조건이 따라붙었지만- 그 자신의 입으로 공언한 약속도 물론 지키겠지만, 적어도 사진의 전송자가 누구인지 확실히 배후를 밝혀내기 전까지는 근신해줄 것을 요청하기도 했다.

그에 대해서는 알렉시스 역시 이의가 없었다. 그녀도 사진을 전송한 정체 모를 자에게 악의 이상의 무언가를 막연히 느꼈던 것이다. 남의 결혼 생활을 파탄내고 싶은 음험한 의도, 그 이상의 무언가가 분명 있었다. 하지만 그것이 무엇인지, 그 사악한 의도의 정체에 대해서는 일단 알렉산더에게 맡겨보기로 했다. 외부에서는 항상 톰슨과 동행해야 했지만 그녀는 알렉시스와 성향이 매우 잘 맞아서 그다지 불편함은 느끼지 않았다.

알렉산더는 밤 9시경 귀가해 알렉시스가 연습 중인 피아노룸 문을 열고 안으로 들어섰다.

"한 달 뒤 학교에 특별한 일정은 없다고 했었지?"

그녀는 잠시 쉬려는지 소파에 앉으려는 참이었다. 알렉산더도 그녀 곁에 다가가 앉았지만 적당한 거리는 유지한 채였다. 그의 물음에 알렉시스는 대답 대신 고개만 끄덕여 보였다. 지난 보름 동안 그는 그녀에게 손끝 하나도 대지 않았다. 하지만 그녀를 대하는 태도가 전과는 더 확연히 달라져 있었다. 극렬했던 얼마 전 갈등 이후부터 훨씬 더 감정보다 이성을 앞세우려 노력하는 것 같았다. 하지만 그것도 얼마나 더 지속될지 누구도 알 수 없었다. 알렉시스는 조금도 방심할 수 없었고 아무것도 확신할 수 없다고 생각했다. 적어도 사진의 배후를 밝혀낸 뒤 정말로 자신이 어디든 자유로이 갈 수 있는지 몸소 체험하기 전까지는.

그녀는 진실로 알고 싶었다. 그들을 견고히 둘러싼 불신이란 이름의 지옥에서 언제쯤 둘 다 완전히 해방될 수 있을지.

"한 달 뒤 업무상 이스탄불 일정이 생겼어. 너도 함께야. 예전부터 항상 가고 싶어 했잖아."

"출장에는 가족 동반 절대 금지 아니었어? 리오넬사 전 직원에 적용되는 방침."

"모든 것에는 예외가 있어. 네가 가고 싶어 했으니까 함께 가자고 하는 거야. ……싫어?"

"……"

"물론 안전 문제도 있으니까 경호원을 항시 대동해야 해. 관광은 내가 일이 끝났을 때 함께하고. 사진 건도 있으니 그건 네가 이해해야 돼."

알렉시스는 아주 오랫동안 그의 제안을 곰곰이 생각하다 마침내 입을 열었다.

"좋아."

"그럼 그렇게 알고 있어."

"알렉산더."

"왜."

"왜 갑자기 이런 제안을 할 생각이 들었어?"

"말했잖아, 네가 전부터 가고 싶어 했으니까 함께 가자고 하는 것뿐이야."

"정말 그것뿐?"

"그럼 뭐가 더 있겠어."

알렉시스는 지난번의 지옥 같은 다툼 이후로 처음으로 그의 얼굴을 제대로 바라보았다. 그녀 역시 그렇겠지만, 알렉산더도 조금 수척해져 깊은 눈과 날카로운 턱선이 한결 더 도드라져 보였다. 그의 얼굴은 참으로 다양한 면을 가지고 있었다.

여러 민족의 피가 혼합된 그녀의 조금은 이국적인 다양함과는 달리, 알렉산더는 한눈에 보기에도 전형적인 영국 남자의 외모를 가지고 있었다. 멀리서도 눈에 확 띌 만큼 잘생긴 생김새임은 틀림없었지만 그는 그 자신도 모르는 새 감정을 여실히 드러내곤 했고, 그때마다 그의 얼굴은 다른 사람의 그것처럼 보일 때가 있었다.

아이들을 볼 때는 그도 역시 아이처럼 천진난만해 보였고 뭔가 재미있는 일이 생기면 그는 큰 소리로 웃지는 않았지만 얼굴 가득 진짜 웃음을 담았다. 알렉시스만이 간파할 수 있는 적당한 사교용의 가식적인 미소가 아니라 내면에서 우러나는 즐거운 웃음. 그럴 때의 알렉산더는 실제 나이보다 한결 더 어려 보였다. 하지만 그가 업무상 진지한 얼굴을 할 때는 또 완전히 다른 사람 같았다. 냉혹하고 싸늘한 얼음장 같은 눈빛과 표정은 오히려 그를 실제 나이보다 더 들어 보이게 만들 때도 있었다.

제정신일 때는 이렇게 매력적인데. 알렉시스는 스스로가 생각해도 어이없는 한마디를 속으로 되뇌고 실소를 삼켰다.

제발 이대로만 계속 있어줘, 알렉산더. 제발 제정신으로……

그녀는 뒷부분은 제외하고 앞의 내용만 자신도 모르게 입 밖으로 흘리고 있었다.

"제발 이대로만 계속 있어줘."

"뭐?"

"이성과 감정 사이. 냉정과 열정 사이의 균형."

"지금 심리 테라피라도 하는 거야? 아무리 내가 미친놈처럼 굴었다기로…… 정신과 치료하는 것도 아니고."

"미친…… 그 이상이었다고 했잖아."

"……"

"농담이야."

"……"

"라고 말하고 싶지만 사실이었어."

알렉산더는 눈앞의 여자를 어이 상실한 눈으로 빤히 바라보았다. 이 세상에 그녀 외에 어느 누가 알렉산더 리오넬을 이렇게 말

한마디로 들었다 내려놨다 할 수 있을까.

"노력한다고, 아니 실제로 그렇게 하겠다고 내 입으로 말했잖아."

"알아."

그 둘은 어느새 누가 먼저랄 것도 없이 바짝 다가앉아 있었다. 둘 사이엔 가늘고 희미한 숨소리뿐, 완전한 정적만이 감돌았다. 격렬하게 다툴 때의 숨 막히는 신경전과는 완전히 다른, 말로는 설명할 수 없는 기묘한 공기가 그들 사이에 조금씩 둥지를 틀고 있었다. 은은한 실내등이 나란히 앉은 두 사람의 실루엣을 벽에 커다란 그림자로 만들고 있었다.

한숨과 함께 먼저 말문이 트인 쪽은 알렉시스였다.

"……만히 있어?"

"뭐?"

"왜…… 가만히 있어?"

"뭐가."

"왜 그냥 가만히 있냐고."

"무슨 소린지……."

"바보."

"……?"

"알렉산더 리오넬, 이 바보 멍청이…… 정작 기다리고 있을 때는 왜 아무것도 하지 않아?"

갑자기 신랄한 독설을 쏟아내던 알렉시스는 잠깐 주저하다 그의 옷깃을 잡고 얼굴을 가까이 가져갔다.

"……."

달콤한 향이 감도는 그녀의 입술이 자신의 아랫입술에 와 닿자 그는 흠칫 물러섰다. 지금까지 단 한 번도 보여주지 않았던 그녀의 적극성에 짐짓 놀란 것 같았다. 알렉시스는 절대 그를 먼저 도발하거나 유혹한 적이 없었다. 그 반대로, 수녀처럼 고결한 그녀를 그가 강제로 범하는 것으로 시작하게 만들어 항상 그의 정복욕을 자극하곤 했었다. 결국 그의 품 안에서 절정과 환희로 몸부림치면서도 언제나 마지못해 느끼듯 안겨오는 모습이 알렉산더의 욕정을 더더욱 부채질하곤 했다.

알렉시스는 천성이 요부와는 한참 거리가 먼 여자였다. 그런 그녀가 이 정도로 다가온 것은 엄청난 발전이었다. 그리고 그에 대한 마음을 어느 정도 열었다는 의미이기도 했다. 고작 작은 입맞춤일 뿐이었지만 알렉산더는 지난 2년 남짓 세월이 그제야 보상받는 듯한 기쁨을 느꼈다.

"난생처음 들어본 말이야. 바보 멍청이라니."

"……당연히 그러시겠죠."

단언컨대 그는 그의 엄격한 아버지에게서도 그런 말은 들어본 역사가 없었을 것이다. 알렉산더는 대답 대신 그녀를 소파 위에 밀쳐서 쓰러뜨린 뒤 정신없이 입술과 입 안을 탐했다. 알렉시스의 입 안쪽 점막을 샅샅이 핥던 그의 혀는 그녀의 혀를 휘감아 집어삼킬 기세로 세차게 빨아들였다. 몰캉한 혀와 돌기가 한데 뒤엉켜 누구의 것인지도 모를 타액이 하나로 밀착된 두 입술 사이로 흘러내렸다.

키스는 혀로 하는 섹스. 어느 시인이 말했던 구절을 떠올리며 알렉시스는 잠시 그의 입술이 떨어질 때마다 숨을 헐떡였다. 아주 잠깐 숨통을 트이게 한 뒤 그의 입술과 혀는 다시 그녀의 것을 공략해오길 반복했다. 그의 두 손은 어느새 헐렁한 니트를 어깨 아래로 끌어내려 보드라운 어깨의 맨살을 애무하고 있었다. 커다란 두 손은 목덜미와 쇄골을 사랑스럽다는 듯 쓸다가 탐스럽게 솟아오른 가슴을 니트 밖으로 끄집어냈다. 아늑한 실내임에도 바깥 공기에 갑작스레 노출되어서인지, 그의 손길에 이미 흥분해버렸는지 말랑한 젖가슴 한가운데 분홍빛 유두는 이미 꼿꼿하게 곤두서 있었다. 그는 양손으로 가슴을 꽉 움켜쥐고 단단해진 유두에 입술을 가져가 그 정점을 입술과 혀로 마음껏 맛보고 깨물었다. 알렉시스의 양손이 가죽 소파 위를 휘젓다 뭔가 지탱할 것이 없자 그의 풍성한 검은 머리칼을 마구 헤집고 거머쥐었다.

둘의 숨소리가 너무나 격하고 거칠어 방 밖까지 새어 나가지 않을까 걱정될 정도였다. 알렉산더가 잠시 몸을 떼는가 싶더니 그녀의 플레어스커트를 걷어 올려 속옷을 한 번에 끌어내렸다. 바지 지퍼를 열어 잔뜩 흥분한 그의 물건도 일시에 자유롭게 해주었다. 둘은 이내 한 몸이 되어 시간도, 이성도, 현실도 모두 존재하지 않는 듯 세상에 그들 둘만 있는 것처럼 서로에 대해서만 열중했다.

오랜만의 폭풍 같은 격정 후 그들은 소파에 한 몸으로 얽혀서 잠시 여운을 맛보았다. 뒤에서 알렉시스를 꼭 끌어안고 숨을 고르던 알렉산더가 쉰 목소리로 그녀의 귓가에 속삭였다.

"네가 먼저 손대지 말라고 했잖아. 게다가 그때 한 달 전……네가 했던 말이 내내 마음에 걸렸어."

"무슨 말……?"

"내가 원하는 건 오직 섹스뿐이라고 생각하는 것 같아서……."

'……이렇게 살 바엔 이혼하는 게 당신에게도 낫지 않아? 당

신이 애초에 원했던 건 내 몸뿐이었고 지금도 그렇잖아.'

그때 그녀가 절망에 가득 차서 내뱉었던 말이 그의 뇌리에 새겨졌던 모양이었다.

"그럼 섹스뿐이 아닌 거야?"

"단지 그것만을 원했다면 결혼까지 강행하진 않았겠지. 네가 그렇게 거부했는데."

"단지 그것만을 원했던 게 아니면…… 그럼 다른 뭘 원한 거였어?"

"……"

그는 잠시 침묵을 지켰다. 머리 위에 와 닿은 그의 턱에서 희미한 긴장감이 느껴졌다.

"모든 것."

"……"

"네 모든 것. 너란 여자 그 자체를 원했어. 지금도."

그랬다. 그는 2년 전 아직 앳된 고등학생인 알렉시스 브로디를 처음 본 순간부터 그녀를 갖고 싶어 미칠 것 같았다. 그녀를 향한 강렬한 감정이 처음엔 단지 육체적 욕망이라고만 치부했었다. 하지만 지금은 그녀의 모든 것이 알고 싶고 모든 것을 함께하길 바라며 그녀가 옆에 있다는 사실만으로도 지극히 평안한 느낌이었다.

알렉시스는 힘겹게 몸을 돌려 그의 얼굴을 정면으로 바라보았다. 예상했던 것처럼 그의 입에서 나온 말 중 사랑이란 단어는 일언반구도 없었다. 역시 그가 그녀에게 가진 감정은 사랑이 아닌, 일시적인 소유욕뿐일 수도 있었다. 하지만 적어도 지금은 그녀가 곁에 머물러 있기를 절실히 원하고 있다는 것에 알렉시스는 스스로를 달래야만 했다.

알렉산더의 집착이 언제까지 지속될지는 신만이 알겠지만 적어도 당분간 그의 아내로 살아갈 수 있어서 다행이라 생각하는 그녀였다. 그의 지독한 집착에 지치고 힘들었건만 정작 지금은 그 소유욕이 옅어질 언젠가를 두려워하고 있다니. 알렉시스는 기약 없는 그들의 미래를 생각하자 가슴 한쪽이 서늘해졌다. 하지만 언제 다가올지도 모르는 훗날 때문에, 그와 함께할 수 있는 순간들을 헛되이 만들고 싶지는 않았다.

"알렉산더."

알렉시스는 그의 탄탄한 가슴에 얼굴을 묻고 그의 심장박동 소리에 귀 기울였다. 그녀의 가늘고 맑은 목소리가 그의 귓가를 간질였다.

"이 결혼 생활이 지속될 동안은…… 내게 당신 외에 다른 남자는 없어. 당신 곁에 있는 한 나는 알렉산더 리오넬 한 남자뿐이야. 그러니까 날 더 믿어줘."

"……"

알렉산더는 대답 없이 알렉시스의 몸을 더 바짝 끌어당겨 안았다. 그녀의 심장 고동 소리가 더 선명히 들려왔다.

예상했던 것처럼 그녀의 입에서 나온 말 중 사랑이란 단어는 일언반구도 없었다. 역시 그녀가 그에게 가진 감정은 사랑이 아닌, 일시적인 만족뿐일 수도 있었다. 하지만 적어도 지금은 그녀가 그의 곁에 머물러 있기를 원하고 있다는 것에 알렉산더는 스스로를 달래야만 했다.

그 바람이 언제까지 지속될지는 신만이 알겠지만, 알렉산더는 그녀를 놓아줄 생각이 전혀 없었고 앞으로도 없을 것임을 명확히 알고 있었다. 훗날 그녀가 어떻게 해서든 그에게서 벗어나려 할 때는 전쟁과도 같은 격렬한 다툼이 또다시 시작될 것이다. 하지만 언제 다가올지도 모르는 훗날 때문에, 그녀와 이렇게 충만한 행복감에 젖을 수 있는 순간들을 헛되이 만들고 싶지는 않았다.

같이 목욕을 하면서도 다시 한 번 절정을 맛본 뒤, 그들은 옛날식 벽난로 앞에 앉아 담요를 함께 뒤집어쓴 채 한밤의 망중한을 즐기고 있었다. 알렉시스가 최첨단 전기식 벽난로보다 전통식 스타일을 더 좋아한다는 걸 알고는 그가 1층 프라이빗 거실에 일부러 설치를 명한 페치카식 장작 난로였다.

"알렉스."

언젠가부터 샬럿 할머님만이 이용하던 애칭을 그녀 역시 자연스레 부르고 있었다.

"음?"

그는 그녀와 꼭 맞닿아 있다는 것만으로도 나른하고 기분 좋은 느낌에, 눈을 감고 과일 향 감도는 살 냄새를 음미하고 있었다.

"혹시 그 사진 보낸 사람…… 당신 옛 여자들 중 한 명이 아닐까?"

"무슨 말도 안 되는 소리야!"

그는 으르렁거리며 그녀의 도발을 한마디로 일축해버렸다. 알렉시스 역시 진심으로 그렇게 믿고 있지는 않았던 듯, 뒤에서 바짝 조여오는 그의 강인한 팔에 조금 몸을 들썩였다.

"……숨 막혀."

"안 죽어."

"듀크 비스콘티 같아."

"누구?"

"비스콘티 공작. 예전에 헤네스가에서 카를로스 큰아버지가 키우셨던 그레이트 피레니즈."

그녀는 스페인 헤네스 저택에서 함께 살았던 대형견을 이야기하고 있었다.

"개 이름이 왜 그렇게 거창해? 그리고 지금 나보고 개라는 거야?"

그가 언성을 높이자 그녀는 참았던 웃음을 터뜨리고 말았다.

"큰아버지가 그렇게 이름 지으셨어. 비스콘티는 내가 어디 있든 항상 내 뒤에 이렇게 꼭 붙어 있었거든. 정원 잔디 위나 거실이나 침실이나 어디에서든…… 내가 앉아 있으면 뒤에서 꼭 붙어 누워 있었어. 내가 누워 있으면 지금 당신처럼 꼭 붙어서 같이 누웠고. 털이 무진장 날려서 좀 고생했지만 공작이 죽었을 땐 너무 슬펐어. 다시는 개를 키우지 않으리라 맹세할 정도로……."

"그거 수컷이었어?"

"응, 엄청 크고 늠름해서 나랑 밖에 나가면 사람들이 내 옆에 오지를 못했어. 남자들마저."

"……."

남자들도 그녀에게 접근하지 못하게 했다니, 그 점은 기특하게 생각하기로 했다. 알렉시스는 한동안 가만히 있다가 갑자기 그의 팔을 풀고 몸을 일으켜 앉았다.

"알렉산더, 할 얘기가 있어. 중요한 얘기야."

"……말해."

갑자기 정색하는 알렉시스의 어조에 그도 뭔가 느꼈는지 상반신을 일으켜 페치카 옆에 기대앉았다.

"얼마 전부터 가끔씩 머릿속에 떠오르는 것들이 있어. 단순히 악몽이라고 생각했지만…… 지금도 뭔가 생각난 장면이 있어."

그녀는 얼마 전부터 플래시처럼 머릿속에 나타났다 사라지는 단편적인 기억들에 대해서 그에게 설명했다.

포니테일로 머리를 묶고 흰색과 파란색, 빨간색 줄무늬가 한데 조화를 이루던 사립 국제학교 교복 복장에 빛 한 줄기 들어오지 않던 어두운 공간. 이름 모를 차이코프스키 교향곡의 가슴 저미는 선율. 그리고 동유럽 악센트의 영어를 구사하던 한 남자가 진심으로 동정을 담아 그녀에게 중얼거렸던 한마디.

'가엾기도 하지. 상상할 수 있는…….'

"그건 내가 런던으로 옮겨와 살게 되기 전, 마드리드에서 6학년이나 7학년 무렵에 실제로 있었던 일이었어. 그런데…… 도대체 언제, 어떤 상황이었는지 도무지 기억이 안 나. 그리고 지금 방금…… 그 남자가 식사를 가져다줬을 때 소매에 비스콘티 공작의 흰 털이 묻어 있어서 재채기를 했던 기억이 잠깐 떠올랐어! 내 교복에 묻어 있던 게 옮겨간 것이었을까?"

"……그 남자 얼굴이나 이름은?"

"전혀 기억나지 않아. 실제로 보거나 들은 적이 있는지도 모르겠고……."

"……."

알렉산더는 뭔가 생각에 집중한 듯 미간을 좁히다가 그녀를 다시 끌어당겨 품에 안았다.

"뭔가 더 생각나면 다시 얘기해."

"응."

"그리고, 어딜 가든 나에게 알리는 건 여전히 지켜야 해. 네 안전 때문이기도 하니까 잠자코 내 말대로 해. 그 사진의 배후자가 확인될 때까지 항상 조심하고."

"응."

공연한 과민반응이라고 생각했지만, 알렉시스는 무심한 대답만 반복할 뿐 아무런 이의도 제기하지 않았다.

"……내 말 제대로 듣고 대답하는 거 맞아?"

"응."

"……."

그가 희미하게 혀를 차는 소리가 머리 위로 들려왔다. 그녀에게 고스란히 전달되어오는 그의 온기와 체취에 파묻혀 있자 막연한 그리움과 애틋함이 가슴 깊은 곳에서 샘솟아 올랐다. 이것으로 그와 두 번 다시 다툴 일이 없을 거란 어리석은 환상 따윈 없었다. 그들이 함께하는 한, 다른 수많은 커플들처럼 크고 작은 언쟁들은 반복될 것이다. 그러나 기묘한 옛 기억들의 파편들과 사진이 초래한 불길한 예감이, 알렉산더의 존재에 의해 상당 부분 소진되어버린 느낌이었다. 그의 숨소리를 듣고 있는 것만으로도 그녀는 깊은 안도감을 맛볼 수 있었다.

반면 알렉산더는 그녀의 보드라운 목덜미 뒤쪽을 쓰다듬으며 조금 다른 생각에 잠겨 있었다. 그는 날이 밝으면 오랜만에 브로디 본가에 찾아가 악셀 브로디와 이야기를 나눌 생각이었다. 어쩌면 그녀의 기억이 더 빠른 시일 내에 돌아올지도 몰랐다. 만약 그 기억 속의 일이 사진과 연관된 것이라면 알렉산더는 사건의 큰 실마리를 잡게 되는 것이리라. 그는 알렉시스가 잃어버린 기억을 되찾기를 결코 원하지 않았다. 불쾌한 기억 따위 영원히 무의식의 저편에 묻어버리고 그와 함께 앞으로 나아가기만 하면 된다. 하지만 알렉시스가 살아 있는 한, 결국은 당시의 진실을 세상 아래 드러내어 그녀의 평안한 앞날을 보장받아야만 했다. 반드시.

사진을 전송한 자의 배후에 누가 있는지는 이제 곧 조사가 끝나면 결과 여부에 따라 그녀에게는 함구할 생각이었다. 사진을 전송하게 한 자가 누구든, 알렉산더는 그자를 상상 가능한 가장 잔인한 방법으로 응징할 작정이었다.

하지만 단 한 가지, 그자에게 감사해야 할 것이 있었다. 지금까지처럼 알렉시스를 구속하고 통제할 수 있는 명분을 그에게 부여했다는 사실이었다. 그의 집요한 감시에 여전히 숨 막히고 반항심을 느낄망정, 그럴 만한 명분이 주어진 이상 알렉시스는 당분간 그에 수긍할 수밖에 없을 터였다.

시간이 지날수록 그녀는 결국 그에게 길들여질 것이다. 갇힌 새장 속에서 사랑받고 보호받으며 영원히 안락하게 살아가면 된다. 그에게는 지금까지 제대로 인식할 기회가 없었다. 상대를 단순히 짓밟고 그 위에 올라서야 하는 냉혹한 사업의 세계에만 몸을 담고 있다 보니, 사람이란 존재 자체가 너무 강하게 누르기만 하면 튕겨나가게 마련이란 사실을 간과하고 있었던 것이다. 알렉산더는 일일이 감정을 폭발시키는 대신, 조금씩 구슬리고 달래는 당근을 채찍과 번갈아 쓸 생각이었다.

14화. 폭풍 전야

알렉시스 브로디 가계도

※스페인 헤네스 家

−페드로 헤르난데즈 헤네스(1970년 사고사) : 알렉시스의 외조부

　−이사벨 루치아(1969년 페드로와 이혼) : 페드로의 전 부인

　−지나 리 헤네스(1970년 사고사) : 알렉시스의 외조모. 페드로의 두 번째 부인

　−카를로스 헤네스 & 비올레타 가르시아 마르케스 헤네스 : 페드로의 장남. 알렉시스의 외삼촌 부부.(외숙모 비올레타는 2000년 사고사)

　−안토니아 리 헤네스(1997년 사고사) : 알렉시스의 어머니. 페드로와 지나 리 사이의 딸

—루카 지안카를로 헤네스(카를로스의 아들. 알렉시스의 외사촌 오빠)

—그 외 소수의 헤네스 직계 일원

※영국 브로디 家
—악셀 브로디 : 알렉시스의 친조부
—레오노라 브로디(1997년 사고사) : 알렉시스의 친조모
—라이언 고든 브로디(1997년 사고사) : 알렉시스의 아버지(악셀의 장남)
—베네딕트 브로디 : 알렉시스의 작은아버지(악셀의 차남)
—그웬 브로디 : 알렉시스의 작은어머니(베네딕트의 아내)
—프랜시스 브로디 피오렌티 : 알렉시스의 고모(악셀의 차녀)
—트리샤 브로디 : 알렉시스의 사촌 언니(베네딕트와 그웬 사이의 장녀)
—그 외 소수의 브로디 직계 일원

알렉산더 리오넬 가계도
※영국 리오넬 家
—샤를로트 로이스 리오넬 말버러 : 알렉산더의 친조모
—퍼디난드 리오넬 말버러 : 알렉산더의 아버지
—루시 리오넬(25년 전 병사) : 알렉산더의 어머니
—윌리엄, 로이드, 아서 : 알렉산더의 작은아버지 일동
—해링턴 리오넬 : 알렉산더의 사촌 형
—유제니 칼라일 리오넬 : 알렉산더의 사촌 형수. 해링턴의 아내

–그 외 소수의 리오넬 직계 일원

"모사드."

–야, 알. 내 이름은 따로 있잖아. 모사드는 내가 있었던 소속이고. 신혼 재미는 어떠신지?

모사드라 불려서 뿌루퉁해진 수화기 건너편의 남자는 알렉산더를 알이라고 부르며 격의 없이 대화를 이어갔다. 적으로 간주할 수 있는 자는 수없이 많아도, 친구라고 부를 수 있는 이는 단 몇 명에 불과한 알렉산더로서는 지극히 드문 일이 아닐 수 없었다.

"시끄럽고, 그래서 어떻게 됐지?"

–흠, 네가 이미 알고 있는 그 이상은 나온 게 없어.

"그럼 내가 이미 알고 있다고 네가 생각하는 것들을 쭉 읊어봐. 자질구레한 것들 싹 빼고 핵심만."

–이 썩을 놈이…… 변견 훈련시키냐?

"시작해, 브로디 일가부터."

잠시 툴툴거리던 건너편의 상대는 급격히 어조를 사무적으로 바꿔서 그가 알고 있는 사항들을 천천히 읽어나갔다.

–마침 마이클이 브리핑해둔 게 있어. 먼저 악셀 브로디 경. 한때 대영제국을 호령했던 정재계의 거물, 지금은 은퇴해서 이탈리아의 사르데냐 섬과 런던의 브로디 본가를 오가며 유유자적 은퇴 생활을 즐기고 있지. 부인 레오노라 브로디는 17년 전 큰아들 라이언 고든 브로디와 그의 부인 안토니아 헤네스와 함께 탄 전용기가 폭파 사고를 일으켜 셋 다 동시에 사별하는 비극을 맞이했어. 그 충격 때문인지 애초에 안토니아 헤네스의 출신 배경 때문인지,

아무튼 브로디 경은 알렉시스가 6년 전 그 사건을 겪기 전까지는 손녀로서 인정하지 않고 철저히 외면했었지. 죽은 큰아들 대신 브로디 그룹을 이끌고 있는 둘째 아들 베네딕트 브로디와 그웬 브로디는 슬하에 두 딸을 두고 있는데 첫째 딸 트리샤는 알렉시스와 꽤 가까운 사이야. 고모 프랜시스 피오렌티는 밀라노 패션계를 주름잡는 피오렌티 명문가에서 출가해 2남 1녀를 두고 알렉시스를 딸처럼 아껴왔고."

내용이 길어짐에 따라 지겨워졌는지, 수화기 너머의 목소리는 속도를 높여서 단숨에 줄줄 읽어 내려갔다.

─이번엔 알렉시스의 외가 쪽. 사실 스페인 안에서 헤네스 가문의 위상은 영국 내 브로디 가문보다 한 단계 더 높다고 할 수 있어. 조부 페드로 헤르난데즈 헤네스는 사실 자수성가한 인물로, 업계에서는 전설의 아이콘이라 불릴 만큼 헤네스 인터내셔널 그룹을 지금의 위치까지 일구어낸 일등 공신이야. 하지만 헤네스 가문을 좌지우지했던 실세는 바로 그의 아내 이사벨 루치아였는데, 이 여자가 스페인 왕실 직계 출신이기 때문이야. 하지만 지금은 스페인 내에서 왕실 폐지 운동이 거세게 일고 있어서 그녀의 영향력도 예전만은 훨씬 못하지. 아무튼 이 둘은 여러 가지 불화설이 돌다가 결국 페드로의 외도로 결별하게 돼. 그게 벌써 45년 전인가 그렇지? 페드로가 한국에서 지나 리라는 여자를 만나 둘 사이에 딸까지 생겼기 때문이지. 그 딸이 안토니아 헤네스, 바로 알렉시스의 친어머니고.

알렉산더의 아버지 퍼디난드가 처음에 알렉시스를 꺼렸던 이유도 바로 그것이었다. 당시, 헤네스 가문의 스캔들은 엄청난 반향을 불러일으켰었다. 경제계의 거물이 스페인 공주의 사촌이자 절세미인 아내를 내치고 아시아의 작은 나라 한국에서 동양계 여자와 열렬한 사랑에 빠져 사생아까지 만들었던 것이다. 하지만 그 사생아가 성인이 되기 직전 페드로 헤네스와 지나 리는 불운의 교통사고로 세상을 떠나게 된다. 그리고 영국 캠브리지로 유학을 가게 된 안토니아 헤네스는 라이언 고든 브로디를 만나 24세의 나이에 그녀 역시 운명적인 사랑에 빠지게 되었다. 그리하여 20년 전, 현재의 알렉시스가 존재하게 된 것이다.

  —마지막으로 알렉시스 브로디. 한풀 기세 꺾인 지금도 여전히 남유럽을 좌지우지하는 바르셀로나의 페드로 헤네스의 핏줄을 조금씩 이어받은 혈통, 지구 오지를 탐험하며 유네스코 활동가로 일했던 호세 그런데 헤네스 고조부의 유전자가 깃든 야생마적 기질. 옥스퍼드를 수석 입학한 재원인 그녀는 태생부터 결코 평범한 사람이 아님. 또한 여타 세계적인 재벌 상속녀들과는 그 평범함의 레벨이 다른 것⋯⋯.

  "모사드, 사족은 빼. 내 아내에게 개인적인 관심 일절 갖지 마."

  —뭐라는 거야. 남의 부인에게 내가 왜? 이건 마이클이 쓴 거야. 네 발톱의 때만큼도 관심 없거든?

  "뭐? 내 여자가 그만큼도 관심 가질 가치가 없다, 그 말이야? 어디서 감히⋯⋯."

  —참 내, 도대체 어쩌라는 거야! 관심을 가져달라는 거야, 말라는 거야?

  "시끄러워, 그녀에 대해서는 더 말할 필요 없어."

알렉시스에 대해서는 그가 이미 누구보다 잘 알기에 더 들을 필요가 없었다.

"그럼 한국 쪽은 어떻지? 지나 리 가족에 대해서는 더 알려진 게 없나?"

─아직은 아무것도 없어. 지나 리는 고아원 출신이고 너무 오래된 일이라 친부모를 찾는 것까진 힘들어. 굳이 그럴 필요도 없을 것 같고.

심드렁한 목소리가 갑자기 어조를 바꾸고 뭔가 생각난 듯 정색했다. 펄럭, 종이 넘기는 소리가 수화기 너머에서 희미하게 들려왔다.

─그런데 여기 이 부분 있잖아. 미국 CIA 국제경찰 인터폴에서 수년째 범인을 찾지 못하고 끝내 미해결 상태로 남겨두고 있는 유괴 사건의 주인공. 알렉시스 리오넬은 그 사건 이후로도 본인은 모르게 최소 세 차례 암살 미수 대상이 된다. 당시 6년 전의 일은 단기 기억상실증으로, 원인은 정신적 트라우마로 추정─ 이 말인즉슨, 만약 알렉시스가 당시 사건을 기억해낸다면 사건의 전말이 드러날 수도 있는 거 아닌가?

"……그럴지도."

─정신과 최면요법을 써보는 건 어때? 그거 의외로 효과 있다던걸. 잘생긴 심리학 박사 몇 명 아는데 부인과 연결해줄까?

"닥쳐, 죽여버린다."

─너야말로 복 씻고 기다려, 이 미친놈.

알렉산더와 정체 모를 누군가의 격의 없는 대화는 짙은 욕설의 향연으로 마무리되었다.

그로부터 일주일 뒤, 3월 중순의 봄 햇살이 완연한 런던의 거리에 롤스로이스 세단이 미끄러지듯 코너를 돌아 로열 알버트 홀 앞에 다다랐다. 러시아의 거장 알렉세이 시모노프가 지휘하는 모스크바 필하모닉 교향악단이 초청 공연을 하는 날이라, 리오넬 부부는 다른 상류층들과 VIP 로열 객석에 나란히 앉아 공연을 감상하고 있었다. 첫 번째 곡인 글린카의 '루스란과 루드밀라 서곡'이 끝난 뒤 알렉시스는 다음 곡인 차이코프스키의 '슬라브 행진곡'을 프로그램 명단에서 확인했다.

평안한 마음으로 앉아 있던 알렉시스는 악단이 연주를 시작하자마자 심장이 덜컥 내려앉는 충격을 맛보았다. 그녀의 심적인 동요에도 아랑곳없이 일리히 표트르 차이코프스키 작곡 '슬라브 행진곡(Slavic March Op. 31 by Tchaikovsky)'의 아름답고 장엄한 선율이 홀을 가득 메우기 시작했다. 음 하나하나가 러시아 특유의 거칠고도 웅장한 기운을 뿜어내고 있는, 화려하고도 가슴 시리도록 아름다운 명곡이었다. 하지만 그녀는 그 장엄함에 감동보다는 뭔가 다른 느낌을 받은 것 같았다.

"왜 그래?"

"……잠시만."

알렉시스의 이상한 낌새를 눈치챈 알렉산더의 물음에, 그녀는 화장실에 가는 것처럼 평정을 가장하며 조용히 객석 안을 빠져나왔다. 뒤따라온 알렉산더가 그녀를 반강제로 VIP 휴식룸 안에 데리고 들어가 앉혔다. 좀처럼 표정에 동요를 보이지 않는 그가 놀란 표정을 하고 있는 걸 보니, 알렉시스는 자신의 안색이 어지간히 파래져 있는 모양이다 싶었다. 알렉산더는 추위에 떠는 어린아이처럼 희미하게 떨고 있는 그녀의 두 손을 꼭 잡고 진정시키려 애썼다.

"왜 그래, 무슨 일이야?"

"……슬라브 행진곡이었어! 그 교향곡."

"그 기억 속의?"

알렉시스는 확신에 차서 고개를 끄덕였다.

"그 동유럽 남자…… 러시아 사람이었어. 슬라브 교향곡을 항상 들으면서 고향에 돌아가고 싶다고 입버릇처럼 말했어. 그리고 나는 그 남자 감시하에 감금되어 있었어!"

"너 설마…… 기억이 모두 되돌아온 거야?"

"모두는 아니야. 어떻게 그 남자와 함께 있게 되었는지, 그 이후로는 어떻게 되었는지 전혀 기억이 없어. 단지…… 며칠 동안 어딘지 모를 캄캄한 공간 안에 갇혀 있으면서 그 남자가 하루에 두 번씩 식사를 가져다주고 여러 가지 이야기들을 했던 기억이나. 시베리아에 가본 적이 있는가, 세계에서 가장 큰 러시아의 바이칼 호수, 백야 이야기, 그의 고향 리스트비얀카 등 러시아의 고향 이야기들을 하면서……. 처음엔 무서웠지만 그 남자는 리스트비얀카에 두고 온 자기 딸이 생각난다고 하면서 나에게 친절하게 대해주려고 했었어."

그녀는 조금 진정된 듯 머리를 그의 어깨에 기댄 채로 계속 말을 이었나.

"내가 학교에서 조금 배웠던 러시아어를 하면서, 예브게니 오네긴을 제일 좋아한다고 하니까 갑자기 그 남자가 울기 시작했어. 딸도 가장 좋아하는 오페라라고……. 그 뒤로 그 남자는 내게 손끝 하나 대지 않고 며칠만 더 얌전히 기다리면 집에 꼭 무사히 돌려보내 주겠다고 했었어. 그게 다야. 그 뒤로는 아무것도 기억나지 않아. 어느새 영국으로 옮겨와 마드리드에는 방학 때만 가게됐었어. 그 전에는 방학 때면 런던으로 가곤 했는데 패턴이 뒤바뀐 거지. 그 일이 있었던 전후가 마치 블랙홀처럼 전혀 기억나지않아. ……도대체 그때 나에게 무슨 일이 있었던 걸까?"

"알렉시스."

그는 비서를 통해 그녀를 위한 따뜻한 뮬드 와인과 밀크티를 가져오도록 한 뒤, 당분간 누구도 룸에 들이지 않도록 공연장 측에 지시하게 했다.

"지금부터 내가 하는 말 잘 들어."

그의 차가운 검은 눈동자가 그녀의 눈을 삼킬 듯한 기세로 진지하게 마주 보았다.

"넌 14살 때 그 러시아 남자에게서 납치되어 외딴 곳에 감금되어 있다가 보름 뒤 풀려났어. 거액의 몸값을 노리고 자행된일이었고 그 남자는 널 데리고 도주하다 차량 폭발로 죽었지."

"……!"

"남미나 남유럽에서는 금품 목적으로 상류층 자녀들을 노리는 경우가 유럽보다 훨씬 더 많아. 넌 운이 없었을 뿐이야. 하지만결국 손끝 하나 다치지 않고 무사했으니 한편으론 엄청나게 운이좋았던 거지. 그래도 충격이 컸는지 넌 당시 기억을 완전히 잃었고 헤네스, 브로디 두 집안 다 네가 그대로 잊고 살았으면 해서 암묵적인 비밀로 했던 거야. 언론에도 일체 노출되지 않게 조치를취했고. 그 일을 계기로, 그동안 네 존재를 외면해왔던 악셀 브로디 경이 그제야 너를 런던으로 데려오고 싶다고 했지. 그래서 넌 영국에서 살게 된 거야."

"그런데…… 그걸로 정말 끝이었어? 부분적인 기억상실은 뭔가 큰 충격을 받았을 때 발생하잖아. 다시는 떠올리고 싶지 않을 정도로 끔찍한 것을 보거나 들었다든가."

"하지만 넌 무사히 돌아왔다고 들었어. 악셀 브로디…… 네 할아버지는 기적이나 다름없다고 말했었고."

알렉산더는 지난주 그녀의 할아버지 악셀 브로디에게서 들었던 이야기 중 일부는 일절 밝히지 않았다. 그 이후로 2년 전 알렉산더가 후견인이 될 때까지, 알렉시스를 노린 듯한 두 번의 습격 사건이 브로디 본가에서 일어났지만 혹시라도 그녀의 트라우마를 일깨울까 싶어서 단순한 강도 사건인 것처럼 덮어버렸다고 했다. 그녀를 딸처럼 아끼는 고모 프랜시스는 알렉시스가 런던에 온 이후로 항상 경호원을 붙여서 그녀의 신변에 신경 써왔다. 알렉시스는 런던에 있을 때는 항시 집과 학교만을 오갔기에 별문제가 없었다. 하지만 방학 때만 되면 어김없이 혈혈단신 지구 곳곳, 특히 오지나 비안전 국가로 여행을 떠나곤 해서 프랜시스가 때마다 현지 톱클래스 경호원을 몰래 붙이느라 골머리를 썩었다고도 들었다.

"앞으로 그 일은 더 생각하지 마. 생각할 필요도 없고. 최근의 사진 건과는 전혀 상관없을 수도 있어."

알렉산더는 그녀의 턱을 들어 자신을 똑바로 보게 했다.

"하지만 네 동향은 항상 내가 컨트롤해야 돼. 네 안전을 위해서니까 내가 구속한다 불평하지 마."

"핑계 대지 마. 내 안전이 아니더라도 당신은 본래 그런 사람이잖아."

"……."

알렉산더는 부인할 수 없어서 잠시 대꾸할 말을 잃었다. 그녀의 신변 보호와는 별개로, 그는 그녀가 언제 어디서 무엇을 하든지 일일이 알고 통제해야만 했다. 그건 부정할 수 없는 사실이었다.

"수없이 말했잖아. 난 널 신뢰할 수 없다고."

그는 그녀의 머리칼에 입을 맞추고 잠시 더 포옹한 채 있다가 바깥에 대기하고 있는 차로 그녀를 이끌었다. 알렉시스 역시 완전히 평정을 되찾은 모습이었지만 머릿속으로는 아직 알렉산더에게까지 털어놓지 않은 여러 가지 복잡한 상념으로 가득 차 있었다. 그는 더 이상 그 일에 대해 신경 쓰지 말라고 했지만 그녀는 그럴 수 없었다. 감금되었을 당시, 그녀가 보지 말아야 할 것을 보았거나 결코 알아서는 안 되었던 어떤 사실을 발견했던 건 아닐까 뿌리 깊은 의혹이 뇌리에서 떨쳐지질 않았다.

그리고 그 러시아 납치범의 중얼거림은 대체 무슨 의미였을까?

"가엾기도 하지. 상상할 수 있는 가장……."

한 달 뒤 이스탄불, 터키.

그녀는 오랜만에 만난 사촌과 보스포루스 해협이 한눈에 내려다보이는 테라스에 걸터앉아 청명한 봄 햇살을 만끽했다.

그 둘은 오스만튀르크 제국 시절 세워져 내부만 여러 번 현대적으로 리모델링을 거듭한 옛 세히르 궁전, 현 그랜드 세히르 자벤마르 호텔 최상층 로열 스위트룸에서 망중한을 즐기고 있었다. 티타임 테이블에는 독특한 향의 터키식 커피와 알록달록 색색의 터키시 딜라이트 로쿰이 놓여 있었다. 객실은 유럽식과 터키 전통식 인테리어가 기막힌 조화를 이루며 옛 궁전 못지않은 절대미를 뽐냈다. 저 멀리 모스크와 자미가 보이고 갈매기 떼가 자유로이 해협을 넘나드는 비경을 보고 있노라니 숨통이 확 트이는 것 같았다. 알렉산더와의 신혼여행 후 근 몇 개월 만에 다시 자유를 맛보는 기분이었다.

"시스, 요즘 정말 잘 지내고 있는 거야? 리오넬이 함부로 하거나…… 그런 건 아니지? 전에 마드리드에 왔을 때 널 그렇게 보내고 얼마나 걱정했는지 모를 거야. 그 인간이 널 어떻게 하는 건 아닌가 싶어서……."

리오넬의 이름을 입 밖에 꺼내는 동시에 루카의 푸른 눈이 어두워졌다. 사실 루카에게 있어서 알렉산더 리오넬은 존재 자체가 곧 나쁜 일이나 다름없었다. 알렉산더 역시 그녀의 어머니 쪽 일가 중 가장 가까운 사촌 동생 루카를 눈엣가시처럼 여겼다.

얼마 전, 그녀는 알렉산더가 출장 중일 때 그에게 말하지 않고 독단적으로 마드리드 헤네스가 저택에 며칠 머물렀던 적이 있었다. 예상했던 결과였지만 알렉산더는 일주일 동안 그녀의 행방을 알아내 헤네스 저택에서 끌어내다시피 알렉시스를 강제로 런던으로 데려갔었다.

"아냐, 괜찮아. 그리고 요즘은…… 그럭저럭 평온해. 비교적."

실제로 그랬다. 알렉산더와 알렉시스, 둘 사이는 초반에 하루가 멀다 하고 개와 고양이처럼 격렬히 싸우고 그녀의 입에서 수차례 이혼까지 거론된 적도 있었다. 격하게 다투다가 잠시간의 냉전, 그리고 조금 더 잠시간의 평화. 이 패턴이 거의 반복되다시피 했었다. 하지만 지난번 에딘버러 학회에서의 일 이후로는 알렉산더의 태도가 확실히 바뀌어 그럭저럭 평온하다는 표현이 무리가 없을 정도였다.

로열 알버트 홀에서 6년 전의 사건을 그녀에게 털어놓은 이후로, 그 충격적인 사실이 그의 마음에도 새삼 어떤 작용을 일으킨 듯 그는 눈에 띄게 달라지고 있었다. 알렉시스 역시 기억의 미로 저편에 묻혀 있던 조각들이 한 번 수면 위에 올라온 이후로 여러 가지 심경의 변화를 겪고 있었다.

푸르디푸른 하늘에 황금빛 노을이 점점 퍼져가기 시작했다. 루카가 슬슬 비즈니스 만찬에 가봐야 할 시간이 되어, 알렉시스는 호텔 바깥까지 배웅하기 위해 경호원들을 뒤로한 채 그와 나선형 계단을 천천히 내려왔다. 좁은 엘리베이터에 경호원까지 동승해 사촌과의 개인적인 대화를 노출하고 싶지는 않았다. 건장한 체격의 경호원 두 명이 30미터 정도 거리를 유지한 채 5층에서 1층 로비까지 천천히 그들 뒤를 따랐다.

"루카, 너무 걱정하지 마. 우린…… 예상보다 훨씬 잘 지내고 있어. 알렉산더도 그 나름대로 최선을 다하고 있고."

루카는 믿을 수 없다는 듯, 불신과 회의에 가득한 얼굴을 했다.

"어제 보기에는 평소와 다름없던데. 오만하고 차갑고……. 둘만 있을 때는 잘해준다는 소리야? 그러니까 어떻게? 애처가로 돌변한 리오넬은 도저히 상상이 되지 않는데…… 리오넬이 여자에게 잘하는 모습보다는 차라리 모든 이스탄불 여자들이 히잡 대신 비키니를 입고 거리를 활보하는 광경이 더 쉽게 상상돼."

"그 나름대로 최선을 다한다고 했지, 애처가로 돌변했다고는 안 했어. 나도 그건 절대 상상이 안 되고. 아무튼…… 예전보다 많이 달라진 건 사실이야."

"성질 죽인다는 말이야? 일반적인 기준에서 알렉산더 리오넬이 성질을 죽인다는 건, 보통의 정상적인 사람들 중 성격파탄자에 해당하지 않나? 사이코패스 혹은 소시오패스."

"너무 그렇게 말하지 마. 사이코패스와 부부로 함께 살고 있다니 내가 너무 비참해지잖아."

"내가 있으니까 비참해할 거 없어. 벨라(Bella : 아름다운) 시스. 무슨 일이 있으면 즉시 연락해, 알았지?"

"루카야말로 괜찮은 거지? 그때 그 일 이후로는…… 정말 아무 일 없고 모든 게 괜찮은 게 맞지?"

"난 괜찮아, 이번에야말로 나도 정신 똑바로 차릴 테니까 다시는 그런 일로 너 걱정시키지 않아. 약속해."

뭔가 의미심장한 대화가 짤막하게 오간 뒤, 루카는 아치형 정문 앞에서 몇 마디 더 작별의 말을 중얼거리고서 그녀의 한쪽 어깨를 끌어안고 뺨에 다정히 입을 맞췄다. 여름휴가 때는 반드시 런던에 가겠노라는 약속 또한 잊지 않았다. 페라리에 올라타 시동을 건 뒤에도 그는 등 뒤의 사촌 여동생을 향해 허공에 키스를 날렸다. 수십 초 뒤 언덕 너머 완전히 자취를 감출 때까지 알렉시스는 붉은색 페라리의 뒤태를 응시했다.

저녁때가 되자 기온이 뚝 떨어져 바람이 차가웠다. 몸 전체를 둘러싼 히잡을 여미고 팔짱을 낀 채 호텔 안으로 들어가려던 그녀는 불현듯 앞을 막아선 건장한 그림자에 고개를 들었다.

"사촌끼리 헤어질 때 꼭 그렇게까지 해야 되나?"

성큼성큼 다가온 그는 냉소적인 말을 이으며 그녀의 어깨를 감싸 안고 호텔 안으로 들어갔다. 사납지는 않았지만 결코 부드러운 손길도 아니었다. 그는 루카가 그녀를 안고 작별의 키스를 한 것에 대해 꼬집고 있었다.

"지극히 정상적이고 일반적인 남유럽 라틴 스타일이야."

로열 스위트룸과 바로 연결되어 있는 VIP용 엘리베이터에는 그 둘뿐이었다. 알렉산더가 그녀와 있을 때는 경호원들이 근접해 있을 필요가 없었다.

"방에서도 단둘이 있었어?"

"경호원들이 바로 문밖에 있었어."

"말장난하지 마. 방 안에서는 단둘이 있었다는 말이잖아."

그의 눈길이 매섭게 다그치며 그녀의 어깨를 바짝 당겨 안았다. 알렉시스가 그 강압적인 손길에서 벗어나려 그의 팔을 밀쳤지만 아무 소용 없었다.

"그래, 단둘이 방에 있었어. 기껏해야 2시간 동안 룸서비스로 점심 식사하면서 오랜만에 만나 이런저런 이야기를 했어. 외사촌 오빠와! 애초에 당신이 밖에서 따로 단둘이 만나지 말라고 했잖아!"

그에겐 다른 남자와의 접촉이 이슈가 되면 그 어떤 이성도 논리도 통하지 않았다. 피를 나눈 혈육이든, 단순한 업무적 관계이든 단지 수컷인지 아닌지만 쟁점이 되었다. 그의 꽉 막힌 부분을 오랜만에 접하자 그녀는 답답함에 비명이라도 지르고 싶은 심정이었다. 알렉시스는 곱지 않은 손길로 히잡을 훌훌 벗어 던졌다. 그녀는 눈앞의 남자를 더는 상대하기 싫어 운동장 같은 객실을 가로질러 구석의 미니 바로 사라져버렸다. 호화로운 로열 스위트 따위 상류층의 돈 낭비라고 생각했지만, 이 순간만큼은 웬만한 아파트만큼 드넓은 스위트룸의 크기에 감사한 심정이었다. 오랜만에 보는 아내의 전투적인 눈빛 앞에, 알렉산더는 잠시 침묵을 지키다 그녀를 뒤따라와 입을 열었다.

"고작 점심 식사하는 데 왜 2시간 동안이나 있었지? 그렇게 오래 있을 필요는 없었잖아?"

그녀는 페리에를 글라스에 따르다, 눈앞의 남자를 망연자실 바라보았다.

"알렉산더."

고개를 설레설레 저으며 그녀는 글라스를 한 손에 쥐고 탁 트인 전망의 테라스 쪽 소파로 걸어가 털썩 주저앉았다.

"……루카가 한 말이 맞을지도 몰라."

성격파탄자, 소시오패스 내지 사이코패스 등등 루카와 조금 전에 나누었던 대화를 떠올리고 그녀는 짐짓 심각하게 혼잣말을 중얼거렸다.

"루카가 한 말이라니? 그 녀석이 무슨 말을 지껄였는데?"

"알렉산더, 난 당신이 시키는 대로 고분고분 이스탄불 출장까지 따라왔고, 터키 이슬람 남자들이 지독하게 음험하니 설령 경호원들과 함께라도 절대 호텔 밖에 나가지 말라고 해서 그 명령대로 했고, 사촌도 밖에서 단둘이 만나지 말라길래 호텔로 그를 불렀어. 이 히잡도 쓰라고 해서 잘 때 외에는 내내 쓰고 있었고."

그의 집요한 추궁에 그녀는 속사포처럼 말을 쏟아냈다. 방 안을 쩌렁쩌렁 울릴 정도로 언성이 고조되어갔다.

"난 지금 예전부터 쭉 와보고 싶었던 곳에 와서 더없이 즐거운 시간을 보내고 있어. 우린 최근 비교적 평온했고 여기까지 와서 당신이랑 쓸데없는 일로 감정 소모하긴 싫어. 루카 지안카를로 헤네스는 어릴 때부터 가까이 지내온 내 외사촌이고……."

그녀는 잠깐 숨을 돌렸다.

"그는 남자로 태어났지만 남자가 아니야. 당신도 잘 알다시피."

알렉시스가 글라스 안 페리에를 단숨에 쭉 들이켜고 자리에서 일어나는 순간, 알렉산더는 그녀의 등 뒤로 두 팔을 둘렀다. 그러고는 부서질 듯 가냘픈 몸을 그의 품에 견고히 가두고 부드러운 머리칼 위 정수리를 턱으로 살짝 눌렀다.

"알았어, 그만해. 아스티크랄 샹그릴라에 디너 예약해뒀어."

그래도 다음부터는 스킨십과 뺨의 키스는 패스하고 적당히 인사하라는 명령이 목 끝까지 차올랐지만, 마지막 순간에 그 말은 하지 않기로 했다. 그녀는 지지부진 늘어지는 것을 질색하고 깔끔, 명료한 완결을 좋아했다.

그녀와 공식적으로 대면한 것은 3년 전, 그녀가 17살이었을 때였다. 그리고 교묘한 덫에 몰아넣어 그녀의 순결을 가진 것이 그로부터 1년 후, 그다음 1년 후 반강제로 공식적인 연인이 되었다가 역시 그녀가 꼼짝달싹 못하게 덫을 쳐 그와 결혼하게 된 것이 올해 2월이었다. 지난 3년 동안 그는 그녀를 지배하고 컨트롤하고 복종시키기 위해, 그녀는 그에게 저항하고 그에게서 벗어나기 위해 둘은 셀 수 없이 싸우고 아파하고 서로에게 상처를 주어왔다.

이제 이 길고 지독한 싸움에 종지부를 찍어야만 했다. 처음에는 순수하지 못한 의도하에 그녀를 소유하려 들었지만, 그녀와의 숱한 갈등의 여정 끝에 그의 마음은 스스로도 깨닫지 못하는 사이에 이미 답을 찾아내고 있었다. 그리고 지금은 더더욱.

"나는 처음에 당신이 아이를 싫어하는 줄 알았어."

"어째서? 난 한 번도 그런 말 한 적 없는데."

"그냥…… 으레 귀찮고 성가신 존재로 여기고 싫어할 거라 짐작했었어."

"거듭 말하지만, 나에 대한 잘못된 편견을 좀 버려."

부지 한편에 주차된 롤스로이스로 걸어가며 그들은 가볍게 대화를 주고받고 있었다. 알렉산더의 사촌 형 해링턴 리오넬의 아내 유제니가 둘째 아이를 임신했다는 희소식에 방금 일가족이 요란하게 축하 인사를 건넨 뒤였다.

"당신도 언젠가 자기 아이가 생기면 몇 배나 더 에뻐하겠지. 누구와 아이를 갖게 될진 몰라도……."

"……."

롤스로이스에 도착한 알렉산더는 알렉시스가 먼저 올라탈 때까지도 반대쪽 차 문을 연 채 잠시 미동도 않고 서 있었다. 알렉산더는 순간

자기가 잘못 들었나 싶어 차에 먼저 올라타고 있는 여자를 멍하니 바라보았다. 수 초 후 그는 뒤늦게 좌석에 앉아 차 문을 거칠게 닫았다. 자신의 귀가 잘못되지 않은 현실을 마지못해 직시한 그는 뒤늦게 좌석에 올라탔지만 평소와는 달리 알렉시스 옆에 다가앉지 않았다. 옆자리의 그녀와 다소 간격을 유지한 채, 알렉산더는 시종일관 굳은 표정을 풀지 않고 자신만의 생각에 몰두하기 시작했다. 알렉시스는 갑자기 이유 없이 저기압 모드로 들어간 그의 태도에 내심 긴장하면서도, 혹시 본인이 뭔가 실수했나 싶어 이전 상황을 새삼 떠올려보았다. 하지만 아무리 되짚어도 그녀가 뭔가 싸늘한 분위기를 일으킬 만한 말을 한 적은 없었던 것 같았다.

마치 타인과 한 차에 탄 것처럼, 그는 적당히 거리를 유지하면서 그녀 쪽으로 한순간도 고개를 돌리지 않았다. 폭풍 전야 같은 불편한 정적을 먼저 깨뜨린 쪽은 알렉시스였다.

"알렉산더."

"……."

거만하게 다리를 꼬고 한 손으로 턱을 짚은 채 내내 창밖만 바라보던 그는 몇 초 후에야 고개를 돌렸다. 그의 눈길은 얼음장 그 자체였다. 무슨 용건이냐, 귀찮으니 말 걸지 마라, 나 지금 엄청나게 기분이 저조하다 등 모든 부정적인 무언의 메시지를 눈빛 안에 고스란히 담고 있었다. 1분 전까지 화기애애했던 기운이 순식간에 사라지고 차 안은 완전히 냉동고를 방불케 하는 분위기가 되고 말았다.

"아냐, 아무것도."

그가 습관대로 일절 감정을 드러내지 않고 돌아보자 그녀는 이내 아무것도 아니라고 툭 내뱉었다. 알렉시스는 무슨 일 있는지, 뭔가 잘못

됐는지 물으려고 했지만 그의 찌르는 듯한 시선에 고개를 돌려버렸다. 그녀가 아는 한, 그는 이유 없이 갑자기 감정이 돌변하는 성격은 결코 아니었다. 알렉시스 자신에 대한 비정상적인 집착과 통제욕을 제외하면, 알렉산더는 평소에 지극히 논리적인 성향의 소유자였고 설령 상대가 불쾌한 언사를 던진다 해도 그보다 몇 배는 더한 독설로 응수하는 성격이었다. 누군가 심기 불편한 말을 하면 묵묵히 언짢게 참고 있는 인물이 아니었다. 알렉시스는 본인이 알아서 기분을 풀 때까지 더 이상 신경 쓰지 않기로 했다. 그녀는 휴대폰을 꺼내 뉴스와 여러 기업체의 주가 동향을 검색하기 시작했고 공항 부지에 도착할 때까지 거기에만 집중했다. 한편, 알렉산더는 휴대폰을 그녀의 손에서 냅다 빼앗아 창밖으로 던져버리고픈 충동을 필사적으로 억누르고 있었다.

저 여자는 정말 자기가 무슨 말을 했는지 아무 자각이 없나? 그 정도로 무딘 건가, 아니면 알고도 모른 척하는 건가.

알렉산더는 자신의 마음속 깊은 곳에 파장을 던진 그녀의 무심한 말을, 머릿속에 언제까지고 되새김질하고 있었다.

'당신도 언젠가 자기 아이가 생기면 몇 배나 더 예뻐하겠지. 누구와 아이를 갖게 될진 몰라도⋯⋯.'

누구와 아이를 갖게 될진 몰라도⋯⋯?

어떻게 그런 말을 아무렇지도 않게 내뱉을 수 있는지 그는 이해가 되지 않았다. 그럼 알렉산더 본인이 아내인 알렉시스가 아닌 다른 여자와 아이를 갖게 될 수 있다고 생각하는 것인지, 그러기를 원하는 것인지, 만약에 그렇다면 그 이유는 알렉시스 본인은 자신과의 아이를 원하지 않기 때문인지 여러 가지 의문들이 꼬리에 꼬리를 물고 계속해서 소용돌이를 쳤다.

"도대체 그게 무슨 뜻이야?"

그들이 이윽고 전용기에 올라탄 뒤, 한참 후 그는 굳은 표정으로 물었다.

"뭐가?"

"아까 한 말. 내가 누구와 아이를 갖게 될지 모르겠다니?"

"무슨 말인지 모르겠어."

"아까 차에 타기 전에 그랬잖아. 나도 언젠가 내 아이가 생기면 몇 배나 더 예뻐할 거라고. 그리고 그다음에 덧붙였잖아. 누구와 아이를 갖게 될진 몰라도, 라고!"

본인이 한 말도 기억을 못하는 그녀의 무심함에, 알렉산더는 더 부아가 치밀어 자기도 모르게 언성을 높였다. 그의 험악한 표정에 알렉시스는 당혹스런 기색을 감추지 못했다.

"아, 그랬지. 그런데 그 말이 뭐가?"

"그러니까 지금 그게 무슨 뜻이냐고 묻고 있잖아!"

"……."

알렉시스는 느닷없이 버럭 소리를 지르는 그의 모습을 흡사 정신병자 보듯 하고 있었다.

"무슨 뜻이냐니, 그 말 그대로의 뜻이야. 당신이 나중에 누구와 아이를 갖게 될지 그건 누구도 모르는 일이잖아. 엄밀히 말해서 당신 자신도 모르는 일 아니야?"

"……."

알렉산더는 기가 찬다는 듯 그녀를 쏘아보고 고개를 설레설레 저었다. 아내의 입에서, 남편이 나중에 누구와 아이를 갖게 될지 모르지 않느냐는 의문이 저렇게 자연스럽게 흘러나오다니. 더 이상 상대하기도 싫다는 그의 태도에, 이번엔 알렉시스가 부아가 치밀어 어조가 신랄해지고 있었다.

"내가 뭐 말을 잘못했어? 틀린 말은 아니잖아."

알렉시스는 입술을 꼭 깨물고 뒤이어 입 밖으로 나오려던 말을 속으로 삼켰다. 그 말이 실제로 자신의 입에서 나오는 순간, 스스로가 너무나 비참해질 것 같아서였다.

나는 첫 관계 때부터 임신되지 않게 조치를 취해왔고 나와의 결혼은 언제든 깨어질 수 있는 거니까, 당신이 향후 누구와 아이를 갖게 될지는 누구도 모르는 일이잖아.

"……."

속으로 되뇌는 동안, 알렉시스는 울컥 눈물이 나올 것 같아 고개를 돌려버렸다. 알렉산더는 그녀의 몸짓을 완전히 다른 의미로 이해하고 있었다. 하지만 상관없었다. 그동안은 그녀를 온전히 독점하고 싶었고 아직은 너무 어리다고 생각해 차일피일 막연히 미뤄두고 있었지만, 만약 아이가 없는 상황이 자신을 떠날 유리한 구실로 이용될 수 있다면 차라리 지금부터라도 빨리 임신하게 만드는 편이 좋을 것 같았다.

그들은 전용기가 이스탄불에 도착해 세히르 호텔에 들어서는 순간까지도 서로를 외면하고 경직된 분위기를 유지하고 있었다.

알렉시스는 어제 이스탄불에 도착하기 직전부터 오늘 오전까지 계속됐던 냉전을 지금 그가 불식시키려 한다는 걸 느낄 수 있었다.

"……."

알렉시스는 그녀에게 배어드는 익숙한 시가 향을 음미하며, 그의 손길을 뿌리치려던 몸짓을 어느 순간 멈추었다. 알렉산더가 확실히 변했음을 다시 한 번 절실히 느끼는 순간이었다. 예전의 그라면 그녀가 루카와 무슨 이야기를 했는지 불같이 화를 내며 끝까지 추궁했을 것이다. 결국엔 그가 그들 관계의 주도자임을 입증시키려 그녀를 강제로 안았을 수도 있었다. 격렬한 언쟁 직후엔 매번 그녀의 몸이 물건인 양, 잔인하고 난폭하게 다뤄지고 탐해지는 과정을 통해 충분히 짐작 가능한 일이었다.

하지만 지금 알렉산더는 자신이 지나쳤음을 순순히 인정하고, 비록 말로 사과하지는 않았지만 그녀의 감정을 다독이려 나름 애쓰고 있었다. 강한 소유욕은 여전히 드러나 있었지만, 타고난 다혈질적 성향을 최대한 다스리려 애쓰는 것은 명백했다.

"……뭐 하는 거야. 나갈 거라고 했잖아."

예약한 식당으로 가자는 말과는 달리, 알렉시스의 허리를 끌어안고 있던 그의 큰 손이 그녀의 캐시미어 니트 안을 더듬고 있었다. 허리의 맨살을 거슬러 올라간 그의 양손은 어느새 브래지어 후크를 끄르고 레이스 천에 감싸여 있던 풍만한 젖가슴을 감싸 쥐었다. 얇은 롱스커트에 감싸인 골반, 탄력 있는 엉덩이 사이로 그의 욕망이 고스란히 느껴졌다. 그녀가 전신에 오싹 전율을 느끼며 허리를 틀어보았지만, 둔부를 그의 바지 앞쪽에 더욱 세게 문지르는 결과만 초래할 뿐이었다.

"조금 늦어도 상관없잖아."

이미 흥분으로 가득한 숨결이 알렉시스의 목덜미를 뜨겁게 적셨다. 눈 깜짝할 사이에 그녀의 두 팔을 잡아 올려 스웨터와 브래지어를 동시에 벗겨낸 그는 그녀의 양팔을 뒤로 꺾어 자신의 목덜미를 감게 했다. 그의 양 손바닥은 겨드랑이 밑에서 젖가슴을 받쳐 올리고, 엄지손가락은 분홍빛 몽우리를 원을 그리며 거칠게 쓸어내렸다.

"핫! 아— 아파……!"

아픔을 호소하는 신음에, 그는 달래듯 흰 목덜미 보들보들한 살에 입 맞추고 살짝 깨물어 맛을 보았다. 그녀의 달콤한 살 내음에 그의 온 신경이 마약처럼 각성되는 동시에 순식간에 녹아내리는 것 같았다. 단단히 일어서는 젖꼭지 못잖게, 바지 속 남성은 그녀의 엉덩이 사이를 사납게 쿡쿡 찔러대고 있었다. 알렉산더의 인내심은 이제 본격적으로 바닥을 향해 곤두박질치고 있었다.

거추장스런 옷들을 허물 벗듯 몸에서 떼어내기 위해 그는 아주 잠깐 동안 그녀의 몸을 놓아주었다. 정확히는 거실 바닥 위 값비싼 페르시안 카펫 위에 그녀를 쓰러뜨린 뒤, 자신이 옷을 훌훌 벗어 던질 동안 무릎으로 희디흰 허벅지를 꽉 누르고 있었다. 곧 그의 강인한 분신이 촉촉한 동굴 안을 힘차게 밀고 들어오자, 동굴 속 뜨거운 내벽이 그 격한 침입을 환영하듯 두꺼운 살기둥을 휘감고 조여왔다. 정해진 수순대로 욕망의 격렬한 움직임이 점점 빨리, 더욱 거세게 환희를 갈구하며 동굴 속 깊은 곳을 정복해나갔다.

알렉시스도 어느새 저항을 멈추고 끊임없이 몰아지는 폭풍과 격성 속에 몸을 맡기고 있었다. 그녀가 할 수 있는 것은 아무것도 없었다. 사나운 격랑 속에서 조금이라도 더 오래 버티려 애쓰는 조난자처럼, 알렉시스는 그의 팔을 꽉 움켜잡고 놓지 않았다. 그녀의 날카로운 손톱이 그의 팔뚝 살갗을 거칠게 파고들었다. 하지만 알렉산더는 아픔조차 느끼지 못하는 것 같았다.

　어둠의 장막이 드리워진 이스탄불의 밤은 더욱 화려하고 아름답게 정취를 더해갔다. 보스포루스 해협 위 선명히 떠오른 초승달이 그 신비함과 낭만을 더욱 부추길 뿐이었다. 한 템포씩 밀어붙일 때마다 탄력 있게 부풀어 오른 젖가슴이 위아래로, 옆으로 물결치며 흔들리는 모양에 남자의 숨결은 더욱 거친 호흡을 뱉어냈다. 목 깊은 곳에서는 야수의 만족스런 으르렁거림이 울리고 두 눈은 한층 더 달아오른 욕망으로 어두움을 발했다.

　그의 집요한 애무로 붉게 물든 가슴살이 사방으로 출렁이며 오뚝 솟아오른 유두 한 쌍이 이리저리 흔들렸다. 그의 사나운 남성이 뒤로 살짝 물러났다 힘껏 부딪혀올 때마다 그녀는 목구멍 깊숙이에서 흐느끼며 그의 우람한 팔 근육을 꽉 움켜잡았다. 더 큰 흐느낌을 듣고 싶어, 그는 그녀의 가냘픈 허리를 으스러져라 잡고서 움직임에 더욱 박차를 가하기 시작했다. 그녀의 허리와 둔부가 이내 위로 들리는가 싶더니, 길고 아름다운 다리가 오갈 데 없이 허공을 헛발질하다 남자의 허리에 휘감겨왔다.

　"하아…… 핫, 하아. 아홋……!"

　남자의 거친 살갗 한 부분이 여자의 보드라운 엉덩이 안쪽과 부딪치는 둔탁한 소리가 끝없이 이어지고 이어졌다.

　"홋……!"

　절정을 좀 더 오래 끌고 싶어 알렉산더는 허리의 움직임을 조금씩 늦췄다. 굵직한 분신을 그대로 그녀의 몸속에 넣은 채, 그의 두 손이 매끄러운 젖가슴을 움켜잡고 강인한 손가락 하나하나가

가슴살의 보드라운 감촉과 탄력을 만끽하기 시작했다. 손바닥을 쫙 펼쳐 그 아래 젖꼭지를 마구 돌리자 그녀가 항의하듯 신음을 올리며 허리를 튕겨 올렸다. 그는 허리를 조금 들어 몸속 깊이 자리한 욕망을 다시 천천히 움직이면서, 젖가슴을 정복하던 양손을 그녀의 겨드랑이 속으로 넣었다. 겨드랑이 안쪽의 보들보들한 속살을 한참 동안 어루만지다 그대로 겨드랑이에 손을 끼우고 그녀를 앉은 자세로 일으켜 세웠다.

　"아—!"

그녀가 앉은 자세가 되자 남성이 수직으로 일어서며, 그녀의 몸속을 더욱 빼곡히 채웠다. 욕망의 끝 부분이 그녀의 가장 깊숙한 안쪽을 집요하게 두드리고 방망이질하자, 알렉시스는 그의 목을 끌어안은 양팔에 힘을 주다가 급기야 그의 머리칼을 움켜쥐고 놓지 않았다. 걷잡을 수 없는 환희로 전신이 바르르 떨려왔고 머릿속은 새하얀 정염으로 물들어가고 있었다.

　"하아……!"

알렉산더는 절정이 급박해오자 이 악물고 숨을 몰아쉬었다. 그는 금방이라도 정신을 잃을 것 같은 그녀를 거칠게 침대 위로 쓰러뜨리고 몸을 반대로 돌려 눕혔다. 무릎을 세우고 엎드린 자세가 된 그녀 안으로 굵고 뜨거운 욕망이 다시 공격적으로 파고들었다. 더 세게, 더 강하게, 더 빨리, 단단한 분신이 애액으로 흥건한 농굴 안에 늘어갔다 빠지기를 반복했다. 그가 움직임을 계속할수록, 그녀의 몸속 좁은 동굴 내벽도 그의 욕망을 더 바짝 조여오고 있었다. 사정을 재촉하는 그 감각에, 알렉산더는 이 악물고 조금 더 세게, 빠르게 몸을 움직였다.

"아, 아…… 알렉, 알렉스……!"

그의 이름이 메아리치는 달콤한 절규에, 알렉산더는 더 이상은 버틸 수 없음을 알았다. 마지막 몸짓으로 허리를 앞으로 세차게 움직이자 그녀의 몸속 깊이 휘감긴 남성이 더 참지 못하고 희뿌연 액체를 동굴 속에 깊이, 깊이 토해내었다. 머릿속이 백지처럼 하얗게 흐려지며, 동시에 절정을 맞은 그들은 사정이 끝난 뒤로도 한참 동안 한 몸이 되어 있었다. 몸을 겹친 그대로, 두 남녀의 한데 얽힌 몸은 탈진할 대로 탈진해 침대 깊이 침몰해갔다. 알렉산더가 예약한 보스포루스 유람선 내 최고급 레스토랑 아스티크릴 샹그릴라의 만찬은 이미 그 둘에게 잊힌 지 오래였다.

가까스로 정신을 추스른 뒤, 욕조에서 함께 몸을 씻어내는 동안에도 그들은 두 번 더 절정을 맞았다. 그들이 꼭 끌어안은 채 가까스로 현실로 돌아왔을 때에는 이미 동이 틀 무렵이었다. 간밤에 저녁 식사도 건너뛴 채 사랑을 나누고, 잠들다 다시 깨어 한 몸이 되기를 되풀이한 게 꼬박 12시간여 지난 뒤였다. 알렉산더가 마지못해 몸을 일으켜 곁에서 아직 잠들어 있는 알렉시스를 몽롱한 눈으로 확인했다. 잔뜩 흐트러진 시트와 헝클어진 긴 머리칼이 마치 지난밤 폭풍 같았던 시간들을 증명해주는 듯했다.

"……."

불과 30분 후, 알렉산더는 조찬 회의를 위해 말끔한 정장 슈트 차림이 되어 있었다. 그는 스위트룸 밖으로 나서기 전, 아직 알렉시스가 세상모르게 잠들어 있는 침대 위로 조용히 다가갔다. 그는 손을 뻗어 흰 시트 위 아무렇게나 흩어진 적갈색 머리칼을 쓸어 넘긴 뒤 그 사이로 드러난 뺨에 입을 맞췄다. 그녀의 벗은 어깨까지 시트를 끌어올린 뒤, 알렉산더는 의미심장한 눈길을 잠시 그녀에게 고정하고 있다가 비서가 대기하고 있는 로비의 엘리베이터로 발길을 향했다.

보스포루스 해협 위에 항시 떠 있는 초호화 보트 샹그릴라가 특별한 데에는 여타 도시의 유람선과는 다른 특징이 있었다. 오픈된 메인 홀은 100명 이상의 인원을 넉넉히 수용할 규모에, 여타 레스토랑과 다를 바 없었다. 그러나 메인 홀과 입구부터 분리되어 있는, 단 세 개의 VIP 프라이빗룸은 단지 식사만을 위한 공간이 아니었다. 만찬을 위한 다이닝룸 외 별도의 화장실 및 욕실, 완벽한 방음 시설을 갖춘 디럭스 침실까지 모든 것을 구비한 호텔급 서비스를 자랑하고 있었다.

리오넬 부부는 지난밤 그들의 안중에도 없어 자동 취소되었던 샹그릴라 크루즈 선상, 화려한 아랍식 장식으로 가득한 그 세 개의 프라이빗룸 중 가장 안쪽 방에서 둘만의 저녁을 들고 있었다. 색색의 가니시로 장식된 크고 작은 플레이트 위, 캐비어를 감싼 연어 아스파라거스와 신선한 지중해식 올리브 샐러드, 방금 잡은 해산물과 터키식 양고기 스테이크가 식탁 위 아름다운 한 폭의 그림과도 같았다. 하나씩 순서대로 나오는 일반적인 서양식 코스와는 달리, 터키식 만찬은 서너 디시가 한꺼번에 풍성하게 차려져 나왔다. 단지 와인만이 프랑스산 로마네 콩티일 뿐, 눈에 보이는 모든 것들이 과거 전성기 시절 터키의 왕족이나 누릴 수 있을 호사스러움의 극치였다.

알렉시스는 겉으로 내색하진 않았지만 처음 레스토랑에 도착했을 때부터 기묘한 예감에 신경이 곤두서 있었다. 그녀가 아는 한 알렉산더는 결코 낭만적인 남자가 아니었다. 샹그릴라는 굳이 분위기가 아니더라도 전 터키에서 가장 훌륭하다 평가되는 가장 터키적인 왕실 만찬, VIP 고객의 사생활을 철저히 보장하는 것으로 상류층에서는 잘 알려진 곳이었다. 따라서 알렉산더가 이곳을 저녁 식사 장소로 선택한 것은 전혀 놀랄 일도 아니었다.

그러나 평소와 다를 바 없이 무표정한 그의 얼굴에서 뭔가 중대 발표라도 할 듯한 분위기가 계속해서 느껴졌다. 단지 그녀의 착각일 수도 있지만, 그들이 아직 법적으로 부부가 아니라면 그녀는 혹시 그가 청혼하려는 게 아닐까 진지하게 생각하고 있었을 것이다. 정상적인 연인이라면 모든 게 프러포즈하기 딱 안성맞춤일 터였다. 디저트를 막 마치고 그 둘 사이에 약간의 치즈와 와인글라스만 남겨졌을 때, 그가 드디어 운을 뗐다.

"알렉시스, 할 말이 있어. 잠깐 똑바로 봐."

"……."

"계속 피임하고 있지? 요즘도."

"당신이 계속 체크하고 있던 거 아니었어? 그건 왜?"

전혀 예상치 못했던 그의 돌발 질문에 그녀는 눈을 치켜떴다.

2년 전 그 둘이 관계를 갖게 될 무렵부터, 알렉산더는 그녀와의 관계에서 절대 콘돔을 쓰지 않았다. 다른 여자들과는 어땠는지 몰라도, 그녀와 관계할 때에는 단 한 번도 콘돔을 쓴 적이 없었다. 언젠가 그녀가 그 이유를 물었을 때, 그의 대답은 간단명료했다.

'답답하니까. 제대로 느낄 수 없어.'

그러면서도 그녀가 혹시라도 임신하는 사태는 절대로 발생하지 않도록 전문의와 의논해, 최적의 피임법을 시행하고 주기적으로 체크하는 주도면밀함을 보였다. 그는 여자의 몸에 접종되는 피임 주사는 인체에 부작용을 일으킬 수 있다며 가장 무난한 루프 피임법을 주장했다. 그때도 알렉시스는 그가 자신의 몸을 아끼고 염려한다는 착각은 전혀 하지 않았다. 그의 입장에서, 그녀의 몸은 쾌락을 위한 소중한 도구이기에 행여 흠집이 날까 봐 신중을 기할 뿐이라 생각했었다.

"내일 담당의 도착하면 루프 제거해. 전용기로 도착할 거야."

"뭐?"

"가족의가 편하니까 런던에서 일부러 불렀어."

"그러니까 왜 갑자기? 지금부터 피임을 중단하라는 소리야?"

"그래, 아이 가질 거니까. 최대한 빨리……."

아이? 그가 지금 아이라고 말했나?

그녀는 자기가 잘못 들은 게 아닌가 싶어 망연자실 앉아 있었다.

"아이? 갑자기 왜?"

"어차피 가질 거면 하루라도 빠른 게 낫겠다 싶어서."

"그러니까 왜 아이를 가질 생각 자체를 갑자기 하게 됐냐고. 지난 2년간 철저히 피임에 신경 써왔잖아."

알렉시스의 음성은 차분했지만 날카롭게 벼려져 있었다. 와인과 분위기에 취해 아주 살짝 몽롱해져 있었던 그녀의 의식은 이제 완전히 현실로 돌아와 있었다.

"……."

"갑자기 왜? 후계자 자리를 굳혀야 할 이유라도 생겼어?"

"슬슬 가질 때가 됐어. 더 늦어지면 문제 있는 부부로 세간의 이목을 끌 수도 있고. 어차피 너랑 이혼할 생각은 없으니까, 적어도 지금은."

잠시 침묵을 지키던 그가 단조롭게 말했다. 지극히 당연하다는 투로 내뱉는 그의 대답에, 그녀의 가슴 깊은 곳에서 뜨겁고 단단한 것이 치밀어 오르기 시작했다. 알렉시스는 최대한의 자제력을 발휘해서 재차 되물었다.

"적어도 지금은? 그럼 언젠가 이혼하고 싶어질 때 아이 문제는 어떻게 되는데? 거기까지도 생각해봤겠지?"

"내가 말한 '적어도 지금은', 언젠가는 너와 헤어지고 싶을 거라는 전제가 아니었어. 사소한 표현에 큰 의미 부여하지 마."

알렉산더는 행여나 그녀가 지레 겁먹고 달아나려 할까 봐 일부러 '적어도 지금은'이란 포석을 깔아둔 것이었다. 하지만 알렉시스는 그런 그의 의중을 알 도리가 없었다. 상냥함과는 거리가 멀었지만 그렇다고 쌀쌀맞은 어조는 아닌 그의 음성에, 그녀는 그가 정말로 생각하는 것 그리고 원하는 것이 무엇인지 가늠할 수 없었다.

그녀의 기억이 맞다면, 그는 지난 2년간 그 둘 사이에 아이가 생길 수 있는 가능성을 제로로 만들고자 나름대로 신경을 써왔었다. 그 사실은 알렉산더 자신도 결코 부정할 수 없을 것이다. 그런데도, 단지 세간의 이목 때문에 여타 정상적인 부부들처럼 아이를 가지는 게 좋을 것 같다는 생각이 든 걸까? 아니면 다른 이유가 있는 걸까.

"알렉산더."

그녀는 일단 주사위를 던져보기로 마음먹었다. 상처받는 것이 두려워 언제까지나 움츠리고 있다면 계속 제자리걸음만 반복할 것이다.

"날 사랑해?"

"……."

건너편의 남자가 그녀의 맑디맑은 청회색 눈동자를 정면으로 마주 보았다. 푸른 바다색과 겨울 바다의 회색이 공존하는, 정말로 아름다운 색깔이었다. 천박함, 경박함이라곤 한 군데 없이 깨끗하고 올곧은 심성이 고스란히 드러나 있는 눈의 표정이었다. 그녀 스스로는 적당히 타락해 있다고 생각하지만 사실은 그가 만난 어떤 이들보다도 가장 깊고 순수한 내면을 가진, 애교나 귀염성 돋는 짓이라곤 약에 쓸래도 없는 답답한 여자. 하지만 교태나 가식, 허세, 그 어떤 속물적인 면도 없는 순수한 여자이기도 했다.

"알렉스, 날 사랑해?"

제발 내가 원하는 대답을 들려줘. 그렇다고 말해줘. 그럼 우린 지금까지와는 다른 인생을 살 수 있을 것 같아. 그럼 내 안의 단단한 껍질을 깨부수고 우리 사이의 이 차가운 벽을 부수고 이 비틀어진 관계 끝에 무엇이 있을지 직시할 수 있을 것 같아. 이 기이한 형상을 바로잡아 재구성할지, 비뚤어진 그대로 받아들이고 앞으로 나아갈지 결정할 수 있을 것 같아.

알렉시스는 조용히 그의 대답을 기다렸다. 미녀와 야수 중 야수가 된 기분이었다. 미녀의 말 한마디에 따라 저주가 풀리고 비로소 행복이 손안에 잡히기 직전의 느낌. 간절히 원하는 그 한마디.

"너는 사랑을 믿지 않잖아. 나도 마찬가지야."

그는 일체 감정을 알 수 없는 어두운 눈으로 말을 이었다.

"잊었어? 우리 둘은 동류의 인간이라는 걸. 그래서 애초에 이 결혼도 가능했던 거고."

알렉시스는 손안에 살짝 잡혔던 부드러운 모래가 손가락 사이로 허무하게 흘러내리는 듯한 기분을 맛보았다. 행복을 찾았다 생각한 순간 그게 자신의 것이 아니었음을 깨달은 절망감.

"그렇지, 절대 잊을 리가 없지."

알렉시스는 담담히 대꾸하며 글라스에 남아 있던 와인을 한 모금 삼켰다.

"알렉스, 날 사랑해?"

그녀가 돌발적인 질문을 던졌을 때 그는 순간 숨이 멎는 것 같았다. 저도 모르게 모든 것을 털어놓고 속속들이 드러낼 뻔했지만 알렉산더는 사업이란 이름의 전쟁터에서 항상 그랬듯이 평정을 잃지 않고 초인적인 힘으로 감정을 억눌렀다. 그럴지도, 라는 애매한 표현만으로도 그녀는 그에게서 훨훨 날아가버릴 테니까.

하지만 아이를 갖게 되면 그녀도 그와 정상적인 부부처럼 살아갈 소망을 조금은 갖게 될지도 몰랐다. 그녀가 이스탄불로 오는 동안 그의 가슴에 파문을 던졌던 그 말을 들었을 때부터, 알렉산더는 그동안 무의식적으로 미뤄놓았던 아이에 대한 생각을 구체화하고 있었다. 그동안은 아이라는 존재가 그들 사이에 끼어드는 것도 싫었고 그녀에게 아이가 최우선적 존재가 되는 것도 원치 않았다. 그러나 어쩌면 아이가 그녀를 확실히 묶어둘 수 있는 강력한 동기가 될 수 있을 거라는 생각이 들었다.

시간이 지남에 따라, 알렉산더 본인도 이 일그러진 관계를 어떤 방법으로든 바로잡아보고 싶다는 강한 염원을 갖게 되었음을 부정할 수 없었다. 역시 자신을 떠보려고 한 듯, 그녀는 그의 지극히 사무적인 대답에 선뜻 수긍하는 것 같았다. 그런 그녀의 태도에 알렉산더는 쓰디쓴 비웃음을 입가에 담았다. 가슴 한쪽이 무너져 내리는 것 같은 속내를 들키지 않기 위해 애써 초연함을 가장했다.

"그럼 말한 대로 내일부터 피임 중단해. 닥터가 알아서 다 처리할 거야."

"그렇게 하고 싶지 않아."

"뭐?"

"피임 중단하고 싶지 않아."

"……."

"당신이 왜 갑자기 아기를 원하는지 이유는 알겠지만─ 방금 당신이 설명했으니까."

알렉시스는 손에 있던 글라스를 소리 나게 테이블에 내려놓고 차가운 눈으로 그를 마주 보고 있었다.

"난 아기를 원하지 않아."

그녀가 말을 이으며 냉랭하던 눈에 점점 불꽃이 뒤면서 분노로 일렁이기 시작했다.

"지금까지 내 의지와 상관없이 당신이 원하는 방식대로 지내 왔지만, 아기까지 당신 필요에 의해 강제로 가지고 싶진 않아. 난 언제든 이 결혼을 끝낼 생각으로 살고 있으니까, 아이는 더더욱 원하지 않아."

알렉산더는 처음으로 몸소 체험하고 있었다. 사람의 세 치 혀가 형상 없는 비수가 될 수 있다는 은유적 표현을. 말이 화살처럼 날아와 사람을 회복 불가능할 만치 지독하게 상처 입힐 수 있다는 사실을 그는 비로소 알 것 같았다. 지금까지 다툼 중 온갖 독설과 비방, 심지어 욕설까지 그녀로부터 들어왔었다. 하지만 오늘 밤처럼 그녀의 말이 그의 마음을 사정없이 난도질한 적은 없었다.

알렉산더는 머릿속이 차갑고 뜨거워지는 것을 동시에 느꼈다. 지난 얼마간의 달콤한 평화의 기억, 오늘 밤 낭만적인 순간들이 흔적도 없이 물거품처럼 사라져갔다.

"……내 말대로 해."

그는 악문 잇새로 내뱉듯 말했다. 더 이상의 이의는 결코 용납하지 않겠다는 강력한 경고가 담긴 한마디였다.

"가겠어."

알렉시스는 그의 매서운 분노보다, 상처받은 자신의 마음이 더 견딜 수 없어서 자리에서 일어나 지체 없이 출입구를 향했다. 그러나 건너편의 남자가 한발 더 빨랐다. 알렉산더는 그녀가 두 걸음을 채 떼기도 전에 그녀의 한 팔을 거칠게 낚아채서 그를 향해 돌려세웠다.

"도대체 뭐가 문제야? 확실히 네 나이에는 좀 이를 수 있지만 나에게는……."

"이르고 늦고의 문제가 아니야!"

"너 역시 나와 정상적인 부부로 지내기를 원할 거라 생각했어."

"······당신과 소위 정상적인 부부로 지낼 수 있는 날은 앞으로도 절대 없을 거야. 당신이 원하지 않을 때는 내 의지와는 상관없이 철저히 피임하고! 당신이 마음을 바꿔서 어느 날 갑자기 원하면 나는 내일부터 당장 피임을 중단하고! 이런 식으로 어느 한쪽의 의지만이 존재하는 관계가 애초에 정상적인 거야?"

알렉시스는 더 참지 못하고 울음을 터뜨렸다. 그의 손을 있는 힘껏 뿌리치고 다시 테이블에 주저앉아 양손에 얼굴을 묻었다. 물론 그의 비정상적인 독선과 독재에도 화가 났지만, 그보다 훨씬 더 큰 상처 앞에 그녀는 완전히 무방비 상태가 되고 말았다.

'알렉스, 날 사랑해?'

'넌 사랑을 믿지 않잖아. 나도 마찬가지야.'

그의 말대로 그녀는 사랑을 믿지 않았던 사람이었다. 그러나 그녀는 그와 자신의 관계에 대해 생각해보지 않은 날이 단 하루도 없었다. 그에게서 벗어나고 싶었던 적도 많았고 일단 벗어나면 행복할 거라 장담도 했었지만 결코 그렇지 않을 것임을 그녀는 누구보다 잘 알고 있었다.

알렉시스가 그 어느 순간보다 삶의 의미를 절실히 깨닫고 행복감에 충만할 때는 낯선 미지의 땅에서 새로운 세상을 접하는 순간이었다. 하지만 이제는 그녀도 선뜻 장담할 수가 없었다. 설령 자유롭게 날아갈 수 있다 해도, 그가 없는 미지의 땅에서 알렉시스는 자신이 그렇게나 멀어지고 싶었던 대상에 대한 그리움만 키워가게 될 것 같았다. 그리고 시간이 흐르고 흐를수록 그가 혹시 그녀를 일부러 찾지 않는 게 아닌지 의구심마저 가지게 될 것이다. 설령 자신을 절대 찾지 못하도록 철저한 계획하에 지구의 외딴 섬에 스스로를 고립시킨다 해도, 그가 어째서 자신을 찾아내지 못하는지 의아해하는 아이러니에 빠지게 될 것이다.

알렉시스는 여러 가지 가능성 속에서, 스스로 각성하지 못한 사이 그와의 비틀어진 관계에서 답을 찾아내고 있었다. 그리고 지금은 확실히 그에 대한 확신이 있었다. 단지, 알렉산더가 그 답에 수긍하지 않는 것이 유일한 문제였다.

"너무 갑작스러운 거라면."

그녀의 격한 반응에 알렉산더는 잠시 망연해 있다 입을 열었다.

"일단 내일 닥터 일정은 취소하겠어."

"난 내일 런던으로 돌아가겠어."

언제 발작적으로 울었냐는 듯, 알렉시스는 얼굴의 눈물 자국을 닦아내고 결연한 표정으로 뒤돌아섰다. 이스탄불에서의 일정이 끝나면 그리스 산토리니로 날아가 며칠 휴가를 갖기로 했던 계획은 이미 안중에도 없다는 태도였다.

"혼자는 안 돼!"

알렉산더는 그녀의 저항은 아랑곳없이 한 팔을 완강하게 붙잡고 크루즈와 이어져 있는 호텔로 발길을 향했다.

"당신은 당신 전용기로 돌아가. 난 첫 비행기로 가겠어."

"쓸데없는 고집으로 사람 피곤하게 하지 마. 안전상 이유로라도 단독 행동은 용납 못해."

알렉산더는 VIP 엘리베이터 안에서 둘만 있게 되자 굳은 표정으로 오만하게 명령했다. 그녀의 눈물에 잠시 누그러져 있던 그의 독재성이 다시 이를 드러내고 그녀를 지배하려 옥죄어왔다. 스위트룸에 들어서서야 그는 그녀의 팔을 놓아주었고 알렉시스는 그의 존재를 완전히 무시한 채 침실에 들어가 문을 부서져라 닫고 잠가버렸다.

그동안 그와 거리가 바짝 좁혀지고 그 역시 그녀에 대해 이전과 다른 감정이 형성된 것이라 생각했는데 모든 것은 결국 원점이었던 걸까. 결국 자신의 착각이었나 싶어 그녀는 깊은 절망감에 휩싸여 닫힌 방문 앞에 그대로 주저앉아버렸다. 또다시 도저히 잡을 수 없는 존재로 그가 멀게만 느껴졌다.

이스탄불에서 런던으로 돌아온 지 보름, 두 주인 남녀 사이에 감도는 싸늘한 냉기는 고용인들 사이에서도 도저히 은폐될 수 없었다. 빌라 자체가 마치 살얼음판을 걷는 듯 팽팽한 긴장감과 적막만이 가득했다.

둘은 안주인이 에딘버러와 마드리드에 홀로 다녀온 뒤로도 저택이 떠나가라 격렬한 말다툼을 벌이곤 했었다. 두 사람은 신혼 때부터 하루가 멀다 하고 싸웠지만 최근에는 한동안 평화로웠다. 그러다 갑자기 터키에서 돌아오자마자 혹시 본가 사람들을 불러야 하는 게 아닐까 싶을 정도로 무시무시한 냉전만이 이어지고 있었다. 차라리 예전처럼 격한 언성이 복도까지 울려 퍼지고 뭔가 깨지는 소리까지 들려오는 게 낫겠다 싶을 지경이었다. 웬만한 일에는 포커페이스를 유지하는 숙련된 고용인들조차, 그 무서운 적막 앞에 오히려 간담이 서늘해지는 기분이었다.

"도대체 네가 원하는 게 뭐야? 아직 마음의 준비가 안 됐으니 시간을 좀 달라는 거야?"

"아니, 내가 원하는 건 피임도 아니고 아기도 아니고 당신과 최대한 멀리 떨어져 있는 거야! 날 좀 그냥 내버려둬! 손끝 하나 대지도 말고, 말도 시키지 말고, 날 제발 유령처럼 대해줬으면 좋겠어!"

"잘난 척해봤자 넌 역시 어린애야. 감정적이고 제멋대로에 다루기 힘든."

"최소한 당신같이 이기적이고 독선적인 폭군 어른은 아니야."

"시간이 필요한 거라면 앞으로 한 달 주겠어. 한 달 뒤 담당의가 와서 피임 중인지 아닌지 정기적으로 체크하게 할 거야."

"피임 중인지 아닌지 체크할 필요도 없어. 지금 이 순간부터 당신이 나한테 손가락 하나 못 대게 할 거니까."

이스탄불에서 런던에 도착한 직후, 짧은 언쟁 뒤 그 둘은 서로 말도 걸지 않고 굳이 찾지도 않았다. 아침 식사 자리만은 함께해야 한다는 규칙에도 안주인이 다이닝룸에 그림자도 비치지 않았지만 이번만큼은 미스터 리오넬 역시 그녀의 존재를 개의치 않는 듯 보였다. 하지만 안주인이 저택을 나서는 순간부터는 어김없이 여성 경호원 2인이 따라붙었고, 그녀의 일거수일투족이 그에게 일일이 보고되리란 사실은 예전과 변한 것이 없었다.

조금씩 구축되던 반석을 서서히 허물어뜨린 첫 번째 암시는 갑작스레 모습을 드러내었다. 그 모습이 소위 킬링타임용 소프 오페라(Soap opers : 주로 낮 시간에 방송. 주부들이 즐겨보는 불륜, 치정 등이 주요 소재인 드라마)와 너무나도 닮아 있어 알렉시스는 그 유치함에 어이가 없을 지경이었다.

알렉시스는 할리우드 스타 중의 스타의 갑작스런 방문 요청에 조금 얼떨떨했지만 침착하게 손님을 맞이했다. 처음에는 집이 아닌 바깥에서 그녀를 보기를 원했지만 알렉시스는 잠시 생각하다가 손님을 집으로 부르기로 결정했다.

오전에 매니저를 통해 미리 연락을 주었음에도, 알렉시스는 고의로 그녀를 객실에서 20분 정도 기다리게 만드는 것도 잊지 않았다. 애매한 시간 동안 상대를 일방적으로 대기하게 만드는 것은 우위를 점하기 위한 심리전의 기본 중 하나였다. 설령 쇼비즈니스성 가십용 사진이라 해도, 자신의 남편과 결혼 전 스캔들의 도마에 심심찮게 올랐던 여자였다. 먼저 기선을 제압할 필요는 있었다.

알렉시스가 정확히 21분 지난 뒤 객실에 들어가 여유 있는 웃음으로 거짓 사과를 건네자, 스크린과 실물이 똑같은 여배우는 조금은 자존심이 상한 것 같았지만 역시 예의 바르게 대응했다.

"본론부터 들어갈게요."

모니카 해밀턴은 완벽한 컬이 흘러내린 금발을 살짝 쓸어 넘기며 조용히 말을 이었다. 그녀는 톱모델 스테파니 칼로타의 백치미, 관능미 넘치는 스타일과는 완전히 다른 부류였다. 알렉시스보다 5살 위의 그녀 역시 미국 아이비리그 명문 대학교 출신에 재학 중 영화계에 발탁되어 학력과 조화를 이루는 지적인 역할과 이미지를 굳혀가고 있었다. 알렉시스처럼 명문가 집안은 아니었지만 미모와 두뇌, 지성을 두루 갖춘 여자였다. 남자라면 누구나 꿈꿀 유형의 여성의 아이콘이나 다름없었다.

"나는 미세스 리오넬의 적이 되고 싶은 마음이 전혀 없어요.

무례하게 대할 생각도 없고요. 그러니 제 말을 오해 없이 잘 들어 주길 부탁할게요."

알렉시스는 예의 바른 웃음을 입가에 띠고 상대를 천천히 탐색했다. 그녀의 느낌으로, 모니카 해밀턴은 천박한 부류는 아니었지만 진실성과 깊이가 있는 유형도 아니었다.

"리오넬 부부가 집안 간 합의에 따른 쇼윈도 커플임은— 실례가 되었다면 정말 죄송해요. 사실 아는 사람은 다 아는 일이잖아요. 미세스 리오넬도 저와 알렉산더 관계에 대해 알고 있을 거예요."

"네, 필요한 만큼은 알고 있죠."

알렉시스는 일말의 동요도 없이 활짝 웃으며 응대했다. 멀리서 고용인들이 볼 때는 단순한 친목 대화를 나누는 정도로만 보일 것이다. 모니카 해밀턴이 무슨 이야기를 하러 왔는지, 자신의 어떤 표정을 내심 기대하고 있는지 정도는 막장 드라마에 그다지 관심 없는 알렉시스도 충분히 짐작하고 있었다. 그녀는 스스로도 믿기지 않을 정도로 여유 넘치는 포커페이스를 유지하고 있었다. 그런 그녀의 당당함에 오히려 여배우가 조금 당황한 기색이었다.

"저는 아기를 낳을 수 없는 몸이에요. 어릴 때 자궁내막염으로…… 앞으로도 가능성이 없다는군요."

모니카의 돌발 발언에 알렉시스는 가슴이 쿵 내려앉는 충격을 느꼈지만 여전히 차분한 표정을 잃지 않았다. 설마, 하는 불길한 예감이 몰려오고 있었지만 애써 그런 기색을 감추었다.

"알렉시스…… 라고 불러도 될까요? 알렉시스, 그리고 알렉산더는 가문 내 후계자의 입지를 굳히기 위해 후사가 한시라도 필요

해요. 당신은 이제 스물이지만 그는 이미 서른이에요."

여배우는 전혀 미안해하지 않는 눈빛으로 예의 바르게 마지막 다트를 던졌다.

"주제넘었다면 정말 미안해요."

"미안해할 필요 없어요, 해밀턴 양."

알렉시스는 처음과 조금도 달라지지 않은 여유 만만한 미소를 지었다. 속으로는 이게 도대체 무슨 유치한 불륜 코미디지? 하는 생각에 실소를 금할 수가 없었다. 아무래도 세간의 주목을 받기 싫어 베일에 가려 조용히 생활하던 알렉시스에 대해서 모니카 해밀턴은 단단히 오해하고 있는 것 같았다. 온실 속에서 곱게 자란 르네 케네디 같은 부류의 여린 아가씨로 잘못 넘겨짚은 모양이었다. 아무리 그래도 그렇지, 이렇게 제 발로 무덤을 파러 오다니. 알렉시스는 톱스타의 어리석음에 혀를 내두를 지경이었다.

"그리고 알렉시스가 아니라 미세스 리오넬로 불러줬으면 좋겠어요. 저는 해밀턴 양과 격식 있는 사이로 지내고 싶거든요. 그나저나……."

그녀는 몸을 살짝 앞으로 내밀어 두 손으로 여배우의 한 손을 따뜻하게 잡았다.

"이렇게 젊고 아름다운데 아기를 못 낳는 몸이라니, 너무 안됐어요. 그런데 그게 제 남편과 무슨 관계가 있을까요?"

알렉시스는 백치처럼 아무것도 모르는 천진난만한 표정을 지었다.

"알…… 아니, 미세스 리오넬. 알면서도 모르는 척하고 싶은 마음 다 알아요. 하지만 현실을 직시해야 본인의 미래도 진지하게 생각해볼 수 있지 않겠어요? 이 결혼이 끝나면 알렉산더와 나는 떳떳하게 새 출발할 거예요. 하지만 우리 사이에는 아기를 가질 수 없고 그는 아기가 필요하니 이 결혼이 유지되는 동안 미세스 리오넬이 그의 아이를 낳아주는 역할을 해주길 우리 둘 다 바라는 거지요. 나중에 아기의 양육권은 미세스 리오넬이 갖게 될 테니 그 점은 걱정하지 않아도 좋아요. 내가 꼭 약속할게요."

본색을 드러낸 여배우는 자신만만한 공약까지 내세우며 알렉시스를 설득하려 애썼다. 묵묵히 듣고 있던 알렉시스는 자리에서 천천히 일어나며 집사를 호출하는 벨을 울렸다.

"미세스 윌슨, 손님을 현관까지 배웅해드리세요."

알렉시스는 입가에 정중한 미소를 잃지 않고 여배우에게 작별 인사를 건넸다.

"잘 알겠어요, 해밀턴 양."

조금 어리둥절한 표정의 여배우를 등 뒤로, 알렉시스는 서재 쪽을 향하며 휴대폰의 녹음 장치를 종료시켰다. 동시에 어딘가로 전화해 누군가에게 정보를 요청했다.

"모니카 해밀턴의 병원 기록을 조사해주세요. 최대한 상세히……."

한 편의 코미디 같았다. 너무나도 뻔하고 유치한 설정에 어이가 없어 실소마저 나왔다. 설령 알렉산더가 모니카 해밀턴과 그런 미래를 계획하고 있다고 해도, 그는 여자를 앞세워 뭔가를 책략하는 유형은 결코 아니었다. 알렉산더 리오넬은 뻔뻔하고 오만할 정도로 그 자신을 당당히 내세워 밀어붙이는 남자다. 엘리트식 교육을 받았지만 내면은 천박한 육체미 톱모델과 다를 바 없던 여배우는 잔머리 굴려 한번 간을 보러 온 것에 불과했다. 정말로 아기를 낳을 수 없는 몸인지도 방금 유력한 정보통에 사실 확인을 요청해 놓았다.

단지 아기에 대한 것을 어떻게 제3자인 여배우가 알고 있는지 는 별개의 문제였다. 여배우가 자신의 신변을 털어놓으면서까지 무모한 장난을 치러 오기 위해서는, 최근 아이를 갖는 문제로 발생한 알렉산더와 그녀 사이의 불화에 대해 사전에 알고 있어야만 했다. 그녀는 물론이고, 알렉산더는 본인의 사생활이 조금이라도 외부에 노출되는 것을 극도로 싫어하는 성격이었다. 그가 스스로 그런 힌트를 흘렸을 가능성은 사실상 전무했다. 고용인들은 고용 주의 사생활을 절대적으로 지킨다는 수십 장 분량의 계약서를 작성하게 되어 있었다. 게다가 오래전부터 리오넬가에 충성하던 사람들이 대부분이라 그들 중 하나의 입을 통해서, 라는 가능성도 극히 희박했다.

그럼 역시 알렉산더 본인이 모니카에게 직접 이야기를 한 걸까? 그 여배우가 바라는 미래는 없을지언정, 나머지 이야기는 적당히 정황과 맞물려 떨어졌다. 세간의 이목이나 가문 내 후계자 위치를 독식하기 위해 슬슬 아기는 필요한데, 부인이 협조하지 않는다.

알렉시스는 휴대폰상에서 여배우와의 대화 녹취 파일을 리오 넬가 소유의 각종 언론 매체 및 여타 미디어 담당자들에게 곧바로 전송했다. 그 전에 본인의 음성 및 알렉시스, 알렉산더, 리오넬이 란 이름은 철저히 삭제 편집해 보내는 것도 잊지 않았다.

다음 날 오전, 한동안 다이닝룸에 그림자도 비치지 않던 알렉시스가 먼저 와서 우아하게 아침을 들고 있었다. 무슨 꿍꿍이인지 탐색하듯 알렉산더의 한쪽 눈썹이 험악하게 올라갔지만, 그녀를 피할 생각은 없는 듯 알렉시스 건너편에 거만한 자세로 성큼 앉았다.

"좋은 아침, 알렉산더."

며칠 만에 정면으로 마주한 그는 희디흰 셔츠, 최고급 정장 슈트에 깔끔하게 잘 손질된 머리와 옷매무새 등 흠잡을 데 하나 없는 모습이었다. 면도 자국이 희미하게 남아 있는 얼굴은 조금 피곤해 보였지만 고운 선과 지극히 남성다운 면모가 한데 어우러져 더할 나위 없이 섹시하고 아름다웠다. 그녀는 그의 얼굴에서 억지로 눈을 떼고 눈앞의 스크램블드에그에 정신을 집중하려 애썼다.

"무슨 바람이 불었지?"

"오랜만에 당신 얼굴이 보고 싶어서."

그녀답지 않은 능청에 그는 코웃음 치며 커피를 입가로 가져갔다. 며칠 만에 똑바로 마주한 그녀는 조금 수척해 보였지만 그래서인지 더 아름다워 보였다. 립스틱 하나 바르지 않은 도톰한 입술에는 자연스런 붉은 기가 돌았고 이른 봄 아침 햇살을 받아 청회색 눈은 한결 더 신비하게 빛났다. 그는 억지로 그녀의 얼굴에서 눈을 돌려 신문에 집중하려 애썼다.

젠장, 왜 아침부터 저렇게…….

알렉산더는 이를 악물고 맞은편의 존재를 무시하려 애썼다. 그는 아직도 화가 단단히 나 있었다.

어떻게 아이를 갖자는 그의 제안을 단 한 번에, 그것도 그렇게 가슴을 후벼 파는 말로 거부할 수가 있지?

그동안은 아이를 갖는 게 이르다고 생각해 피임하게 만들었고 지금은 두 사람 모두를 위해 적기라 생각해서 피임을 멈추고 아이를 갖자는 것뿐이다. 이렇게 단순 명료한 제안 앞에, 저 여자는 도대체 뭐가 그렇게 복잡하고 일을 어렵게 만드는 것인지 알렉산더의 일방통행식 자아는 도통 이해할 수가 없었다. 그는 애초에 본인이 원인을 제공한 부분도 한몫했다는 사실은 미처 자각하지 못하고 있었다.

"알렉산더."

그가 커피를 한 잔 끝낸 시점에서, 알렉시스는 기다렸다는 듯 운을 뗐다.

"말해."

"아기 말인데."

비단결처럼 보드라운 알렉시스의 음성에, 그는 자기도 모르게 고개를 들었다. 하지만 그녀가 더 말을 잇지 않자 답답하다는 듯 물었다.

"아기가 어쨌다는 거야. 내 말대로 하겠다?"

"어제 귀한 손님이 왔었어."

"친구가 잠시 들른 것 아니었나?"

여배우는 모자와 선글라스로 얼굴을 가렸고, 알렉시스는 경호원들에게 필요 이상의 관심을 환기시키고 싶지 않아서 일부러 친구가 잠시 들르는 것이라고 일러두었다.

"모니카 해밀턴이 왔었어. 자기가 아기를 가질 수 없는 몸이니 나에게 하루라도 빨리 당신 아기를 낳아달라고 하던걸. 나중에 내가 새 출발하면 양육권은 나에게 주겠대."

"뭐?"

알렉산더는 그런 멍청한 말은 난생처음 들어본다는 듯 혀를 찼다.

"말해두는데 그 여자와는 결혼 전에 깨끗이 관계를 청산했었어. 집까지 찾아와서 그런 헛소리를 하다니, 더 놔두면 안 되겠군. 예전부터 과대망상증 중증이었으니까 그냥 무시해."

아기에 대한 이야기가 어디서 흘러갔는지 그는 대강 알 것 같았다. 며칠 전, 아기를 갖기 전 몸에 이상은 없는지 체크하기 위해 담당의 클리닉에 잠시 들렀을 때였다. 본래 셀렙들이 애용하는 클리닉이라 모니카 해밀턴의 담당의도 그 병원에 있었다. 따라서 그 여배우와 잠시 마주친 것이 그리 놀랄 일은 아니었다. 알렉시스와 결혼 전, 가벼운 섹스 파트너로 서로 즐겨왔던 건 사실이었다. 하지만 그 후로는 그의 일방적인 무시로 둘만의 자리를 가진 적은 전혀 없었다. 물론 그녀 쪽에서는 결혼 후에도 관계를 유지할 것을 꾸준히 종용했지만, 파티나 모임에서 마주칠 때만 적당히 말을 상대해주는 것으로 끝났다.

따라서 여배우가 그와의 친분을 과시하며 은근슬쩍 병원 스태프에게서 알렉산더의 표면적인 방문 사유를 캐냈으리란 사실은 불 보듯 뻔했다. 하지만 집까지 찾아와서 알렉시스에게 허튼소리를 하다니…… 과대망상증으로 신경정신과에 다니고 있다는 말은 들었지만, 그 정도면 알렉산더도 적당한 조치를 취해야 할 시점이었다.

아기에 대한 것은 알렉시스에게 시간을 조금 더 주기로 결정한 상태였다. 항상 그래왔듯이 그가 일방적으로 임신을 강요하게 된 모양새는 스스로도 부정할 수 없었다. 그래서 그녀가 화를 풀 때까지는 무리하게 압박을 가하고 싶지 않았다.

"그게 다야?"

그가 별 반응 없이 신문의 다음 면을 펼치자, 알렉시스는 조용히 커피 잔을 내려놓고 물었다.

"뭐?"

"그게 다야? 더 할 말 없어?"

"무슨 말?"

"집에 당당히 찾아온 남편의 전 애인에게서, '당신은 아기만 낳아주면 아웃이야'라는 선언을 들었어. 그런데 나에게 아무 할 말이 없어?"

미안하다고 말해, 제발. 결혼 전이었고 앞으로는 절대 그런 일이 없을 거라 맹세해. 이제 너와 결혼했으니 너에게만 충실하고 아내로서 절대 그런 모욕적인 일은 겪지 않게 하겠다, 그렇게 말하란 말이야!

"헛소리라고 했잖아. 적절히 조치할 테니 그냥 무시해."

실제로 환자라는 말은 입에 올릴 가치도 없어서 알렉산더는 더 말을 잇지 않고 신문으로 시선을 돌렸다. 알렉시스가 신경 쓸 일말의 가치도 없는 여자였다. 그의 독선적인 에고(ego)는 상대방이 어떻게 생각할지, 무엇을 느낄지에 대해 지극히 결핍된 배려와 공감대를 허용하고 있었다.

"알렉산더. 결혼 전이나 후에나, 당신은 정말 인기가 많아. 내가 감당할 수 없을 정도로……."

"……."

무슨 말이 하고 싶은 거야? 라고 묻고 있는 듯한 눈으로 알렉산더는 그녀를 바라보았다. 그녀의 가시 돋친 어조가 점점 고조되어 그의 신경도 점점 거슬리기 시작한 참이었다.

"생각해보니 너무 불공평하지 않아? 당신은 셀 수 없을 만큼 연인이 많았고 지금도 많은데, 나는 지금까지 당신 한 명뿐이었잖아."

그녀는 천진난만한 표정으로 냅킨에 손을 닦았다.

"우리 같은 상류층 쇼윈도 커플의 경우, 남편 쪽에 연인이 있는 건 공공연한 일이고 철저히 관리되는 한 아내 쪽도 그렇다고 해."

"……."

알렉산더는 자신을 점점 도발해가는 그녀의 다음 말을 묵묵히 기다렸다.

"모니카 해밀턴 대신 당신 아기를 낳아줄게. 대신 나에게 자유를 줘."

"뭐?"

"내가 어디를 가든, 누구와 만나든, 무엇을 하든, 세간의 입에 오르내리지 않는 한 나도 내 뜻대로 자유롭게 살 수 있게 해달라는 말이야."

알렉시스는 입술 한쪽 끝을 비틀어 웃었다. 그 여자가 배우 데뷔 시절부터 쇼비즈니스 세계의 압박감을 이기지 못해 신경정신과를 오가고 있다는 건 알렉시스 역시 어젯밤 확인한 바 있었다. 알렉산더가 결혼 후 단 한 번도 그녀와 부적절한 관계를 가진 적이 없다는 건 아마 사실일 것이다. 하지만 그의 뻔뻔한 태도가 그녀를 질리게 만들었다. 도저히 용인할 수 없었다.

내가 분명히 결혼 전에 제대로 관계를 끝내라고 했는데, 집까지 찾아와 그런 어이없는 소리를 듣게 해? 얼마나 날 우습게 알았으면……

모니카 해밀턴에 대한 알렉시스의 분노는 자연히 그 동기를 유발한 인물에게로 빠르게 옮겨가고 있었다.

"알렉시스."

알렉산더는 크게 심호흡을 한 뒤 천천히 말을 이었다. 어떻게든 대화를 이성적으로 이끌어보려는 의지가 선연히 드러나 있었다.

"모니카 해밀턴 일은 내가 제대로 처신하지 못한 결과란 거 인정해. 하지만 결혼 이후 단 한 번도 그 여자를 만난 적 없어. 단지 비서를 통해 지속적으로 접근을 시도해온 건 사실이야. 내가 계속 무시하니까 널 도발하려고 그런 미친 짓을 한 거고."

하지만 알렉시스는 그의 말을 듣고 있지 않았다. 아니, 듣고는 있었지만 지금은 분노가 그녀의 머릿속을 빠르게 잠식해 이성적인 대화가 불가능한 상태였다.

"지금이 어떤 시대인데…… 당신만큼 많이는 아니라도 내게도 적어도 남자 둘 이상 경험해볼 권리는 있잖아? 얼마 전 모 대학 연구실에서 발표한 사례도 있었어. 첫사랑과 결혼한 사람 백 명 중 아흔여덟 명은 결혼 생활 내내 다른 사랑을 꿈꾼대. 첫 경험도 마찬가지 논리일 거야. 나처럼 첫 경험 상대와 결혼한 여자도 분명히 결혼 생활 동안 종종 상상할 거야. 다른 남자와는 어떨까? 하고."

그가 거칠게 일어서는 바람에 의자가 쾅당, 요란한 소리를 내며 쓰러졌다.

"그쯤에서 멈춰."

알렉산더는 건너편의 그녀를 죽일 듯이 노려보았다. 그녀가 그를 일부러 도발하고 있다는 것쯤은 알고 있었다. 하지만 시비를 거는 것에도 정도가 있었다. 아무리 한번 해보는 말이라고 해도, 그녀의 입에서 다른 남자와의 일 운운하는 것을 듣는 것 자체가 참기 어려웠다.

"한마디만 더 해. 농담이라도 절대 용서 안 해."

"당신은 내 몸이 항상 당신에게 열렬하게 반응한다고 하지만, 다른 남자와는 또 어떨지 모르지. 더 좋을 수도 있……."

식탁이 옆으로 뒤집히고 최고급 식기들이 와장창 깨지는 소리가 다이닝룸 안에 요란하게 울렸다. 눈치 빠른 고용인들은 이미 멀찌감치 자리를 피하고 단둘만 드넓은 식당 홀에 남아 있었다. 그는 도망치려던 그녀의 머리칼을 재빨리 움켜잡고 벽으로 밀어붙였다. 그의 양손이 그녀의 어깨를 난폭하게 움켜잡고 앞뒤로 마구 흔들어댔다.

"……이제 속이 시원해?"

"놔!"

"내가 이렇게 미친놈처럼 날뛰는 걸 보니 만족하냐고—"

알렉산더는 거칠게 숨을 뱉으며 쓰러진 식탁보가 넓게 펼쳐진 바닥에 그녀를 사정없이 쓰러뜨렸다. 알렉시스가 깔린 몸을 일으키려 마구 팔을 흔들자 그가 한 손으로 그녀의 연약한 목덜미를 거머쥐어 그 이상의 저항을 제압했다. 간신히 숨만 쉴 수 있을 정도로 손에 힘을 주자 그녀는 더 저항하지 못하고 증오의 눈길로 그를 쏘아보았다.

성질 같아서는 이대로 목을 분질러버리고 싶었다. 차라리 머리를 엉망으로 잘라서 밖으로 한 발짝도 못 나가게 만들까? 알렉산더는 여러 가지 잔인한 상상들을 곱씹으며 그녀의 깔린 몸을 두 다리로 제압한 채 정장 슈트를 벗고 눈앞의 블라우스 앞섶도 아무렇게나 쥐어뜯었다. 단추가 바닥 여기저기로 튕겨져 굴러가는 소리가 울렸다. 블라우스의 벌어진 틈새로 브래지어 레이스에 감싸인 풍만한 가슴골이 보이자, 그는 더 자제하지 않고 그녀의 옷을 아무렇게나 잡아 내렸다. 알렉시스는 더 저항해봤자 소용없음을 알았는지 허리를 뒤틀던 움직임을 서서히 멈췄다.

그의 크고 강인한 두 손과 뜨거운 입술이 어깨의 맨살에서 쇄골을 지나 보드라운 가슴살을 움켜잡았다. 불과 일주일 전 격렬한 말다툼 이후 금욕 아닌 금욕을 했던 후라, 알렉산더는 오랜만에 그녀의 몸 구석구석을 탐하고 맛보는 행위에 박차를 가했다. 그에게는 너무나 길었던 일주일이었다. 그의 한쪽 무릎이 그녀의 연약한 양쪽 허벅지를 벌리고 그 중심을 꾹 누르자 알렉시스는 크게 몸을 들썩였다. 이미 그녀의 가운데는 촉촉이 젖어 있어 갈라진 틈새에서 꿀이 넘쳐흐르고 있었다.

"핫! 앗, 응……!"

도톰한 입술을 빨아대던 그의 혀가 강제로 입술 사이를 비집고 들어와 입 안을 사정없이 휘젓고 유린했다. 두 손은 풍만하게 솟은 가슴을 쉴 새 없이 주무르고 뾰족해진 유두를 엄지로 꾹 눌러댔다. 그의 정력적인 혀는 도망가려 하는 그녀의 혀를 휘어 감고 마음껏 타액을 빨아들이며 정신없이 입 안을 정복해가다 그대로 젖가슴으로 옮겨갔다.

알렉산더는 자신의 강렬한 애무에 붉어질 대로 붉어진 양쪽 유방을 이번엔 혀와 입술로 꼼꼼하게 맛보았다. 그가 유두를 혀로 빨다가 살짝 이를 세워 깨물자, 알렉시스의 촉촉한 안쪽이 그 안에 밀어 넣은 손가락을 꽉 조이며 반응해왔다. 그는 보란 듯이 손가락 하나를 더 넣었다.

"앗! 아앗, 응……. 응!"

그가 리드미컬하게 손가락을 노련하게 놀리자 그녀의 동굴 속은 더 야릇한 반응을 보이며 두 손가락을 꽉 조이는 것으로 열렬하게 호응했다. 알렉시스가 고통스런 쾌감에 허리를 흔들며 두 팔을 뻗자 그는 한 손으로 그녀의 두 손목을 잡아 올렸다.

"아웃—!"

그가 바닥의 식탁보 한 가닥을 순식간에 찢어내 그녀의 머리 위로 들어 올린 손목을 잡아 묶었다. 그녀가 이렇게 맹수 앞의 사냥감처럼 무방비 상태로 온몸을 내맡길 때 알렉산더는 더욱 큰 희열을 느꼈다. 평소에 그에게 언제나 도전하고 반항하는 그녀였기에 이런 순간 더 큰 정복욕이 샘솟는 것 같았다.

"감히 그런 말을 지껄이다니…… 일어설 수도 없게 해주겠어."

그의 입에서는 야수와도 같은 으르렁거림이 흘러나왔다. 눈앞의 여신 같은 알몸을 그가 아닌 다른 남자가 본다고 생각하는 것만으로 알렉산더는 전신의 열이 끓어오르고 분노로 머릿속이 새하얗게 물드는 것 같았다. 신에게 맹세코 그녀가 다른 남자와 지금 이런 행위를 한다면 상상할 수 있는 가장 잔인한 방법으로 둘 다 죽이고 말 터였다. 알렉산더는 그녀의 매끄러운 허리를 붙잡고 그녀의 안쪽에서 흘러넘치는 흥분의 증거를 혀로 맛보고 민감한 봉우리를 간질이는 등 그녀를 한동안 계속 애태웠다. 뜨겁게 요동치는 분신을 입구에 살살 문지르기만 할 뿐, 그는 좀체 삽입할 생각을 하지 않았다.

"……말해, 네가 말하는 대로 해줄 테니."

그 역시 자제력을 잃기 직전까지 인내하고 있음이 분명했지만 그녀가 먼저 욕망을 표현하고 갈구하길 재촉했다.

"……해."

"안 들려."

"원해, 원한다고! 알렉스!"

그녀는 항의의 신음 끝에 절규에 가까운 비명을 내질렀다. 그는 어쩔 수 없다는 듯 가식적인 표정으로 단숨에 그녀의 중심을 꿰뚫고 들어왔다. 이미 젖을 대로 젖어 있었는데도, 그의 격렬하고 압도적인 공격에 그녀는 까무러칠 듯 신음을 내질렀다. 그의 움직임이 빠르고 격해질수록 그녀의 몸 안을 가득 채운 이물감의 고통과 쾌감, 만족감, 희열 등 수많은 감정들이 그녀의 가슴 역시 가득 채워갔다.

규칙적인 리듬으로 그녀의 몸속에 둔탁한 충격과 전율이 퍼져가길 한동안, 그는 뒤로 물러나 그녀의 안쪽에서 남성을 빼냈다. 몸 안을 가득 채운 충만감이 사라지며 급격한 허탈감에 그녀의 입에서는 항의의 신음이 흘러나왔다. 곧이어 그녀의 양다리가 위로 한껏 들리며 그의 뜨거운 욕망이 더욱 깊이, 그녀 몸 가장 깊숙한 곳까지 사정없이 찔러왔다.

"아아앗— 아아—!"

그가 체중을 실어 더 세게 찔러왔다 물러나는 움직임을 반복하자, 그녀의 외마디 절규도 점차 리듬을 타기 시작했다. 자기도 모르는 사이 너무 써버린 그녀의 목은 이미 쉴 대로 쉬어 있었다. 마치 주인의 성격처럼 지칠 줄 모르고 집요하게 깊이 박혀오는 남성의 위력에 그녀의 안쪽은 끊임없이 반응을 보냈다. 이대로 온몸이 부서져버리는 것은 아닌가, 점차 멀어져가는 의식 속에서 알렉시스는 희열에 전신을 떨었다.

아까까지 모니카 일로 울분이 치솟아 일부러 다른 남자와의 경험 운운하며 그의 불같은 성미를 건드렸지만, 그녀도 실은 알고 있었다. 그 외의 다른 어떤 남자와도 절대 이런 충만감을 느끼진 못하리란 것을……. 다른 남자들과의 경험은 전무했지만 그녀는 이미 본능적으로 알고 있었다.

마침내 그가 하얀 비말을 그녀 몸 깊숙이 한 방울도 남김없이 토해냈을 때, 둘은 오전부터 이미 기진맥진한 상태가 되어 있었다. 그는 옷매무새를 잠시 가다듬은 뒤 그녀의 알몸을 식탁보로 둘러 안고 침실로 성큼성큼 향했다. 본격적으로 그녀를 더 즐길 생각인 듯했다.

"알렉산더, 회사는……."

"내가 오너야."

"……아직 오전이야."

"이제 시작이야."

이미 한차례 정열이 휩쓸고 지나간 알렉시스의 알몸은 욕망의 흔적들로 뒤범벅되어 있었지만 그는 아랑곳하지 않았다. 그녀의 몸이 침대에 난폭하게 내던져진 직후, 알렉산더의 강인한 근육질 몸이 그녀 위로 바로 겹쳐졌다. 그는 성급하게 애무 없이 그녀의 몸 안을 밀고 들어왔다. 먼저 격하게 삽입한 뒤 알렉산더는 상체를 일으켜 그녀의 완벽한 몸 구석구석을 핥고 쓸어내렸다. 탄력 있게 솟은 젖가슴과 엉덩이, 우아한 곡선을 그리는 매끄러운 어깨와 쇄골, 연약함을 강조하는 가느다란 허리선, 탄탄한 허벅지와 길고 쭉 뻗은 다리에는 군살 하나 없었다.

그가 격렬하게 허리를 움직임에 따라, 그녀의 몸과 맞닿은 부분에서 살갗이 마찰하는 규칙적인 소리가 에로틱하게 울려 퍼졌다. 한동안 탐욕스럽게 알렉시스의 몸속을 가르며 정복해가던 그는 똑바로 누운 채 그녀를 승마 자세로 허리 위에 올려놓았다. 가장 깊은 곳에 선단이 찔러오자 그녀는 아찔한 쾌감에 다리에 힘이 들어가지 않았다.

"그대로 움직여봐."

"하아…… 아아, 안 돼……."

말은 그렇게 하면서도 그녀가 조금씩 위아래로 양옆으로 움직여보자, 알렉산더는 호응하듯 허리를 크게 위로 찔러 올렸다.

"아앗! 아……!"

갑자기 남성이 몸속 깊은 곳을 수직으로 힘껏 박아오자 반동으로 그녀의 허리가 크게 튕겼다. 한동안 위로 강하게 찔러오는 움직임에, 알렉시스는 옆으로 쓰러지지 않도록 간신히 두 팔을 그의 목에 둘렀다. 알렉산더의 두 손은 자신이 몸속 더욱 깊이 들어가도록 그녀의 엉덩이 양쪽을 꽉 잡아 누르고 있었다. 위아래로 격렬하게 흔들리는 젖가슴을 잠시 감상하던 그는 상체를 조금 일으켜 분홍빛 유두와 돌기를 희롱해댔다.

점점 절정이 가까워옴을 느낀 알렉산더는 상체를 완전히 일으키더니 그대로 그녀를 쓰러뜨리고 그 위에 올라탔다. 절정에 이를 때는 그녀의 몸 위에서 제대로 정복감과 쾌감을 맛보고 싶었다. 그가 뜨겁게 맥박 치는 욕망의 분신을 다시 그녀의 몸속 깊이 박아 넣고 속도에 박차를 가하자 알렉시스는 당장에라도 숨이 넘어갈 것처럼 교성을 질렀다. 한 번 더, 그가 사정 직전 마지막으로 힘차게 부딪혀오자 그녀는 머릿속이 하얗게 물들며 몸 안쪽에 뜨거운 파도가 깊이깊이 밀려들어오는 것을 느꼈다.

사랑해……!

그를 사랑한다고 입 밖에 소리 내어 말하려던 순간, 알렉시스는 격렬한 절정의 환희에 잠시 의식을 놓아버렸다. 그를 꼭 닮은 아이를 낳고 싶다는 강렬한 소망 역시 그 의식 끝에 있었다.

잠시 후 알렉시스가 눈을 떴을 때, 그녀는 침대 위에서 알렉산더와 마주 보고 그의 품에 안겨 있는 자신을 발견했다. 그는 오늘 아예 집에서 업무를 보려는 듯 전혀 서두르는 기색이 없었다.

"알렉시스."

그녀가 눈 뜬 기척을 알아차린 알렉산더는 입을 열었다.

"모니카 해밀턴, 앞으로는 절대 메이저로 활동할 수 없을 거야. 조만간 사회적인 매장도 시켜버릴 거고."

"어차피 내일 보도될 거야. 나와 얘기한 내용을 녹취 파일로 언론에 보냈어. 내 신상이 알려지는 건 삭제 처리하고……."

"어차피 자체 삭제 처리 되겠지. 리오넬사와 연관 없는 언론사는 영국 땅 어디에도 없으니까. 하지만 지금은 그런 걸 신경 쓰고 싶지 않아. 내가 신경 쓰는 건 단 하나야."

"······."

"알렉시스, 과거가 내 발목을 계속 붙잡고 있다는 거 알아. 하지만 과거는 과거일 뿐이야. 모두······ 너와 결혼하기 전의 일이야. 내 말 무슨 뜻인지 알지."

"아까는 왜 좀 더 변명하지 않았어?"

"내 설명이 부족했다는 건 인정해. 하지만 그때는 정말 그 여자에 대해 언급하는 것 자체가 무의미하다 생각했어. 제정신도 아닌 사람의 헛소리 따위, 아무 가치도 없다 여겼을 뿐이야."

알렉산더는 자신의 말 한마디 한마디를 공증이라도 하듯, 낮게 힘주어 말했다.

"알렉시스, 미안해. 다시는 그런 일 없게 할게."

"······."

알렉시스는 고개를 들어 그의 눈을 들여다보았다. 바로 눈앞에 마주 보이는 검은 동공 속에 여러 가지 감정들이 뒤엉켜 있는 것 같았다. 한순간 그의 긴 속눈썹에 희미한 경련이 일었던 것은 그녀가 잘못 본 것일지도 몰랐다. 만약 지금 다시 묻는다면 그는 뭐라고 대답할까?

알렉산더, 나를 사랑해?

하지만 그녀가 원하는 대답이 아닐까 봐, 알렉시스는 조용히 침묵만 지켰다. 가슴속에 아릿한 통증이 살짝 훑고 지나갔다. 대신 그녀는 다른 것을 재차 물었다.

"알렉산더, 왜 지금이야?"

"뭐가."

"결혼할 때만 해도 적어도 몇 년간은 아이 가질 생각이 없다고 했었잖아. 그런데 왜 갑자기 마음을 바꾼 건지 궁금해."

그녀는 알렉산더와 마주 보고 누운 자세에서 그의 시선을 정면으로 올려다보았다.

"진심을 알고 싶어. 이렇게 대답해야겠다, 가 아니라 정말 당신이 생각하는 그대로의 진심."

"아이를 갖고 싶어졌어."

그는 그녀가 정색한 게 무색하리만치 단순 명료하게 답했다.

"너와 아이를 갖고 싶다는 생각은 결혼할 때부터 막연히 있었어. 그 생각이 지금 더 명확해졌을 뿐이야."

그가 한마디 더 덧붙였을 때에서야, 알렉시스는 이스탄불로 올 때 왜 그가 화를 냈는지 비로소 이해할 수 있었다.

"너 외에 다른 여자와 아이를 가진다는 생각은 해본 적이 없어, 단 한 번도."

"……"

잠깐의 침묵 끝에, 알렉시스는 말했다.

"알렉산더, 나 역시 아이를 가질 생각이 없는 건 아니야. 내가 좋은 엄마가 될 수 있을 거란 자신은 없지만…… 마음의 준비가 될 때까지 몇 달만 더 기다려줘. 결심이 서면 의사를 부를게."

불러서 루프 피임법을 중단하겠다는 말이었다. 알렉산더는 살짝 고개를 끄덕이는 것으로 동의 의사를 밝혔다. 그는 그녀의 머리를 품으로 더욱 바짝 끌어당겨 안았다. 보드라운 머리칼 올올이

싱그럽고 산뜻한 꽃향기가 났다. 알렉시스는 그의 가슴팍에 얼굴을 묻으며 시가 향이 희미하게 묻어나는 알렉산더 특유의 체취를 확인했다. 아이에 대한 미지의 약속만으로 그들 사이에 뭔가 강한 결속력이 생긴 듯한 안도감이 둘 모두의 가슴속에 내려앉아 있었다.

그들은 미처 자각하지 못하고 있었다. 방금 각자의 입에서 흘러나온 말 한마디, 한마디가 결국 표현만 달리할 뿐, 서로가 서로에게서 듣기를 간절히 원하는 바로 그 말이라는 사실을. 두 남녀는 아직 해가 중천에 있는데도 서로의 온기를 확인하며 짧은 오수에 빠져들었다.

곧 닥쳐올 커다란 파도에 휩쓸리기 직전, 수면 위의 잔잔한 평화를 최대한 누려야 한다는 사실을 미리 예감이라도 한 것처럼.

-2권에 계속-